守望者

——

到灯塔去

LITERATURE

AS

EVENT

文学的事件

何成洲　但汉松　主编

南京大学出版社

目　录

前　言

21世纪初以来，文学理论和批评呈现一个重要的转向，那就是认为文学不仅仅是一个固定的、明确的对象，而且可以被看作一个言语行为、行动或者事件。这个变化固然有着重要的哲学与思想史的背景，但也与文化研究、表演研究、性别研究、族裔研究、人类学等学科的发展有着密切的关系。而且在文学理论领域内，这个转变也已经有了相当长的孕育期，产生了一批有影响的学术成果，发挥着重要的示范和促进作用。不过，目前看来，这方面理论联系实际的文学批评还不是非常多，妨碍了理论的进一步深化和提升。而这恰恰成为本书编写的出发点，也是我们研究的一个共同目标。

这里，还不得不提一下2016年何成洲和瑞典隆德大学的奥莉尤斯（Eva Haettner Aurelius）教授、海尔格森（Jon Helgason）教授共同编写的英文学术著作《文学的操演性》（*Performativity in Literature*），在一定意义上本书是这本英文书的姐妹篇。这不仅因为这两部书都是研究团队的集体研究成果，还因为"操演性"和"事件"的概念本身有很多重复和交叉之处。不过在上一本英文书里，文学事件的概念虽然已经有所涉及和讨论，但是没有充分展开，既没有理论上的阐述和构建，也缺乏针对性较强的批评实践。同时，最近两年国内外关于文学与事件的讨论越来越热烈，我们觉得有必要集中力量做一个专题研究，从文学理论和批评实践的不同角度深入探究这一领域的已有成果和发展前景。

事件概念的讨论当然需要理论溯源，而且还要结合文学作品来加以理解，这样更具有说服力和针对性。这正是本书在前面几篇文章中努力做到的。首先，就何谓文学事件这一问题，何成洲进行了总体性的探讨，解释从事件角度开展文学批评的哲学基础、核心概念和方法论。简而言之，德勒兹、齐泽克等人的事件哲学分别强调事件的生成性和断裂性转变，成为文学事件的重要思想资源。文学理论家，如乔纳森·卡勒、特里·伊格尔顿、德里克·阿特里奇、芮塔·费尔斯基、希利斯·米勒等，从文本的意向性、文本的生成性和阅读的操演等不同角度探讨了文学事件的内涵，以及它给文学阅读和批评带来的创新性认识。作为一个反表征的文学观念，文学事件的理论认为应该从积极、正面和肯定的角度探讨文学的行动力和能动性，关注读者在阅读过程中经历的情感和认知上的变化，分析文学给社会现实带来的影响。

紧接着，德勒兹、德里达、福柯、巴迪欧、齐泽克等人对事件的论述得到进一步研究，并且与文学作品的分析相结合。尹晶认为，德勒兹提出的语言事件具有解构性和颠覆性，它挑战现有的秩序和权威，从而推动社会进步。通过对印度女作家洛伊、南非作家库切、安哥拉作家珀佩特拉等人作品的分析，尹晶指出读者需要和作者一样忠诚于文学事件带来的变革力量。对姜宇辉来说，福柯的权力话语理论代表了"建构主义"的范式，但是文学事件在呈现言语的规训和建构性的同时，也展示了与它相抗衡的抵抗之力。加缪的《鼠疫》即为此例，尽管在鼠疫肆虐的特殊时期，话语与知识、权力结成的社会机构将城市生活化作封闭的监牢，但是"幽灵"的四处游荡暴露了规训和惩罚的脆弱之处，揭示了文学事件的生成性和能动性。蓝江关注巴迪欧哲学中的爱的事件，认为是爱让两个人的生命轨迹交叉和连接，从而生成了他们的命运共同体，一个新的世界也随之诞生。这令人想起语言学家 J. L. 奥斯汀在解释语言的施行性时，运用婚礼上新婚夫妇回答牧师的话语，说明语言如何具有改变现实的力量。蓝江在文章中采用阿根廷导演索兰纳的电影《逆世界》中的爱情故事，来解释爱之事件造成了一个合体的主体，颠覆了既定的规范和逻辑，催生了不同以往的新时代。

关于叙事与事件的关系，尚必武从叙事学的角度做了系统的梳理，指出事件是叙事的根本性要素。在此基础上，他从不同角度分析了事件的非自然性特征，进而提出在非自然叙事的理论视角下如何推动事件的研究。万金进一步运用非自然叙事理论，分析爱德华·阿尔比的戏剧《山羊》中主人公马丁对一只山羊的爱。通过呈现马丁"生成-动物"的非自然事件，剧作家意在揭示人与人关系的异化，质疑主流的文化立场与伦理态度。

近段时间以来，作为事件的文学观念成为中外文学理论和批评界的热点话题，这方面的理论著作包括：阿特里奇的《文学的独特性》(2004)、伊格尔顿的《文学事件》(2012)、罗纳的《事件：文学与理论》(2015) 等。但是，将事件理论应用于具体文学作品的批评性解读比较少。有鉴于此，本书重点推出了一系列用事件理论来解读文学作品的成果，探索这个理论概念的实际应用能力以及开展文本阐释的方法论。但汉松在 J. 希利斯·米勒的"言语行为"理论视角下对张承志的《西省暗杀考》和小白的《封锁》中恐怖叙事的建构性加以探讨。在比较分析了这两部小说的叙事特点后，作者指出在"后9·11"语境下恐怖叙事对于历史事件的见证作用。何成洲选择两部有代表性的当代北欧生态小说，分析这些作品如何通过对北欧山妖神话的挪用和再创作，生成一系列围绕人、动物与自然的叙事事件，不仅在审美上具有创新性和独特性，而且通过故事的言说试图介入当代生态文化的建构和对现实的批判性反思。

美国文学方面的文章有多篇：陈畅从作者的意图与作品操演的角度，分析了惠特曼的代表诗作《我自己的歌》。杨逸从事件蕴含的"未来性"出发，以科马克·麦卡锡的小说《路》为对象，讨论了相遇作为事件给个人带来重新建构身份与共同体的契机。方嘉慧从时间和事件的对话角度，探讨了本·方丹一部反映"9·11"事件的小说《比利·林恩的漫长中场行走》。汤晓敏从事件与现实的互动角度，研究唐·德里罗以刺杀肯尼迪事件为蓝本创作的小说《天秤星座》。姜兆霞借助文学事件理论中虚构对于现实具有能动性的阐释，以利奥·马克斯的著作《花园里的机器：美国的技术与田园理想》为参照，讨论了田园理想在美国文学中的变迁及其与历史、现实的互动关系。

讨论英国文学的有两篇。一是阴志科借用齐泽克关于时间与事件的论述，讨论莎士比亚戏剧《麦克白》中麦克白的内心矛盾和情感挣扎。该文仔细梳理了齐泽克如何在《事件》一书中联系柏拉图、笛卡尔、黑格尔、德勒兹的思想来建构不同的事件观念，并借此来分析麦克白的行动、心理体验以及他的悲剧结局。二是奚茜运用拉康关于欲望与实在界"缝隙"的理论观点，分析了马尔科姆·布雷德伯里的小说《历史人》中个人体验与历史进程之间的张力。

此外，还有两篇视角独特的文章：张奇才运用齐泽克关于事件的架构与重构的观点，解读俄罗斯导演安德烈·塔科夫斯基的影片《牺牲》。曾景婷从翻译作为事件的角度，借助对美国汉学家韩南山的译作《蜃楼志》的分析，讨论了翻译者的主体性建构问题，并进一步阐释翻译如何通过对原文本进行解构和重构，生成新的意义，对接受者产生不可预见的影响。

本书的作者来自国内几所高校的不同学科，包括哲学、中国文学、外国文学、翻译等。其中有几位年轻的学者，他们选修了何成洲在南京大学外国语学院开设的博士生课程"文学的操演性"，同时这门课程也是南京大学和瑞典隆德大学、林奈大学的国际合作课程。从 2013 年开课至今，参与这门课程的博士生以及一些访问学者在课堂上和课后进行了充分的讨论、互动，极大地丰富和延展了我们在这个重要学术领域的研究工作。这本书也是给他们的一个礼物。

文学的事件研究才刚刚起步，希望我们粗浅的探索对于推动这一领域乃至当下的文学批评与理论建设有所贡献，也希望本书能得到同仁们的批评和指点。

何谓文学事件？

何成洲

在《理论的未来》（*The Future of Theory*，2002）一书中，让-米歇尔·拉贝特（Jean-Michel Rabaté）尽管坚持哲学和理论对于文学批评的必要性，但仍同意很多文学研究学者的一种看法，那就是从哲学和理论的角度过度阐释文学往往会忽视对文学的常识性理解。他认为，问题的关键是如何在它们之间形成一个平衡。他进而提出文学理论"往往用细读的方式展开意识形态批评，同样也用精细归类文学过程的方式关注广泛的文化议题"[①]。21世纪以来，对于文学性的关注越来越得到文学研究者的重视。德里克·阿特里奇（Derek Attridge）在《文学的独特性》（*The Singularity of Literature*，2004）一书中提出："文学理论要解决的一个根本问题是，在语言的不同运用中，文学带给读者怎样独特的体验。"[②]

回归文学性的文学研究不应该只是重复旧的人文精神、普遍伦理之类的主题探讨，而是要在新世纪的历史条件下，综合

[①] Jean-Michel Rabaté, *The Future of Theory*, Oxford: Blackwell, 2002, p. 145.

[②] Derek Attridge, *The Singularity of Literature*, London and New York: Routledge, 2004, p. 14. 本书中后文出自同一著作的引文，将随文标出该著作名称首词/字和引文出处页码，不再另注。

运用新的知识、技术和方法进行理论创新。在这个背景下，作为事件的文学成为一个重要的理论命题。这个概念的提出与 20世纪中期以来哲学上的事件理论、语言学上的言语行为理论、文化研究上的操演性理论等有着密切的关系，J. L. 奥斯汀、德里达、巴特勒、齐泽克等人的理论论述启发了相关的讨论。与此同时，J. 希利斯·米勒、阿特里奇、伊格尔顿、芮塔·费尔斯基等文学理论家，借助文学作品的文本细读与相关跨学科的理论资源，从不同角度直接或者间接地讨论文学事件的概念，丰富了有关的理论话语建构与批评实践。但是这些理论缺乏系统性，有待整合，因而还没有在文学批评界形成广泛的影响。但是深化文学事件的研究趋势已经十分明朗，学术界对它的兴趣和关注不断增加。

从事件的角度看待文学，核心问题是解释文学不同于其他写作的独特性，对作家创作、文本、阅读等进行系统的重新认识和分析。需要讨论的重点议题包括：作者的创作意图与文本的意向性、文本的生成性和阅读的操演等。与作为表征或者再现的文学观念不同，文学事件强调作家创作的过程性、文学语言的建构性、文学的媒介性、阅读的作用力以及文学对于现实的影响。归根到底，以独特性为特点的文学性不是一个文学属性，而是一个事件，它意味着将文学的发生和效果视为文学性的关键特征。"把文学作品看作一个事件，就要对作者的作品和作为文本的作品进行回应，这意味着不是用破坏性的方式带来改变，而是像库切小说中的角色所说的那样，用作品中'流动的优雅'来改变读者，从而推动事件的发生。"① 在当今数字化

---

① Derek Attridge, *The Work of Literature*, London：Oxford University, 2015，p. 1.

时代，文化娱乐化导致了文学的边缘化和危机，而事件的理论通过重新阐释文学的独特性有助于赋予其新的价值和使命。厘清文学事件的理论建构，有必要首先解释事件概念的要义，尤其是哲学上与此相关的重要论点。

一、事件的基本概念

在西方哲学史上，关于事件的讨论有着漫长的历史，内容纷繁复杂、丰富多元。有将事件与现象联系起来讨论的，尤其是海德格尔、胡塞尔和梅洛-庞蒂，进而有学者提出"事件现象学"①；有从事件的角度讨论时间、空间与存在，并借助数学的公式来加以推导和解释的（阿兰·巴迪欧的《存在与事件》）；还有区分象征性事件、想象事件、实在事件的理论（拉康的心理分析学说），等等。但是在文学研究界，德勒兹和齐泽克关于事件理论的论述引起了比较大的反响，一种是德勒兹的"生成"性事件，另一种是齐泽克的"断裂"性事件，但两者不能截然分开，而是彼此联系、相互补充。

德勒兹在《意义的逻辑》（*The Logic of Sense*，1969）中讨论了作为生成过程之事件的特点。第一，事件具有不确定性。事件不是单一方向的生成，因为它同时既指向未来，也指向过去，事件的主体在这个过程中也没有明确的目标，其身份有可能处于碎片化的状态。事件一方面以具体的形态出现，同时又

---

① 参见弗朗斯瓦斯·达斯杜尔《事件现象学：等待与惊诧》，收入汪民安主编《生产（第12辑）：事件哲学》，江苏人民出版社，2017年，第105页。

逃避它的束缚，构成一个反向的运动和力量。举例来说，"生成-女性"不是简单地做一个女人，而是隐含一个矛盾、不确定的过程，因为究竟什么是女人并没有清楚的定义，所谓的女性气质往往自相矛盾。生成-女性往往表现为具体的行为，但是这些具体的行为并不一定能够充分构成女性的气质。在生成-女性的过程中，真正起关键作用的往往是一些特别的、有分量的、意想不到的决定和行为，其中的事件性有偶然性，同时也具有一定的必然性。这就是为什么说，事件是"溢出"原因的结果。第二，事件具有非物质性。事件是事物之间关系的逻辑属性，不是某件事情或者事实。事件不客观存在，而是内在于事物之中，是"非物质性的效果"（incorporeal effects）。"它们无关身体的质量和属性，而是具有逻辑和辩证的特征。它们不是事物或事实，而是事件。我们不能说它们存在，实际上它们处于始终存在或与生俱来的状态。"① 事件也不是历史上真实发生过的具体事实，而是体现为它们之间的内在关联性。"事件这个词并不是指真实发生的事件，而是指潜在区域中一种持续的内在生成之流影响了历史的呈现。这种流溢足以真实地创造历史，然而它从没有囿于某种时空具象。"② 第三，事件具有中立性。事件本身是中立的，但是它允许积极的和消极的力量相互变换。事件不是其中的任何一方，而是它们的共同结果。③ 比方说，易卜生在中国的接受构成了世界文学的一个事件。世界文学既不

① Gilles Deleuze, *The Logic of Sense*, trans. Mark Lester and Charles Stivale, London: The Athlone Press, 1990, pp. 4 - 5.
② Ilai Rowner, *The Event: Literature and Theory*, Lincoln and London: University of Nebraska Press, 2015, p. 141.
③ 详见 Gilles Deleuze, *The Logic of Sense*, p. 8。

是易卜生，也不是中国文学，而是它们相互作用的结果。作为事件的世界文学，不只是研究作家和作品本身，而是这些作家和作品在不同文学传播中影响和接受的过程与结果。世界文学包含翻译、阅读和批评等一系列行动，但是它又总是外在于这些具体的文学活动。[1]最后，事件包含创新的力量和意愿。事件是一条"逃逸线"（line of flight），不是将内外分割，而是从它们中间溢出（flow），处于一种"阈限状态"（liminal state）。什么是理想的事件？德勒兹说："它是一种独特性——更确切地说是一系列的独特性或奇点，它们构成一条数学曲线，体现一个实在的事态，或者表征一个具有心理特征和道德品格的人。"[2]事件位于关键的节点上，形成了具有转折意义的关联。这一点其实很接近齐泽克的事件观念。

在《事件》中，齐泽克提出，事件有着种种不同的分类，包含着林林总总的属性，那么是否存在着一个基本属性？答案是："事件总是某种以出人意料的方式发生的新东西，它的出现会破坏任何既有的稳定架构。"[3]这里隐含着事件是指日常形态被打破，出现有重要意义的"断裂"，预示着革新或者剧烈的变化。由此而生发出的概念"事件性"成为认识和解读事件的关键，因而它成为事件的普遍特征。

在齐泽克看来，事件性发生的一个典型路径是观察和认识世界的视角和方式产生巨大变化。"在最基础的意义上，并非任何在这个世界发生的事都能算是事件，相反，事件涉及的是我

---

[1] 参见 Chengzhou He, "World Literature as Event: Ibsen and Modern Chinese Fiction", in *Comparative Literature Studies*, 54. 1 (2017), pp. 141-160。

[2] Gilles Deleuze, *The Logic of Sense*, p. 52.

[3] 齐泽克《事件》，王师译，上海文艺出版社，2016年，第6页。

们藉以看待并介入世界的架构的变化。"(《事》：13)他借一部名叫《不受保护的无辜者》的电影来解释，该片的导演是杜尚·马卡维耶夫，影片中有一个"戏中戏"的结构，讲述了空中杂技演员阿莱斯克西奇在拍摄一部同名的电影，在后面这部电影中，无辜者是一个女孩，受到继母欺凌，被强迫嫁人。可是故事的最后让人看到阿莱斯克西奇从事杂技表演的辛苦和无奈，观众猛然意识到原来阿莱斯克西奇才是真正的不受保护的无辜者。齐泽克评论说，"这种视角的转换便造就了影片的事件性时刻"(《事》：16)。

另一个事件发生的路径是世界自身状态发生了巨大变化，不过这种变化往往是通过回溯的方式建构出来的。他以基督教的"堕落"为例，解释说"终极的事件正是堕落本身，亦即失去那个从未存在过的原初和谐统一状态的过程，可以说，这是一场回溯的幻想"。(《事》：57)当亚当在伊甸园堕落了，原先的和谐与平衡被打破，旧的世界秩序被新的世界秩序所取代。堕落还为救赎准备了条件，成为新生活的起点。借用拉康的话语体系，齐泽克解释说，事件是指逃离象征域，进入真实状态，并全部地"堕入"其中。(《事》：65)

齐泽克还强调了叙事对于事件的重要性，这一点与奥斯汀的言语行为理论颇为接近。"主体性发生真正转变的时刻，不是行动的时刻，而是作出陈述的那一刻。换言之，真正的新事物是在叙事中浮现的，叙事意味着对那已发生之事的一种全然可复现的重述——正是这种重述打开了以全新方式作出行动的（可能性）空间。"(《事》：177)话语是操演性的，它产生了它所期待的结果。换言之，话语产生转变的力量，主体在叙述中发生了质的变化，以全新的方式行动。再举一个文学的例子。

《玩偶之家》中娜拉在决定离家出走之前与丈夫有一段谈话，表明她看待婚姻、家庭和女性身份的观点产生了剧烈的变化：她曾经一贯认为女人要为男人和家庭做出自我牺牲，一个理想的女性应该是贤妻良母型的，但是看到了丈夫海尔茂自私自利的行为后，她认识到，女人不仅仅要当好母亲和妻子，而是要首先成为一个人。她讲了一句振聋发聩的话："我相信，我首先是一个人——与你一样的一个人，或者至少我要学着去做一个人。"①《玩偶之家》中，娜拉的讨论是真正转变的时刻，剧末她的离家出走是这一转变的结果。

齐泽克对于事件的解释还有一个不同寻常之处：他不仅谈到事件的建构，而且还在《事件》的最后讨论了"事件的撤销"。他提出，任何事件都有可能遭遇被回溯性地撤销，或者是"去事件化"（dis-eventalization）。（《事》：192）去事件化如何成为可能？齐泽克的解释是，事件的变革力量带来巨大的变化，这些变化渐渐被广为接受，成为新的规范和原则。这个时候，原先事件的创新性就逐渐变得平常，事件性慢慢消除了，这一过程可以被看作"去事件化"。但是笔者以为还可能存在另一种去事件化，就是一度产生巨大变化的事件后来被证明是错误的，在历史进程中得到纠正和批评。这样一种去事件化在很大程度上是消除事件的负面影响，正本清源，同时也是吸取教训，再接再厉。②

德勒兹的事件生成性和齐泽克的事件断裂性理论为思考文

---

① 易卜生《玩偶之家》，夏理扬、夏志权译，民主与建设出版社，2018 年，第 121 页。
② Chengzhou He, "Animal Narrative and the Dis-eventalization of Politics: An Ecological-Cultural Approach to Mo Yan's *Life and Death Are Wearing Me Out*", in *Comparative Literature Studies*, 55. 4（2018），pp. 837 - 850.

学的事件性提供了新的参照、路径和方法。在这个新的理论地图中，作者、作品、读者、时代背景等传统的文学组成要素得到重新界定和阐释，同时一些新的内容，如言语行为、媒介、技术、物质性等受到了关注。文学事件的理论化尽管是综合性的系统工程，但是离不开以上这些文学层面的具体批评，因而有必要加以重点讨论。

二、作者的意图与文本的意向性

对于作者意图的重要性，伊格尔顿说，"作家在写作中的所为除了受其个人意图制约以外，同样受文类规则或历史语境的制约"①。作为当代有着重要影响的文学批评流派，文本发生学（Genetic Criticism）关注作家创作与作品形成的过程，研究作品手稿以及不同版本之间的差别，破解作者的写作意图。这种文学考古式的研究方法影响了一大批文学数据库项目，它们将作家的手稿、不同时期修订出版的作品收集起来，利用电子检索的功能，方便有兴趣的读者和研究者追溯作者在创作过程中的心路历程、做出的选择、探讨其背后的原因。"例如普鲁斯特、庞德、乔伊斯等作家的现代作品太复杂了，迫使读者都变成了文本生成学家：任何一个现代派的研究者都无法忽视高布勒1984年出版校勘版《尤利西斯》而引发的诸多争议。"②

① Terry Eagleton，*The Event of Literature*，New Haven and London：Yale University Press，2012. 译文参考了特里·伊格尔顿《文学事件》，阴志科译，河南大学出版社，2015年，第169页。
② Jean-Michel Rabaté，*The Future of Theory*，p. 142.

　　此外，作家的访谈、自传等也能提供大量一手资料，有助于研究者理解作家创作过程中的曲折变化。"历史和自传研究都可以启发和丰富我们对书写过程的认识，因为写作发生在特定的时间和地点。这意味着创作的即时性，它是文学阐释中通过回溯建构的一个因素，是理解任何文学作品都不可或缺的部分。"（Work：104）这种文学的实证研究看似可靠，其实也有不少问题。作者在访谈、讲话、传记中说的话是否应该直接作为研究的佐证，这是一个值得讨论的问题。这不仅因为作者在特殊情况下也会说一些言不由衷的话，也因为作者对于自己作品的看法也只是他个人的见解，有时未必就是最恰当的。因而，作者的创作意图是模糊的、难以把握的。很多情况下，所谓的作者意图是读者根据文本和有关文献回溯性建构的，是一种解读，谈不上与作者的写作动机有多少关联。而且，所谓的作者动机也不一定对作品的呈现和效果产生决定性的影响。因此，有必要区分作者或者讲话者的意图和文本的"意图性"，它们之间的区别曾经是德里达与语言学家塞尔（John Searle）论争的一个焦点。[①]作者的创作意图往往是依据作者自己的表述，文本的意向性更多的是读者在阅读基础上的想象建构。这两者有时是一致的，但更多的时候是矛盾的。伊格尔顿说，"内置于文类当中的意向性可能会与作者的意图背道而驰"（Event：147）[②]。

　　对于文学创作历史与过程的追溯揭示了作品背后的无数秘密，作品因而变得具有立体感和可塑性，不再是静止、不变的

[①]　参见 John R. Searle，*Intentionality: An Essay in Philosophy of Mind*，Cambridge：Cambridge University Press，1983；Jacques Derrida，*Limited Inc.*，Evanston：Northwestern University Press，1988。

[②]　译文参考《文学事件》，阴志科译，第169页。

客观对象。作品是作家创作的，也就是说作品是有来源的，是在具体时空和背景下生产出来的。"作者性有另外一种解读方式，它不是机械地去解码文本，而是展开充分的阅读，这就意味着不要把文本视作静止的词语组合，而是一种写作（written）或是更高的一个层面，一种书写（writing），因为文本捕捉到了写作中绵延不断的活动。"（*Singularity*：103）伟大作品的创作过程经常是漫长的，有时甚至要花数十年的时间，充满了坎坷和周折。不用说历史上的经典作品，比如中国的四大名著，即使是当代的一些作品也是如此，比如《平凡的世界》，它的写作从 1975 年开始，至 1988 年完成，是作者路遥在他相对短暂的一生中用生命写就的。有时文学的创作甚至由不同的人共同完成，这一点在戏剧剧本的创作上尤其明显，剧作家通常是在排练场与导演、演员沟通商量后，甚至是在得到观众的反馈意见之后，才逐步完善剧本的。

作家的创作研究关键在于他如何既继承又挑战了传统，带来了文学的革新。"另外，把作品视为一种创新就是要强调作品与它所处文化之间的联系：成功的作家创造性地吸收了他们既有文化中的规范、多样的知识 [……]，并利用它们超越了先前的思想和感觉。"（*Work*：57）研究文本的意向性需要明白作品是为同时代的读者创作的。当时的读者如何期待和反应，显得很重要。读者的期待视野有着历史和文化的特殊维度，同样需要去分析和建构。文学是作家通过作品和读者的互动，因而作家期待中的读者是什么样的也非常重要。而且作家也是自己作品的读者，写作也是一种阅读，而且是反复阅读，他是用读者的眼光来审视自己的作品。"我想展现的文学写作过程与文学阅读过程在很多方面极为类似；创造性地写作也是不断阅读和再阅读的过程，在与作品的互动中，在将出乎意料和难以想象的事情变成可能之后，感受自己的作品逐渐被赋予多样化的文学性。"（*Work*：36—37）

作家既是自己作品的创造者，又是它的接受者；既是主体，也是客体；既拥有它，又不得不失去它。作者是自己作品的第一位读者，文学创作构成的事件对于他本人的影响往往也特别巨大。在这个事件中，作家自身经历了一次"蜕变"。"成为一位作家不等于从他/她的作品中获得象征性的权力；首先，最重要的是，书写是事件施与作者的完全蜕变……这种改变基本上会扰乱个人状态；这种巨变必须包含思考和意志，也因此包括亲身体验的命运。"[1] 作家的体验构成他创作作品的底色，但是他不能左右作品的命运。文本一旦诞生，便具有自己的独立性。它的生产性向着未来开放，充满了不可预见的悬念与神秘。

三、文本的生成性

卡勒在《文学理论入门》（*Literary Theory: A Very Short Introduction*，1997）中从奥斯汀的言语行为理论出发，谈到文学语言的施行性导致了文学的事件。"总之，施行语把曾经不受重视的一种语言用途——语言活跃的、可以创造世界的用途，这一点与文学语言非常相似——引上了中心舞台。施行语还帮

---

[1] Ilai Rowner，*The Event: Literature and Theory*，p. 145.

助我们把文学理解为行为或事件。"① 这里对事件性的解释强调了文学改变现实的力量。在卡勒看来,文学事件的生成性可以有两个方面的理解。首先,文学作品诞生了,文学的世界变成我们经验的一部分。"我们可以说文学作品完成一个独特的具体行为,它所创造的现实就是作品。作品中的语句完成了特定的行为。"② 其次,文学的创新,改变了原来的文学规范,并引导读者参与对世界的重新想象。"一部作品之所以成功,成为一个事件,是通过大量的重复,重复已有的规则,而且还有可能加以改变。如果一部小说问世了,它的产生是因为它以其独一无二的方式激发了一种情感,是这种情感赋予形式以生命,在阅读和回忆的行为中,它重复小说程式的曲折变化,也许还会给这些读者继续面对世界的规则和形式带来某种变化。"③ 卡勒对于文学事件的解读,标志着文学理论的事件转向。

21 世纪初以来,J. 希利斯·米勒写了不少关于以文行事的著作。④在米勒看来,行为与事件有着极大的相似性,都强调文学的生成性和行动力。在《共同体的焚毁:奥斯维辛前后的小说》(*The Conflagration of Community: Fiction Before and After Auschwitz*,2011)一书中,米勒认为文学是一种可以见证

① Jonathan Culler, *Literary Theory: A Very Short Introduction*, Oxford: Oxford University Press, 1997, p 96. 译文参考了乔纳森·卡勒《文学理论入门》,李平译,译林出版社,2008 年,第 101—102 页。以下同,不再标注。

② Jonathan Culler, *Literary Theory: A Very Short Introduction*, pp. 105 - 106.

③ Jonathan Culler, *Literary Theory: A Very Short Introduction*, p. 106.

④ 详见 J. Hillis Miller, *Speech Acts in Literature*, Stanford: Stanford University Press, 2001; *Literature as Conduct: Speech Acts in Henry James*, New York: Fordham University Press, 2005; *The Conflagration of Community: Fiction Before and After Auschwitz*, Chicago and London: The University of Chicago Press, 2011。

历史的行为或事件。比如"二战"期间的犹太大屠杀。文学如何能见证巨大创伤性的事件?阿多诺(Theodor Adorno)说过一句有名的话:"奥斯维辛之后,甚至写首诗,也是野蛮的。"[①]这句话引起不同的反响,一种可能的解释是,奥斯维辛屠杀犹太人的凶残彻底暴露了人性的致命弱点,人们很难再像从前那样用诗歌或者文学来赞美人和自然。另一种解释是,文学作为审美活动不能有效地阻止暴力,实施大屠杀的德国人恰恰是推动欧洲文明的重要力量。考虑到"二战"以后独特的社会和文化语境,这些解释似乎有合理的地方,当时人们因为经历战争的残酷而对宗教和审美活动丧失了信心。米勒认为,我们不应该因为暴力而放弃写诗或者文学,恰恰相反,只有通过文学,我们才能更好地铭记历史、面向未来。文学能够以言行事,具有施行性力量,它能够见证历史性事件,包括奥斯维辛的大屠杀。在有关纳粹集体屠杀的一些文学里,文字带领读者去体验受害者的恐惧、绝望和麻木,文学比任何细致入微的历史叙述都更为震撼人心。关于文学的见证力量,阿特里奇也有过论述:"近期的批评经常注重文学作品见证历史创伤的力量;在这里,文学作品即刻展现出多种功能:作为证据,文学有很强的见证力,同时,作为文学作品,它们上演这种见证行为,这样一种说法并不矛盾。(这种上演产生了一种强大的令人愉悦的力量,它使文学作品产生比史学著作更强的见证力量)。"(*Singularity*:97)这里说的"上演"(staging),是指文学作品的语言能够在读者阅读的时候,让其在想象中操演发生的故事,读者产生亲临其

[①] 转引自 J. Hillis Miller,*The Conflagration of Community: Fiction Before and After Auschwitz*,p. 9。

境的感受，这是文学叙事的魅力所在，也是文学区别于其他写作的一个主要特点。不仅如此，米勒作为文学批评家还进一步阐释学者的作用和贡献。在"大屠杀小说"这一部分的结尾，他写道："然而，我的章节也具有操演性见证的维度。它记录了我在阅读和重读小说的过程中发生在我身上的事情。分析评论式的阅读，如果有效，可以帮助其他读者开启一部文学作品。由此，它也可能有助于产生新的读者群，这些读者，就算不了解，至少不会忘记奥斯维辛。"[1]文学的批评与文本的生产性密切相关，文本的意义和价值有赖于批评家的阐释活动，批评家也是文学事件的另一个主体。

伊格尔顿在《文学事件》中认为，文学的话语是建构性的，生产了叙述的对象。"和其他施行话语一样，小说也是一种与其言说行为本身无法分割的事件……小说制造了它所指涉的对象本身。"（*Event*：137）[2] 在我们日常的经验世界，文学人物经常被赋予现实意义，而现实人物不乏很多虚构色彩，且不论那些我们没有见过面的人，就是我们见过的人又有多少了解呢？另一方面，小说的语言生成了小说自身，构成我们生活世界的一部分。文学语言在遵守规范和引用规范的同时，也修改规范。文学受到规范的束缚，通过重复规范，进行自我生产。"称虚构作品为自我形塑，并不表示它不受任何约束［……］，然而，艺术将这些约束条件内化，把它们吸收为自己的血肉，转化成自我生产的原料，进而制约自身。因为这种自我生产有自己的一

---

[1] J. Hillis Miller, *The Conflagration of Community: Fiction Before and After Auschwitz*, p. 264.

[2] 译文参考《文学事件》，阴志科译，第 156 页。

套逻辑，所以它也无法摆脱某种必然性。"（*Event*：142—143）①
学习文学，需要认识到文学不仅是意义的生产，也产生一种力
量。这种文学的力量也可以表现为对现实的影响。"同样，小说
也仅仅通过言语行为实现它的目的。小说中何为真实仅仅根据
话语行为本身来判断。不过，它也会对现实产生某种可察觉的
影响。"（*Event*：132）②

　　文学文本有时具有跨媒介性。一方面是内部的跨媒介性，
也就是说，文学当中包含多种媒介，比如：图像、戏剧、电影
的元素。另一方面是文学外部的跨媒介性，这个通常容易受到
关注。这里，一种可能的形式是文学的朗读。读者与表演者面
对面交流，同处于一个空间中，就像剧场的演出。"诚然，通过
阅读方式呈现一首诗、一部小说或剧本与聆听这一作品、观看
这一作品的舞台表演之间存在巨大的差别［……］。如果我要对
呈现在我面前的表演作品进行创造性的回应，并要公正地对待
它的独特性、他者性和创新性，我仍然热衷于表演它，也就是
说，我沉浸在这种表演事件中，同时也在一定程度上成为这种
表演事件的主体。"（*Singularity*：98）阅读文学、聆听和观看
以文学为基础的演出都是一样的文学事件。文学的表演同其他
表演一样，打破了表演者和观众的二分，他们之间互动，彼此
得到改变。在《行为表演美学——关于演出的理论》中，李希
特（Erika Fischer-Lichte）谈到自生系统和反馈圈（Autopoiesis
and feedback loop），指出艺术家与观众之间存在着某种互动关
系。"艺术家们创造了情景，并将自己与他人都置于这种无法控

---

① 译文参考《文学事件》，阴志科译，第 162 页。
② 译文参考《文学事件》，阴志科译，第 150—151 页。

制的情景之中，因此也使得观众意识到他们在这个事件中担负的共同责任。"①另一种比较常见的形式是以文学为基础的戏剧、电影改编等。在这些改编作品中，文学仅仅是其中的一个组成部分，其他艺术工作者也参与作品的生产。"当我呈现这种表演时，我不仅要回应导演、演员和设计师等艺术家们的潜能，他们的介入也推动了表演的发生。"（*Singularity*：98）从文学文本出发的这些跨媒介演出并非文本本身，它们与文本构成互动、互补的关系，深入挖掘文本的潜力，极大地丰富了文本的生产性。

作家的文本不是独立存在的，通常只是作家创作的众多作品中的一分子。作为事件的文学独特性不仅针对单个作品，有时也针对一系列作品，甚至一个作家的所有作品。"独特性也存在于一组作品或作家的全部作品中：我们已经讨论过这种经历，当一个作家的创新特色变得为大众所熟知的时候，他具有辨识度的声音会立即被认出。在这个方面（我们之后再讲其他方面），独特性具有与签名类似的功能。"（*Singularity*：64）对于作家，抑或一个作家群、一个文学团体、一个文学流派或者运动来说，文学风格的形成是通过作品长期累积的效果形成的，它是读者集体的阅读体验，是在长时间的阅读和阐释过程中形成的总体认识。

四、阅读的操演

阅读是一种文学体验，文学的独特性是在阅读的过程中不

---

① Erika Fischer-Lichte, *The Transformative Power of Performance: A New Aesthetics*, London and New York: Routledge, 2008, p. 163.

断得到认识和揭示的。阅读是读者与作者的相遇，充满偶然性，具有不确定性，同时也富有活力，能在智力、情感和行动等方面激发读者的各种反应。文学事件的潜在力量只有在读者的体验中才能实现。"创新需要对现存规范进行重塑，因此，不是每个语言学上的革新都是文学创新；事实上，大多数的创新都非如此。只有当读者经历这种重塑并将之视为一种事件（这里的读者首先是阅读自己作品或边创作边阅读的作者）——它能够对意义和感觉开启新的可能性（这里的事件是一个动词），或者更确切地说，唯其如此，才称得上是文学事件。"（*Singularity*：58—59）在这个意义上，文学性不是一种静止的属性，而是一种阅读的操演，是通过读者与作者/作品的互动建构的。

阅读是个体性的活动，人们常说："一千个读者就有一千个哈姆雷特。"不仅如此，同一个读者的每一次阅读都不一样。"关于这首诗中的独特性还有很多要说的，但是我想表达的是这个独特性的事件性。因为它作为一个事件出现，其独特性不是固定的；如果我明天读这首诗，我将会体验到诗中不同的独特性。"（*Singularity*：70）读者的每一次阅读都是独特的，是一次事件性遭遇，揭示了文学的特殊性。

在阅读的过程中，读者通过想象在脑海里"上演"一个既熟悉又陌生的文学世界，既带给读者丰富的知识，又产生巨大的愉悦，有时读者陶醉在这个文学世界之中忘却了周围的一切，甚至自己。"因此，这种形式上系列组合的功能是'上演'意义和感觉：这种上演在我们所说的操演性阅读中实现。文学作品提供多种类型的愉悦，但其中一个可以称得上独特的文学愉悦的方面就来自这种上演，或者说这种强烈但有距离的表演，它呈现出我们生命中最为隐秘、感受最为强烈的部分。"（*Singu-*

larity：109）更进一步说，阅读文学不只是找寻意义，而是关注它的效果。"小说也塑造了这种相关性。它们开启了一个过程（就如约翰·杜威和其他人所注意到的，一件艺术品不是一个客体而是一种体验）；而且它们的影响远非信息的传输这么简单。用汉斯-格奥尔格·伽达默尔的话说，一件艺术品不是一个需要凝神观看以期读懂预设的概念意义的东西，相反，它是一个'事件'。"① 作为事件的阅读意味着读者经历一次非同寻常的改变，进入一个阈限状态，是对自我的一次超越。"文学事件理论寻找一种中间位置作为它的第一原则。这种处于文本与物质之间的不稳定的位置开启了诠释过程。"②

　　阅读产生的效果是复杂多样的，难以预测。"我相信，如果读者在阅读作品之后有所改变，这是由于作品展示给读者的他者性；但是我需要再一次强调，我所谈论的这种变化能够从对人们生活中的整个道德基础的重估延伸到一个对句力量的重新鉴赏"。（*Work*：56—57）芮塔·菲尔斯基在《文学之用》中谈到了文学的作用：辨识（Recognition）、着迷（Enchantment）、知识（Knowledge）和震撼（Shock）。③ 《如何用小说行事》（*How to Do Things with Fictions*）更是谈到文学对于读者的形塑作用。"这就是我写这本书的目的，一种与众不同的文学观念，它不是关于示范性的或者情感的，也不讨论对于认识的启迪。我认为，我们可以把一系列文本称为'拓展小说'，这些文本的功能是调节我们的心智能力……它们自我呈现为精神修炼

---

① 　Joshua Landy, *How to Do Things with Fictions*, London：Oxford University, 2012, p. 9.

② 　Ilai Rowner, *The Event：Literature and Theory*, p. 169.

③ 　Rita Felski, *Uses of Literature*, Malden：Blackwell, 2008, p. 113.

（神圣的或世俗的）、延展空间和积极参与，这些都可以磨炼我们的能力，因此，最终可以帮助我们实现自我。"①

文学是审美的，也是施行性的；是精神上的，也是物质的；是个体的，也是集体的；是言语叙事的，也是行为动作的。此外，它既是自娱自乐的，也是一种伦理实践。"当我们阅读一部有创新性的作品时，会发现我们负有某些责任：尊重他者性，回应它的独特性，与此同时避免削弱作品的异质性。"（Singularity：130）有效的阅读需要读者既能浸入文本世界，又能跳出来，摆脱文字的魔力，反思一下自己的阅读。"然而，它（文学的伦理需求）是作品具有文学性的前提：作品上演的基本过程就是语言影响我们和世界的过程。文学作品需要一种阅读，一种能够公正地对待这些复杂精细的过程，一种表演意义上或者可以放置于行动或戏剧中的阅读，它能够积极参与和抽离，并能够以一种好客的胸怀拥抱他者。"（Singularity：130）作为事件的文学意味着，阅读是一种责任，一种积极开放、不断进取的姿态和行动。

结　语

文学事件的理论带来认识文学的新视角、新立场、新方法。文学或者文学性既指具体的对象、机构、实践，也可以化为语言的生成过程、作用和效果。它一方面受到具体的时间、空间、文化传统和社会历史语境的限制，另一方面又超越它们，修正

---

① Joshua Landy，*How to Do Things with Fictions*，p. 10.

现存的规范，甚至产生断裂性巨变。文学事件是一个动态的、不稳定的系统，其所涵盖的要素包括作者的生平、写作动机、创作过程、文本、阅读、接受，甚至包括文学组织、出版、翻译等，同时它也不限于此。"我们可能要对某些文学因素不以为然，比如作者创作的意图、其自传中的事实、读者的信仰或刊印文本纸张的质量等。但事实上这些因素的任何一种，还有更多其他因素，可能都可用于一种可以公正对待作品的他者性和独特性的阅读之中。"（*Singularity*：81）文学事件系统中的这些要素彼此联系和相互作用，共同驱动这个文学事件的发生和发展。

在理论层面，奥斯汀的语言学理论、德里达的引用性理论、巴特勒的操演性理论，还有齐泽克、德勒兹等人的事件哲学都可以成为文学事件的思想资源。欧美文学理论界的一批重要学者，如乔纳森·卡勒、J. 希利斯·米勒、伊格尔顿、阿特里奇等，已经为文学事件的理论奠定了基础。目前比较缺乏的是从文学的批评实践出发，结合具体的作家、作品、文学现象等方面的研究成果，检验文学事件的理论对于文学批评的启发意义和价值，同时也能够在这个基础上丰富和发展文学事件的理论。21 世纪初以来，文学事件的崛起自身已经成为文学批评的一个事件，在这个过程中文学的范畴、文学呈现的方式以及读者的认识论经历了重大的转变。与以往的文学工具性、文学的反映论、文学的审美批评有所不同，文学事件更加注重文学的生成性、能动性、互动、行动力、效果和作用。文学事件与近期人文研究的操演性和事件转向有关，在这一学术大趋势影响下，文学批评的范式发生了移转。文学创作和文学研究在未来会发生何种变化，值得期待。

吉尔·德勒兹（和瓜塔里）"事件"
文学理论探微
——"理论之后"文学研究的重建

尹　晶

　　当前，各种后理论大行其道，迷失在纯粹的解构之中，"破"而不"立"，令我们无所适从。在这样的背景下，我们应如何阅读文学作品，尤其是文学经典，如何谈论其意义和价值？文学是否还能担当起"文以载道"的功能？事实上，许多学者早已开始反思各种后理论，希望它们能重新思考道德和伦理等宏大议题，从而让文化和文学理论走出现在的困境。在这些反思中，"事件"这一概念得以凸显。伽达默尔在谈到海德格尔关于艺术作品本质的见解时曾说，"艺术作品的存在不在于去成为一次体验，而在于通过自己特有的'此在'使自己成为一个事件，一次冲撞，即一次根本改变习以为常和平淡麻木的冲撞"[①]，因此作品"本身也就是一事件"[②]。德里克·阿特里奇认为"事件"具有"差异性"和"奇异性"，文学作品创造的事件只有改变并重塑某种既定规范，对社会现实产生影响，为新的意义、

[①]　伽达默尔《美的现实性》，张志扬译，生活·读书·新知三联书店，1991年，第105页。

[②]　伽达默尔《美的现实性》，第107页。

身份和生活方式创造可能性，才堪称具有文学意义的"事件"①。伊格尔顿借助阿特里奇的思考，指出文学艺术的宝贵之处在于"让我们习以为常的价值重新变得可见，从而让这些价值受到批评和修正"②，因此他期待的是质疑规范的"文学伦理学"（literary ethics），指出文学的价值在于"逃离结构，破坏系统"（*Event*：99），通过"修复人类现状［……］通过揭露我们赖以生存的规范、准则、传统习俗、意识形态、文化形式当中的任意性本质，文学作品才能完成它们的道德使命"（*Event*：103）。③

无独有偶，"事件"具有的差异性、奇异性、偶发性、独一无二性也正为当代法国哲学所看重，虽然德里达、德勒兹、利奥塔、巴迪欧等哲学家对"事件"的理解与伊格尔顿并不相同，但就"事件"具有的破坏、颠覆功能而言，他们的思想却不谋而合。在伊格尔顿那里，文学作品要完成其道德使命，在很大程度上依赖于读者的阅读行动，但他并未具体言明作者、语言究竟如何创造了事件？这些事件究竟是什么？读者如何被这些事件影响？以及文学作品如何通过这些事件质疑并重塑社会规范？对社会现实产生影响的目的是什么？

为了回答这些问题，我们可以将德勒兹（和瓜塔里）的小民族文学理论与事件概念结合起来，并借助巴迪欧对"事件"

---

① Derek Attridge，*The Singularity of Literature*，London and New York：Routledge，2004，p. 59.

② Terry Eagleton，*The Event of Literature*，New Haven：Yale University Press，2012，p. 91.

③ 参见阴志科《从"理论之后"到"文学事件"——新世纪伊格尔顿的文学伦理学立场》，载《贵州社会科学》2014 年第 12 期，第 67—73 页。

的理解，尝试发展出一套行之有效的事件文学理论。"小民族文学"是德勒兹（和瓜塔里）在研究卡夫卡时提出的一个概念。它不是指一种特别的文学，也不是指由少数族裔作家创作出来的文学，而是"一切语言实践的革命潜能，通过在表达与内容之间生产多样的关系和关联而向占主导地位的语言阐释的二元对立形式发起了挑战"①。正是因为具有这一"革命潜能"，小民族文学才与同样作为"纯粹潜能"的"事件"密切相关：小民族文学对语言进行小民族使用，创造语言事件；通过各种各样的生成进行小民族政治实践，让生命事件在新的情境之中现实化；通过参与表述的集体组装创造出新的身份和民族，创造语言事件。

语言事件：小民族语言

在《文学事件》中，伊格尔顿提到保罗·利科（Paul Ricoeur）从"词语"的角度谈论事件与结构的关系，指出"词语横亘于结构与事件的接缝处"。（Event：200）因此，词语是以自身固有的"可重复性"不断地将新的意义带入作品的结构之中，从而在"结构"和"事件"之中跳跃，强化和消解作品的"结构"。②引申一下，在词语被不断重复的过程中，新的意义可能会强化或消解词语的主导意义、固定用法，这种消解具

---

① Patrick Hayden, *Multiplicity and Becoming: The Pluralist Empiricism of Gilles Deleuze*, New York: Peter Lang, 1998, p. 60.
② 详见阴志科《伊格尔顿"文学事件"的三重涵义——兼论书名中的 event》，载《文艺理论研究》2016 年第 6 期，第 83—84 页。

有积极的意义。然而，伊格尔顿并没有详述语言事件究竟是什么，它们消解或颠覆的是怎样的"结构"，又对社会现实产生了怎样的影响。在这里，我们可以借助德勒兹（和瓜塔里）的小民族语言来具体理解这一过程。

在《论英美文学的优越性》（"On the Superiority of Anglo-American Literature"）中，德勒兹明确指出，对语言进行小民族使用是语言的"事件"，小民族语言"自身已经成为事件的创造者"。[①]不过在德勒兹（和瓜塔里）这里，事件不是与恒定"结构"相对的偶然、具象、独一无二，不是实际发生的事情或出现的状态，而是潜在于非个体、非有机的生命（impersonal，nonorganic Life）之中，并在生命的生成过程中，不断地现实化（actualize）于具体的事物和状态之中，而事件的每次现实化都有所不同。因此"事件"是绝对的内在性差异，呈现为"连续的变化"，它是内在于不同力量之间的斗争或交流的潜在变化，"作为纯粹的潜能（即真实的、内在的可能）而存在"，是"存在于时空世界之上的非物质转变（incorporeal transformation），但能够在语言中得到表达"。[②]事件是由动词不定式形式表达的，它不依赖于客体和属性，表明的是事件现实化的推动力。我们可以将"事件"与柏拉图的"理念"进行对照理解：理念是永恒不变的，存在只是对同一的理念进行模仿；而事件则是绝对的内在性差异，在不断现实化过程中呈现为连续的变化，不断对差异进行重复，不断使不可能成为可能。

① Gilles Deleuze, *Negotiations: 1972 - 1990*, trans. Martin Joughin, New York: Columbia, 1995, p. 69.

② Adrian Parr, ed., *The Deleuze Dictionary*, Edinburgh: Edinburgh University Press, 2005, p. 89.

　　德勒兹（和瓜塔里）之所以如此看重语言事件，是因为他们认为语言是某个时期在某个社会中通用的一套口令（order-word），其功能不是交流或传递信息，而是发号施令，因此语言中充满了权力关系。社会要求人们使用标准的语言，遵循固定的语法，使用固定的句法和词汇形式，遵循词语的主导意义，以便维持他们固定不变的身份（男/女、父/子、君/臣等），从而维持社会秩序。这种标准语言就是德勒兹（和瓜塔里）所说的大民族语言，就像拉康的"象征界"，或克里斯蒂瓦所提出的"象征"的意指过程一样，其目的是要形成和维持人们的大民族身份或"克分子"身份，从而维持既定的社会秩序。小民族语言不只是次语言、方言或个人习语，而是引发对大民族语言进行解域、让其生成小民族语言的能动力量，即语言"事件"。它会让大民族语言生成小民族语言；故意使语言贫乏或丰富，颠覆词语的单一意义，打乱既定的句法，创造新的词汇形式，让语言的各种构成要素——语音、语义、词汇、句法等——进行持续不断的变化，在大民族语言中形成一种外语，让语言自身口吃。[①]小民族语言让语言自身口吃，重新分布声音和词语、词语和意义、词与物、正确的和不正确的语序等。小民族语言就是通过语言事件瓦解铭刻于语言中的权力关系，解域在语言中确立的常规做法、风俗习惯、大民族身份等，颠覆既定的社会秩序，为新的生命实验、新的生成创造条件，让生命事件能够在新的历史条件中现实化，从而创造出新的生命可能性、新的身份和新的社会组织形式。

---

① Gilles Deleuze and Félix Guattari, *A Thousand Plateaus: Capitalism and Schizophrenia*, trans. Brian Massumi, Minneapolis: University of Minnesota Press, 2005, pp. 104 - 106.

女性主义者认为大民族语言充满了"男性象征"，歧视和压制女性，因此西苏（Hélène Cixous）和伊利格瑞（Luce Irigaray）试图通过"女性书写"（feminine writing）来创造语言的事件，从而破坏和颠覆这种父权语言具有的固定意义、逻辑和封闭性，抵抗、废除其中根深蒂固的形式、形象、观念和概念，对它们进行重新分布，这样便可以颠覆和解域父权语言，为女性创造新的身份，从而促使新的社会制度出现。克里斯蒂瓦区分了意指过程的两大要素"象征"（the symbolic）和"符号"（the semiotic），实际上前者是大民族语言，后者则让大民族语言小民族化，从而引爆"一场象征和主体的动乱"，打破权力的"主体"，摆脱作为"父系法则"产物的标准话语所具有的压迫秩序和理性。[①]这会使女性摆脱被这种标准话语所规定的否定的、边缘的地位，为她们创造条件，让她们展开新的生命实验，进行新的生成，从而使她们能够在新的社会和历史条件中将生命事件现实化。

对一些英国的前殖民地国家而言，作为大民族语言的标准英语也充满了权力关系，充满了对殖民地国家及其文化传统的偏见、扭曲、歧视和压制，以维持英国对这些殖民地国家的统治。非裔美国作家巴拉卡（Amiri Baraka）曾指出："欧洲的语言带有其创造者和使用者的偏见，你用他们的语言说，就必定会反对黑人，除非你极力加以克服。"[②]为了颠覆暗含在大民族

---

① 波拉·祖潘茨·艾塞莫维茨《符号与象征的辩证空间——朱丽娅·克里斯蒂瓦美学思想简论》，金惠敏译，载《南阳师范学院学报》2004 年第 4 期，第 2 页。参见尹晶《小民族政治的文学实践》，载《国外理论动态》2008 年第 1 期，第 75—76 页。

② 转引自姚峰《阿契贝与非洲文学中的语言争论》，载《外国文学》2014 年第 1 期，第 69 页。

英语中的权力关系，非洲作家阿契贝（Chinua Achebe）强调非洲文学应该对英语进行"挪用"和"改写"，非洲作家"应该力图开创一种英文，它既是普遍有效的，同时能够承载他独特的经验"。①曾凭借《午夜的孩子》（*Midnight's Children*，1980）等作品三次荣膺布克奖的印度英语作家拉什迪（Salman Rushdie）表示："我们不能简单地按照英国方式使用英语；它需要为我们自己的目标重新使用。……征服英语也许就是实现我们自身自由的过程。"②对大民族英语进行挪用和改写，实际上就是通过创造语言事件对标准英语进行小民族使用：他们在自己的作品中将各种不同的小民族英语深化，不再根据标准的、固定的语法使用语言，而是在新的语境中将英语拆解为碎片，并将它们与本土语言中的一些异质元素结合在一起。印度英语作家拉伽·拉奥（Raja Rao）是最早提出将英语印度化的作家之一，他认为要按照自己的本土方言埃纳德语的节奏和曲折变化来改造英语，将印度生活的节奏融入他们的英语表达之中。③对 20 世纪 80 年代后的印度英语作家而言，他为创造英语事件提供了宝贵的启示，为阿兰达蒂·洛伊（Arundhati Roy）和基兰·德赛（Kiran Desai）等作家开辟了新领地，启发她们通过创造英语事件进行自我肯定。

同样地，美国的黑人英语、新加坡的新加坡英语、印度的印度英语等都是这样的小民族语言，它们通过将作为大民族语

---

① Chinua Achebe, *Morning yet on Creation Day: Essays*, New York: Anchor Press, 1975, p. 100.

② Salman Rushdie, *Imaginary Homelands*, London: Granta Books, 1991, p. 17.

③ 转引自 Daniela Rogobete, "Global versus Glocal Dimensions of Post - 1981 Indian English Novel", in *portal: Libraries and Academy*, 12. 1 (2015), p. 15。

言的英语进一步解域，生产出许多语言事件，从而解构作为语言常量的权力关系，让黑人、黄种人等有色人种摆脱白人的霸权统治，让那些处于后殖民状况中的前殖民国家摆脱前宗主国的霸权统治，让他们在新的社会状况和历史条件中，通过新的欲望生产，创造新的生命事件，或者对生命事件进行新的现实化，从而创造出新的身份、新的民族，而这正是发生语言事件的意义所在。而这些新的生命事件究竟是什么呢？它们如何有助于创造新的身份、新的民族？

生命"事件"：生成

在德勒兹（和瓜塔里）那里，"生命"不是个人的、有机的生命，而是质料-能量流所特有的"非个体、非有机的"力量，它推动质料不断生产和创造差异，通过无始也无终的生成来生产事件，或让生命事件在新的社会和历史条件中现实化，从而在"受限制的空间"中，在"不可能"的环境中，与贯穿其中、决定其行动的各种权力关系不断交锋，"在不可能之间描绘出一条道路"。[1]德勒兹（和瓜塔里）所谈到的"生成-女人"（becoming-woman）、"生成-动物"（becoming-animal）、"生成-儿童"（becoming-child）等一系列生成，都是这样的生命事件。生成之所以不断创造生命事件，或推动生命事件在新的社会条件下进行新的现实化，就是为了摆脱社会给人们规定的大民族身份，促使他们进行真正的生命实验，以创造出偏离标准的身份，增强

---

[1] 详见 Gilles Deleuze, *Negotiations: 1972 - 1990*，p. 133。

事件本身的解域潜能，从而质疑和反抗既定的社会秩序、规范、习俗等。

"生成女人"是在传统的男人和女人范畴之间创造出一条逃逸路线，将性别编码解域化，从而让人逃离男人占统治地位的父权制权力结构，逃离以男人为标准的主导价值，从而让生命的事件进行新的现实化。在印度女作家洛伊的小说《微物之神》（*The God of Small Things*，1997）中，我们看到阿慕通过生成-女人质疑和僭越印度的古老礼法：她不顾禁止高种姓女子与贱民男子跨越种姓相爱的礼法，爱上了贱民维鲁沙。而他们相爱不仅是由于身体的、性的吸引，还因为他们具有同样的反抗精神，可以共同反抗偏执狂的欲望（paranoid desire），后者全面有效地限制生命的欲望之流，将其辖域化在特定的范围内，从而形成和维持大民族身份和既定的社会秩序。而阿慕正是因为与维鲁沙相遇，才"生成"了"女人"：就在他们四目相对的短暂时刻，"历史乱了脚步"，维鲁沙看到了阿慕是个女人，这是他一直被禁止进入的事物，"被历史护目镜弄模糊的事物"。在此刻，在维鲁沙的眼中，阿慕不再背负着父权制和种姓制度强加于她的道德束缚，也不再是一位离过婚的母亲，而是一个活生生的"分子"女人，"微笑时有着深深的酒窝"，有着浑圆、坚实、完美的"棕色肩膀"。[1]正是通过生成女人，阿慕才有了新的生命体验，才让生命事件在印度的现代社会中现实化了。

"生成-动物"是解域人/动物的二元对立，让人逃离"人之形象"（the image of man）对人的一切规定，将人类文化解码，从而解放被辖域化在"人"之形象之中的非个体、非有机的生

---

① 阿兰达蒂·洛伊《微物之神》，吴美真译，人民文学出版社，2012年，第166页。

命，通过新的欲望生产、新的生成，让生命事件根据新的社会状况、现实条件现实化。在库切（J. M. Coetzee）的《耻》（*Disgrace*，1999）中，作为殖民者后裔的白人女性露茜·卢里通过"生成狗"进行新的生命实验，在废除种族隔离制度后的南非将生命事件进行新的现实化，从而摆脱自己面临的生存困境。在被三个黑人强奸之后，露茜以一种更适合新南非的方法解决此事：她不像以前的白人妇女那样向警察告发强奸者，要求逮捕并惩罚他们，而是向父亲指出"在眼下，在这里"，这件事完全属于她的个人隐私，与白人群体无关，[1] 她无意进一步加深白人和黑人之间的仇恨；她也没有接受父亲的建议离开非洲去荷兰，或者到"一个比这里更安全的地方去重新开始生活"[2]，而是选择留下来，并且留下因强奸而怀的孩子。她决定把自己的土地转给佩特鲁斯，并且嫁给他，以换取他的保护。她开始学习"像狗一样"生活，即从真正的一无所有开始生活，"没有办法，没有武器，没有财产，没有权利，没有尊严"，就像那些没人要了的狗一样。[3] 如巴顿（Paul Patton）所指出的，生成也许是"转向真正的后殖民社会的唯一可能的形式"[4]。

在《水之灵的归来》（*The Return of the Water Spirit*，2002）中，奥诺里奥通过生成工人创造让生命事件在独立之后处于后殖民状况之中的安哥拉现实化，以摆脱他"无家可归、无法养家糊口"的生存困境。奥诺里奥曾是安哥拉的执政党

---

① J. M. 库切《耻》，张冲、郭整风译，译林出版社，2002年，第125页。

② J. M. 库切《耻》，第227页。

③ J. M. 库切《耻》，第229页。

④ Paul Patton, "Becoming-Animal and Pure Life in Coetzee's *Disgrace*", in *Ariel: A Review of International English Literature*，35. 1-2 (2006)，p. 112.

"安哥拉人民解放运动"塑造出来的大民族工人，他曾是被"一党制纪律严明的官僚制度塑造出来"[1]的"模范工人"（*Return*：79）；他"总是其他人的榜样"，在红色星期六总是"第一个主动要求工作"，是"第一个加入公司人防组织的人，曾因抓住试图偷窃公司财物的小偷受到表扬"，是执政党坚定的追随者；（*Return*：78）他曾兢兢业业，小心翼翼，是个"保守工人"，是安哥拉人民解放运动的模范积极分子。（*Return*：96）但后来他住的楼房倒塌了，而他凭那点可怜的工资盖不起新房，因此只能铤而走险，在公司债务数目上造假，以收取少得可怜的回扣，但他第一次造假就被老板发现了，因此不得不辞职；雪上加霜的是，他的妻子指责他像那些官员一样腐败，坚决要跟他离婚。（*Return*：77—78）为了摆脱这种困境，他开始进行生命实验：通过自己的实际行动，偏离了标准的大民族身份，不再是那个"怯懦的、循规蹈矩的工人——党的模范积极分子"（*Return*：96）；他完全摆脱了统治阶级所灌输的那一套观念，不再看待一切时都忘不了"权力和权力主义"（*Return*：98），而是变的"桀骜不驯，热衷于新思想"（*Return*：96），别人甚至认为他足以成为当时公民运动的领袖（*Return*：98）。

因此，我们可以看到，文学通过描写各种生成，即对生命事件进行各种新的现实化，以描绘逃逸路线、描绘"实验-生活"的生命之线，[2]从而创造出"未来的民族"，该民族的身份

---

① Pepetela，*The Return of the Water Spirit*，London：Heinemann，2008，p. 42.

② Gilles Deleuze and Claire Parnet，*Dialogues*，trans. Hugh Tomlinson and Barabara Habberjian，New York：Columbia University Press，1987，p. 47.

是"暂时的，处于创造的过程之中"①。因此，致力于描绘生命事件的文学不是要表现一个已经完全存在的民族，而是要创造出一个新的民族，表现一个潜在的、正在形成的民族，而这正是文学的最终目的，即在谵妄中释放出"对健康的创造，或对某个民族，也就是对一种生命可能性的创造"②。这就需要进行不断的欲望生产、不断的生成，即不断地让生命事件在新的社会状况、新的历史条件之中现实化，从而不断地推动社会向着更健康的方向发展，如此才能发挥伊格尔顿所提出的"文学伦理学"的功能。那么作者如何捕捉到这些生命事件，并将它们表现在自己的作品中呢？而读者又如何才能理解这些生命事件，并让它们对自己的实际生活产生影响？

作者和读者：事件的忠诚主体

生命事件不断在新的社会条件中现实化，表现为各种各样的生成。为了摆脱权力的控制和编码，这些生成拒斥社会对身体进行的三大超验组织——"有机体""主体化"和"意义"，③因此它们是"生命的分子形式"，拒绝被标准化、同质化为克分

---

① Claire Colebrook, "Introduction", in Ian Buchanan and Claire Colebrook, eds., *Deleuze and Feminist Theory*, Edinburgh: Edinburgh University Press, 2002, p. 118.

② Gilles Deleuze, *Essays Critical and Clinical*, trans. Daniel W. Smith and Michael A. Greco, Minneapolis: University of Minnesota Press, 1997, p. 4.

③ Gilles Deleuze and Félix Guattari, *A Thousand Plateaus: Capitalism and Schizophrenia*, pp. 159 - 242.

子形式，所以人们无法按照常规标准衡量它们、理解它们。[1] 要捕捉和理解这些生命事件，需要非主体的、非个人的感知（percepts）：它们揭示那不可见的、无法忍受的力，这些力之间的斗争和交流构成了"非个体、非有机"的生命。但作为主体的人一般发现不了它们，因为它们被掩盖在日常的生活体验，即平常的知觉和感情之中，被掩盖在各种陈腐思想和陈词滥调之中。但伟大的作家和艺术家能看到它们，而且还在文学和艺术作品中将它们表现出来，赋予"它们一个身体，一种生命，一个世界"。[2]伟大的小说家能够创造"不为人所知的、未被公认的感受，并将它们作为作品人物的生成揭示出来"。[3]或者我们可以用巴迪欧的话说，这样的作家是生命事件的忠诚主体，因为虽然他们并不能评价、阐释这些生命事件，却选择"忠诚"于它们，[4] 坚持在自己的作品中描绘它们，从而让它们进入更多读者的视野，成为新的"可见者"和"可说者"，成为新的"可见性场地和易读性领域"，为被解域的、被打乱的表达重构新的内容。

伟大的作家在自己的作品中所揭示的各种各样的感知和感受实际上是语言所创造出来的视象（visions）和声响（auditions）。德勒兹指出"视象并非幻象，而是作家在语言的空隙之中看到或听到的真实理念"，它们"并非处于语言之外，而

[1] Gerald L. Bruns, "Becoming-Animal (Some Simple Ways)", in *New Literary History*, 38. 4 (2007), p. 709.

[2] Gilles Deleuze and Félix Guattari, *What is Philosophy?*, trans. Hugh Tomlinson and Graham Burchell, New York: Columbia University Press, 1994, p. 177.

[3] Gilles Deleuze and Félix Guattari, *What is Philosophy?*, p. 174.

[4] Alain Badiou, *Infinite Thought: Truth and the Return to Philosophy*, trans. and eds. Oliver Feltham and Justin Clemens, London and New York: Continuum, 2004, p. 62.

是语言的外部"。（*Essays*：5）视象和声响并非语言的，但它们
只能在语言中得以表现，是语言被推至极限而创造出来的，是
通过语言事件创造出来的。它们是前所未见、前所未闻的"形
象和声音"，是生命形成的新的"感觉区块"，它们构成了"思
想之动态的、基本的形态"。①文学就是通过解域语言，让语言口
吃，创造语言事件，从而创造出一种外语，不断地将"非个体、
非有机"的生命引入思想中，创造出视象和声响，从而将生命
事件表现为新的理念。

　　德勒兹指出，"视象"是作家的主观倾向形成的"内心形
象"，它们产生于一种深刻的欲望，并且被投射到外部世界中。
（*Essays*：118）这种欲望就是自由流动的、创造性的、生产性
的欲望，因此，主观倾向中的"主观"，并非指属于某个主体，
也并非指与"客观"相对的个人偏见，而是非个人的、非主体
的，而正因如此，这些视象才是独立自主的，"拥有自己的生
命"。（*Essays*：118）视象是"潜在形象与现实物体的结合"，
而前者是从后者中得到的，是将克分子实体看作由微粒的动静、
快慢关系和不同感受界定的"此"性，看到穿越于其中的力量。
潜在形象是想象出来的，它和现实物体彼此交织在一起，互相
交替，从而共同构成"无意识晶体"，能显现出"力比多的轨
迹"。（*Essays*：63）每个物体包含潜能和现实、存在和生成、
所是和所能这几方面。比如看到开得娇艳的玫瑰花，它的外表
所呈现的是现实的方面；但它会枯萎，能被研碎制成香料，被
用来泡茶，被用来做装饰品，它的刺能伤人，这些都是潜在的

---

① André Pierre Colombat，"Deleuze and the Three Powers of Literature and Philosophy：
To Demystify, to Experiment，to Create"，in *The South Atlantic Quarterly*，96．3
（1997），p. 592.

方面，是它的不同感受，即能动力和被动力，是会在不同的具体环境中现实化的事件。

在《白鲸》（*Moby-Dick*，1851）中，麦尔维尔看到了穿越海洋的死亡力量，这是生命的反动力，它和现实的海洋共同构成一个"视象"，这是一个存在于他心中的秘密海洋。同样，在 T. E. 劳伦斯的心中有一个"秘密的沙漠"，这沙漠由光和热的力构成。（*Essays*：117—118）在他的笔下，光和热的力随处可见：炫目的太阳光，光滑干净的沙粒反射的强烈光芒，刺得人双眼疼痛；炙风阵阵，抽打得人晕头转向；热浪滚滚，烤得人喘不过气来。这样的例子不胜枚举，仅以两处描写为例："我们在一无遮掩的沙漠里，在冷漠无言的苍穹下相依为命，生活了许多年。白天，灼人的骄阳把我们晒得焦躁不安，粗粝的炙风把我们抽打得晕头转向"①；"小小的沙粒干净光滑，在耀眼的阳光照射下，就像一粒粒钻石，反射出强烈的光芒，只一会儿，我的双眼就受不了了。……尽量挡住那看不见、摸不着，却从地面蒸腾而上、向我的脸猛扑过来的热浪"②。这个秘密的沙漠和现实存在的阿拉伯沙漠结合在一起，构成了一个"视象"。

安哥拉独立后最伟大的作家珀佩特拉想象了新的安哥拉人民，并将这一"视象"投射到现实的安哥拉民众之上。成千上万的安哥拉人民开展了一场全新的"公民运动"，以抗议消极的政府当局，因为"他们不采取任何措施解决"人民大众的基本问题（*Return*：93），而只是一味贪污腐败，为自己捞好处。他们开展的是"赤裸革命"，因为他们认为让他们赤裸的"新的民

---

① T. E. 劳伦斯《智慧七柱》（上），温飙、黄中军等译，国际文化出版公司，2008年，第2页。
② T. E. 劳伦斯《智慧七柱》（上），第55页。

族服装",与他们的"生活水平相称",他们沦落到只有赤裸才能与他们的境况相称的境地。(Return：94—95)并且他们没有因袭以前的革命组织形式,而是根据自己所处的具体境况创造了一种新形式：他们没有领导人,没有中央委员会,人人都可以参加会议,而讨论事务并做出决定的是那些最积极的、最感兴趣的人,但他们不会压制其他人。他们不是政党,因为政党已经变成了"监狱";这场运动是由人民发起的,不能被现有的党派禁锢,因为他们追求的目标"只和自己的权力有关";这是一场真正的群众运动,由群众发起,不受任何人控制和利用,因为大家都不允许;最关键的是他们认识到他们在"创造历史",所以他们不能再抄袭任何现有的方案,必须要"创造自己的新的斗争方法"。(Return：97—99)只有如此,他们的革命运动才不会再被任何统治阶级或党派利用。珀佩特拉还想象了一个新公民形象,并将这一"视象"投射到奥诺里奥的身上,使他足以成为公民运动的领袖。

　　这样的伟大作家不是要表现一个已经完全存在的民族,而是要创造出一个新的民族,表现一个潜在的、正在形成的民族,因此"每一个作者个别讲的话已经构成了一个共同行为,他或她所说或所做必然是政治的"[1]。因为在这种情况下,国家或民族意识"在外部生活中常常未起作用,而且总是处于分解的过程之中",因此文学就被赋予了进行集体表述的功能,尽管全体内部存在着怀疑态度,还是创造出了"积极的联合"。[2] 他们通

---

① 陈永国《游牧思想：吉尔·德勒兹、费利克斯·瓜塔里读本》,吉林人民出版社,2003年,第113页。

② Gilles Deleuze and Félix Guattari, *Kafka： Toward a Minor Literature*, trans. Dana Polan, Minneapolis：University of Minnesota Press, 1993, p. 17.

过打破语言的某些规则，让语言产生连续变化，从而颠覆既定的社会秩序，创造出新的主体身份，这样的作家是小民族作者，他们拒绝大民族作者的功能，直接"参与到表述的集体组装之中"①。他们正是通过参与表述的集体组装创造出新的身份和民族。

而在面对那些无法按照常规标准来理解的伟大作家所描写的生命事件时，读者也要像作者一样成为事件的忠诚主体：为了逃离社会对生命的限制、阻碍和谴责，为了增强生命力量，在尚无法判定这些生命事件是什么、会通向何方之时，读者选择忠诚于它们，让自己进行同样的生成。读者同样需要有非主体、非个人的"感知"，这样才能看到贯穿于这些生命事件，也就是作者所创造出来的那些"视象"中的诸力，并且让它们穿越自身，在自身内部发挥作用，从而具有新的感受，从而生成他者，就像亚哈船长生成鲸，格里高尔生成甲虫一样。因此，读者要想逃离社会中各种固定结构的桎梏，需要忠诚地追随作者在作品中所描绘的那些事件所展现出的逃逸线，并通过自己的生成进行生命实验，进行小民族政治实践，质疑和重塑社会中的既定规则、习惯、风俗、标准等。因此我们看到，作者主要是通过语言事件表现的生命事件为人们的生成创造新的条件，而只有那些忠诚的读者才能够真正地被那些事件影响，通过忠诚地追随它们以背弃各种既定结构，从而实现文学的伦理学功能。

然而，作为事件的忠诚主体，读者和作者一样面临着危险：

---

① Ronald Bogue，*Deleuze on Literature*，New York and London：Routledge，2003，p. 109.

要么会被超验组织重新捕获，从而被再辖域化，导致死亡，就像《变形记》中的格里高尔、《彭忒西勒亚》中的阿喀琉斯；要么会变成一条自我毁灭之线，变成空洞的无器官身体，或纯粹的死亡平面，就像葬身大海的亚哈船长、因杀了阿喀琉斯而伤心至死的彭忒西勒亚或是精神崩溃了的尼采。因此，作者和读者不仅要忠诚，而且要谨慎小心，需要"保留最少的层、最少的形式和功能，以及最小限度的主体"和自我，这样才能不断地生成下去，才能处于健康的状态。①健康就是不断地更新内部（自我或主体建造的房屋）与外部和宇宙（非个体的、非有机的生命流动于其间的宇宙）之间的构成关系，让它们形成不可区分的区域，也就是不断地生成。②

结　语

这种事件文学（literature of event）关注两个方面：一是作家，二是读者。作家作为事件的忠诚主体通过语言事件表现生命事件，以瓦解铭刻于语言中的权力关系，解域在语言中确立的常规做法、风俗习惯、大民族身份等，并直接参与创造表述的新的集体组装，以新的方式干涉非话语的机器组装，从而颠覆既定的社会秩序。语言事件会让语言脱离常轨，将掩藏在陈

---

① Gilles Deleuze and Félix Guattari, *A Thousand Plateaus: Capitalism and Schizophrenia*, p. 270.

② 详见 François Zourabichvili, "Six Notes on the Percept (On the Relation between the Critical and Clinical)", in Paul Patton, ed., *Deleuze: A Critical Reader*, New York: Wiley-Blackwell, 1991, p. 198。

词滥调中的感知和感受，即生命的诸力和各种感受及强度表现出来，从而将语言推至其极限，表达出伟大的作者"在语言的缝隙和空隙中看到和听到的真实理念"（*Essays*：5）。生命事件则不断地解域社会中的克分子组装，释放出非有机、非个体的生命的欲望之流，不断地在内在性平面上进行新的欲望生产，不断创造出新的生命体验、生命形式和生命的可能性。读者作为事件的忠诚主体需要谨慎地接受这些生命事件，以让它们颠覆日常生活中的规则、习惯、风俗、标准等。可以说，这种事件文学理论与利奥塔的"崇高美学"有着异曲同工之妙：都是在对此时此刻有"事件"发生的叩问和描绘中，试图靠近"那种尚未被意识所捕捉的对事物、时间和空间的原初感受力"[①]，展现出尚未被意识捕捉到的各种生命事件。

---

① 周慧《事件与艺术：利奥塔的语位政治学和后现代的崇高美学》，载《文艺理论研究》2016 年第 6 期，第 87 页。

言说何以成为事件？
——"瘟疫文学"作为"事件本身"的创生之力

姜宇辉

> 而后，赖豪之亡灵化作铁牙石身之鼠八万四千，
> 登比叡山，噬佛像经卷，无能防之。
>
> ——《太平记》[①]

一、问题的提出："言说事件"还是"言说作为事件"

1997 年 4 月于蒙特利尔的加拿大建筑中心，德里达携两位友人举行了一场名为"言说事件，这是否可能？"（Dire l'événement，est-ce possible？）的小型工作坊。对于德里达，这只是又一次略显无聊的学术拜谒仪式；但对凡俗的我们来说，这个标题却无疑提出了一个极为深刻乃至尖锐的问题。是的，作为整日以"言说"和"书写"为业的所谓"知识分子"，我们都不免会有一种冲动，就是总有一个时刻想要放下话筒，搁置纸笔，自我

[①] 转引自京极夏彦《铁鼠之槛》（上），王华懋译，上海人民出版社，2009 年，第 12 页。

追问：难道自己的所作所为无非就是"说"了、"写"了一番，而这番说辞、这篇文字实际上在这个世界上并未激起任何事件的微澜？有人定会反唇相讥：对一个投身书写事业的文人来说，专注的冥想、思想的创造才是第一位的吧，至于介入现实、改造世界，这虽然不能说是与己无关，但毕竟并非一介书生的直接关注点。自然，我们大都会认同或遵循这种"不逾矩"的学术伦理，但即便接受这个默认的规范和前提，仍然还可以提出一个根本性的观点：即便只是在讲台上"说"了一番，在书桌前"写"了一页，这仍然可以在世界之中激起某种事件的波澜，在历史之中营造某种断裂的跃变。一句话，仅仅是言说，亦可以或理应成为事件。

这亦是这次蒙特利尔工作坊带给我们的最大启示。固然，没人会期待在这场常规的学术研讨会上发生什么真正的"事件"，但在先行的两位发言者（加德·苏萨纳与亚历克西·努斯）和作为最终回应者的德里达之间，仍然形成了一种发人深思的鲜明对比。在前两位学者的陈述之中，虽然也大量充斥着具有事件特征的词语，比如"时间"、"侵入"（irruption）、"断裂"（rupture）、"来临"，乃至"特异性"（singularité）、"悖论"、"不可言说"（indicible）等，但这些说辞无非只是对事件的种种特征进行了一番描绘或阐释，或充其量也不过是对语言内部所积聚、酝酿着的事件性潜能进行了一番戏剧性的展示。对于列席工作坊的听众来说，这些固然是激荡思想的大餐；然而，一旦离开会议室，一旦置身于"外部"的场所和情境之中，这些看似风起云涌的言辞之"力"顿时就变得风平浪静，激不起些许波澜。

最终，还是德里达在并不冗长的回应之中击中了问题的要害。他一开始就回归到根本性的奥斯汀（J. L. Austin）问题，以"记述"（constative）和"施行"（performative）这个基本区分为重要背景直接指向言说和事件之间的关系。暂且搁置奥斯汀的原初文本，在德里达的意义上，我们得以揭示言说与事件的两重极为不同的关联：一方面，是"对事件的言说"（un dire de savoir：dire ce qui est）[①]；而另一方面，则可以说是"作为事件的言说"（un dire qui fait, qui opère）（*Dire*：88）。就此而言，这次工作坊的主题几乎是全然不得要领：关键的问题并非"言说事件，这是否可能?"，而恰恰应该是"作为事件之言说（dire *comme* l'événement），这是否可能?"。对发生了的事件进行一番言说，这并没有什么难处，也并不会触及什么根本性的哲学难题。即便有，那也只是认识论层面上的，比如可以进一步追问言说是否与事件相符，言说究竟在何种程度上能够揭示真相，等等。但一旦关键的问题转向"作为事件之言说"，这可就直接触及了根本性的存在论难题：言说作为事件，究竟在这个世界上激发了怎样的差异，营造出怎样的断裂，推进了怎样的变革？用德里达自己的词句来说，言说之所以能够成为事件，就在于它本质上可以成为一种"生产"（production），一种"发明"（invention），因为它最终实现了一种"转变"（transformation）。（*Dire*：90，91，95）

在提出这个极为关键的要点之后，德里达转向了具体的分析，主要结合"供认"（l'aveu）、"赠予"（don）、"宽恕"（pardon）和"好客"（hospitalité）这四个经典案例深刻展示了言说何以成为事件。但这番推进似乎有些过于迅速了。在具体分析

[①] Jacques Derrida，*Dire l'évement，est-ce possible ?*，Paris：L'Harmattan，2001，p. 87.

之先，德里达理应首先回应两个根本性的哲学问题："言说-事件"① 的那种生产性、创造性的力量到底源自何处？此种力量又到底在世界上营造出怎样的"变异"？简言之，我们必先追问言说的"事件之力"的来源与效应。而既然德里达在这篇简短的回应之中语焉不详，我们就理应回归奥斯汀的原初文本来一探究竟。当然，奥斯汀的"以言行事"（to do things with words）的理论早已为学界反复咀嚼，而后更是衍生出层出不穷的引申与修正方案〔尤以塞尔的言语行为理论（speech act theory）为代表〕，但基本上都并未真正逾越原初的辖域。概言之，从未有人真正动摇过《如何以言行事》这部里程碑之作中的根本命题："我们通过话语施事行为（illocution）这个术语而引进的东西，是所指（reference），但它指涉的不是话语行为的结果（conse-quences）（至少在任何日常的意义上），而是指涉与说出该话语时的特殊环境有关的话语施事语力量的约定（convention）。"②这个核心的结论进一步包含着两层极为重要的含义。一方面，它明确引入了言说的"意义"（meaning）、"力量"（force）和"效果"（effect）之间的三重区分。（《如》：112）而如果说意义和效果早已为语言学家和语言哲学家们反复深入地研究阐述，那么，正是"力量"这个维度足以展现出言说-事件的生产性能量。力量不同于意义，因为它不能还原为相对抽象封闭的语言系统内部的符号性差异（在索绪尔的意义上）；同样，力量亦不

① 鉴于"作为事件之言说"这个表达有些冗长，我们下文就将其凝练、简化为"言说-事件"。

② J. L. 奥斯汀《如何以言行事》，杨玉成、赵京超译，商务印书馆，2013年，第108页。同时参考英文版 *How to Do Things with Words*，外语教学与研究出版社 & 牛津大学出版社，2002年。以下仅标注中译本页码。

同于效果，因为它不能归结为言说随后在世间所引发的层出不穷、绵绵不绝的"后果"或"结果"。相反，它就是源自言说本身，就是自言说行为内部所迸发出来的事件之力。当我们言说之际，且仅当我们言说之际，这种力量就已然发生，已经展现出来。

然而，仅仅将力量置于言说行为内部，还只是一个起点，并不足以补充德里达前述理论的关键缺环。因为我们总还是要进一步追问：此种力量到底源自何处？或者说，要想令言说具有实施事件之力，还需要补充上怎样的前提条件？毕竟，我们已经不再身处福柯在《词与物》中所描述的词与物紧密纠缠在一起的文艺复兴时代，仿佛单纯言说就自然而然地可以施展近乎"物理"的效应（比如咒语、魔法）。在如今这样一个日益世俗化、日益去魅的世界，势必要求对言说-事件的哲学前提给出进一步的陈说。这就导向了奥斯汀基本命题的第二个关键方面，即言说的事件之力从根本上说并非源自其内部，而恰恰是在"一定的情境"之中被实现，遵循着"公认的约定的程序"被实施。（《如》：28）若果真如此，那么奥斯汀的理论则从根本上与德里达的立场形成鲜明的对峙乃至冲突，因为在他看来，言语-事件的力其实根本不是"生产性"的（遑论"转变性"的），而仅仅是"规范性的"（normative）。简言之，言说的力量并非在于它制造了怎样的"差异"，而恰恰在于它恪守、"重复"了"同一"的标准。虽然在论及种种"不适当"，乃至"不恰当"（infelicities）的情形之时，奥斯汀也不得不提及那些如病毒和细菌一般"侵入""感染"乃至**寄生于语言的标准用法**"的力量，但在他看来，这些力量都是"不严肃的"（not seriously），因而都理应被**排除在考虑范围之外**"。一句话，"我们的施行话语，无论是否恰当，都被理解为是在正常的情境中讲出的。"
（《如》：24）

无疑，对于言说的事件之力，德里达和奥斯汀显然给出了两个截然相悖的界定。更为棘手的是，虽然德里达在别处对奥斯汀难题进行了相当深入的讨论，比如《有限公司》（*Limited Inc*，1977），但或许至多只是动摇了严肃性/非严肃性的边界，而尚未深刻揭示事件之力的真正机制。比如，就拿他的第一个案例"供认"来说。实际上他更多涉及的是基督教信仰中的"忏悔"实践。那么，忏悔在何种意义上具有一种事件之力呢？首先，忏悔绝非一种记述话语，即它并非意在于上帝面前"陈述"一个客观的、已经发生的事实（"我有罪"），而更是体现出一种施事之力："我与他人的关系，由此发生了一种转变（transformation）。"（*Dire*：91）这当然没错，但问题并不在于发生了此种转化，而更在于要从哲学上解释，此种转化之力到底源自何处，又怎样生效？既然德里达对此并未给出充分阐释，那么无论他怎样强调转化之力这一实际情形，最终还是要落入奥斯汀的规范性解释的框架之中。诚如阿甘本在《语言的圣礼：誓言考古学》中所强调的，"誓言并不关乎陈述本身，而是关涉其效力的保障：问题并不在于语言本身的语义或认知功能，而在于对誓言的真实性和实现的保障"[1]。而无论是诉诸宗教-巫术的魔法之力，还是司法-审判的体制之力，其实最终皆是此种保障在西方历史上的种种典型实现形式，其终极目的皆指向着"誓言"（horkos）最古老而原初的含义，即"将所有事物保留

---

[1] 吉奥乔·阿甘本《语言的圣礼：誓言考古学》，蓝江译，重庆大学出版社，2016年，第10页。

在同样的状态中，并以某种方式赋予它们稳定的状态"。①由此甚至可以说，就誓言作为施事话语而言，其力量根本不在于德里达所谓的生产或发明，因为它并"不创造任何东西，……而是保持统一（synechō），并保留（diatēreō）其他业已存在着的东西"。②看来，无论是基于历史的脉络还是语言的分析，最终我们都不得不接受奥斯汀式的规范性路线。③

即便如此，在奥斯汀之后，在当代欧陆思想的脉络之中，至少还存在着三条可能路径，试图重新打开言说-事件的生产性力量。一是自福柯肇始的话语-权力理论及其中明显体现出的所谓"建构主义"（constructivism）的趋向，进而揭示出奥斯汀的规范性模式所忽视的一个关键要点：当话语和权力结合在一起时，它所做的并非仅仅是"规范/规约"，而同时也在进行"生产"。换言之，它以生产的方式进行规范，又以规范的方式推进生产。当然，由此也就使得话语-权力的捕获装置和网络变得更为强大、紧密、弥散。正因为如此，在福柯之后，不断有哲学家尝试在这个看似密不透风的全面捕获网络之中探寻断裂、空隙乃至逃逸之可能。阿甘本的"例外/悬置/界槛"和德勒兹（及瓜塔里）的"生成-少数"就是其中两个极具潜能的备选方案。然而，我们在下文所想要尝试提出和回应的却是另外一个根本性的问题：即便局限于福柯的极端建构主义立场内部，是

---

① 吉奥乔·阿甘本《语言的圣礼：誓言考古学》，第7页。
② 吉奥乔·阿甘本《语言的圣礼：誓言考古学》，第7页。
③ 当然，在《语言的圣礼》中，阿甘本也试图通过诅咒及伪誓等现象撕裂出例外的边缘状态和"界槛"（threshold）的含混地带，参见拙文《述行的魔法，抑或主体的诅咒：阿甘本〈语言的圣礼〉的拓展性诠释》，载《安徽大学学报（哲学社会科学版）》2017年第2期，第33—41页。

否也同样可以探寻到敞开"事件本身"的创生之力的可能裂口？我们的回答是肯定的。其中一个重要裂口隐现于《不正常的人》(*Les anormaux*，1999)的文本脉络之中，且恰好围绕着所谓"瘟疫文学"这个看似并不起眼的要点而展开。下面就让我们遵循福柯的明示及暗示，逐步推进论述。

二、建构主义及其阴影："事件本身"的创生之力

晚近以来所有关于言说和事件之关联的思索都理应回溯至福柯至为强大的话语-权力这个理论范型。这首先是因为，几乎没有谁能如他那样说得如此直截了当、鞭辟入里："言说事件是否可能"，这根本不是一个重要的问题，甚至算不上一个像样的问题。倒不是因为我们总已经以各种各样的方式在言说层出不穷的事件，而是在于这个提问本身看似就将言说和事件置于对峙的两极，似乎一方是已然发生的"客观的"事件，另一方则是对其进行描述、阐释、反思的"主观的"话语。而在福柯看来，根本不存在什么客观的事件，因为所有一切皆是话语"建构"的结果，皆是话语-权力相勾结的共谋性机制的产物。由此衍生出两个极为重要的含义，进而从一正一反两个方面对奥斯汀的规范性解释进行了深刻回应。首先，这就将我们从话语/言说与事件之间看似显见的表面关联引向其背后的各种复杂的机构-机制，这不仅充分肯定了奥斯汀的基本立场，更是将分析的场域从日常语言拓展到广泛的社会、历史和文化的范域。但当福柯以具体分析的方式进行此种极端拓展之际，也就同时从根本上质疑乃至颠覆了奥斯汀的基本结论，因为一旦话语-权力的

网络真正开始弥漫、渗透于规训社会的每个细节和毛孔，它就逐步开始改换了面容，不再仅仅是"规范性"的，而更是体现出鲜明的"生产性"的形态。或稍微说得含蓄一些，它是以生产的方式来进行更为有效的规范，由此不仅将规范和生产这看似抵牾的两极关联在一起，更是同时将二者各自的权能展现、发挥至极致。

这也是为何我们可以颇有理据地将福柯的这番论辩概括为"建构主义"的基本范型。借用德国当红哲学家马库斯·加布里尔（Markus Gabriel）的说法，所谓的"建构主义"即是这样一种理论预设："'我们无法发现任何事实"本身"'，正相反，所有的事实皆是我们自己的建构。"[①]若稍显武断地套用在福柯身上，则大致可以说：我们无法真正言说任何事件，因为所有的事件都已经是话语-权力的建构。没有谁比尼采更能成为此种建构主义的代言人，因为他用如此言简意赅的方式将其概述为："事实并不存在，它们只是解释。"[②]然而，即便有着尼采和尼采主义者福柯的授权，所谓"建构主义"仍是一种极为含混的立场。问题首先出在"建构"这个词上。所有事件都是话语的建构，这是在何种意义上说的？是在因果作用的本体论层次上，还是仅仅局限于象征和意义的层次？若是前者，则意味着言说建构事件，这里面包含着一种实在的作用机制；若是后者，那么言说的生产性力量就要大打折扣了，因为它并不能真正生产事件，而仅仅是为事件本身平添一个额外附加的意义层次而已。

因果作用的解释看似荒诞不经，但确实可以从当代物理学

---

① Markus Gabriel, *Why the World Does Not Exist*, trans. Gregory S. Moss, Cambridge: Polity Press, 2015，p. 39.

② 转引自 Markus Gabriel, *Why the World Does Not Exist*, p. 39。

的角度给出一种可行的解释。比如，就拿海森堡（Werner Karl Heisenberg）的不确定原理来说。从结论上来看，它说的是不可能同时精确测定粒子的位置与动量，因而也就意味着观察者的介入对测量的结果有着决定性的影响。但这种影响并非仅仅是主观性的（即并非仅仅对于观察者的不同视角来说才有这样的效果①），而是背后有着非常明白的客观的因果性机制：要想观测粒子的运动，当然必须要运用光，但"光的能量以小块的方式走过来，测量过程本身将不可避免地给我们要测量的物体造成一个显著的扰动。而且，即使是在原则上，我们也完全没有办法把这一扰动减小到零"②。这当然是一种建构，因为观察这个行为实实在在地生产出真实的结果。只不过，这样一种物理学的因果解释模型并不足以说明言说对事件的建构。首先，言说的建构不能还原到实在的层次，也就不可能简化成物理学的说明。而这也就说明，即便言说并不比事件更高级，它至少比事件更为复杂，包含着更为错综复杂的因素与机制。

那么，如何描述和解释此种机制呢？单纯如上文所说的那般将言说视作附加的意义，这显然不太充分。因为"附加"这样的说法与其说解释了言说的建构、生产的力量，还不如说从根本上削弱了此种有待解释的力量。跟所有那些无暇深思的"当红"哲学家一样，加布里尔也对这个极为根本的难题给出了简明却肤浅的回答："事实往往就是其本身，因而得以不依赖于

---

① 或者说，并非仅仅是（如加布里尔所说的那样）对客观的事实进行了不同的"分类"（assortment），做出了不同的"预设"（assumption），采取了不同的"记录"（registry）（详见 Markus Gabriel, *Why the World Does Not Exist*, p.39）。
② 安东尼·黑、帕特里克·沃尔特斯《新量子世界》，雷奕安译，湖南科技出版社，2009年，第19页。

我们而持存。"①但建构主义的强大之处难道不恰恰在于论证：在所有看似客观的事实/事件之后，我们都可以且理应加上一个"for us"（对于我们而言）吗？而面对如此强力的反驳，加布里尔的论断看似全然没有还手之力。

由此我们念及另一个不同的理论资源，即保罗·法伊尔阿本德的《反对方法》（*Against Method*，1975）这本名作。虽然看似建构主义的一个彻底的、极端无政府主义的版本，实际上却不尽然。因为我们确实在其中读到了如此令人惊异的结论："不仅事实和理论始终不和谐，而且它们并不像人们所说的那样，是清楚地相分离的。"②这句警策的断语有两个关键词。一是"不和谐"，这就揭示出，理论之旨归并非仅仅是描述和阐释事件，也并非只是为事件平添一层附加的意义；正相反，理论和事件，其实往往是两股异质的、对峙乃至冲突的力量。正是因此，它们并非"清楚地相分离的"，因为它们始终处于彼此渗透、交错的复杂格局之中。正是在这个意义上，我们得以补充加布里尔的论证，进而针对建构主义给出一个关键性批驳：之所以存在事件本身，并非因为它们可以"不依赖于我们"而独立自存（这只是一种不加反思的素朴实在论立场），而恰恰是因为理论/言说在展开其遍在而全能的建构生产之时，时时处处总是会遭遇无法最终捕获的抵抗之力。这个与言说的建构/规范之力相抗衡的异质、外部之力，正是"事件本身"（the event in itself）。

---

① Markus Gabriel, *Why the World Does Not Exist*, p. 42.
② 保罗·法伊尔阿本德《反对方法：无政府主义知识论纲要》，周昌忠译，上海译文出版社，1992年，第42页。

对于福柯式的极端彻底的建构主义，同样有必要基于这个新的视角进行转换性思考。在他那些迷宫般复杂的历史文本之中，理应可以发现言说和事件之间更为复杂而细致的关联。这里当然不必对福柯的论述进行全面梳理，但可以选取一个相当有效的入口。那当然就是"瘟疫/鼠疫文学"（une littérature sur la peste)①。这个说法出自福柯 1975 年的法兰西学院的讲演《不正常的人》，虽然只是寥寥数页的提及②，但可以为我们提供一个极具启示性的线索。一方面，"瘟疫/鼠疫"并非一个次要的历史现象，它在福柯的思想发展之中占据着关键枢纽之位。在《规训与惩罚》这部标志着他从考古学转向谱系学的名作之中，鼠疫横行的城市也恰恰是规训化城市的最早雏形。另一方面，鼠疫及鼠疫文学又尤其体现出对话语-权力的捕获网络最强有力的抵抗。诚如苏珊·桑塔格所言，瘟疫总是骤发的③、大规模的、横扫一切的、源自外部的④，因而它总是标志着连续的历史进程的中断，规范性的社会准则的失效，密不透风的规训网

① 确实，"la peste"这个词在法文中既可指"瘟疫"，又可特指"鼠疫"。就福柯在《不正常的人》中所指涉的所谓"瘟疫文学"这个传统而言，似乎也远非局限于"鼠疫"这一种剧烈而突出的灾祸。比如，作为此种文学传统的发端，修昔底德的《伯罗奔尼撒战争史》（第二卷第五章"战争的第二年。瘟疫及其影响"）与卢克莱修的《物性论》（1136—1284）中的经典段落都并非仅仅在谈鼠疫。但在这里，我们将尤其集中于鼠疫这一个特殊的瘟疫情形，当然主要是因为下文将重点分析加缪的《鼠疫》，并由此点出这个"少数"文学传统的基本特征。
② 米歇尔·福柯《不正常的人》，钱翰译，上海人民出版社，2003 年，尤其可参见第 45—49 页。同时参考法文版 *Les anormaux: Cours Année 1974 - 1975*，Paris：Seuil/Gallimard，1999。下文仅标注中译本页码。
③ "由拉丁语 plaga 而来，意思是'突然发作''伤口'"（苏珊·桑塔格《疾病的隐喻》，程巍译，上海译文出版社，2014 年，第 139 页）。
④ "对瘟疫的通常描述有这样一个特点，即瘟疫一律来自他处"（苏珊·桑塔格《疾病的隐喻》，第 142 页）。

络的脱节。正是在这个意义上，它是真正的、名副其实的"事件"。福柯对此有着生动形象的描绘，"鼠疫被当做恐惧的大规模混乱的时刻，那时人们被传播着的死亡所威胁，放弃他们的身份，抛弃他们的面具，……投入到大规模的放荡淫乱中去，……当鼠疫发生的时刻，这是城市中所有规则被取消的时刻"。(《不》：48) 这不禁让人想到，即便说《古典时代疯狂史》中那种疯狂与理性轮舞狂欢的原初混沌之境已然一去不返，但在历史上一次次爆发的瘟疫仍然可被视作此种暗黑力量的一次次诡异莫测的狂暴降临。

或许，正是在鼠疫文学这个看似"少数"的文学脉络之中，我们反而真切探查到"事件本身"的那种抗拒建构的暴力。在《疾病的隐喻》的开篇，桑塔格就明确指出，"我的观点是，疾病并非隐喻，而看待疾病的最真诚的方式——同时也是患者对待疾病的最健康的方式——是尽可能消除或抵制隐喻性的思考"①。将疾病仅视作隐喻，那就是将它简化为"附加"的意义，进而从根本上削弱了它那种作为"事件本身"的外部的、毁灭性的狂暴之力。然而，通观桑塔格全书的论证，它却无时无刻不在凸显对疾病的种种隐喻化的操作（艺术隐喻、道德隐喻、战争隐喻，不一而足），令人全然无从体会到底何以"摆脱这些隐喻"②。既然如此，那就不妨让我们跟随福柯的启示，回归鼠疫文学的脉络，探寻言说与事件如何在那一次次骤然爆发的断

---

① 苏珊·桑塔格《疾病的隐喻》，第 17 页。原文的着重号。
② 苏珊·桑塔格《疾病的隐喻》，第 17 页。

裂之际彼此撞击，营造出席卷世界的生产性暴力。[1]

三、鼠疫作为规训机制与身体剧场

就文本脉络而言，《规训与惩罚》与《不正常的人》虽然是集中论述鼠疫城市的两个经典文本，而且也确有明显相通之处，但仔细读来，二者的论述思路仍有着深刻的不同。这个不同之处也正是引发我们进一步思索的真正起点。

初看起来，这两部作品几乎同年发表（1975 年），当然有着极为密切的对应。在《规训与惩罚》第三部分第三章"全景敞视主义"的开篇，福柯首先描绘了 17 世纪末出现的针对瘟疫而采取的"空间隔离"及严密监控等种种具体而微的措施。不过，这些规训措施和策略，其实在全书之前的章节里已经从各个角度进行过描述，那么，此处引入瘟疫这个新视角的用意何在呢？关键是这段话："如果说，麻风病人引起了驱逐风俗，在某种程度上提供了'大紧闭'的原型和一般形式，那么可以说，瘟疫引出了种种规训方案。"[2]仅就此而言，除了大紧闭和规训这两种我们早已耳熟能详的治理方案之外，关键的正是"引起/引出"（susciter）这个词，因为它将麻风病与瘟疫指明为不同方案之所

---

[1]　或许并不令人意外的是，当加布里尔谈及事实/事件自身的抵抗之力的时候，他重点援引的例证恰恰也是"鼠疫杆菌"（Yersinia pestis）（详见 Markus Gabriel，*Why the World Does Not Exist*，p. 40）。

[2]　米歇尔·福柯《规训与惩罚：监狱的诞生》，刘北成、杨远婴译，生活·读书·新知三联书店，1999 年，第 222 页。同时参考法文版 *Surveiller et punir*，Paris：Gallimard，1975。以下仅标注中译本页码。

以诞生的"起源/起因"。但跳过几行，在这段的结尾之处，福柯似乎给出了另外一个全然不同的阐释方向："瘟疫（至少被视作一种可能性）是人们在理想地确定规训权力运作的过程中的一个考验（l'épreuve）。……为了看到完美的纪律发挥作用的情况，统治者设想了（imaginairement）瘟疫状态。作为规训方案的基础（fond），瘟疫意象（image）代表了一切混乱无序状态。"[1]显然，这句话中的阐释完全逆转了之前的方向。在这里，瘟疫不再是"引发"规训方案的先在的"起源"，而恰恰相反，是规训方案为了确证自身的合法性而逆向投射、追溯回去的一个"设想"的状态。这一点尤其体现于imaginarement和 image这两个词上。一句话，当瘟疫从起源变成意象，从事实变成设想，福柯在这里似乎完成了一种理论上的关键转向，即将作为"事件本身"的瘟疫彻底转化为话语-权力的"建构"。如今，瘟疫的那种外部的、异质的、狂暴的事件之力已然彻底被吸纳进捕获网络之内，转化为话语-权力的建构之力。

但反观《不正常的人》，似乎又有所不同。虽然在鼠疫文学引入之前，福柯仍然是以麻风病及鼠疫所引发的不同治理方案为主题，而且阐释的内容与《规训与惩罚》亦大同小异，但我们必须关注这个段落出现的前后语境。在之前的授课中（1975年1月8日），福柯首先引入的是"怪诞"（le grotesque）这个全新的视角。怪诞，并非仅指高高在上的统治者或权力机构往往展现出来的愚蠢与荒唐——这些在古往今来的文学作品中早已屡见不鲜，而其实更是明确指向福柯的话语-权力理论中不可缺失的一环，而那正是在看似差异的权力机制之间进行连接的

---

[1] 米歇尔·福柯《规训与惩罚：监狱的诞生》，第 223 页。

可能性。在考古学的阶段（尤以《词与物》和《知识考古学》为代表），福柯集中论述的主题是"话语"（discours），但这个概念强调的并非林林总总的话语类型和机制的多元性和差异性，而其实更是它们彼此之间所形成的凝聚力（ensemble）所遵循的共同法则，所施行的相似的功能（fonctionnement communes）①。即便是转向谱系学方法之后，福柯明显更关注发生的动态机制，但这个核心的主旨其实并未发生变化。换言之，在福柯那里，论述的方向无论偏向普遍还是特殊、静态还是动态、结构还是转型，最终都要回答一个根本性的问题，即不同的类型和机制之间究竟如何连接在一起，以此形成一种合力，对整个社会进行巨细无遗的治理。而对"连接"这个要点的明示与阐释，《不正常的人》堪称典范，因为我们几乎很难想象还有别的词比"怪诞"更能生动恰切地形容此种连接之形态。首先，不同机制之间的连接必然是怪诞的，因为它既不可能遵循特殊机制内部的既定法则，亦在连接的实施和展开的运作之中无法确立起普适的法则和方案。由此，当此种连接出现之际，它总是带着突兀和扭曲的特征。说得更直白些，此种连接所凸显的反而是连接的不可能性。正因如此，在那些生硬怪诞的连接环节，我们发现的总是反常、危险、"丧失资格"，甚至是"于布王式"的荒唐闹剧。

在《不正常的人》中，福柯主要关注的是"司法制度和医学或整体科学知识"之间的连接。（《不》：10）不过，更值得我们关注的是他给出的此种连接的最基本形态，那就是"重叠"（doubler）："总体上，我们看到一个医学和司法部分重叠的系

---

① Judith Revel, *Le vocabulaire de Foucault*, Paris: Ellipses, 2002, p. 22.

统（un système en partie double），它是在 19 世纪以后建立的，鉴定可以说用它非常奇怪的话语建构了它的中心部分，小小的销子，无限脆弱但又无限坚固，支撑着整体（ensemble）。"（《不》：42）此种重叠的运作又体现出三个阶段。先是"插入"（s'insérer entre eux）①，在不同机制之间首先敞开裂隙；其次是"暗中侵入"（l'insidieuse invasion），即逐步将自身的运作渗透、扩散到原本看似不同的机制的内部；最后形成的效果即在差异要素之间凝聚成新的整体："既非司法权力又非医学权力的权力功能，这是一种其他类型的权力。"（《不》：43）我们看到，其实福柯在这里所说的重叠及其三个步骤的运作确实颇为接近病毒的形态，即从入侵到扩散再到吞噬-同化。或许正因如此，鼠疫这个主题的随后出现几乎是顺理成章的。一方面，鼠疫尤其能够体现出病毒感染和拓展的典型形态，甚至可说是其最高强度和广度的展现；另一方面，鼠疫与麻风病又显然不同，若说后者引发了排斥的操作的话，那么前者所激发的则正是"连接"，而且是在"最细微的要素"中所实现的"连续性"的操作。（《不》：46）

但若果真如此，《不正常的人》中的这番论述其实也并未真正偏离前述的《规训与惩罚》中的套路，即鼠疫的那种狂暴的事件之力如何一步步被吸纳、转化为"权力的积极技术的发明"（《不》：49）。这也是为何鼠疫这个意象在后文已经全然没有必要出现，因为更应该关注的恰恰是权力机制内部种种怪诞的连接形态，尤其是"畸形人""需要改造的个人"和"手淫的人"

---

① 法文版在这个短语后面还有"assurer leur jonction"（确保彼此的连接），这句在中译本中漏译的话却相当重要，因为它恰恰强调了"插入"的目的正是为了更有效地实现"连接"。

这三种。但越过几章之后，我们似乎悟到了一些新的转机，那正是"1975 年 2 月 26 日"那一讲中所提到的"着魔"（posses-sion）及其与巫术之间的区分。看似从"巫术"向"着魔"的转变也大致对应着事件之力自外部逐渐内化的过程："至于着魔，……它更是一种内部的后果，而不是外部。"（《不》：229）但着魔本身具有一种抗拒彻底内化的力量，因而充满了复杂性和戏剧性。一方面，着魔确实是规训化权力集中且鲜明的体现，"基督教试图把它的权力和控制机制，试图把它的话语强制深入到个人的身体之中"（《不》：229—230）。但另一方面，如此细致入微、无孔不入乃至全面操控的权力并未最终生产出一种驯顺的、任凭权力摆布和塑造的傀儡；正相反，伴随着规训权力向身体的全面渗入，身体本身反而愈发被激发出抵触乃至反抗的力量："但是这些取代不是没有战斗、斗争、干扰和抵抗的。"（《不》：233）由此，着魔的身体不仅在很大程度上保留了事件的原初暴力，更是在规训之力的控制之下被激发出更为复杂而强烈的力量反应："着魔的女人的身体是完全不同的。……它是一出戏剧的舞台。不同的力量，它们的冲突表现在它身上，在这个身体中，在这个身体内部。"（《不》：236）由此就产生了着魔的身体的典型特征，那正是惊厥（convulsion）。惊厥是怎样一种现象？它首先就体现为在不同力量的激荡和作用之下难以平复的抽搐。这样说来，着魔恰恰就是规训权力在身体内部所引发的剧烈的惊厥反应，它已经不单单是扰乱了渗透与弥散的秩序，更是让不同机制之间的怪诞连接相形见绌。怪诞，或许仅仅是一种扭曲和不适，但最终仍然将话语-权力组装成一部有效运转的机器；但着魔就不同了，它破坏了连接的可能，甚或让连接的不可能性被无限凸显放大，进而让机器不断解体、化作一个剧烈焖烧的熔炉。"着魔的女人的身体是一个多重的身体，这个身体可以说在相互冲突的多种力量下以及向它进攻并穿越它的多种力量下被消灭、被粉碎。"（《不》：231）在这里，战争展现出戏剧般的生动细节，而戏剧又感染上了战争式的狂暴力量。所有这一切，都令着魔成为挣脱规训权力之网的最直接有效的入口——"着魔这种摆脱、这种回避、这种逃避、这种反权力"（《不》：241）。

四、加缪的《鼠疫》：死亡城市与"幽灵-事件"

带着这些至关重要的启示，让我们回归鼠疫文学的一个经典文本，那就是加缪的《鼠疫》（*La peste*，1947）这部旷世之作。选择这部作品作为起点，也正是因为其中交织着前文所展示的种种错综复杂的线索：事件本身的原初暴力，规训机制的连接，权力之网的捕获，当然还有着魔式的惊厥效应。当然，关于这部复杂精致的作品，本可以有各种角度的深入分析，但我们在这里暂且搁置其存在主义的哲学背景和抗击纳粹的政治背景，仅集中探讨其中所隐含的规训权力的运作及着魔式的"反权力"。加缪一开始就援引了笛福的警句，这也有意无意地揭示了《鼠疫》这个文本的脉络传承。无疑，若果真存在着一个鼠疫/瘟疫文学的类型和传统的话，那么笛福的《瘟疫年纪事》（*A Journal of the Plague Year*，1935）和加缪的《鼠疫》定然是其中最令人惊叹的两部杰作。甚至可以说，在它们身上，不仅凝聚着瘟疫文学的种种类型特征，更是由此带给随后的文学作品乃至其他艺术类型以不可穷竭的启示和灵感。当然，二者之间的差异亦是明显的。《瘟疫年纪事》至少表面上采取了一种客观纪事的立场，而《鼠疫》则相反，虽然带有明显的象征指涉，但它仍然是一部"虚构"之作。不过，这个区分仅仅是表面性的，诚如珍尼弗·库克（Jennifer Cooke）所言，其实二者皆以一种极端的姿势挑战着"历史与虚构"之间的"严格边界"。①只不过，在我们看来，这两部作品还以更为极端激烈的方式跨越了更为根本的边界——那正是言说与事件之间的既定边界。其实说到底，至为关键的问题恰恰在于：为何或如何书写瘟疫？虚构与纪实之辨之所以是一个要点，也正在于此。当笛福和加缪去言说、书写瘟疫之时，他们的目的难道仅仅是"客观"地描述一场灾祸，抑或"主观"地表达或激发内心的情感？然而，这两种方式显然都无法真正直面、领受乃至激活"瘟疫本身"的事件之力：客观的纪实隔开了话语与事件之间的距离，主观的情感又总是难免落入道德说教的俗套和人性感化的机制。但在两位大师的笔下，我们确实体会到第三种可能性，那正是以文字的方式去最大限度地激活、承受、传达、散布瘟疫的那种"创造的可能性"②。或再度借用库克的妙语，是首先令语言本身感染上瘟疫狂暴的事件之力③，并进而在语言内部营造出惊厥和着魔的剧场。

对于这两部杰作中语言与瘟疫之间的"交互感染"的过程，库克在随后的行文中已有细致展开，我们在此不必赘言。但仍可以且理应基于福柯的启示对其中的哲学内涵稍加阐发。表面

---

① Jennifer Cooke，*Legacies of Plague in Literature，Theory and Film*，Basingstoke：Palgrave Macmillan，2009，p. 17.

② Jennifer Cooke，*Legacies of Plague in Literature，Theory and Film*，p. 12.

③ Jennifer Cooke，*Legacies of Plague in Literature，Theory and Film*，p. 19.

上看，整部《鼠疫》讲述的无非是一个人道主义最终获得胜利的陈腐寓言，整个叙事结构也呈现出一个循环的回路：一开始是处于平庸乃至昏睡状态的秩序井然的现代都市；然后是骤然爆发的鼠疫作为来自外部的暴力（文中始终未清楚交代鼠疫的真正起因）；最终，经历了艰苦卓绝的抗争，整个城市获得了解放，又再度恢复了平静。当然，这样一个循环绝非黑格尔式的辩证综合，亦不同于《西西弗斯神话》中的那种周而复始的轮回命运，而确实是展现出事件之力的戏剧性介入。颇为点睛的是小说接近尾声处的一句耐人寻味的话："然而，今夜并非反抗（révolte）之夜，而是解放（délivrance）之夜。"[1]反抗，总是针对一个源自外部的敌对和压迫的力量；但解放则不同，它释放的是源自人性内部的力量。当然，这里所释放的力量，可以是人性深处的那种无可剥夺和取代的自由力量，这亦理应是人们"从灾难中能学到"的重要"教训"之一。（《加》：287—288）但同样，在加缪的行文中还隐含另一重力量，它并非仅仅是对人性的高扬和肯定，其实更是展现出爆发自人性内部的那种异质性的、外部的力量。对此，加缪有两句简短的提示。一句是老病人的最终领悟："可鼠疫究竟是怎么回事？那就是生活，如此而已。"（《加》：286）这当然可以理解为沧桑老者的人生智慧，所谓太阳底下无新事，无论发生了什么极端的偶然事件，生活还是要继续，人性还是会复归。但这里同样也显示出，鼠疫并非仅仅是来自别处的打断生活连续性的力量，而更是隐藏于人性之中的黑暗力量。所以加缪才会明言，"每个人身上都带

---

[1] 加缪《加缪全集·小说卷》，柳鸣九等译，上海译文出版社，2010年，第287页。同时参考法文本 *La peste*，Paris: Gallimard, 1947。以下仅标注中译本页码。

有鼠疫，世界上没有人是清白的"。①也正是因此，鼠疫所扰乱和破坏的并非仅仅是可见的城市空间与生活秩序，而更是将其事件之力进一步渗透到人性深处，化作郁积、焖烧、随时可能爆发的潜在危险："鼠疫杆菌永远不会死绝，也不会消失，它们能在家具、衣被中存活几十年，在房间、地窖、旅行箱、手帕和废纸里耐心等候。"（《加》：288）

这样，贯穿《鼠疫》的文本，我们发现了两条呼应乃至交织的线索。在"人性光辉的再度凯旋"这个主旋律之下，无疑时时刻刻涌动着鼠疫作为"事件本身"的潜在暴力。对于此种暗流涌动的力量，理应结合文本的细节进行深入解析。但在这里，我们仅着力呈现几个颇令人动容的惊厥爆发的瞬间。最易注意到的段落是第五章开始部分所描绘的歌剧《俄耳甫斯》的公演。这看似是一场例行的奢华仪式，似乎鼠疫的狂暴破坏力暂时被隔绝在美轮美奂的剧场之外，而在这个大家彼此相敬如宾的空间之内，正常的生活秩序正在逐步恢复。然而，这一切只是看似平滑的空幻表象，因为随着演出的推进，鼠疫的事件性威力开始撕破表层的秩序，展现出"着魔"般的力量。"大家没有觉察俄耳甫斯在第二幕的唱腔里带了一些原本没有的颤音，他在用眼泪祈求冥王同情时，悲伤得也有些过分。"（《加》：211）这就恰似柏拉图在《伊安篇》中所描述的经典场景，表演者身处漩涡的中心，如磁石一般吸引着种种外部的力量。这些力量先是攫住了俄耳甫斯的身体，激起"某些不由自主的急剧而不连贯的动作"（《加》：211），然后又将此种事件的惊厥之力以波动之场的方式传播、扩散给剧场内的所有观众。在观众的

---

① 转引自加缪《加缪全集·小说卷》，"总序"，第 26 页。

身上，我们体会到了阵痛和惊恐，但同时也充溢着怪诞和荒谬的氛围。这一刻，是惯常秩序的土崩瓦解，是事件之力的骤然侵入。

不过，在《鼠疫》的文本之中，还有另外一个场景比这个充满戏剧性的片段更能展现鼠疫自人性内部爆发出来的事件之力。那就是第三部开始所细致描绘的葬礼的场景。这个段落也堪称整部小说中最令人匪夷所思的断裂性高潮。我们还记得，当里厄"第一次说出了'鼠疫'这个词"（《加》：101）的时候，随即引发了一大篇感慨和反思。在这个哲思意味浓厚的段落之中，鼠疫首先作为威压性的外部力量呈现出来，它所确证的并非人性的光芒，而恰恰是人在那些宏大得令人敬畏乃至恐怖的"崇高"力量面前的脆弱和渺小。"惟有在鳞次栉比的灰暗屋群后边涌动的大海才能证明，这世界上还有令人忧虑和永无安宁的东西存在。"（《加》：104）在无边无际、躁动不安的大海面前，原本看似宏伟的城市也瞬间化作"灰暗"的残影。鼠疫正是这样一种蔑视、逾越乃至摧毁人类秩序和人性尺度的令人惊骇的外部力量。然而，阿赫兰的居民并没有在鼠疫面前屈服，在后文的种种场景之中，我们所读到的都是此种外部力量如何一步步渗入日常生活，进而逐步被转为惯常秩序的运行。实际上，小说中的那种主导氛围或许并非鼠疫肆虐的满目疮痍的惨景，亦非人们群情激愤抵抗灾难的昂扬斗志，而恰恰是近乎窒息和麻木的濒死的封闭状态。在加缪的笔下，整个城市瞬间化作一座牢不可破、紧密封锁的监牢。

正是这个肃杀的背景为进一步的规训化秩序做好了铺垫。第三部开篇所细致描绘的场景又与《规训与惩罚》中所展现的

"封闭的、被割裂的空间，处处受到监视"① 的典型特征何其相似。一方面，鼠疫在整个城市的迅速蔓延使得原本相对独立的权力机构（军队、教堂、监狱、医院等）彼此之间产生出相互连接的可能乃至必要。但另一方面，权力机构之间的连接，其目的并非在于更有效地在人与人之间建立起沟通的纽带，正相反，它"割断了他们传统的联系，使每个人重新陷入孤独境地，因而造成了人人自危的局面"（《加》：192）。悖论性的是，话语-知识-权力的机器越是连为一体、协同运作，就越是能深入而全面地制造出人与人之间的区隔状态，进而将"这座寂寥的大城市"塑造成"一个毫无生气的笨重立方体拼凑起来的庞然大物"。（《加》：193）

正是在这个带有契里柯（Giorgio de Chirico）式超现实主义布景的监狱城市之中，却骤然间爆发出鼠疫作为"事件本身"的惊厥暴力。不过，在这里用"爆发""暴力"这样剧烈的词语似乎并不合适，因为文本中呈现的是另一种近乎冰冷、在麻木的极致之处所郁积着的同样强大的能量。此种能量既不同于第五章的荒诞剧场，亦似乎与《不正常的人》中所描绘的作为战场-剧场的着魔的身体有着明显差异；相反，它更接近于停尸房和手术室，在惨白的灯光的照射下，在同样惨白的床单和墙壁的映衬之下，剧烈呈现出来的并非生命的抗争和创造的激情，而恰恰是盘踞于生命内部的巨大空洞。如果说福柯笔下的规训城市更接近一座巨大的监狱，那么在加缪的眼中，鼠疫肆虐的阿赫兰城更接近一座巨大的坟墓，在其中"鼠疫、石头和黑夜最终会窒息所有的声音"（《加》：193）。也正是在这个濒死的极

---

① 米歇尔·福柯《规训与惩罚：监狱的诞生》，第221页。

境之中，鼠疫的事件性力量展现出另一种迥异面貌。在着魔和惊厥之中，不同力量在身体之中冲突激荡，难以平复。在其中所能激发的是生命的激情和欲望，"在着魔中……意愿之上承载了欲望的一切含糊不清"（《不》：234）。但在坟墓般死寂的鼠疫城市之中，若说在生命内部还残存着怎样的意志和欲望，那正是"求死意志"，化用尼采的说法，正可以说是"will to death"。

　　然而，求死意志怎可以展现出事件之力？在这里，首先需明辨事件之力得以侵入、感染规训网络的两种看似相悖的方式。一种是福柯式的怪诞和惊厥，它们试图将事件之力维持在一种激荡躁动的强度水平，进而使得权力机制之间的连接无法保持均衡和饱和。但完全还可以想象另外一种不同的方式，即将事件之力转换成它的镜像和反面，即，从生到死，从存有到空无，从强度到匮乏。只不过，这样的操作并不能简单等同于辩证法式的否定环节，因为它并非仅仅是一个过渡性的环节，正相反，它将死亡-空无-匮乏如黑洞一般牢牢打进生命-存有-强度的内部，进而作为后者的"去根基"（effondement，英文可译作 ungrounding）之基础①。整个第三部的后半部分都在这个基调之上展现出一幕幕诡谲莫测的场景，令人叹为观止。比如，一面是殡葬仪式的日益程式化："一开始，我们那些葬礼的特点乃是快速！所有的礼节都简化了，而且，就一般而言，殡仪馆那一套全都取消了。"（《加》：194）如今，城市已经不只是一座巨大的古墓，而更像是围绕着尸体而高效高速运转的庞大死亡-机器："在整个夏末那段时间，秋雨绵绵，每到深夜，都能看见一列列无乘客的

---

① 这个重要概念来自德勒兹的《差异与重复》。相关提示可参见保罗·巴顿为《差异与重复》英译本所作的导言（Paul Patton, "Translator's Preface", in *Difference and Repetition*, Columbia：Columbia University Press, 1994, p. xiii）。

奇怪的电车摇摇晃晃地行驶在沿海峭壁轨道上。……在夏夜里，总能听到满载鲜花和死人的车辆还在那里颠簸。"（《加》：197）

即便加缪的小说最终仍然回归了人道主义的胜利——即便是一种作为存在主义的"人道主义"，但至少这个作为死亡-机器的坟墓城市的经典段落仍然启示出"事件自身"的第三种不同形态：事件除了作为话语-权力的建构、作为惊厥和着魔的身体-剧场之外，还展现出一种颇为极端的"幽灵"面貌。简言之，它不再是权力的傀儡，也不仅是欲望的强度，而更是成为一种游荡于捕获机器内部的仅残留着痕迹的幻影。在这个意义上，加缪笔下的鼠疫确实是名副其实的"幽灵-事件"。

在《不正常的人》的相关段落中，福柯仅点出了"瘟疫/鼠疫文学"这个"少数"传统的几部重要代表性作品。然而，根据我们前文的缕述，完全可以在更为广阔的文学史的范域之中对其进行全面的展示。虽然如此庞大的梳理工作无法在当下这篇论述中详尽展开，但"建构""惊厥"和"幽灵"这三个关键词仍然足以为日后的研究奠定基本的引导框架。比如，作为瘟疫文学的另一部重要代表，笛福的《瘟疫年纪事》同样展现出对死亡城市的细致刻画和对规训机制的巨细无遗的罗列，而所有这些无疑都以种种方式在呼应和回应着福柯及加缪的文本。但笛福的叙述又展现出特别的力量，尤其是"临界的空间"这个概念的提出①，颇能够与阿甘本的"界槛"空间形成对照，由此在瘟疫文学这个脉络的内部展开了另一条超越福柯式建构主义的可能路径。再比如，德勒兹（与瓜塔里）在《卡夫卡：为

---

① "不完全是里面也不完全在外面，而是在投入和退却的门槛上"（丹尼尔·笛福《瘟疫年纪事》，"导言"，许志强译，上海译文出版社，2013年，第19页）。

了一种少数文学》及《千高原》之中所提出的"生成-动物"的理论，也同样可以在晚近的文学实验中找到生动的例示。英国科幻/魔幻两栖小说家、"新怪谭"的重要代表人物柴纳·米耶维（China Miéville）的《鼠王》（*King Rat*）就是一个突出的典型。文中很多描写确实让人不断回想起鼠疫文学的种种范式，比如对鼠群肆虐的城市的鲜明描述。但音乐和空间作为两条共振交织的主线，却又极为鲜明地呼应着"生成-动物"理论中所着力书写的空间-声音-语言之间谐振。至于"幽灵-事件"，则在晚近以来展露出更为多变莫测的形态，尤其出没于各类充满哥特和灾异色彩的荧幕影像之中。所有这些都一次次激活着哲学与艺术的连接，一遍遍提示我们重新深入反思言说与事件之间的复杂纠缠的关系。

作为真理前提的爱
——巴迪欧的爱之事件

蓝　江

在巴迪欧提出的真理的四个前提中，相对于政治、科学、艺术而言，最难理解的是他将爱作为真理的前提。尽管巴迪欧强调了爱之事件，需要从弗洛伊德和拉康的角度来理解，但是，将爱作为真理的前提或者说以爱来发生的事件，从非本体论的角度来说，都难以理解。因此，我们需要祛除萦绕在爱之事件周围的神秘面纱，从尘俗化的角度对巴迪欧的作为真理前提的爱做出解释，从而真正地让巴迪欧这个神秘而具体的真理的前提落实在我们所寓居的大地上。

一、《逆世界》中的爱之辩证法

2012 年阿根廷著名导演朱安·索兰纳（Juan Solanas）拍摄了一部奇特的爱情故事片，与以往那种在我们这个世界之中邂逅相爱的爱情主题不同，索兰纳这部名为《逆世界》（*Upside Down*）的电影设定的是一个完全虚构的场景，故事发生在一个遥远的星系之中。不过，有趣的是，索兰纳似乎不想让观众直接将影片视为一部科幻片，电影甫一开始，索兰纳就借助旁白强调这是一部关于爱的影片。随后，影片颇富心机地向柏拉图的名篇《会饮》致敬。尽管影片中没有提到柏拉图和阿里斯托芬，但是下面这一段话明显是《会饮》中关于爱的说辞的改写版："有人说一对真正的恋人，是出生时就被分离的一个灵魂，他们总会渴望重新合体。"

在柏拉图的《会饮》中，苏格拉底同飨宴的众人一起讨论起人的爱和情欲从何而来。而在这次的讨论中，以阿里斯托芬的说辞最为出众。阿里斯托芬的这个比喻，几乎成了西方思想史上理解爱的现象的一个经典表达，尤其在美学之中，人们总是用阿里斯托芬的说辞来衍生出美感的产生。在斐德若、泡赛尼阿斯、恩里克西马库斯等人谈论自己关于爱的看法之后，阿里斯托芬以论辩式的口吻提出了自己的假说。他说，在自然之初，人的身体并不像我们现在这个样子，而是一个圆满的球状，这种圆球状的人，"力量与体力都非常可怕，而且有种种伟大的见识，竟然打起神的主意——他们打主意登上天去攻击诸神，宙斯与其他神会商应该做什么来应付，却束手无策"。① 宙斯与诸神的最终决定是将圆球形态的人劈成两半，这样人的能力就降低了，而且他们的数量会增加，不影响对诸神的膜拜。这个看起来本来是降低人的能力的行为，却无意中让人诞生了一种之前全无的新感觉，这种感觉就是爱，即情欲。被切分的一半，为了能够恢复自己的能力，也为了重新实现圆满，因此，他们都不得不努力在世界中去寻找自己永远失却的另一半。阿里斯

---

① 柏拉图《会饮》，收入刘小枫编译《柏拉图四书》，生活·读书·新知三联书店，2015年，第202页。

托芬继续说道："所以，很久很久之前，对另一个的爱就在世人身上植下了根，这种爱要修复世人的原初自然，企图从两半中打造出一个人，从而治疗世人的自然。于是，我们个个都是世人的符片，像比目鱼从一个被切成了两片，所以每一符片都总在寻求自己的另一半符片。"[①]显然，索兰纳在电影中的表达，正好与古希腊时期的阿里斯托芬关于爱的说辞形成了鲜明的对应，然而如果说阿里斯托芬旨在说明人是如何一分为二的，那么索兰纳更想表达的主题是人如何合二为一。

为了实现这个目的，索兰纳设定了一个特殊的行星体系，他将之命名为双重重力体系（system of double gravity）。用索兰纳自己的话来说，这个体系是围绕着一个恒星旋转的孪生双星体系，这两个星球紧紧地联系在一起，共同围绕着恒星旋转。不过，在索兰纳的设定中，这个孪生的双星，即双重重力体系，尽管联系在一起，但是两个星球的引力体系是完全对立的。这是一个彼此颠倒的体系，一个星球在下，另一个星球在上，两个星球拥有完全反向的重力体系。除此之外，索兰纳还给这个双重重力体系设定了如下的限制，即某一星球上的物质或物体，只能受到自己所在的星球的重力体系的影响。即便 A 星球的物体出现在 B 星球上，那个物体也完全不会受到 B 星球的重力影响，仍然保持着对 A 星球的重力。这样，A 星球的物体相对于 B 星球来说，就是一个逆物质（inverse matter）。但是，逆物质还有一个特点：逆物质抵达相反的星球之后，并不能长期持存（persistence），因为逆物质与该星球上的正物质会发生反应，从而导致逆物质被烧毁。这势必意味着，A 星球上的人和物不可

[①]　柏拉图《会饮》，第 204—205 页。

能长期出现和停留在 B 星球上，反之亦然。简言之，两个星球的事物实际上是无法共存的，这两个星球之间的共存关系几乎是不可能的。这两个绝对相逆的存在物，仿佛构成了黑格尔哲学中的对立的两面，完全没有调和的可能性的对立的两面，在彼此对立的体系中，又相互地联系在一起。换言之，索兰纳建立了一种辩证法的体系。虽然有评论家对索兰纳假定的情境从天体物理学的角度做出了批评，但索兰纳对这种批评显然十分坦然，因为索兰纳坚持认为，他所设定的孪生的双重重力体系根本不属于物理学范畴，而是一种观念性的构想，是一种纯思辨的构想，而他正是要通过这种思辨式的构想，用电影影像的方式，进行一场特别的观念实验，让辩证法可以在电影的层次上道成肉身。

为了强化这种辩证法的意蕴，索兰纳进一步对两个星球做出了等级上的区分。上层星球代表着富裕和繁荣，是大资产者和优越的中产阶级所生活的场域，在那里，有美丽的建筑，有田园诗歌式的浪漫，有珍馐以供品味，有美乐以飨欣赏，人们可以在舞会上惬意地翩翩起舞，也可以沉溺在声色犬马之中享受人生。而下界的行星上则完全是另一番景象，尤其在炼油厂大爆炸之后，下界的城市到处是一片废墟，灰暗肮脏的街道，破旧的房屋，大街上甚至饿殍遍野，而下界世界唯一可以有用的是他们所产的石油，他们又以极低的价格将这些石油卖给天梯公司，由天梯公司加工成各类石油产品以供上界世界来享用。不过，由于石油属于下层世界，依照之前提到的索兰纳设定的双重重力原理，上界世界的输油管道破裂，那些溢漏的石油如同下雨般重新落到下界世界的地面上，于是，下界世界到处都布满了油腻黏稠的石油的斑点，很难清除。上界代表着富裕和教养，下界代表着贫穷和肮脏，上界的人随时可以嘲笑下界的人，这既是一种物理学上的隔离和颠倒，也是精神世界的隔离与颠倒。

正是由于这些设定，我们看到了一个比我们真实世界中更加绝对的对立关系，两个星球同时在物理世界和精神世界上处于对立的关系之中，这种关系进一步强化了上界世界和下界世界之间调和的不可能性，辩证法的意蕴在此得到进一步强化，我们看到的是一个极端版的阿里斯托芬的爱的说辞。

或许，我们从这里可以理解，索兰纳为什么强调这部电影是一部关于爱的电影。两个行星彼此之间的绝对对立，恰好留下了一个空白，这个空白，在索兰纳来说，就是爱。对所缺乏的东西的追求，对彼此对立面的追求，不仅仅是《会饮》中阿里斯托芬的故事里被切分的人的追求，也是拉康精神分析中，这种对对立面（即他者）的欲望所构成的爱欲的驱力。在拉康那里，我们爱的源泉来自被语言、象征所永远切割掉的对象 a（objet petite a），而我们作为永远残缺的被阉割的主体 $，始终追求着那个绝对无法获得的对象 a，这就是爱欲的原始驱力。正因为如此，拉康学派的精神分析家布鲁斯·芬克（Bruce Fink）强调："拉康假定认为，即她自己所缺少的异样的经验（某种从外部传递给她，并与她密切相关联的经验）与她的伴侣之间的关系，在绝大多数情况下，她的伴侣已经牢牢地被锁定在象征秩序之中。"① 在这个意义上，索兰纳通过影片中的男主角亚当发出了振聋发聩的呼喊："我不相信，爱的伦理难道敌

---

① Bruce Fink, *Lacan on Love: An Exploration of Lacan's Seminar Ⅷ, Transference*, Cambridge: Polity Press, 2016, p. 100.

不过重力?"

影片中另一个巧妙的设定是,生活在下界世界的男主角被命名为亚当(Adam),而居于上界世界的女主角被命名为夏娃(Eve),这是一个类似于《圣经》中的《创世记》的设定,从影片一开始,索兰纳就赋予了亚当和夏娃以创世界的任务,这等于是亚当和夏娃的爱是颠覆旧世界,去创造一个全新的世界的事件。正是亚当和夏娃的爱,打破了原先双重重力体系中被视为绝对不可能的上下界的共存关系,而在影片的末尾,亚当和夏娃的爱的确创造了一个超越上下界之分的全新的世界。他们所孕育的孩子,如同影片中鲍勃所说,将是打破上界与下界绝对区分的一个新的契机。从那一刻起,即亚当和夏娃的爱之事件开始,他们的爱情永远改变了双重重力体系的历史,也打破了原先的双重重力的物理学的壁垒,让一个在双重重力体系的物理学中绝对不可能的事实,通过亚当和夏娃的爱之事件,成为现实,世界的逻辑和物理学都遭到了彻底的颠覆,这是一种典型的辩证法,我们可以将之命名为爱之辩证法。换句话说,在《逆世界》中,唯一可以打破双重重力体系的二元对立(包括物理学的对立和社会阶层的对立)的东西,就是爱,男女主角的相爱作为一个事件,创造了一个新世界,在这个意义上,我们也可以将亚当和夏娃的爱看作创世之爱,他们的相爱敲响了旧世界的丧钟,同时,在爱的交融中实现了对旧世界的彻底超越。

二、空集与爱之事件：不可能的♀的诞生

在这个意义上，我们不仅可以从黑格尔的辩证法的意义上来理解《逆世界》中亚当和夏娃的相爱，更重要的是，我们可以通过这段爱情故事，来理解巴迪欧的重要哲学概念：事件。

实际上，《逆世界》的男女主角名为亚当和夏娃，这体现了索兰纳有一种坚定不移的创世梦想，这种创世不是上帝从外部强加的创世，而是从世界的内部，由于其中的某种运动和反应而确立的创基性（inceptuality）。在海德格尔那里，事件显然与这种创基性紧密联系在一起，这种创基，是纯粹内在性的（immanent），海德格尔说："事件十分明确地表达了起源的自明性的创基。存在的开创性的真理，在其自身中，作为创基的统一性，保留了支配（appropriating）与被支配（appropriated）之间始创的统一体。"①海德格尔的意思是，事件就是创基，是新世界开创的起源，在事件中，世界中的一切都被纳入由事件所创基的新秩序之下，一些东西是创基性的，在事件发生那一刻，一部分存在物成为支配与主导新秩序的因素，而另一些存在物是被强制性地纳入创基的秩序之中，而在创基性的事件中，支配性因素和其他存在物被强制纳入一个创基性的源始事件之中。在《逆世界》中，这个源始事件就是亚当与夏娃之爱，而亚当和夏娃的爱在创基性事件中，是一个支配性的存在物，而这个

---

① Martin Heidegger, *The Event*, trans. Richard Rojcewicz, Bloomington: Indiana University Press, 2013, p. 127.

支配性的存在物，将双重重力体系中所有东西都强行纳入他们用爱开创的体系中。

海德格尔所使用的创基性（inceptuality），其拉丁语词根是inceptus，在日常的语境中，这个拉丁语的意思就是"我开始"。在希腊化时期的犹太哲学家和神学家斐洛（Philo）那里，这个词显然又与无中生有（ex nihilio）的观念紧密相关，在斐洛的《论〈创世记〉》中，斐洛将"无中生有"的观念明显对立于"生于实物"（ex materia），从而借此来解释上帝对世界的创世说①，也在这个意义上，斐洛与巴门尼德对"无中生有"的观念的拒绝拉开了距离。与此同时，巴迪欧也坚决与从实体中产生实体的巴门尼德式的创世方式保持距离，因为在巴迪欧看来，巴门尼德式创世观在现代数学上的代表哥德尔（Gödel）试图用数学形式来排斥一切可建构的集合之外的例外事件的出现，指出只能从实体中产生实体，这个命题也就意味着哥德尔的可建构全集根除了事件，一切都在逻辑和规则中。所谓的"事件"，在建构主义者那里，无非是一种我们尚未触及的数学和逻辑规律的内容，而不是逻辑学上的例外。巴迪欧认为，这种完全可建构的集合论是与事件的观念背道而驰的，因为相对于作为再现（representation）的逻辑而言，根本不可能穷尽所有的真实，那么真实的显现（presence）必然相对于再现存在着绝对溢出，这个绝对溢出就是康托尔定理（Théorème de Cantor）②所假定的内容，也就是说，巴迪欧的事件是一种纯粹的内在性事件，

① 参见斐洛《论〈创世记〉》，王晓朝、戴伟清译，商务印书馆，2012年，第23—39页。
② 康托尔定理也被称为溢出点定理（Théorème de point d'excès），关于巴迪欧对康托尔定理的分析，参见 Alain Baidou, *L'Être et l'événement*, Paris: Seuil, 1988, p. 559.

其事件的构成恰恰在于内在的真实相对于各种再现（语言、逻辑、规律、图像）的绝对溢出，而这个带有偶然性的绝对溢出正是巴迪欧所理解的事件的基础，也是其对"无中生有"原则的阐释。然而，斐洛的无中生有与巴迪欧的事件还是有着巨大的差异，其中最大的差异在于，斐洛依赖于一个全知全能的上帝，从这个世界的外部实现了创世，即无中生有。在斐洛那里，一个彻底创基性的事件只能从一个实体外部来实现。与之相反，巴迪欧的事件是内在性的，也就是说，巴迪欧并不信任一个大全式的实体存在，以及以这个实体来实现创基性的变革。在2006年出版的《世界的逻辑》（*Logiques des mondes*）中，巴迪欧以数学式方法证明了作为大全的实体并不存在："存在不可能构成一个大全，不可能构成世界，不可能构成自然或物理学宇宙。事实上这是一个建基的问题，即认定所有对大全的存在物的思考必然是有矛盾的和不连贯的。"[①]

　　在坚决否定了宗教式、大全式的上帝干预并从外部制造了无中生有的事件之后，巴迪欧如何解决无中生有的事件这一问题呢？巴迪欧的答案是空集（vide），即Ø。空集代表着什么都没有的无，是无中生有的事件的基础，空集对应的是策梅洛-弗兰克尔公理体系（Zermelo-Fraenkel set theory）中的幂集公理，也就是说，对于任何一个集合来说，都存在着这个集合所有元素的集合，而同时空集是所有集合的元素，因此我们可以得出空集Ø的幂集是｛Ø｝，｛Ø｝并不是空集，而是带有一个空集元素的一元集，在这个意义上，如果说空集Ø是非实存的，由空集所得出的幂集却是实存的，其幂集是带有一个元素的一元

[①] Alain Badiou, *Logiques des mondes*, Paris: Seuil, 2006, p. 121.

集 $\{\emptyset\}$，而我们可以进一步对一元集 $\{\emptyset\}$ 进行幂集运算，而 $\{\emptyset\}$ 的幂集为 $\{\emptyset, \{\emptyset\}\}$。这个新的幂集，是一个全新的集合，巴迪欧将之定义为大二集。这样，我们就可以从幂集中得出整个集合论的序列：

$$\emptyset, \{\emptyset\}, \{\emptyset, \{\emptyset\}\} \cdots\cdots \{\emptyset, \{\emptyset\}\}, \{\emptyset, \{\emptyset\} \cdots\cdots\}\}\}\}\}$$

在这个基础上，巴迪欧推出了整个序列，或者说整个世界的架构是如何从一个空无的空集衍生出来的，这是巴迪欧版本的无中生有。也就是说，空集 $\emptyset$ 被视为一种不可能性，而新世界和新秩序的序列只能从空集 $\emptyset$ 中产生，用巴迪欧的话说，空集 $\emptyset$ 是事件的位（site），从空集开始，才能缔造出一个不同于以往的全新的世界，在这个意义上，空集 $\emptyset$ 就是事件本身。

于是，我们由此可以进一步来思考《逆世界》中关于事件的架构。我们还是用巴迪欧式的数学语言来重述一下这个故事。对于两个行星，我们分别将其命名为集合 A 和集合 B，集合 A 对应上界世界，而集合 B 对应下界世界。在索兰纳的设定中，集合 A 和集合 B 的元素无法共存，我们可以将其表述为，对于集合 A 的任意元素 α 来说，与集合 B 的任意元素 β 无法共存。于是我们有

$$A \cap B = \emptyset$$

按照这个公式，我们可以进一步展开这个推理。我们假定在星球 A 上存在两个元素，即 α_1 和 α_2，α_1 和 α_2 可以组成一个集合 a，由于 α_1 和 α_2 都是 A 元素，因此由 α_1 和 α_2 所组成的集合 a 必然包含于集合 A 中，是集合 A 的子集，这样，我们可以得出 $a \subset A$。也就是说，对于 A 星球上任意两个或几个元素组成的集合，必然是集合 A 的子集。同样，我们也可以得出，对于 B 星球上的任意两个或几个元素所组成的集合 b 是 B 的子集。我们

先前已经得出了 A∩B＝ Ø，那么 A 和 B 的任意子集的交集仍然是空集；即 a∩b＝ Ø。这代表着行星 A 和行星 B 没有共存可能，也代表着它们的任意子集也没有共存可能，它们之间的交集是空集。

不过，由于爱之事件的到来，让情况发生了变化。原先的子集，只能由纯粹的 α 元素构成，或由纯粹的 β 元素构成。让 α 构成子集的因素，或者说将两个同属于 A 行星的因素凝聚起来的是惯常性的力量，如物理规律、语言、习俗和分层、意识形态等。属于 A 星球的 α_1（夏娃）应当只能与 A 星球的 α_2（贵族）恋爱并喜结连理，并组成一个家庭 a，这是一种正常（normal）的逻辑，也是被始终延续着的逻辑〔巴迪欧将这种逻辑命名为情势状态（état de la situation）〕。同样，亚当（β_1）也只能与 B 星球上的其他存在物（β_2）组成集合，毫无例外。然而，爱之事件的出现，改变了这种依照不同星球的逻辑来组成子集的方式，即亚当和夏娃的爱情故事第一次实现了由来自交集为空集的 A 和 B 的各自的一个元素组成的集合 ♀[①]，而这个集合唯一的两个元素就是亚当（β_1）和夏娃（α_1），这样我们可以得出：♀＝｛α_1,β_1｝。

问题在于，我们无法辨识这个全新集合的归属关系。因为由于它有 β 的元素，所以它不可能属于集合 A，同样，由于有 α 的元素，它也不可能属于 B。但是由于我们在界定中已经确定

---

① ♀是巴迪欧在《存在与事件》一书中创造性地使用的一个数学符号，这个符号代表不可辨识之物，即一种无法在正常的知识体系和逻辑中辨识和理解的事物。♀往往是一个集合，组成它的元素会打破在日常逻辑下的所有可能的分类，而这种新的组成，无法通过逻辑和知识体系来把握，在原先的知识体系中，♀就代表着空集，对♀的理解只有通过事件之后的类性延展（extension générique）来实现。

了 $A\cap B=\varnothing$，即既属于 A 又属于 B 的元素是空集，同时包含着 α 和 β 的集合♀只能是 A 与 B 的交集，但是交集为空集，那么这意味着：♀$=\varnothing$。这个结论表明，集合♀是绝对不可能的。但是，在影片中，亚当和夏娃的爱情成为实际存在的事实，即在现实中，集合♀是实际存在的。这导致了索兰纳一开始设定的双重重力体系出现了不连贯性，出现了矛盾。于是，亚当和夏娃的恋爱构成了一个事件，这个事件直接将原先世界的逻辑打破，构成了拉康意义上的裂缝，而这个作为双重重力体系中的空集的♀，直接成为开创一个新世界的契机，即巴迪欧的创基性事件。因为旧世界的逻辑（双重重力体系的逻辑，即 A 与 B 绝对无交集，A 中所有元素与 B 中所有元素绝对不可能共存的逻辑）在集合♀面前崩溃了，只有我们创造出一个新的秩序，一个全新的依赖于亚当与夏娃之爱的事件的逻辑，才能真正理解和把握这个事件性的集合♀。

另外一个需要注意的问题是，集合♀如何成为可能？α_1 与 β_1 所组成的集合♀，不可能像集合 a 和集合 b 一样具有天然的凝聚力，也就是说，α_1 和 α_2 组成的子集 a 中，α_1 和 α_2 的共存是符合世界的逻辑的，即它们符合既定体系的规则，就如同行星 A 的引力一样，一种十分自然的重力的倾向就能简单地将 α_1 和 α_2 凝聚在一起。同时 β_1 和 β_2 的组合也如同行星 B 的引力一样，具有天然的凝聚力。由于自然规律的存在，我们不用太多怀疑 A 的引力和 B 的引力在集合 a 和集合 b 的组成上的奠基性作用。但是，元素 α_1 和元素 β_1 组成的集合♀，完全没有这种天然的凝聚力，因此 α_1 与 β_1 之间的凝聚力必然由来自自然引力之外（当然也包括社会分层逻辑、意识形态逻辑，甚至一般物理学和一般形而上学的逻辑）的其他的东西。索兰纳和巴迪欧都十分相信，真正将 α_1 与 β_1 凝聚在一起的是一种独特的"引力"，这种引力就来自《会饮》中的阿里斯托芬所讲的那个天生被神所切开，不懈地追求着自己所丧失的另一半的爱（Amour）。正是爱，让不可能的 α_1 与 β_1 之间的关系成为可能，亚当与夏娃之间的爱，不仅让他们被逐出伊甸园（显然，伊甸园已经成了那个即将变成历史的世界的隐喻），也让他们的结合构成了创世的新起点。唯有 α_1 与 β_1 之间的爱，才能成为一个创基性事件，让新世界的缔造在这个 α_1 与 β_1 不可能的爱之中成为可能，新世界在 α_1 与 β_1 构成的新集合♀（其在原先世界中的取值为空集）中得到彻底实现。在这个意义上，巴迪欧指出："爱情这种东西，就其本质来说是不可预见的，似乎与生活本身的曲折离奇紧密相连，然而却在两个人生命轨迹发生了交叉、混合、关联之后变成两个人的共同命运和共同意义，通过两人彼此不同的目光和视角的交流，不断地去重新体验世界，感受着世界的诞生。我们由单纯的相遇，过渡到一个充满悖论的共同世界，在这个共同世界中，我们成为大写的二（Deux）。"①

三、大写的二与革命性的合体

大写的二，是巴迪欧在形容爱之事件时最常用的词汇。相对于其他真理的前提（科学、艺术、政治），爱作为真理的前提，最显著的特征就是二。巴迪欧说道："爱是这样一种东西，从爱之中，提供滑离了大写的一（Un）的统治，让大写的二成

---

① 阿兰·巴迪欧《爱的多重奏》，邓刚译，华东师范大学出版社，2012年，第73页。

为思想，而爱永远承受这一形象。……这个大写的二已经成了相对于大写的一的法则所无法逆转的溢出。在我看来，爱让无名之多降临于世，或者说，让关于性差异的类型或真理降临，这个真理明显是从知识中抽离出来的，尤其是从彼此相爱的两人的所知中抽离出来的。爱是忠实于邂逅事件且关于大写的二的真理的产物。"① 从前文的分析中，我们可以得知，爱，也只有爱，才能促成一个抽离于现实知识体系、一个无法命名的集合♀的出现，这个集合♀就是两个不可能结合的元素 α_1 和 β_1 的结合。

什么是大写的二？爱情为什么是大写的二？在《存在与事件》中，巴迪欧从数理上对作为事件结果的大写的二给出了解释："事件，由于介入的力量与多之存在结合在一起，维持了与不可展现之物的缝合。这是因为超-一（l'ultra-un）的本质是大写的二。思考一下，并非在它的多之存在中，而是在其位置上，或者在它的情势中，一个事件是一个间（intervalle），而不是一个项，它在介入的反作用下，在未被标明其边界的空的无名状态与名称的额外性之间，建构了自身。……事件是超-一，这不同于将它自己介入它自身与空之间，因为'存在着大写的二'是在它的基础上建立起来的。因此，大写的二并非对计数的一的复制，也不是对计数规则的结果的重复。这是一个原初性的大写的二，一个悬置的间，决定所产生的分裂的结果。"②

我们应该如何理解巴迪欧的这段话？首先，大写的二强调的是连贯性的作为计数规则的大写的一的局限性，也就是说，根据康托尔定理，再现性的大写的一必然面对的是相对于它的

---

① 阿兰·巴迪欧《哲学宣言》，蓝江译，南京大学出版社，2014 年，第 58 页。
② Alain Baidou, *L'Être et l'événement*, pp. 228 - 229.

溢出，即事件的存在。事件的逻辑绝不能从之前的大写的一的逻辑来理解，因此，事件绝对不能被整合到之前的大写的一的逻辑之中（事件不可能作为大写的一的一个项），在这种情况下，事件只能作为大写的一的超－一而存在，它是大写的一的"间"，在这里，大写的一的逻辑分裂了，它必须要面对之前连贯平滑的逻辑所无法贯穿的一个新逻辑的存在，而这个新逻辑的存在就使作为大写的二的出现成为可能。

在《逆世界》的例子中，大写的一对应的就是让 A 与 B 的交集成为空集，即 A 与 B 无法共存的双重重力体系，然而亚当和夏娃的爱的出现，他与她的结合，让之前连贯一致的双重重力逻辑面对一个不可能被其所彻底消化的存在物，即亚当与夏娃的结合体。这样亚当与夏娃的爱，必然作为大写的一之外的一种超－一而存在，这就是大写的二，它是对连贯一致的大写的一的逻辑的超越，它直接拒绝了任何形式的还原论（即将某个事件直接还原为既定的大写的一的逻辑框架下某个特殊项），而是以创基性的方式奠定了一种全新的逻辑。这种逻辑与之前的逻辑是析取（disjonctive）的关系，我们面对的不再是单一化的非此即彼的逻辑，而是交替穿插地结合在一起的大写的二的逻辑，爱的关系一旦存在，势必意味着对之前各自的日常逻辑的彻底颠覆，从而让一个全新的生活通过爱的邂逅事件降临在这个世界上，并诞生出一个不同于以往的大写的一的新的一。在亚当与夏娃水乳交融之后，他们所诞生的孩子就是一个全新的"一"，即在那天以集合♀实现了大写的二之后，所重新诞生的那个世界。巴迪欧说："爱，不再简单只是相遇和两个个体之间的封闭关系，而是一种建构，一种生成着的生命，但这种建构和生命，都不再是从大写的一，而是从大写的二的角度来看到。

这是我所说的大写的二的场景。"①

　　对于大写的二的爱情，巴迪欧所给出的例子是日本导演沟口健二的影片《近松物语》（*The Crucified Lovers*，1954）。在影片中，给定的时代是日本幕府时期，一个富商的妻子（阿玉）与在其丈夫店里打工的画师（茂兵卫）相爱了，按照那个时代的规则，这不伦之恋必然遭到惩罚，因为依据那个时代的大写的一的规则（一种婚姻的伦理规则），一个有夫之妇不可能与一个店铺的画师私通，这种私通的事实，必须在伦理规则的还原下加以消灭。因为，这种不伦之恋不符合大写的一的规则。大写的一与不伦之恋的真实相遇了，老板娘与小伙计的爱作为对伦理规则的溢出，直接威胁到大写的一的存在，于是，在既定的大写的一与爱所结成的真实的存在物之间形成了一个析取关系，即要么是大写的一以强权的方式，彻底消灭这个真实的溢出（在影片中，消灭溢出是通过将二人抓捕后游街示众，然后处死实现的），这种消灭甚至不仅仅是对二人肉身的消灭，也是以他们的真实存在的实体消亡来警告那些意欲施行同样行为的人不要重蹈覆辙，即从未来的可能性下对这种超越伦理规则的真实事件的消灭；要么伦理法则对二人不加处置，从而让自己的大写的一的逻辑弱化，甚至崩溃，让位于一种新生的大写的二的逻辑，面对一个被阿玉与茂兵卫的故事所改变了的世界。当然，按照世俗性的伦理法则，作为大写的一终于消灭了阿玉与茂兵卫，不过巴迪欧强调的是影片的最后一刻：两人背靠背地被绑在一头驴子上。镜头给出了这对情侣被绑在一起即将临刑的画面，两人看起来似乎都十分欣喜，没有丝毫恐惧，他们

---

① 　阿兰·巴迪欧《爱的多重奏》，第61页。

脸上暗含着笑容，一种消退的笑容。"笑容"一词在这里仅仅是近似用法。他们的面庞展现出这对男女完全沉浸在他们的相爱中。但影片的想法是在无限的黑白色的脸庞上体现出来的，它并没有处理爱情与死亡的浪漫主义的观念。这对"被处死的情侣"并不想死。镜头却道出了完全相反的东西，即爱可以抵抗死亡。[1]

是的，爱可以抵抗死亡，抵抗死亡也意味着爱带来的是一种不朽的永恒。在《近松物语》中，沟口导演强调的也正是这种不朽的爱的主题。即便存在着致力于实现自身连贯性的伦理规则，这种规则旨在将一切超一的例外全部予以消灭，在世界上留下这个大写的一的连贯而平整的逻辑空间，但事与愿违，沟口的镜头展现的完全是另一番景象。对这两个被绑在一起的情侣而言，这个即将将他们处死的傲慢的规则，才是冢中枯骨，行将就木。只有他们的笑容，那种抵制了死亡的爱之笑容，由于蔑视了伦理规则虚假的连贯性，才真正地带来普遍性。是的，他们的笑容、他们的爱是独特性的结合，溢出了规则，并在镜头中凝固为一种爱之希望。"被处死的情侣"也是"爱之希望的情侣"，因为大写的一正是出于恐惧，害怕这种不伦之爱揭露出伦理的虚伪的普遍性，才大张旗鼓，郑重其事地将二人处死。不过镜头中的景观揭露了真正的事实，即阿玉与茂兵卫虽然不可能像《逆世界》中的亚当和夏娃一样，真正目睹一个新世界的来临，但是他们同样镌刻出真实的永恒和普遍性。正如克罗地亚年轻思想家斯雷奇科·霍瓦特（Srećko Horvat）所谈到的

---

[1] Alain Badiou and Slavoj Žižek, *Philosophy in the Present*, Cambridge: Polity Press, 2013, pp. 10 - 11.

那样，"这让我们明白了关于爱的一个可能的命题：真正让我们理解爱意味着上升到普遍性的层次"[1]。

不过，这种对死亡的抵抗，或者说，爱上升到普遍性的层次，从来不是从某个单一元素来实现的。在这个意义上，爱需要一个集合，一个至少由两个元素所组成的，无法被原先的逻辑和规则所理解和包容的集合♀。因为正是这些元素共同组成了新的集合♀，才使得他们的抵抗和永恒成为可能，因为个体的元素无法冲破既定的大写的一的藩篱，具体的元素仅仅依赖于自身，永远只能在大写的一的枷锁中游荡。这也是德波的悲剧，因为德波恰恰看到的是个体反抗的那种飞蛾扑火的绝望，这也正是他将其晚期的一部影片命名为《游荡在黑夜里，然后被烈火吞噬》（*In girum imus nocte et consumimir igni*，1978）的原因。换句话说，对大写的一的溢出，对大写的一的规则的反抗，只有在集合♀中才是可能的。简言之，只有 α_1 与 β_1 合体为集合♀，才能产生爱之事件，才能以爱的方式来穿透那个看似密不透风的大写的一的逻辑。

这样，爱之事件，不仅仅意味着两个元素 α_1 与 β_1 之间的邂逅，更意味着在邂逅事件之后二者的合体（incorporation）。合体就是巴迪欧对事件之后，如何成为主体来坚定不移地忠实于事件的最好的回答："爱侣一起在沙滩上漫步的快乐，如果对其原始陈述的同一性关系的最大值进行衡量，那么可以说，这个元素在构建爱的真理的过程中，在爱的真理的范围内，让自身合体了。当然，在实践上，这里的意思是一方希望另一方一起以这样的方式来漫步，让他们在这个荒凉的海滩上彼此激情相

---

[1] Srećko Horvat, *The Radicality of Love*, Cambridge：Polity Press，2015，p. 16.

拥，让他们重新看待自己坠入爱河之后的甜言蜜语，等等。在形式上，这意味着'在海滩上漫步的快乐'与爱的原始陈述的同一性的值不可能低于这种快乐的实存的值。因此，意思很明确，如果个人情感与爱的原始陈述之间的同一性的值不小于其自身的强度，或者如果个人的情感可以被纳入爱情之中，而不失却它自己的任何力量，那么，我们可以说，个人的情感被合体到爱的身体之中。于是，它丰富了爱的身体，也就是说，它进入到真理过程之中：海滩，作为一个表象的片段，在大写的二的基点上开始重新评价，它不再羁縻于世界的自恋式的快感。"①只有爱的合体，一种不能再还原为原先世界逻辑的爱的合体，才是真正革命性的爱之事件。爱，作为一种凝聚力，将不可能结合的两个元素凝聚在一起，在溢出于大写的一的逻辑背后，形成了一种革命性的合体，这种合体一旦出现，势必是对之前的大写的一的逻辑的颠覆，并以他们的合体为基础，创造出新的世界。在《逆世界》中，亚当和夏娃的合体，颠覆了双重重力体系，同时也颠覆了上界世界和下界世界的阶级划分；在《近松物语》中，阿玉和茂兵卫的合体，让他们可以冷眼面对将他们处死的世俗规则，让他们之间的爱化为对世俗伦理的永恒性的超越。爱构成了真正革命性的东西，爱的关键在于合体，一种革命性的合体，在合体之后，才能诞生一个不能被既往知识体系所识别和处置的不可辨识的集合♀，才能形成真正的断裂性的事件。或许，在这一刻，我们在这里才能理解切·格瓦拉（Che Guevara）所说的"真正的革命需要伟大的爱的感觉"的意义，因为在格瓦拉那里，"不可能在缺乏爱的品质的前

---

① 阿兰·巴迪欧《第二哲学宣言》，蓝江译，南京大学出版社，2014，第117页。

提下来思考真正的革命"。① 因为，只有爱的驱力，才能帮助我
们打破常规逻辑的缧绁，才能真正实现我们在事件之后的合体，
并成为一个合体的主体，也只有这个合体的主体，才能真正颠
覆既定社会的大写的一的逻辑，在忠实于爱的原则上，实现对
旧世界的颠覆，创造一个不同于既往的新世界。

---

① Kelly Fritsch, et al., eds., *Keywords for Radicals: The Contested Vocabulary of Late-Capitalist Struggle*, Chico: AK Press, 2016, p. 248.

非自然的事件， 非自然的序列

——非自然叙事学研究的另一维度

尚必武

在修订版的《叙事形式》(*Narrative Form*，2015) 一书中，美国华盛顿大学的苏珊妮·基恩 (Suzanne Keen) 这样论述叙事研究方法的进展："自本书第一版出版以来，叙事理论的一个迷人发展涉及对以现实主义、模仿小说为基础的众多叙事理论的挑战。"①基恩所言的"叙事理论的一个迷人发展"就是"非自然叙事学"(unnatural narratology)。基恩毫不掩饰其对非自然叙事学研究方法的欣赏，并坦言："尽管《叙事形式》一书在修订的时候没有变成非自然叙事学的教科书，但本书赞同非自然叙事学家对占据主导地位的现实主义经典例子的质疑。"②基恩重点提到了布莱恩·理查森 (Brian Richardson)、扬·阿尔贝 (Jan Alber)、佩尔·克罗格·汉森 (Per Krogh Hansen)、亨里克·斯科夫·尼尔森 (Henrik Skov Nielsen)、玛利亚·梅凯莱 (Maria Mäkelä) 等非自然叙事学家，肯定了他们对怪诞的后现代和实验性叙事的考察与研究。

---

① Suzanne Keen, *Narrative Form*, Basingstoke: Palgrave Macmillan, 2015, p. 11.

② Suzanne Keen, *Narrative Form*, p. 11.

　　进入 21 世纪以来，"非自然叙事学"以异常迅猛的速度向前发展，成为一支与修辞叙事学、女性主义叙事学、认知叙事学比肩齐名的后经典叙事学派。按照非自然叙事学派的说法，"非自然叙事学已经成为叙事理论中最令人兴奋的新范式，是继认知叙事学后，发展起来的一个最重要的新方法"①。姑且不论非自然叙事学是否真的发展成了"一个最重要的新方法"，但其在当下西方学界的研究热度和迅猛态势，有目共睹。自布莱恩·理查森出版宣言式的《非自然的声音：现当代小说的极端化叙述》（*Unnatural Voice: Extreme Narration in Modern and Contemporary Fiction*，2006）一书后，扬·阿尔贝、斯特凡·伊韦尔森、亨里克·斯科夫·尼尔森、玛利亚·梅凯莱等叙事学家纷纷撰文立著，从多个方面探讨非自然叙事，有力地促进了非自然叙事学的建构与发展。②

　　鉴于当下非自然叙事研究的火热态势，阿贝尔等人把该领域视为"叙事理论的一个令人激动的新课题"③。就连非自然叙

---

① Jan Alber et al., "Introduction", in Jan Alber et al., eds., *A Poetics of Unnatural Narrative*, Columbus: Ohio State University Press, 2013, p. 1.

② 在 21 世纪跨入第一个十年后，西方叙事学界连续推出了《叙事虚构作品中的奇特声音》（*Strange Voices in Narrative Fiction*，2011）、《非自然叙事，非自然叙事学》（*Unnatural Narratives, Unnatural Narratology*，2011）、《叙事中断：文学中的无情节性、扰乱性和琐碎性》（*Narrative Interrupted: The Plotless, the Disturbing and the Trivial in Literature*，2012）、《非自然叙事诗学》（*A Poetics of Unnatural Narratives*，2013）、《超越经典叙述：跨媒介与非自然的挑战》（*Beyond Classical Narration: Transmedial and Unnatural Challenges*，2014）、《非自然叙事：理论、历史与实践》（*Unnatural Narrative: Theory, History, and Practice*，2015）、《非自然叙事：小说与戏剧中的不可能世界》（*Unnatural Narrative: Impossible Worlds in Fiction and Drama*，2016）等数部探讨非自然叙事的论著。

③ Jan Alber and Rüdiger Heinze, "Introduction", in Jan Alber and Rüdiger Heinze, eds., *Unnatural Narratives, Unnatural Narratology*, Berlin: De Gruyter, 2011, p. 1.

事学的质疑者也承认，"关于'非自然'叙事学的提法既及时又富有意义"①，而且"可以得出富有成效的有趣结果"②。在《非自然叙事，非自然叙事学》一书的导论中，阿尔贝和海因策（Rüdiger Heinze）列出了关于非自然叙事的三个基本定义：第一、那些具有陌生化效果的叙事，因为它们是实验性的、极端的、越界的、非规约的、不墨守成规的、非同寻常的；第二、超越自然叙事规约的反模仿文本；第三、就已知的统治物理世界的原则和被接受的逻辑原则而言不可能的场景与事件。③鉴于非自然叙事的多重定义及其相关问题，笔者之前已经有过论述，在此不再赘述。④不过，需要强调的是，就当前国际叙事学界的非自然叙事研究而言，大多数论者主要聚焦于"非自然的叙述者""非自然的时间""非自然的人物""非自然的空间""非自然的转叙"（unnatural metalepsis）以及"非自然的心理"。

在新著《非自然叙事：小说与戏剧的不可能世界》一书中，阿尔贝说："虚构叙事最有趣的一点就是它们不仅生产我们周围的经验世界，而且也经常包含一些在我们现实世界中不可能实现的因素（nonactualizable elements）。"⑤实际上，这些"不可能实现的因素"构成了非自然叙事的主要内容。除了包括"非

① Monika Fludernik, "How Natural is 'Unnatural Narratology'; or, What Is Unnatural about Unnatural Narratology?", in *Narrative*, 20. 3 (2012), p. 364.
② Tobias Klauk and Tilmann Köppe, "Reassessing Unnatural Narratology: Problems and Prospects", in *Storyworlds: A Journal of Narrative Studies*, 5 (2013), p. 78.
③ 详见 Jan Alber and Rüdiger Heinze, "Introduction", pp. 2 - 5。
④ 详见 Biwu Shang, "Unnatural Narratology: Core Issues and Critical Debates", in *Journal of Literary Semantics*, 44. 2 (2015), pp. 169 - 194；参见尚必武《西方文论关键词：非自然叙事学》，载《外国文学》2015 年第 2 期，第 95—111 页。
⑤ Jan Alber, *Unnatural Narrative: Impossible Worlds in Fiction and Drama*, Lincoln: University of Nebraska Press, 2016, p. 3.

自然的叙述者""非自然的时间""非自然的人物""非自然的空间"等，这些"不可能实现的因素"中最重要的内容之一当属"事件"。既然叙事学的一个话题是"事件"，那么非自然叙事学对传统叙事理论的批判与挑战理应从"事件"入手。

从"叙事"到"事件"

在《文学事件》一书的序言中，英国知名批评家特里·伊格尔顿略带诙谐地自嘲道："当读者发现他们在一开始就被卷入中世纪的经院哲学的讨论，他们会惊讶，甚至会感到沮丧。用乔伊斯的话来说，或许正是这点学究式的臭脾气可以解释我在这本书中所论述的自己感兴趣的论题。"[①] 鉴于当下学生和老师滥用文学却无法讨论文学的现状，伊格尔顿难掩心中的失望："人们无法理解当下老师和学生习惯性地使用诸如文学、小说、诗歌、叙事等这类词语但是无法讨论它们的含义这样的怪现象，毋宁说一个前天主教徒或剑桥-牛津的导师了。"[②]

那么究竟该如何阅读文学呢？伊格尔顿在他的下一本书《如何阅读文学》（*How to Read Literature ?*，2013）中开出了良方，即我们需要考察作品的"开端"（openings）、"人物"（character）、"叙事"（narrative）、"阐释"（interpretation）、"价值"（value）。其中，在伊格尔顿看来，叙事是阅读文学的一个至关重要的要素，而事件又是叙事的核心。由此说来，如何阅

[①] Terry Eagleton, *The Event of Literature*, New Haven and London: Yale University Press, 2012, p. xi.

[②] Terry Eagleton, *The Event of Literature*, p. xi - xii.

读文学这个问题又回到了事件这个话题。在《叙事学手册》（*Handbook of Narratology*，2014）中，彼得·许恩（Peter Hühn）指出："事件这一概念在近来的叙事学研究中显得非常突出。"①我们不妨从叙事的定义来审视事件之于叙事学研究的重要地位。

杰拉德·普林斯（Gerald Prince）说："既然叙事学是叙事的科学（或叙事的理论），那么叙事学范畴则依赖于叙事的定义。"②在《叙事分析手册》（*Handbook of Narrative Analysis*，2005）一书中，吕克·赫尔曼（Luc Herman）和巴特·凡瓦克（Bart Vervaeck）两位学者也指出："如果叙事学是关于叙事文本的理论，那么首先要解决的就是叙事的定义。"③在叙事学的发展史上，西方叙事学家关于叙事的定义纷繁芜杂，数不胜数。笔者以为，就叙事的定义而言，西方学者大致采取三种做法：以事件再现为主导的界定方法，以文本类型为主导的界定方法，通过跨学科视角的界定方法。无论是在叙事学诞生之初还是在其发展到后经典阶段之后，都有很多叙事学家从事件再现的角度出发，对叙事加以界定。把叙事看作事件再现，是西方叙事学界比较盛行的一种论点，只是在再现方式和再现手段上存有一定的差异罢了。

首先，有的叙事学家直接把叙事界定为事件的再现，但没有具体明确被再现的事件之间的关系。例如，热奈特（Gérard

---

① Peter Hühn，"Event and Eventfulness"，in Peter Hühn et al.，eds.，*Handbook of Narratology*，Berlin：De Gruyter，2014，p. 159.

② Gerald Prince，*A Dictionary of Narratology*，Lincoln：University of Nebraska Press，2003，p. 1.

③ Luc Herman and Bart Vervaeck，*Handbook of Narrative Analysis*，Lincoln：University of Nebraska Press，2005，p. 11.

Genette）说，叙事是"一个或一序列事件的再现"①；在《叙事虚构作品：当代诗学》（*Narrative Fiction: Contemporary Poet-ics*，2002）中，里蒙–凯南（Shlomith Rimmon-Kenan）通过界定叙事虚构作品来审视叙事，她说叙事虚构作品是对"虚构事件的连续性叙述"②。在《剑桥叙事导论》（*The Cambridge Introduction to Narrative*，2002）中，阿博特（H. Porter Abbott）把叙事界定为"对一个事件或一系列事件的再现"③。在《叙事学词典》（*A Dictionary of Narratology*，1987）中，普林斯把叙事界定为"一个或多个虚构或真实事件（作为产品、过程、对象和行动、结构与结构化）的再现，这些事件由一个、两个（明显的）叙述者向一个、两个或多个（明显的）受述者来传达"④。

随着叙事学研究的不断升温，关于叙事概念的讨论也大行其道。2000 年，美国权威期刊《文体》（*Style*）还邀请理查森作为特约主编，推出了以"叙事概念"为主题的专刊。在叙事概念的讨论中，叙事的定义或"什么是叙事？"这个问题无疑是最重要的。但是想一劳永逸地界定叙事，谈何容易。实际上，西方学者还曾围绕这一话题展开了激烈的论战。戴维·鲁德姆（David Rudrum）和玛丽–劳勒·瑞安（Marie-Laure Ryan）之间的论战即是鲜明的例子。2005 年，鲁德姆在美国《叙事》

---

① Gérard Genette，*Figures of Literary Discourse*，trans. Marie-Rose Logan，New York：Columbia University Press，1982，p. 127.

② Shlomith Rimmon-Kenan，*Narrative Fiction: Contemporary Poetics*，London and New York：Routledge，2002，p. 2.

③ H. Porter Abbott，*The Cambridge Introduction to Narrative*，Cambridge：Cambridge University Press，2008，p. 13.

④ Gerald Prince，*A Dictionary of Narratology*，p. 58.

（*Narrative*）杂志上发表了《从叙事再现到叙事用法：走向定义的界限》一文。在该文中，鲁德姆挑战了"叙事是对一系列或一序列事件的再现"（the representation of a series or sequence of events）这一普遍性定义。他认为：关于叙事的任何定义，只要忽略了用法的重要性，就是不完整的。鲁德姆直接指出，以文本再现为基础的关于叙事的定义存在根本性缺陷：

> 再现给"叙事是什么"提供了一个单一的概念，同时也规定了"叙事做什么"。只要叙事学一直被束缚在这个概念上，被束缚在这样的一种语言哲学观上，把"所指"（signification）的问题放在用法和实践的问题之前、之上，那么就不可能有界定叙事和对叙事的主题加以分类的满意方法。①

鲁德姆认为，对一系列或一序列事件的再现，并不能给叙事提供一个完整的定义。再现或许是叙事的必要条件，但绝不是叙事的充分条件。要使得文本成为叙事，还必须要有别的东西或"额外条件"（something extra）。普林斯把这个额外条件称作"叙事性"（narrativity），即"一般叙事塑性"（general narrative configuration）动力的结果。②鲁德姆认为，普林斯关于叙事性的说法并不比"事件再现"的说法高明，因为它既不能完全把叙事和非叙事区别开来，也不能给叙事提供一个清晰明确的定义。

---

① David Rudrum, "From Narrative Representation to Narrative Use: Towards the Limits of Definition", in *Narrative*, 13. 2 (2005), pp. 202 - 203.
② 详见 Gerald Prince, "Revisiting Narrativity", in Walter Grünzweig and Andreas Solbach, eds., *Transcending Boundaries: Narratology in Context*, Tübingen: Gunter Narr, 1999, p. 48。

在否定"叙事再现"和"叙事性"之后，鲁德姆走向了语言哲学关于"用法"（use）的论述。鲁德姆认为，任何再现都有很多"用法"，任何关于叙事的定义，如果忽视了"用法"的重要性，都是不完整的。[1]要区分"序列事件再现"的地位，就必须要考虑文本是如何被使用的。

在叙事定义这一论题上，鲁德姆贬抑"语义"（semantics）、褒扬"语用"（pragmatics）的立场遭到了玛丽-劳勒·瑞安的质疑。瑞安并不完全排斥叙事的语用属性，但这并不意味着叙事的用途就可以构成叙事的定义，叙事的用法更不可能使得叙事的定义"滴水不漏"（watertight）。瑞安按照叙事的语义到语用的走向，提出了满足叙事的9个条件：（1）叙事必须是关于由个体存在物构成的世界；（2）这个世界存在于一定的历史中，并且经历一定的变化；（3）这些状态的改变必须是由外在的事件所引起的，而不是由自然进化所引起的；（4）事件的某些参与者必须是人类或人类的代理者，这些代理者有内心的生活，而且能对世界的状态做出情感反应；（5）某些事件必须是由这些代理者所做出的有目的的行为，即代理者必须受到冲突的刺激，他们的行动以解决问题为目的；（6）事件序列必须形成一个统一的因果链条，最后走向结局；（7）某些事件必须是非习惯性的；（8）这些事件必须客观地发生在故事世界；（9）故事必须要有意义。[2]上述关于叙事的9个条件成为瑞安后来提出的关于叙

---

[1] 详见 David Rudrum, "From Narrative Representation to Narrative Use: Towards the Limits of Definition", p. 200。

[2] 详见 Marie-Laure Ryan, "Semantics, Pragmatics, and Narrativity: A Response to David Rudrum", in *Narrative*, 14. 2 (2006), p. 194。

事"模糊子集"式定义的雏形。①对于从"事件再现"角度来界定叙事的常规做法，无论是鲁德姆的"语用"立场，还是瑞安的"语义"立场，都默认了"事件"及其"序列"的自然性与合理性，甚至开出了它们构成"叙事"的必要条件，而忽略了文学史上具有先锋实验性质的不可能的"非自然事件"与"非自然序列"。

叙事何以非自然？非自然的事件，非自然的序列

在论述事件与事件类型的时候，戴维·赫尔曼（David Herman）强调事件所涉及的状态变化。赫尔曼举了如下三个例子对此加以说明：（1）水是 H_2O；（2）水在零度变成冰；（3）上个星期，气温降到零度，我屋后的池塘结冰了。②赫尔曼认为，第一个例子没有再现一个事件，而只是描述了水的属性。第二个例子只是描述了水的物理特性，没有涉及一个有具体时间和地点的事件。第三个例子涉及水在具体时间、具体空间的状态变化，是对事件的再现。那么一个故事需要由多少个事件构成呢？在杰拉德·普林斯看来，"一个最简故事"（a minimal story）至

---

① 详见 Marie-Laure Ryan, "Toward a Definition of Narrative", in David Herman, ed., *The Cambridge Companion to Narrative*, Cambridge: Cambridge University Press, 2007, pp. 22 - 35。

② 详见 David Herman, "Event and Event Types", in David Herman et al., eds., *Routledge Encyclopedia of Narrative Theory*, London and New York: Routledge, 2005, p. 151。

少需要包含一个事件。① 需要指出的是，如果一个由单一事件构成的叙事主要涉及状态的变化，那么一个由多个事件构成的叙事除了涉及状态的变化，还涉及事件之间所存在的序列。

在《事件：文学与理论》（*The Event: Literature and Theory*，2015）一书中，伊莱·罗纳（Ilai Rowner）指出："文学文本由多重系列的事件构成；文学叙述虚构的事件，并且指向历时或神秘的事件。事件这一概念勾勒出一条行动线，假定了时间上的运动和变化的发生。它是行动与事实的序列，是不同状态之间的变化与流动。因此，事件是所有叙事结构最根本性的要素，也是所有历史理解的内核。"②在罗纳看来，事件既涉及不同状态的变化，又涉及行动或事实的序列。更为重要的是，罗纳把事件视作理解叙事结构的最根本要素。与罗纳相似，彼得·许恩也将事件与序列联系起来。在《叙事学手册》中，许恩把事件定义为"构成叙事性特征之一的状态变化"（a change of state as one of the constitutive features of narrativity）③。在《英国小说的叙事性》（*Eventfulness in British Fiction*，2010）中，许恩强调，"作为交际行为的叙述结合了两个维度：序列维度和媒介维度，即一方面是故事世界中发生事件的时间序列，另一方面是通过某种符号媒介对这一序列的传递"。④

赫尔曼、普林斯、罗纳和许恩对事件的讨论主要聚焦于符合叙事常规的自然叙事、自然事件以及事件之间的自然序列，

---

① 详见 Biwu Shang, "Core Concepts and Basic Theories of Narrative: A Conversation with Gerald Prince", in *Interdisciplinary Studies of Literature*, 1 (2018), p. 17。

② Ilai Rowner, *The Event: Literature and Theory*, Lincoln and London: University of Nebraska Press, 2015, p. 3.

③ Peter Hühn, "Event and Eventfulness", 2014, p. 159.

④ Peter Hühn, *Eventfulness in British Fiction*, Berlin: De Gruyter, 2010, p. 159.

而忽略了非自然叙事范畴的非自然事件与非自然序列。在《非自然叙事：小说与戏剧中的不可能世界》中，阿尔贝把非自然叙事界定为"物理上、逻辑上、人类属性上不可能的场景与事件"（*Unnatural*：14）。具体说来，所谓的非自然叙事"就是相对于统治物理世界的已知原则、普遍接受的逻辑原则（如非冲突性原则）或者之于人类知识与能力的标准限度而言，所不可能的再现场景与事件"（*Unnatural*：25）。阿尔贝所论及的不可能事件大致可以被具体化为不可能的状态变化与序列。

笔者认为，在非自然叙事诗学层面上，对事件及其序列的探讨需要综合考虑两种维度：（1）单个事件（状态变化）/多个事件（序列）；（2）故事（事件自身）/话语（对事件的再现）。单个事件的非自然性主要涉及其不可能的状态变化，如果参照阿尔贝对非自然叙事的界定，这种状态变化可以表现为物理上、逻辑上、人类属性上的不可能性。与单个非自然事件略有不同是，多个非自然事件则涉及它们的序列问题，在很大程度上其非自然性集中表现为序列上的不可能性，甚至出现同一故事相互冲突的不同版本。必须指出的是，在叙事话语层面上，事件序列的呈现会在叙事进程中出现中断或颠倒情况的，进而出现非自然的开端、非自然的中段以及非自然的结尾。

首先，我们来考察单个事件的非自然性，即不可能的状态变化。譬如，卡夫卡《变形记》就是如此。小说开头写道：

> 当格里高·桑沙从不安的睡梦中醒来时，他发现自己变成了一个巨大的甲虫，肚皮朝上躺在床上。他的后背硬得像盔甲一样。当他稍微抬起头来时，他看见他那像圆屋顶一样褐色肚皮分成了许多块弧形的硬片，上面的被子几乎盖不住，好像就要滑落下来了。他的腿也变成了无数只。

跟庞大的身体的其他部位相比，它们瘦得可怜，正无助地
在他眼前挥舞着。①

在上述段落中，格里高从一个人变成了一只甲虫。格里高的这
种状态变化违背了正常的物理原则，是不可能在真实的物理世
界中发生的，也由此凸显了小说的虚构性和荒诞性。同样的例
子还有麦克尤恩的短篇小说《立体几何》（"Solid Geometry"，
1975）。小说重点描绘了一个数学家发现了一个新的几何原则，
即没有平面的表面。按照这个几何法则，通过变换姿势或手势，
物体甚至人物都可以凭空消失。小说写道：

　　亨特虽然是位出色的数学家，但是年纪尚轻，一出他
自己所在的爱丁堡大学便无人知晓。他申请宣讲一篇（按
他自己所描述）立体几何领域非常重要的论文，可是鉴于
他在数学殿堂人微言轻，他被安排在会议结束前的倒数第
二天上场，而届时大多数重量级的人物都已返回了各自的
国家。因此在第三天上午，正当侍从们奉上茶点，亨特突
然站起来，向纷纷离座的同行们发表了自己的见解。他身
材高大不修边幅，虽然年轻，却自有一种气质，让嗡鸣的
交谈声变为寂静一片。

　　"先生们，"亨特说，"我得请求您原谅这种唐突的举
动，不过我有极其重要的结论要告诉大家。我发现了无表
面的平面。"在轻蔑的嘲讽和茫然的讪笑之中，亨特从桌上
拿起一大张白纸。他用小刀沿表面切开大约三英寸长，切

---

① 卡夫卡《变形记》，张荣昌译，收入《卡夫卡全集》（第1卷），叶廷芳主编，中央编
译出版社，2015年，第88页。

口略微偏向纸面中心。他把纸举起来以便大家都看得清，
接着在做了一连串快速复杂的折叠之后，他似乎从切口处
拉出一个角，随之，纸消失了。①

通过同样的几何动作，"亨特在开始消失！他的头和腿在臂环中
对穿，身体愈加柔顺，两端仿佛被看不见的力量牵引，眼看他
就要完全消失……终于，他不见了，消失殆尽，没有留下一点
痕迹"。② 可见，通过变化的手势或者姿势，亨特不仅让一张白
纸消失于无形，甚至最后让自己也从这个世界上消失了。同样
消失的还有叙述者曾祖父的朋友 M，以及叙述者的妻子梅茜。
众所周知，根据真实世界中的几何原则，是不存在没有平面的
表面的，更不可能按照这个原则变换手势或姿势让某个物体和
某个人凭空消失。这种从存在到消失的状态变化违背了物理世
界的法则，在现实中是不可能发生的。具有反讽效果的是，在
小说的虚构世界中，作者麦克尤恩通过以多起人物凭空消失的
事件为例，来反复证明这种不可能发生状态的真实性。

其次，我们来探讨多个事件的非自然性，即非自然的序列。
就多个事件序列在时间上的展开来说，事件的非自然性主要具
有三种非自然性特征。第一，故事层面上的非自然序列，如菲茨
杰拉德的短篇小说《返老还童》（The Curious Case of Benjamin
Button，1922）。在论述巴顿出生的时候，作品这样写道：

　　巴顿先生顺着她的手指望去，看到了如下的情景：用

---

① 伊恩·麦克尤恩《立体几何》，收入短篇小说集《最初的爱情，最后的仪式》，潘帕
　译，南京大学出版社，2010 年，第 14 页。
② 伊恩·麦克尤恩《立体几何》，第 18—19 页。

宽大的白色毛毯裹着，被勉强塞进摇篮的，是一个大约七十岁的男人；他稀疏的头发全白了，从下巴垂下的长长的烟灰色胡须，被窗外进来的微风吹得前后飘荡。他用黯淡无光的眼睛望着巴顿先生，眼中深藏着疑虑。

"我是不是疯了？"巴顿先生喊起来，他的恐惧变成了愤怒，"这是不是医院的恐怖玩笑？"

"我们认为这不是玩笑，"护士严肃地回答道，"我不知道你疯了没有——但那的确是你的孩子。"

更多的冷汗从巴顿先生的额头上冒出来。他紧闭双眼，然后再张开。没错——他正盯着一个七十岁的男人——一个七十岁的婴儿，双足悬在他应该用来安睡的小摇篮的栏杆外面。

老人平静地逐个打量着他们，然后突然用老年人的沙哑声音说起话来，"你是我的父亲吗？"他问道。

巴顿先生和护士大吃一惊。

"因为如果你是的话，"老男人继续不满地说，"我希望你带我出去——或者，至少要他们在这里放一个舒服一点的摇篮。"

"看在上帝的分上，你从哪里来？你是谁？"巴顿先生怒气冲冲地问道。

"我不能准确地告诉你我是谁，"那个哀怨的声音回答说，"因为我才出生几小时——但是我肯定是姓巴顿。"①

---

① F. S. 菲茨杰拉德《返老还童》，张力慧、汤永宽译，上海译文出版社，2016年，第8—11页。

以上叙述片段表明，该作品的非自然序列主要突出表现在时间上的不可能性，即随着时间的流逝，主人公巴顿越来越年轻。具体而言，他出生时七十岁。在五岁的时候，他和祖父有很多共同语言，成为玩伴。上幼儿园时，他和老年人一样，喜欢打瞌睡。十八岁时，他变成了五十几岁的模样，入学耶鲁，注册报道时遇到问题。二十岁时，长得像父亲的兄弟一样（五十岁的样子），开始社交，在舞会上遇到了女孩希尔德加德，后来娶她为妻。在妻子五十岁的时候，他开始讨厌自己的妻子，被误认为儿子的兄弟；重新读大学（二十岁左右），大学毕业后想继续去中学。在孙子出生时候，自己变成了十岁左右的样子。在孙子三年级的时候，自己上幼儿园。最后成为幼儿，需要他人喂食，直至在失去记忆后离开人世。众所周知，在真实世界中，所有人都是按照从出生到成长，从成熟到老年的时间顺序，不可能发生时间逆流的状况，不会形成逆时的时间顺序，巴顿的一生因此体现了多个事件之间的非自然序列。

第二，话语层面上的非自然序列。大卫·米切尔（David Mitchell）的小说《云图》（Cloud Atlas，2004）即是如此。该小说主要讲述了如下六个故事：（1）亚当·尤因的太平洋日记；（2）西德海姆的来信；（3）半衰期：路易莎·雷的第一个谜；（4）蒂莫西·卡文迪什的苦难经历；（5）星美-451的记录仪；（6）思路刹路口及之后所有；（7）星美-451的记录仪；（8）蒂莫西·卡文迪什的苦难经历；（9）半衰期：路易莎·雷的第一个谜；（10）西德海姆的来信；（11）亚当·尤因的太平洋日记。颇为有趣的是，六个故事在话语层面上只有第六个故事是完整的，其余故事则以第六个故事为核心，呈扇形向两边展开：即6单独叙述一个故事，5与7、4与8、3与9、2与10、1与11构成了其余的 5 个故事。在故事层面上，六个故事相对完整，都有非常连贯的开端、中段和结尾。但是，在话语层面上，六个故事的叙事进程被无故打断，而且以第六个故事为中心，按照扇形的样态被再现出来，而不是按照通常意义上 1 与 7、2 与 8、3 与 9、4 与 10、5 与 11 的顺序来编排，这挑战了读者的认知能力。

第三，故事和话语双重层面上的非自然序列，如罗伯特·库弗（Robert Coover）的短篇小说《保姆》（"The Babysitter"，1969）。该部作品主要由 108 个段落构成，分别讲述了 108 个故事。无论在故事层面上，还是在话语层面上，被叙述的事件都呈现出逻辑上不可能的序列。譬如，小说在某个地方说塔克夫妇外出参加宴会，在另一个地方又说塔克先生在家和保姆调情；小说在某个地方说保姆的男友杰克与他的朋友马克在玩游戏，另一个地方又说杰克与他的朋友马克在塔克先生家诱奸保姆；小说在某个地方说孩子被杀了，另一个地方又说被杀的人是保姆，等等。同一个人物显然不可能在同一个时间段在不同的地点做不同的事件，这显然违背了正常的物理逻辑。所谓分身乏术，正是这个意思。小说通过破坏不同事件发生或再现的顺序，在故事和话语的双重层面上向读者讲述了一个混乱的、不合理的故事世界与话语事件，凸显了小说的虚构性。

结　语

不可否认，作为一门新兴的叙事理论，非自然叙事学在当下西方叙事学界引发关注的同时，也引发了诸多批评的争议。

对此，笔者之前曾指出："非自然叙事学即便算不上叙事研究领域中一门全新的理论，但它至少为我们审视当代先锋实验性质的叙事作品以及那些存在于现实主义之前的早期叙事作品提供了新的视角。"① 诚如阿尔贝所言：一方面，"非自然叙事的兴盛得益于因无可预知的原则而产生的惊讶、无法预料的场景或事件"（*Unnatural*：215）；另一方面，非自然叙事的意义在于"通过促使我们创造新的心理模式，非自然不仅扩展了我们的认知视野，同时还挑战了我们之于世界有限的视角，邀请我们讨论那些我们可能会忽略的问题"（*Unnatural*：216）。

当然，作为一门处于进程中的理论，非自然叙事学除了需要讨论非自然的时间、非自然的空间、非自然的叙述者、非自然的人物、非自然的心理等基本概念之外，其建构与发展还需要纳入更多的视角与维度。本文所讨论的非自然的事件/非自然序列只是一种尝试，而且仅局限于虚构叙事作品（小说）。未来关于非自然事件/非自然序列的研究，我们还需要拓展至小说之外的文类，如戏剧、诗歌等，并探讨非自然事件的跨文化理解，以及考察非自然事件/非自然序列在电影、绘画等不同媒介中的再现。

---

① Biwu Shang, "Unnatural Narratology: Core Issues and Critical Debates", p. 189.

非自然叙事视阈下的《山羊》新解

万　金

《山羊，或谁是西尔维娅》（*The Goat，or Who Is Sylvia？*）（下称《山羊》）是由爱德华·阿尔比于 2002 年创作的戏剧，对禁忌的公然挑战为作品招来大量恶评，但这未能阻挡这部惊世骇俗却质量精良的作品作为戏剧经典入选 2009 年出版的《诺顿戏剧选》（*The Norton Anthology of Drama*）第二卷。《山羊》延续阿尔比以往作品的主题，超越以往的选材和批判尺度，"以难以抵挡的幽默语言讨论了令人不适的话题"①。这个"令人不适的话题"就戏剧情节而言，便是看似完美的中产阶级马丁疯狂地陷入对一只山羊的爱恋。阿尔比在采访中指出，自己的作品并非指涉"恋兽癖"，也无意为"人兽恋"正名。② 这部作品不在于表现真实生活，而在于超越观众的日常经验，生产不可能实现的经验，这一点与"以真实话语情景的摹仿为基础"③

---

①　Andrew Sofer，"Tragedy and the Common Goat：Deperformative Poetics in Edward Albee's *The Goat，or Who Is Sylvia?*"，in *Modern Drama*，4（2017），pp. 501-525.

②　Edward Albee，*Stretching My Mind*，New York：Carroll&Graf Publisher，2006，p. 284.

③　Brian Richardson，*Unnatural Voices：Extreme Narration in Modern and Contemporary Fiction*，Columbus：Ohio State University Press，2006，p. 5.

的传统叙事并不相容。

以布莱恩·理查森、扬·阿尔贝和彼得·许恩为代表的学者近年来提出叙事学发展的新方向——非自然叙事。虽然对非自然叙事研究的定义还存在激烈的争论，但我们大致可以从以下三个层面界定非自然叙事：超越摹仿期待和自然叙事规约的反摹仿叙事；物理及逻辑上不可能的情节与事件；具有实验性、极端的、越界的、非规约的、非一致等特性的叙事。[1] 非自然叙事作为后经典叙事学的延伸发展，多以后现代小说为研究对象，却也并不将其他体裁和流派的文本排斥在外，阿尔贝就在其论著《非自然叙事：小说及戏剧中的不可能世界》中考察了萨缪尔·贝克特、哈罗德·品特、卡莱尔·丘吉尔的剧作。阿尔比与贝克特、尤内斯库、品特共同跻身荒诞派戏剧家之列，作为美国荒诞派戏剧中的"愤怒青年"，常以极具反叛性的语言和形式对抗社会成规，[2] 最明显的就是他与百老汇商业戏剧的固定范式相抵抗的戏剧创作（*Stretching*：14）。在以尖锐风格"刺破美国乐观主义根本"时[3]，阿尔比必然要尝试非规约的叙事。事实上，阿尔比在早期作品《沙箱》（*The Sandbox*，1959）、《海景》（*Seascape*，1975）中就曾触及极端事件的叙事，前者讲述了子女将母亲放入厨房水槽下的沙箱赡养的荒诞故事，后者描绘了一对伴侣在海边与雄性蜥蜴对话的场景。在《山羊》中，作家借用偏离日常逻辑的叙事元素，营造了一个蕴含不可能事件的故事世界。尽管戏剧标题本身已经是完整的句子——"山羊，或谁是西尔维娅？"——重视戏剧可读性和文学性的阿尔比还为

---

① 尚必武《非自然叙事学》，载《外国文学》2015年第2期，第97页。
② 详见 Gerry McCarthy, *Edward Albee*, London: MacMillan, 1987, p. 8。
③ Martin Esslin, *The Theatre of the Absurd*, New York: Vintage, 1961, p. 225。

文本增加了副标题"悲剧定义的注解"（Notes toward a Definition of Tragedy），试图超越观众对传统悲剧定义的期待，创作出反传统悲剧模式的叙事文本。事件的奇异性并非悲剧的动因，周遭人对事件的解读和认知才导致了悲剧的发生。

一、非自然的人物与情感

在《劳特利奇叙事理论百科全书》（*The Routledge Encyclopedia of Narrative Theory*，2005）中费伦（James Phelan）和布斯（Wayne Booth）指出，戏剧和电影叙事的本质可以是"存在物、状态、事件等的传达"，"从而可以与话语的、书写的叙述者分离开来"。[①] 换言之，我们不仅对作家在戏剧中展现的内容感兴趣，在了解戏剧中的事件时，我们同样关注事件讲述者的意识，在某种程度上，讲述者的"每一句话甚至每个手势都在叙述"[②]。在后现代文学创作中，理查森引导我们关注"不同类型的后人类叙述者"，尤其是随着电器时代到来而具备叙述功能的"电视""电话答录机"以及"电脑设备"。[③] 阿尔贝延续理查森提出的后人类叙述者研究，将后人类叙述者的概念整理扩展为"非自然叙述者"概念，并划分了非自然叙事中出现的三类叙述者：动物叙述者，最典型的莫过于卡夫卡《变形记》

[①] James Phelan and Wayne Booth, "Narrator", in Herman David et al., eds., *The Routledge Encyclopedia of Narrative Theory*, New York: Routledge, 2005, p. 388.

[②] 韦恩·布斯《小说修辞学》，付礼军译，广西人民出版社，1987 年，第 159 页。

[③] Brian Richardson, *Unnatural Voices: Extreme Narration in Modern and Contemporary Fiction*, p. 6.

中的甲虫；说话的人类器官或物件叙述者，如菲利普·罗斯小说《乳房》（*The Breast*，1972）中文学教授凯普什变身为乳房后描述身为乳房的感性经验；以及兼具人类和超人类属性的叙述者，如拉什迪《午夜的孩子》（*The Midnight's Children*，1981）中具有通灵术的萨里姆。①

　　阿尔比剧中男主人公马丁就有别于现实主义题材的剧作人物，他拥有超越人类的属性，能够理解动物的语言并且与之对话。马丁拥有近乎完美的中产阶级家庭，事业如日中天，五十岁获得建筑界最高奖项普利兹克奖，受到同行及民众的广泛认可。同时，他还将主持一项重大的建设项目，为美国电力技术公司打造一个价值 270 亿的世界之城，这座极富未来理念的城市将在中西部连绵的小麦地中拔地而起。这一切却在他生日那天，随着他的发小罗斯的到访而被打破。他向朋友吐露了自己的婚外情——对一只山羊的爱恋，罗斯难以理解马丁的行为，出于挽救马丁的善意向马丁妻子史蒂薇写信揭发了这一切。得知此事的妻子在向马丁逐步了解事件真相的过程中由冷静盘问到失去理智，最终疯狂地屠杀了山羊，完美的中产阶级家庭由此破碎。马丁既是一连串难言事件的中心人物，也是一系列事件的叙述者。作为"恋兽"事件的叙述者，他表现出超过妻子及朋友的理解能力——他能够与山羊交流、读懂山羊的情绪。在试图向朋友吐露自己的婚外关系时，朋友问他是否与婚外对象交谈，他小心翼翼地思考过后回答："嗯！有的，有的，我们

---

① Jan Alber，*Unnatural Narrative: Impossible Worlds in Fiction and Drama*，Lincoln：University of Nebraska Press，2016，pp. 61 - 62.

有交流。我走向她，来到她身旁，和她说话。"① 在语言层面上与山羊交流对正常人类而言是不可能的事件，马丁作为事件的叙述者表现出阿尔贝所言的"人类属性上的非自然"②。在普遍认同的认知框架中，人类的自然属性范畴不包括与动物沟通的能力，而动物不具有与语言能力相匹配的思维能力也一直是哲学界广泛默认的观念。亚里士多德的著名论断"人类是天然的政治动物"将具备语言、思维及社会组织能力的人类与其他动物对立起来。人作为说话的动物，通过话语掌握了辨别是非、区分有用无用的话语权力，而包括笛卡尔、康德、海德格尔和列维纳斯等哲学家都一致认为动物不具备人类所独有的语言，不具有话语权力，只有被动接受人类的安排。主人公马丁能够与山羊交流暗含了这样一个事实：山羊不仅具备语言还拥有了思维的能力，触动了人类绝对的话语权力。由此，好友罗斯才会大惊失色，告诫马丁："你的麻烦大了！"(Goat：27) 马丁的非自然理解力超越了好友罗斯的认知框架和知识限度，超越了人类制定的自然法则和逻辑原则。

马丁不仅掌握了与山羊沟通的语言，还具备了理解山羊情绪、与之发生情感共鸣的能力。当妻子歇斯底里地追问他与山羊的关系时，他虽然顾左右而言他却多多少少透露了与山羊不一般的情愫：从未见过如山羊这般"纯洁……可靠……无辜……诚实"的表情(Goat：50)，最终感受是狂喜、回归自然的纯爱，而这份爱恋并不是马丁单向的情感，他深刻感受到山

---

① Edward Albee, *The Goat, or Who is Sylvia？*, New York: Methuen Drama, 2004, p. 25.
② Jan Alber, "Impossible Storyworlds—and What to Do with Them", in *Storyworlds: A Journal of Narrative Studies*, 3 (2009), p. 3.

羊对他的情感反馈。他认为这是一种"联系、交流、顿悟"
(Goat：52)。吕迪格·海因策认为这个事件的第一人称叙述展
现了叙述者作为严格意义上的人类所不可能具有的认知。① 马丁
的超人类认知来源于对人类/动物二元对立的解域化，德里达认
为，人类历史中"自我"的概念得以确立完全是因为对动物的
定义和与动物的区分，人类将除自己之外的异类生物统一命名
为"动物"，并且将这个集合内的生物化约为一个单一的概念，②
命名也意味着动物作为不能答复的"他者"被消音的状态。因
此，山羊不论家养还是野生都一律划归为"动物"，动物的主体
性不言而喻是低于人类的，甚至与人类的主体性存在矛盾。山
羊的原生环境远离都市，而只有马丁感受到了原生环境的独特
之处。一开幕妻子史蒂薇就在整理家中的花束，马丁也是受到
妻子的驱使才驱车前往乡野寻找他们的"乌托邦"，为妻子建造
她心仪的"植物与钢筋"的完美家居。二人共同反映出美国的
田园理想，但是二者的田园理想本质又完全不同。他向妻子描
绘自己到城外寻找农场的过程中意外发现一处景色宜人的山岗，
沉醉于自然气息中的马丁感到一阵震颤。对妻子而言，马丁描
绘的郊野环境只是"常见的田园风景"（ordinary bucolic），"植
物与钢筋"的完美结合才是她向往的环境，而这种环境其实是
人造的，是都市化进程对乡野的入侵。现代人类思维中都市生
态与乡野生态的对照，反衬出马丁对乡野的纯粹向往以及与动
物的情感共鸣反而是一种倒退，甚至是一种返祖、一种动物性

---

① 详见 Rüdiger Heinze, "Violations of Mimetic Epistemology in First-Person Narrative Fiction", in *Narrative* 16（2008），p. 280。

② 详见 Jacques Derrida, "The Animal That Therefore I Am（More to Follow）", trans. David Wills, in *Critical Inquiry* 28（2002），pp. 398 - 399。

的趋向。马丁对乡野的纯粹向往以及与动物的情感共鸣实际上消解了人类/动物的二元对立,还原动物的主体性存在,通过与山羊的情绪感应创造出一个人类/动物解域化的空间,正如他的姓氏格雷(Gray)所表示的颜色"灰"那样,既非黑又非白,介于人性与动物性的阈限状态,介于都市生态与乡野生态之间的阈限空间。

第一幕中妻子从马丁衣服口袋里找到一张属于"克拉丽莎·阿瑟顿"的名片时,半开玩笑地询问过他是否在和别的女人约会,或者是偷偷找过某个"提供特殊服务的"小姑娘,还上演诺埃尔·科沃德的经典桥段以试图从丈夫口中套出答案。而当丈夫认真地答道是有那么一位西尔维娅,"她是只山羊",史蒂薇停顿半晌,盯着丈夫,接着得意地放声大笑:"太过分啦!"(Goat:9)丈夫的认真剖白被妻子当作打情骂俏的机敏,妻子理所当然地认为情爱只能发生于人与人之间,这也是普遍被接受的认知逻辑和原则,她认为丈夫与山羊的人兽恋是病态、精神异常、行为-思维障碍,甚至犯罪。因为他与山羊的情爱关系,史蒂薇作为妻子的合法地位受到威胁,她的身份认同也随之遭遇危机。在马丁和山羊产生无法割舍的爱恋后,山羊介入了都市中产阶级家庭的生活,被豢养于马丁买下的农场中。当山羊被迫进入都市空间中,唯一的结局就是被屠杀。对她的屠宰释放了史蒂薇恼羞成怒的情绪,帮助史蒂薇重新恢复了在家庭中作为母亲、作为马丁唯一合法恋人的地位,动物成为证明和维护人类主体和秩序的牺牲品。

马丁在语言、情感、爱情三个维度具备理解山羊的能力,超越了日常认知中的人类与动物的界限,引发妻子、儿子和朋友以及观众的不适。恰如阿尔贝和海因策在《非自然叙事、非自然叙事学》导言中的定义，非自然的叙事元素有时"是实验性的、极端的、越界的、非规约的、不墨守成规的、非同寻常的"，故而将产生"陌生化"效果。[①] 阿尔比所设置的非自然叙事元素意在悬置观众机械而自动化的感知，冲击人们对人生、事物和世界的陈旧感觉以及狭隘的日常关系。

二、非自然的事件与生成

"事件"源自拉丁语 eventus，暗含"事故"（accident）之意，在该词的强语义下总意味着一种惊诧和未知，以不可计划的方式、毫无征兆地牢牢掌控我们，将我们带向充满惊诧的未来。事件不是世界内发生的某事，通过事件的发生为我们打开了一个全新的世界，我们构想和参与这个世界的特定构架随之发生变化。事件是滑动的中间态，包含诸多未知因素的阈限运动，极易受到语言描述的干扰。在叙述过程中事件必然遭受不可描述的窘境，因为它暗含惊奇、揭露和不可预测性，事件的存在是不可预知、不可计划、不能下定论的，甚至"拒绝逻辑理念和语言再现"[②]。虽然言说极力陈述知识或信息，以认知的方式描述事件，作为语言的言说和结构"出现在事件之后，总是存在一定的问题"[③]。人兽恋情作为超出人类逻辑的非自然叙

---

① Jan Alber and Rüdiger Heinze, eds., *Unnatural Narratives*, *Unnatural Narratology*, Berlin: De Gruyter, 2011, p. 2.

② Ilai Rowner, *The Event: Literature and Theory*, Lincoln and London: University of Nebraska Press, 2015, p. 98.

③ Jacques Derrida, "A Certain Impossible Possibility of Saying the Event", trans. Gila Walker, in *Critical Inquiry* 33 (2007), p. 446.

事事件对当事人马丁及其妻子和好友而言都是无法用语言表达的真实状况。基尔戈和欧文辨析了两类非自然事件的叙事："在解叙述的文本中，叙述者讲述了一个事件但是又撤销了这个事件，从而使得故事世界的情景出现了问题；在有的叙述文本中，出现了事件的多个版本，但没有明确倾向于建构哪种版本的事件。"① 马丁最初两度先后向妻子和好友吐露恋情，在遭到嘲笑后撤销事件。而在妻子真正与他对峙，要求还原人兽恋情真相时，马丁却无法通过语言描述事件中其他当事者，也无法描述对当事者的真实情感，不同的预设、判断和陈述建构着事件本身。

妻子史蒂薇首先抛出的问题就是：山羊为何得名"西尔维娅"？难道山羊身上挂了标签？她自问自答："西尔维娅伊何人，乃能颠倒众羊心？"这句话改编自莎士比亚的喜剧《维洛那二绅士》。剧中普罗丢斯背着好友凡伦丁想方设法赢取西尔维娅的芳心，在西尔维娅的窗下吟唱夜曲"西尔维娅伊何人，乃能颠倒众生心？神圣娇丽且聪明，天赋诸美萃一身，俾令举世诵其名"②，史蒂薇借贞洁貌美的少女形象与乡野山羊对比，讽刺山羊居然在马丁心中拥有了主体性地位，取代主流认可的传统女性地位。有关西尔维娅名字来源的问题没有激怒马丁，反而引出他对山羊的真实情绪："不是你想的那样，一切都是顺其自然……她是我的第一次、我的唯一。"（Goat：39）此处，"一切"指的是马丁和山羊相遇和为山羊命名，"第一次、唯一"指的是他第一次也是唯一一次与动物产生情感，通过对山羊情感的强调弱

---

① 转引自尚必武《非自然的事件，非自然的序列——非自然叙事的另一维度》，载《山东外语教学》2018 年第 6 期，第 78 页。

② 莎士比亚《维洛那二绅士》，朱生豪译，上海古籍出版社，2002 年，第 199 页。

化名字问题带来的压力，他避开妻子进一步的追问。在被迫陈述事件全貌的过程中，马丁对史蒂薇提问的回答越接近真实，越可能激发出妻子强烈的情绪反应。层层问题压迫下，他尽可能地选择无关紧要的细节分散妻子的注意力，选择性地重复对好友罗斯所说的事件内容，试图掩盖事件的事件性，因为当事件被可重复地解释时，就丧失了自己绝对的惊诧和本真，可复述性让事件成为非事件（non-event）（"Certain"：450）。

从史蒂薇的视角看待马丁与山羊事件时，关注点落在马丁如何、在哪里甚至以何种方式与山羊发生肉体关系，因此对事件的语言追索在绝大多数时间都是限于她的思维限度。语言结构"是对普遍性、可重复性和重复性的测量，因而错过事件的奇异性"（"Certain"：446）。她要求丈夫遵照自己的提问逻辑进行叙述，表面上是丈夫在言说事件，实际上是马丁依据她的思维结构制造、阐释、生产事件。依据妻子的要求而生产出的叙事内容反而使得妻子不断逃离事件自身，通过配合丈夫偏差的叙述来逃避事件不可预知的非理性。当马丁告白自己过去几十年中不论在身体还是精神上都忠于妻子，史蒂薇应和地陷入对从前幸福生活的回忆和叙述。但是，她又很快清醒过来，痛苦地意识到叙事限度外的内容的残酷性："我就在这儿躺下；赤身躺在桌上；你就拿着你的刀！割我的肉！留下永久的伤疤！"（Goat：54）

妻子史蒂薇对人兽情感的先验思维框架使得她错过丈夫作为事件主体为事件带来的奇异性。回溯性的陈述并没有带来妻子期待的答案，也没有解决家庭矛盾。妻子咄咄逼人的追问、辛辣刻薄的讽刺反而加深了马丁的困惑，促使他焦头烂额地寻找满足妻子思维限度的语言组织。丈夫在回溯性陈述事件的时候发现了有关灵魂的共融，他在山羊身上找到的"不是泄欲对象，而是一个灵魂！"（Goat：54）。主体性发生真正转变的时刻，不是行动的时刻，而是做出陈述（declaration）的那一刻。换言之，真正的新事物（the truly New）是在叙事（narrative）中浮现的。① 戏剧第一幕中呈现的马丁是美国梦的完美代言人，才华横溢、家庭美满、事业不断走向顶峰，然而，荣光背后却潜藏危机，马丁被自己时而消退的记忆所困扰，反复与妻子核对即将来采访的好友儿子的名字，甚至认真地问妻子"自己现在就得阿尔兹海默是不是太年轻了"（Goat：6）。采访中，马丁不经意的玩笑话"（人生）可能从此就走下坡路了"（Goat：15）暴露了他潜意识中对生活的焦虑，也暗示马丁心中萌生的摆脱现实身份限制、追求另一种存在的欲望。因此，他为妻子和自己共同寻找的乌托邦，实质上象征帮助他摆脱社会机制和权力建构的逃逸线，从可预测的、可计算的美国梦式的生活中解放出来，摆脱人类/动物、男人/女人、我/非我二元对立的僵化切分线。马丁和山羊在陈述中远离了人兽交欢的欲望感受，人与山羊的主体性发生转变，叙事中浮现被解域化的人类马丁和被解域化的动物山羊进入生成-动物的过程。

马丁在解域的过程中获得改变他与自己、动物以及与其他人的关系的可能性，其中最突出的便是他与动物的关系。在德里达提出的临近区域（limitrophy）的概念中，人类与动物的特性有着无限重复性的相似。② 进一步而言，德勒兹提出超越临近区域的可能性，强调生成"并不是获得一种形式（认同、效仿、

① 详见斯拉沃热·齐泽克《事件》，王师译，上海文艺出版社，2016 年，第 180—182 页。

② 详见 Jacques Derrida, "The Animal That Therefore I Am (More to Follow)", p.398。

模仿），而是找到一种临近区域、不可辨别区域或无差别区域，区域中人与一个女人、一个动物或一个分子无异"①。生成-动物并不是指马丁真正成了山羊，尽管妻子斥责他与山羊相爱是兽性行为，把他等同于禽兽。在叙述隐秘的山羊恋前，马丁并没有意识到自己获得了新的生命形式，他尝试参加互助小组，通过与那些类似自己、对动物产生爱欲情感的人交流来解释自己的疑惑，来解释对自己与山羊、他人与动物的非自然关系的疑惑。妻子不断质询互助小组成员身份及其对动物的爱恋，却愈加远离事件本质，让事件中的主体变得扑朔迷离。

马丁招架不住妻子厘清事件的愤怒逻辑，被拽离普遍存在的人兽情感事件的真相，尽管他希望向妻子展现情感事件背后非个体生命生成的原因。他认为这是一种"联系、交流、顿悟"（*Goat*：52）。在回溯性描述中，他得以获得与描述之前完全不同的情感认知：现代人出于自身原因而萌生"非自然的"情感需求和欲望，如因幼年受到家人的性侵犯、农场生活单调而形成奇特的性认知，因为长相丑陋自卑到选择动物作为情感和欲望对象。这些需求和欲望与现实认知格格不入，从而让他们陷入困境。无法克制的"非自然"欲望与德勒兹所指出的管控和制约欲望的机器相冲突，实现解域化则要求这些互助会小组成员从第二种柔韧的切分线——超越感知的日常临界——中自我解放出来。然而，"这些人都不开心"（*Goat*：54），他们之所以苦恼抑郁，就在于他们没有意识到逃脱第二切线的可能性，无法实现生成-动物而倚跨在超越感知的日常临界上，被认为并且

---

① Paul Patton，*Deleuzian Concepts: Philosophy, Colonization, Politics*，Stanford：Stanford University Press，2010，p. 123.

自我认定偏离了正常人的轨道、无可救药。马丁在叙述他人和自我的非自然生成时，进入和动物无限临近的区域，获得新的力量，在生成-动物的过程中，他借由叙述事件本身而获得纯粹的非个体生命体验。生成-动物成为马丁个体生活的转折点，开创了个体可能性的新领域，纯粹的非个体生命体验帮助他进一步解读互助小组成员的心理，获得理解儿子同性恋的前提，具备理解其他非自然情感的同理心。

三、不可能的故事世界与阐释策略

阿尔比营造了一个包含诸多非自然元素——非自然叙述者、情感、认知、生成——的故事世界，并尝试在剧作中绘制出两种面对非自然元素的认知策略，分别对应了叙事学家阿尔贝和尼尔森提出的两种不同的非自然叙事的认知策略。叙事学家阿尔贝得益于弗鲁德尼克"叙事化"概念的启发，在文章中探讨多种非自然叙事的认知策略，如整合旧有认知草案而形成新的认知框架、归属超验王国、斯多葛式接受非自然场景的陌生性。[①] 总体而言，他的阐释策略可以归纳为"自然化"策略——用已知框架去同化未知框架。对此，尼尔森提出另一种类型的认知策略，即"非自然化"的策略，放弃真实世界的认知框架，来解读不可能的事件。[②] 马丁与山羊的人兽恋情作为叙

---

① 详见 Jan Alber，"Impossible Storyworlds——and What to Do with Them"，pp. 82 - 83。

② 详见 Henrik Skov Nielsen，"Naturalizing and Unnaturalizing Reading Strategies: Focalization Revisited"，in Jan Alber et al.，eds.，*A Poetics of Unnatural Narrative*，Columbus: Ohio State University Press，2013，p. 72。

述内容经历了多次被文本化以及来自不同对象——朋友罗斯、妻子史蒂薇及儿子比利——的认知解读，不同主体对事件的解读所构成的矛盾不断威胁主体的地位。

罗斯作为新闻人对事件的奇异性具有独特的敏感性，在"高端人士"访谈节目中说"有的人庆生，也许只有家人关注……有的人的生日却意义非凡……因为他们的重要性影响千家万户"（*Goat*：13）。他领悟到马丁生日会是一个绝佳的采访契机，可以借此向美国公众展示美国梦的现实范例。他在采访马丁时，首先极力展现好友事业成功的形象，"你成了最年轻的普利兹克奖获得者，这可是建筑学上的诺贝尔奖；你还被选中设计'世界之城'，一个预算达270亿美元的未来梦幻之城"（*Goat*：14）。接着，为了节目效果，他时而煽情吹捧，时而又谩骂怒斥，最后使出撒手锏，大打感情牌，以好友身份试图挖掘马丁的私人生活，获取观众的兴趣点，也就是罗斯眼中的事件奇异性。他敏锐地嗅到好友完美形象背后不为人知的隐绪，追踪蛛丝马迹的言语漏洞："我没记错的话，你有说过目前另有新欢"（*Goat*：19）。不可说的事件由此才浮出水面。这一点与当下媒体以言说事件掩盖事件制造的行为不谋而合。他在向史蒂薇告发马丁婚外情时虚伪地强调自己的初衷是忧心马丁的公共形象和个人事业，却没有考虑到他的言语造成的后果——使马丁和史蒂薇的婚姻关系亮起红灯。"毫无疑问，马丁会告诉你一切我无法……无法说出口的内容"（*Goat*：35），这种说话方式并不在于"通知、报道、指涉、描述或注释（事件）"（"*Certain*"：447），信件作为述行媒介让史蒂薇（读者）接近被炮制的事件"真相"。可以说，罗斯通过信件这一言说工具开启了"恋兽"事件的叙述之链，背后的动机并非他自己所言是出于对马丁公共形象和个人事业的担心，更多的是源于以主流价值观念衡量"恋兽"事件奇异性时所采取的否定性态度。罗斯"无法说出口的内容"不能被归类于"美国梦"的认知范畴，这些内容他听入耳中而又因为与自己已有观念无法关联，断然拒绝理解，因此他无法再恰当地将之还原为语言。媒体人制造事件更为突出的表现是罗斯在看到马丁与儿子接吻时，主观代入马丁"人兽恋"的伦理偏差，将马丁的选择归咎于完美生活背后不满足、空虚的心理，把发生在马丁身上的一系列事件当作中产阶级的危机寓言，将父与子之间无以表达的复杂情感简单化为"变态行为"（it is sick），由此又通过语言制造了新的中产阶级丑闻。大多评论家将罗斯的存在比照为"犹大"，但是马丁不是耶稣式的殉道者。罗斯更准确地说应该是伊甸园中的毒蛇，表面上维护马丁的公共形象，实际上却以信件为诱发点对马丁一家施加权力影响，"维护他所代表的公共逻辑及道德，打压马丁作为异类分子的主体身份"①。

信件作为述行媒介诱发史蒂薇情感决堤，使得马丁与史蒂薇作为完美中产家庭的身份主体陷入岌岌可危的境地。史蒂薇是典型的美国家庭主妇，怡然自得于家庭中的自由主义氛围，以进步的政治观念自居，儿子的同性恋行为甚至成为他们自由主义形象的装点。或许比普通家庭主妇更具优势的是，她受过良好的教育，文学典故信手拈来，语言风趣幽默，自由主义思想是她理解事件的框架。除了诘问丈夫出轨山羊的欲望和罪孽，她还站在自由主义的认知框架上极力去解读这场中产阶级危机事

---

① Boróka Prohászka Rád, "Transgressing the Limits of Interpretation: Edward Albee's 'The Goat, or Who Is Sylvia? (Notes toward a Definition of Tragedy)'", in *Hungarian Journal of English and American Studies*, 15 (2009), p. 144.

件，"有的事情就是在规则外发生，不按常理出牌"，死亡、突发的疾病、情感疏离，甚至夫妻一方变性（Goat：36），这些都属于发生在此类规则外却又符合社会认知的事件。发生在马丁身上的事件却是"（你）从未想过，也无法料想的"（Goat：36），"瓦解社会语域的根本"①，肢解社会语域中的常规、契约性规约。"我怎么能够因为无法接受它而去否定它？又因为它存在于否定限度之外而无法承认它？"② 自由主义框架决定了她看待事件的视角，建立在罗尔斯契约论基础上的自由主义将婚姻关系视作契约关系，③ 妻子尽忠职守，在学识上匹配、事业上搭配，因此丈夫也必须恪守婚姻契约下的责任与义务，以成功的事业和情感的稳定可靠换取妻子的忠诚和体贴。她难以理解丈夫脱离自由主义语域的行为，也无法借助以婚姻契约为基础的认知框架消除非自然叙事的非自然性。认知框架意味着"认知结构、内在知识是由语言编码的概念的前提"④，当非自然事件冲破她的认知框架，史蒂薇对语言的编码和解码也滑向失控，语言"变得无用而失去意义"⑤，马丁表示自己既深爱着她又爱着山羊时，她的回答是"啦-嘀-嗒，啦-嘀-狗屁-嗒"。"Love affair"这一

①　Michelle Robinson，"Impossible Representation：Edward Albee and the End of Liberal Tragedy"，in *Modern Drama*，1（2011），p. 69.
②　Michelle Robinson，"Impossible Representation：Edward Albee and the End of Liberal Tragedy"，p. 56.
③　Michelle Robinson，"Impossible Representation：Edward Albee and the End of Liberal Tragedy"，p. 69.
④　Charles C. Fillmore and Beryl T. Atkins，"Toward a Frame-Based Lexicon：The Semantics of RISK and Its Neighbors"，in Adrienne Lehrer and Eva Kittay，eds.，*Frames，Fields，and Contrasts*，Hillsdale：Lawrence Erlbaum Assoc.，1992，p. 75.
⑤　Boróka Prohászka Rád，"Transgressing the Limits of Interpretation：Edward Albee's 'The Goat，or Who Is Sylvia?（Notes toward a Definition of Tragedy）'"，p. 146.

词组超越自然的语用框架，被用于丈夫与动物的不伦之恋，恋情被剥离得只剩情欲与肉体关系，再加上丈夫对非自然事件的无效言说，使得史蒂薇将矛盾的源头全然归咎于他者而非自我，恐惧自己作为妻子、女性和人的身份主体地位遭到冲击。最终，唯有屠杀作为他者的山羊才能证明和挽救自己的主体地位，失去理智的史蒂薇通过肆意杀戮却反而滑向动物性形式。

马丁对治愈小组组员情感的理解、对儿子比利的同性倾向由不理解到宽容同样随着事件的叙事逐渐展开，他慢慢接受了那些过去超出自己认知的框架，拓展了中产阶级现实世界对可能性的包容范围，接纳日常生活中超出自己逻辑认知的现实。然而，其他人无法按照标准对他的生成-动物进行衡量。罗斯和史蒂薇将陌生和反常的因素各自置于一种美国梦价值观念和自由主义衡量标准的话语结构中，两种代表性的主流价值观念都不具备可以使陌生化的因素自然化的因素，无法理解马丁获得的非个体生命的力量。马丁的生成-动物被当作异常体，同时拒绝被标准化、自然化，因此"令人厌恶，令人害怕，被权力划为另类，就像失去理性的疯子、变态者等"①。随着山羊被戕害，马丁的生成-动物被戛然终止，完成了由旧主体到新主体再到主体全面崩溃的转变。

结　论

面对日渐丰富的物质社会和分歧日益增多的世界，日常生

---

① 尹晶《西方文论关键词——生成》，载《外国文学》，2013年第3期，第95页。

活中涌现出各种匪夷所思的现象和事件，如何用戏剧去表达光怪陆离的物质世界是阿尔比的创作中心，也是他被学者定义为"荒诞派"的原因之一。阿尔比在文集中指出"像家居背景摆设一样，人兽恋情只是在剧中得以提及，但也仅仅是作为衍生事件而非主题出现在（《山羊》）剧中（*Stretching*：167），马丁不仅能够与动物沟通，与动物共情，同时在直抵这段非自然感情的本质时实现了非自然的人-动物生成。如果说马丁违背了人类有关感情和存在的核心架构，那么阿尔比则大胆违背了关于叙事的核心架构，以阿尔贝的话来说就是"违背、炫耀、嘲弄、戏耍、试验一些或所有关于叙事的核心假设"①。这种超越摹仿（mimetic）的叙事手法是剧作家刻意打破第四堵墙的方式，提醒观众戏剧的真实意图不在于摹仿现实。阿尔比同时呈现了一种"戏剧角色替代读者审视戏剧中核心事件的可能性"②，马丁的妻子和好友代替观众做出判断，表演中少数观众愤然离席便是对马丁生成-动物的自然化解读。他希望这些对马丁做出自然化、规化和标准化解读的观众某一天能够迎来一种"顿悟"（*Stretching*：167），重新认识人与非人的差异、人与动物的边界、人与人之间的关系和组织构架的基础和合理性。

---

① 转引自 Monika Fludernik，"How Natural Is Unnatural Narratology：or What Is Unnatural about Unnatural Narratology?"，in *Narrative*，20．3（2012），p. 358。

② James Frederick Kittredge，*Chasing Myth：The Formulation of American Identity in the Plays of Edward Albee*，A thesis submitted for the degree of Master of Art at the University of Arizona 2006，p. 100．

恐怖叙事与文学事件

——从《西省暗杀考》到《封锁》

但汉松

关于恐怖的叙事，注定是一次朝向深渊的旅程。如布朗肖在《未来之书》（*Le livre à venir*，1959）中所言，这是叙事和塞壬之间"极其幽暗的斗争"，因为任何与塞壬之歌的遭遇，都意味着有去无回的死亡。[①] 这种缥缈之音的可怕与强大，并不在于它的极美或极丑，而是它缺席式的存在。任何真正的恐怖，必然突破我们旁观者想象力的极限，而真正的亲历者又无法提供见证——赤身裸体的犹太人在毒气室看到喷头里冒出的化学烟雾，广岛核爆中心的市民在一道耀眼白光后气化为大理石台阶上的人形印记，西装革履的白领从燃烧的世贸中心 120 层纵身跃下……所有这些，都无法被死去的亲历者所讲述。甚至连奥斯维辛焚尸室地砖下偶然挖出的秘密日记，也无法真正引领后人进入那种恐怖的内核。那本日记的主人是灭绝营别动队（Sonderkommando）的成员，名叫萨门·格拉道斯基（Salmen Gradowski），他所在组织的任务是焚化毒气室里运出来的尸体；或像策兰的《死亡赋格》（"Todesfuge"，1948）中写的那样，

---

① 莫里斯·布朗肖《未来之书》，赵苓岑译，南京大学出版社，2015 年，第 6 页。

他们所干的活就是"在空中掘墓"。格拉道斯基用 81 页纸记录了 1941 年 9 月的屠杀细节——如何维持囚犯秩序,如何在尸体中撬寻假牙,如何剃掉女囚头发,如何将死人衣物行李分拣归类——然后将日记装进铝盒,深埋在地下。他希望制造一份特殊的"时间胶囊",为未来的人类留下一份关于纳粹暴行的见证。可即使是他,也无法代替那些被屠杀的犹太人见证毒气入鼻后的挣扎,甚至无法替不久之后被灭口的别动队队员(包括他自己)讲述死前最挣狞的瞬间。

当文学试图叙述恐怖,面临的就是这样的"毒气室"悖论:一方面,极限境遇下的恐怖具有不可再现性;另一方面,愈是因为再现的困难,这种恐怖就愈需要被讲述。如果仅仅因为幸存者无法替受难者做出见证,我们就放弃在奥斯维辛后"野蛮地"写诗,那么这即意味着遗忘与背叛一段最为严酷冷冽的人类历史。所以,当阿甘本说"幸存者在为无法见证的事情做出见证"时,J. 希利斯·米勒则试图用"言语行为"理论来化解这个难题。[1] 在米勒看来,见证这种不可再现的恐怖,并不意味着提供与真相丝毫不差的"述事"(constative)话语,而是本身即构成了一种"行事"(performative)动作。语言的施为性固然不能替已逝的见证者作见证,却能为恐怖的"不可再现性"提供一份证词。贝克特的《终局》(*Endgame*,1957)或许就是最好的文学范例:观众在令人窒息的地下室和荒凉古怪的人物对话中,看不到关于大屠杀的一个字,那次浩劫的恐怖却无比真实地存在于舞台空间与台词的罅隙中。

---

[1] J. Hillis Miller, *The Conflagration of Community: Fiction Before and After Aus-chwitz*, Chicago: University of Chicago Press, 2011, p. 177.

一旦文学的使命从"模仿"（mimesis）变为"见证"（witnessing），我们对文学的本体也有了完全不同的理解。文学中的叙事不再是关于真实之境的虚构化想象，而是一次"因言行事"的言语事件。于是，重要的也不再是"文学说出了什么"，而是"文学让什么发生了"。布朗肖以这样先知般的语言来描述文学的这个秘密法则："叙事并非对某一事件的记述，而恰为事件本身，是在接近这一事件，是一个地点——凭着吸引力召唤着尚在途中的事件发生，有了这样的吸引力，叙事本身也有望实现。"①

一、"口唤"之魅

清朝人马化龙显然是洞悉这个秘密法则的。1871 年，这个被绑上凌迟大架的"同治回乱"首犯在死前预言："四十年后，有人出来为我报仇。"② 这句遗言不是空洞的恐吓或希冀。在它被说出的刹那，叙事变成了事件，如一支从满弓中飞出的箭矢，射进未来的暗夜。张承志以这句不见于正史的遗言作为《西省暗杀考》（2001）的开篇，自然也是深谙语言自身的事件性。关于这篇奇特的中篇小说，我们当然可以将之视为张承志 80 年代在西海固"寻根"之后的一次虚构性民族志写作，但我更愿意聚焦在语言与暴力的微观层面另做一番解读。如果说张承志的文本实验了"以笔为旗"的可能，那么这猎猎旌旗更像是一面

---

① 莫里斯·布朗肖《未来之书》，第 8 页。

② 张承志《西省暗杀考》，收入《北方的河·西省暗杀考》（张承志文集Ⅱ），上海文艺出版社，2015 年，第 360 页。

黑色的恐怖之旗，它飘扬出文学与暴力某种不便言明的共谋关系。

以"后 9·11"文学的语境反观，伊斯儿、师傅、喊叫水马夫、竹笔老满拉这些人物恐怕算得上典型的"恐怖分子"。在左宗棠铁腕平乱之后的西北，"哲合忍耶"的门宦子弟遭遇几近灭门的重创。他们四人拿着同胞血衣，爬出了尸体堆，从此隐姓埋名、东躲西藏。对几位幸存者而言，对屠杀其教门者"以血还血"并不是一个临时起意的发愿，因为他们坚信自己的独活并非侥幸，而是"承蒙了养主的活命口唤"（《西》：362）。"口唤"一词在伊斯兰词典中的定义是"旨意及使命"，它来自"养主"（即真主安拉），也可以从门宦首领口中下达。对"哲合忍耶"派教徒而言，马化龙的复仇命令是不容置疑的谕令，但"如何执行、谁去执行"，却是在一棵杨这个村落里定下的。鉴于双方悬殊的力量差距，这些"哲合忍耶"遗民不可能再像马化龙那样举兵夺城。以小搏大的复仇方式只有两种：指向清朝大员左宗棠的暗杀行动，或是对其后人子弟的无差别杀戮。

小说所讲述的 19 世纪下半叶，无独有偶，也恰是现代意义上的恐怖主义在西方兴起的时代，不过这些恐怖分子有个别名，即"无政府主义者"（Anarchist）。这些激进派坚信，当无产者被资产阶级无情倾轧时，语言的效力微乎其微，因为只有行动才是最好的宣传。无政府主义者们的思想导师巴枯宁（Mikhail Bakunin）曾说："没有什么理论，没有什么现成的体制，没有什么写成的书能拯救世界。毁灭的冲动是一种创造性的冲动。"换言之，与其将《共产党宣言》传讲万遍，也不如几个铁血革命者投出的炸弹来得行之有效。这些炸弹出其不意地在巴黎富人区咖啡馆、伦敦格林尼治天文台或芝加哥干草市场炸响，它们就是对革命群众最好的发动。而当时自制炸弹技术在民间的普及，赋予了身单力薄的个体以隐秘行动对抗国家、贵族、君主的可能，甚至可以凭一己之力改写历史。虽然"图穷匕首见"的政治暗杀者古已有之，但19世纪无政府主义者实践的是一种新型的暴力形式：它的目标不是消灭敌人的军事优势（因为这不可能办到），而为制造恐怖而来，并在恐怖中达成日常语言无法实现的沟通效力——那一声巨响拢聚全社会的惊恐目光，并凭着新近兴起的大众传媒，将恐怖的影响最大化。

在张承志笔下，从一棵杨出发的这些暗杀者当然不是任何意义上的无政府主义者。每个西北门宦都是自给自足的封闭共同体，他们不为谋求政治变革而来，也无意对外宣传任何政治纲领。然而，他们与语言的关系却和19世纪的无政府主义一样密切：这种暗杀虽然不谋求向普罗大众发声，却同样因言行事、以事为言，区别只是话语的发出者与接受者均来自秘密门宦社群的内部。"哲合忍耶"门派与语言根深蒂固的关系，首先体现在这个阿拉伯语音译名的含义中：高声唱出。作为清朝回民中的"新教"，"哲合忍耶"与"老教"（即"虎夫耶"）最大的区别，即在于宗教功修时赞念的方式。前者强调高声赞念齐克尔（Zikr），后者则要求默念。即使是在这个回民门派几乎被清朝政府赶尽杀绝时，师傅也在做隐蔽礼拜时下口唤说："不能出声，但要张开嘴，做出高声赞念的口形。"（《西》：363）对于这个源自苏非主义（Sufism）的门派来说，高声赞念的意义并非只是表达礼拜仪式中的语音中心主义（phonocentrism），它更源自对宗教语言神性的一种信仰。高声赞念不是"哲合忍耶"的全部，其信徒会在师傅的指引下辅之以诵念的频速、口型，甚至还有搭配的全身肢体动作，最后在几万遍，甚至十几万遍的重复中，进入陶醉、狂喜、忘我的状态。① 《西北暗杀考》中，师傅在临死前最后一次示范"激烈痴狂的念赞"，不仅带领周围众人"乘上节拍调子，念得进入了感激"，而且让天色突然异变，"发怒的雪，陶醉的雪，颠覆的雪，暴乱的雪……倾泻般地下开了"（《西》：371）。此时，已然成魅的语言借由当事人的操演，开启了神秘的心智状态，并与外部世界达成了神圣的统一。师傅就是在这样的超自然时刻，"给众人下了那件事情的口唤"（《西》：371）。自不待言，"那件事情"就是他们苦等十年的暗杀。身着血衣的师傅与漫天大雪一起，成为这次礼拜诵念引发的"事件"中充满意义的象征体系。

一旦"那件事情"从语言中创生，所要诉诸的修辞方式则是恐怖。对于恐怖而言，暴力与血并不是第一位的。从古到今，人类战争史上无数次屠戮在杀人效率或毁灭当量上都远超"9·11"事件，但能进入当代全球创伤记忆的，仍是 2001 年那些阿拉伯劫机犯对象征西方金融资本主义的"双子塔"的袭击。由此可见，构成重大恐怖事件的要害并非物理上的杀伤力，而在于对旁观者想象力的震骇和改变。恐怖袭击有别于传统战争之处，是武装分子对平民突如其来的进攻。为了实现这个目的，恐怖分子需要精密的伪装和设局，以求在日常生活中最缺乏防范的时刻，对目标人群实现致命的奇袭。某种意义上，我们可以说恐怖事件的核心就在于秘密性（secrecy）——它需要袭击者将"今日无事"这场戏演足，需要恐怖分子伪装为日常生活的一部分，直到杀戮大幕突然揭开。如果没有对秘密的成功经

---

① 参见金宜久《伊斯兰教的苏非神秘主义》，中国社会科学出版社，1995 年，第 89—91 页。

营，恐怖事件自然就失去了惊悚的效果。一旦计划曝光在光天化日之下，一旦力量占绝对优势的国家机器获知该如何防范，那么不仅袭击计划无法真正实施，恐怖分子对人心的杀伤力也势必大打折扣。举个例子，1605年，一群天主教极端分子密谋在英国议会大厦地下室安放炸药却阴谋败露，这次原本将震撼历史的恐袭非但没有成为该国的恐怖记忆，反而以焚烧盖伊假人的方式流传成为欢乐喜庆的节日民俗。

《西省暗杀考》中的恐怖正是源自秘密。张承志第一次以"恐怖"这个词来描述伊斯儿的心理状态，是师傅临死前传下复仇口唤的那个时刻。让主人公震骇的并不是死亡或血，而是"想到师傅门里，人人都有这么多机密，而自家却傻得活像一个卡废勒，心里的慌乱变成了恐怖"（《西》：368）。伊斯儿第二次"觉得恐怖"，是在处决老满拉的刑场上。他猛地意识到老满拉在行动失败后，之所以拒绝劫狱而宁愿受死，就是因为"那人有机密"（《西》：385）。老满拉需要在刑场上喊叫暗语，让口唤的秘密传递到下一个举意参与暗杀的马夫手中：

> 伊斯儿觉得一边膀子抖。一看马夫，他猛然全悟了：喊叫水的马夫黑塔般立着，两眼黑黑地，却轻轻地，一下下地点头，伊斯儿的泪水汩汩地淌开了；他简直想立时跪下大哭一场。竹笔老满拉把事情就这样交待了，他知道事情已经落到了喊叫水马夫的手上。事情起了，又败了，此刻又传过了，但一切机密都没有给行亏的官家发现。那一日坐在绿呢大轿里的人不知道这一切前后的事，他没有感性。（《西》：386—387）

由此可见，正是秘密使得一棵杨的事件发生和延续。同时，也正是秘密对事件进行了遮蔽和"不可读"操作，以便让恐怖觅寻到存活与生长的隐蔽空间。甚至可以说，恐怖的力量就来自事件的不可预知性；没有被加密的语言叙事，事件的内核就会全然祖露，从而也将不再成其为事件。正因为如此，德里达才将"事件"定义为"一种绝对的惊奇"①，并认为它"具有无限的秘密形式"，无法被理解和预设。②

　　一棵杨的回民暗杀集团对于秘密的沉迷和敬畏具有某种悖论性。与其说这些复仇者已然洞悉了事件本身，还不如说他们以苏非主义的认识论姿态，对事件的秘密本质报以一种宗教的沉默。一方面，他们无时无刻不寻求在口唤的指引下行事，但又深知口唤本身的抵达方式不可预测。另一方面，携带秘密的口唤语言也必然具有含混的特质，对口唤的确认和解读存在极大的不可知性。在他们看来，唯一可以接近这种不可知的路径，只有凭借"哲合忍耶"中以赞念为根基的宗教功修。伊斯儿正是凭借两年赞念的训练，进入"陶醉"境界并窥到了刺杀的天机：

　　　　伊斯儿初次见到阿克·约勒的那天，正当自家了罢《穆罕麦斯》，念着即克勒的赞词进入陶醉时。伊斯儿看见这个西域客闯进自家独室，一时没能醒来。他在二年里干功深入了，不仅仅能轻身消声，而且常常能感知机密。前

　　────────────

① Giovanna Borradori，*Philosophy in a Time of Terror: Dialogues with Jurgen Habermas and Jacques Derrida*，Chicago：University of Chicago Press，2003，p. 90.

② Ilai Rowner，*The Event: Literature and Theory*，Lincoln and London：University of Nebraska Press，2015，p. 99.

> 一瞬他真真切切看见一湾碧水，绿波轻荡。湖中有二座沙岛，黄沙澄净。当阿克·约勒闯进来的时刻，伊斯儿正静静注视着这个景象，忘了危险，忘了自家本色暴露。（《西》：393）

张承志的精妙反讽在这里纤毫毕现：当期待已久的秘密以"一湖三景"在伊斯儿的幻视中显迹，却也是他暴露自家本色，并错杀前来传话的西域客阿克·约勒之时。他"盯着那人，他认不清这张脸"（《西》：394）。伊斯儿与秘密最亲近的时刻，即他被秘密抛弃的开始。正是这种先知与无知的奇特混合，使得马夫在甘肃酒泉湖的刺杀徒劳无功——他拦轿劫杀剁烂的那个人头，其实属于左宗棠的替身。这次任务失败的原因，是因为口唤"送来了时机，也破了秘密"（《西》：395）。

这里，张承志为我们揭示了语言与事件的一种奇特共生关系（symbiosis）——语言以口唤之魅召诱出事件去往"不可能的地方"，而事件神秘莫测的踪迹在语言带来的陶醉中显形；同时，事件为了继续成为事件，又必须不断修正它与语言的关系，对秘密叙事施以诱骗，从而拒绝语言对事件整体性（totality）的占有欲。清末西省的恐怖分子与所有以精神信条为驱动的当代恐怖分子一样，他们从不自诩是事件的开创者。他们相信自己只是语言的仆人，在口唤和显迹中看见了"事情"，然后听从召唤去实现它。或者说，他们的任务就是把事件从精神之域带到现实中来。但是，和所有的神秘主义宗教（无论是犹太教卡巴拉主义，还是伊斯兰苏非主义）一样，任何借由语言寻找天启的尝试都不可避免会陷入阐释的麻烦，因为字面意义与寓言意义的关联确实是千古的难题。张承志的高明之处或许在于他让伊斯儿对神秘语言的求乞止步于含混，而未擅自成为某种天启的宣教者。

当竹笔老满拉和马夫的两次刺杀均告失败后，隐姓埋名的伊斯儿摇身变为了胡子爷。他最大的困惑便是，"造物的养主，你使左屠夫继续召诱我，你使我出世，接替了喊叫水马夫的光阴"（《西》：401），但和先前的行动相比，他并没有收到任何可作为口唤的讯息。如此一来，他与"事情"（即暗杀）的仆主关系暧昧而混沌。虽然其后的十五年，随着自身境遇的改善，胡子爷成了地方上的精英阶层，不必东躲西藏，甚至敢高声吟诵《穆罕麦斯》，苦等的"口唤却久久不来"，他也无法再像过去那样，进入陶醉中去体验"应验的感应"和"清晰的图景"（《西》：409）。反讽的是，当雄霸一方的胡子爷愈发具备杀人的物质力量，他却愈发陷入一种阐释的颓势中，无法寻获启动杀人的语言密码。在左宗棠去世以后，他亟需神圣语言的指示，以便知晓下一步该杀谁和怎样去杀，因为"他知道事情的启闭，不能没有主的意欲"（《西》：410）。后来，"光阴尽了，自家的年岁早已不容再等"（《西》：411），终于失去耐心的胡子爷决定对左宗棠的后人（一个在宁夏道里补缺的后营哨官）进行一次屠戮。这个决定意味着他决意在没有口唤指引的情况下行动。换言之，胡子爷试图逾越语言对事件的束缚，不再匍匐于事件的神秘性，而要去成为事件的创造者。

胡子爷从历次行动失败的历史经验中获得一个道理：要想确保师傅、竹笔老满拉和马夫的"事情全美"，关键在于保守一棵杨的秘密。为此，他必须杀掉除他之外知晓秘密的所有人。胡子爷一边想象复仇血海的"美不可收"，一边"挥起牛皮刮刀，砍翻了自家的妇人"（《西》：417）。在启程行事前手刃爱妻，这是他为捍卫事件秘密性所能做到的极致，但是历史对事件的诡谲经营毕竟胜过了凡人的一切算计。当杀红眼的胡子爷冲进宁夏道，四处搜查要杀的那个"姓左的哨官"，却发现城里已经天翻地覆，一群人齐齐地吼叫"革命革命"（《西》：418）。原来，这一年恰是1911年辛亥革命之际，"一场鬼迷的革命，把事情生生地夺上走了"（《西》：418）。胡子爷虽然自立"口唤"，要"仇家流十三处血"，但他终于悲哀地意识到：

> 事情不在我手上——
>
> 我这没有口唤的罪人呐——（《西》：418）

这是张承志的神来之笔。作家以一种结构性的反讽，让读者终于明白《西省暗杀考》并不是一部关于"血衣之美"的圣战颂歌。虽然他以颇多令人不安的笔墨来再现暴力——譬如"血快活地喷溅，猖狂地奔腾"（《西》：416），但这种内聚焦于胡子爷（即伊斯儿）的观察与想象更像一种铺垫，它让小说从"杀"到"不杀"的主题变奏更加发人深省。在结尾，已变身为"伊斯儿老阿訇"的主人公和左家后代最终相遇，此时已是民国三十几年，这位担任民国官员的左家后代听说老阿訇的前人曾与左宗棠打过仗，专门上清真寺来面谒。一直苦等刀刃歃血的暗杀集团前领袖见到仇家却动心如止水，只是"微微点头"，然后送走客人后就"带上一双花镜，又潜心钻研了"（《西》：421）。

主人公晚年对复仇的态度扭转，并非因为身体衰老已无力杀人，或宽恕了左家的灭族血仇。对这群靠口唤而活的暗杀者来说，宽恕并非他们可以行使的伦理职责。伊斯儿老阿訇对"不杀"的释然，其实恰恰源自他对于"哲合忍耶"宗教信仰的升华。他一方面惊叹于马化龙"四十年后将有人为他复仇"的预言奇迹般灵验了，一方面又感叹事件的不可知性。他万万没有想到，复仇的口唤居然没有落在一棵杨这个举意暗杀的教派身上，而是鬼使神差地交给了以"五族共和"为口号的汉族革命党。老阿訇晚年以讲经为主业，并非他的复仇血性已死，而是他开始坦然臣服于事件的神秘性，接受以"口唤"为象征物的语言对他的主宰。这种臣服的发生源自主人公感知到的崇高体验。它其实是历史深处一种恐怖的崇高，并非以杀人和流血为具象特征，而是一种认识论意义上的恐怖。伊斯儿终于骇然地明白，自己与神的关系既近又远，历史事件的不可知性大大超越了人类的智识极限。

二、文学"炸"了

如果说《西省暗杀考》讲述了一次在语言和事件的张力下终未发生的暗杀，那么《封锁》（2017）则是关于一次已经完美发生的暗杀。围绕"暗杀"这个典型的恐怖事件，作为小说家的张承志与小白在想象恐怖与文学的关系时可谓"互通款曲"。比较观之，两起指向历史血仇的刺杀行动，都从语言中得以创生——一棵杨暗杀集团的起事，靠的是马化龙及师傅的口中之言；让特务汉奸丁先生在公寓里暴毙的暖瓶炸弹，事先已被沪上作家鲍天啸写在小说连载里。然而，与苦等"口唤"却未能如愿的伊斯儿不同，小白笔下的暗杀者从文学的恐怖叙事中获得了行事的秘密程式；秘密让"恐怖分子"伊斯儿深感恐怖，并最终在神秘历史的崇高之前匍匐，但日本人林少佐作为反恐专家执意追查这种秘密的真身，最后却在新的爆炸中与秘密一起永远消失。

小白与张承志同样痴迷于语言的恐怖力量，只不过前者更多是在文学审美的意义上，而后者则带有伊斯兰宗教的神秘主义色彩。大概因为这种旨趣的不同，所以在《西省暗杀考》中恐怖暴力的核心意象是"血"（甚至包括女人初夜的血），它与舍西德（Shahid，即殉教）中的"血衣"意象紧密相连；而《封锁》则聚焦于砰然一响的"爆炸"，狰狞的死亡和血固然也会紧随其后，但丝毫不是小说家关注的重点。炸弹这种现代杀器最迷人的恐怖之处，在于它能潜伏于日常生活器物的背后。一旦触发引线、释放能量，就极具突然性和压倒性。或许你还可以和手持刀剑的刺客搏斗，但对于近旁引爆的炸药（无论是定时炸弹，还是人肉炸弹），恐怕只有受死这唯一的选择。小白敏锐地捕捉到"爆炸"这个极具隐喻潜能的意象，并将它与欧洲浪漫派对于文学灵感的爆发式想象做了勾连。所以，他借林少佐之口，讲出了这样一个精彩的譬喻：

> 头脑中的一次爆炸。一部小说诞生了，完全是想象力在起作用。就好像故事有个开关，引爆器，只要抬头一看，人物命运就展现在小说家面前。他可能要去杀人，他也可能被杀，但除了小说家本人，谁都看不见后来将要在此人身上发生的一切。[1]

不难看出，小说家与恐怖分子的类比在这里变得清晰起来：两

---

[1] 小白《封锁》，中信出版集团，2017年，第120页。

者都是依靠想象力创造的情节/阴谋（plot）来行事。叙事和普通陈述的区别，在于叙事具有情节性。历史原本是一种无情节的非连续体，是叙事的出现让历史获得了所谓"前因后果"的结构。尤里·洛特曼（Jurij Lotman）之所以将事件定义为"情节的运动"，就在于强调事件即叙事。但必须指出，这种运动不只是故事从冲突出现，再到高潮和结尾的简单抛物线。它首先意味着一种创生，一种越界。小白以"封锁"为故事的标题性事件，正是要提醒我们：小说家的爆炸式想象，恰恰是对禁区的僭越。如果再联想到"大爆炸"与宇宙创生的天体物理学假说，那么这个用头脑中的"引爆器"将小说人物带到纸上的人，与其说是一个降神通灵的萨满巫师，还不如说更像那个说出"让世界有光"的神祇。

但是，对小白而言，作为"造物主"的小说家只是另一种需要接受反讽、揶揄和反思的对象，它绝不同于张承志笔下念兹在兹的那个发出口唤的"养主"。小说家鲍天啸的《孤岛遗恨》并非如他所言的"纯属虚构"，它不是从无到有的情节创设——仅仅"一个烈女，为父报仇，仇人是军阀"这十几个字，就清晰无误地影射了民国最著名的女刺客施剑翘（《封》：93）。此女原是饱读诗书的大家闺秀，父亲施从滨曾任奉系第二军军长，在北伐战争中因为拒绝倒戈而被军阀孙传芳所杀，尸首在蚌埠火车站陈列三日。十年之后，这位侠女成功地在居士林击毙杀父仇人，并油印好"告国人书"讲述杀人动机。此案曾震动民国朝野上下，受到广泛新闻报道。正是在巨大舆论压力下，施剑翘得以特赦出狱。这段恐袭的公案经过改头换面，进入 40 年代沪上流行传奇文学《孤岛遗恨》本在情理之中。然而，这并非说鲍天啸的恐怖叙事"抄袭"了生活；相反，在鲍天啸狡猞离奇的供述中，那个出现在甜蜜公寓爆炸案现场的"施剑翘"分身恰恰是他小说的"抄袭者"。这个身负父仇的烈女首先是一个文学读者，据说她从报纸上看到《孤岛遗恨》：

> 从没有一部小说让她那么着迷，女主角跟她一样啊，她说。读得心慌，那不是在写我么？那么多秘密，最大的秘密，复仇，放在心底，从未对别人说过。读着读着，她不时会产生幻觉：是不是每部小说的主人公都有一个真身躲在世界哪个角落？（《封》：97）

艺术与现实的互文关系，在这里已经不再是简单的模仿，亦不是"镜"与"灯"可以解释。或许可以说，两者构成了一种电影哲学上的"镜渊"（Mise-en-abyme）——艺术与现实如同两面对立的镜子，各自在其内完成无限的镜像复制。

《孤岛遗恨》还有另一个批评家式的读者，即来自日本的"中国通"林少佐。这位心狠手辣的反恐审讯专家，以铁腕的封锁和酷刑来获得暗杀事件的真相，但他作为读者的身份其实更加重要。林少佐就读于日本陆军大学时，就常去"东京神田神保町中华书店看书"，结交了小说家好友，而且"在学生时代热衷戏剧表演"（《封》：85）。即使是在日据时代的上海，他也"常常不顾危险，便衣进入租界，到兰心剧场看戏"（《封》：80）。这样一位跨文化的文学爱好者，当面对嫌疑人兼小说家鲍天啸时，自然就悄然将审讯室公器私用，使之成为一次读者对于作者的逼供：

> 审讯室内，有一种诡异的合作气氛。似乎双方共同努

> 力，正在设法完成一个联合作品。审讯规则已被悄悄替换，
> 如今故事技巧和想象力更重要，准确性退居其次。细节不
> 断在增加，但不是为了从中发现新事实，倒像是为了满足
> 林少佐的某种个人趣味。（《封》：104）

林少佐的个人趣味，就是一种阅读的趣味，或者说，一种对于
完满的恐怖叙事的执念。若按日军执法者惯有的暴戾习惯，既
然已经查实了鲍天啸偷卖粮食，也找到证据说明刺杀源头和小
说中的草蛇灰线，直接处决这位小说家应该更为经济省事。但
林少佐以近乎变态的执着，要求鲍天啸完整拼凑出全部细节，
以帮助他完成一部以"神秘女刺客"为主角的"舞台剧"。林少
佐对文学叙事的要求，带有强烈的"兰心剧场"式印记——他
太渴望在舞台上呈现完整的戏剧结构，太渴望一个叙事的闭环。

　　然而，正如《西省暗杀考》中历史的机密永远付之阙如，
所有以秘密为核心的恐怖叙事都将拒绝提供这样一个闭环。我
们在哲学上谈论的"事件"（从布朗肖、德里达到德勒兹、巴迪
欧），与"兰心剧场"这样的通俗文学场域演出的"事件"，最
本质的的区别就在于如何面对终结。林少佐的致命错误，就是
过于迷恋事件的整体性，未能把握事件在时间延宕中的生成和
变化。某种意义上，鲍天啸正是洞察了普通读者的这种弱点，
并将计就计地制造了陷阱。小说家在审讯室对林少佐的反控制，
是以秘密（即热水瓶炸弹的递送方式和爆炸机理）为诱饵，吸
引他欲罢不能地上钩，从而将现场第二个藏有黏土炸药的暖壶
成功引爆。表面上，林少佐死于读者对于叙事秘密的好奇心，
但更深入地看，其实是因为他只看到文学事件变为暗杀事件的
局部过程，未能理解事件的生成性（becoming）。在《意义的逻

辑》中，德勒兹正是用 becoming 来定义"事件"这个哲学概念
的。所以，如果说这次文学事件的前半程是《孤岛遗恨》启发
了某个神秘的女性读者暗杀丁先生，后半程则是小说家准确利
用了林少佐对于事件延续性的无知，以第二次爆炸杀死了这位
妄自尊大的读者。

那么，第二个暖瓶就是林少佐期待的"闭环"吗？答案同
样是否定的。甜蜜公寓这两个充满毁灭性的热水瓶，就如同先
后冲进世贸中心"双子塔"的两架波音客机，它们一前一后的
步调恰好为媒体实时转播这一视觉景观创造了时机。正如第二
架飞机是在全球观众通过电视屏幕的注视下"实时"撞进了南
塔，鲍天啸借助第二个暖瓶成为自杀式人弹的瞬间，也被守候
在对面楼顶天台的记者拍下。因为恰好是爆炸瞬间同步按下的
快门，这个记者"拍到了玻璃窗粉碎四溅的画面，整片玻璃鼓
成弧面，像水花一般散裂"（《封》：138）。这次全程被摄影的爆
炸"占满了当晚各家报纸版面"（《封》：138），但它依然不是事
件的终结之处。按小说叙述者的说法，这张爆炸的照片后来成
了新闻摄影的经典，甚至可能影响了日后的高速摄影技术——
一种最适合捕捉恐怖事件发生瞬间的技术。小白甚至还不无暗
讽地写道："这幅照片后来被人传到纽约，刊登到《时代》周刊
上。"（《封》：138）

这里，《封锁》似乎在试图完成一次关于"后9·11"的编
码。我们开始意识到，甜蜜公寓的暗杀事件不只是一个谍战题
材的传奇故事，而更像是对于当下全球恐怖主义与大众传媒共
谋关系的寓言式写作。和互联网时代的全球化媒体对于恐怖景
观的沉溺之瘾一样，20世纪三四十年代发达的上海报业与小白
笔下的暗杀者同样也结伴而行。"差点当了瘪三"的鲍天啸起初

就是靠在报馆贩卖假消息谋生，或者说，"编两只故事卖卖野人头"（《封》：61）。他也尤其擅长写本地影响大的刑事案件，总是能"来龙去脉清清爽爽，画出眉毛鼻子"（《封》：62）。成为恐怖分子指南的公案小说《孤岛遗恨》就是在三日一刊的报纸《海上繁花》上连载的，并且日渐走红上海滩。同样，大众媒体的暴力想象也影响了上海日据时代的反恐。用特务头子丁先生的那句隽语来说："自从有了电影院，情报里就多出许多穿风衣戴帽子的特工。"（《封》：115）然而，恐怖与大众传媒的这种共谋，并不能真正帮助读者解码事件的复杂性与神秘性。"9·11"事件并没有因为全球媒体的并机直播而让真相变得透明；相反，布什政府主导的反恐战争迅速让一场国家悲剧变成了国家神话。忧心忡忡的德里罗在《哈泼斯杂志》撰文，呼吁小说家应该站出来，去书写一种不同于主流叙事的"反叙事"（counter-narra-tive）。德里罗说，这种反叙事存在于"人们携手从双子塔坠下"的"原始恐怖"中，作家的使命应是"赋予那片嚎叫的天空以记忆、温情和意义"①。同样，与爆炸几乎同时亮起的镁光灯并未让上海新闻界解开甜蜜公寓的二次爆炸之谜，更无法进入当事人复杂幽暗的内心地带。由于日本沪西宪兵队和公共租界巡捕房在移交现场上的混乱，这次谋杀最终只被认定为"一起事故"，林少佐被认为是死于检查物证时的"意外爆炸"。

事件的真相就如同那只量子态的"薛定谔之猫"——在每次阅读与叙述的刺探尝试中，事件都重申了自己的测不准性。张承志以"考"来命名一部虚构作品，这本身就是对于历史的

---

① Don DeLillo, "In the Ruins of the Future: Reflections on Terror and Loss in the Shadow of September," in *Harper's*, 12 (2001), p. 35.

一种反讽。在小说的结尾，张承志告诉我们：

> 一九八几年，有一个作家名赛义德的，从暗中流传的
> 一本经里，看到了一棵杨这个地名⋯⋯他根据那部隐藏多
> 年的秘密资料，——查清了四座墓的主人及故事。由于禁
> 不住激动，他奋笔疾书，写下了这篇考证。(《西》：422)

从"秘密资料"(指的是"哲合忍耶"门宦的后人记下来的本族
历史《热什哈儿尔》)，到"查清"这个动词之间，张承志不同
寻常地加入了一个破折号。这个标点在视觉上似乎暗示着从历
史编纂到历史真相之间的遥远距离，它远远大于一个句子内逗
号的区隔。"赛义德"虽是常见的穆斯林姓氏，但在英文里它对
应的 Said，与过去时态的"说出"(said)正好一语双关。同样
的悖论亦存在于"赛义德"——这个张承志的虚构自我——和
历史的口唤之间。那些被"说出的"口唤早已无法保存最初声
音的踪迹，只能被赛义德这样的小说家以历史的名义，去填写
个中无尽的空白。赛义德给西省暗杀史"画出眉毛鼻子"的过
程，与鲍天啸(注意！该名字中同样藏着关于"说"的暗指)
真假难辨、细节诱人的沪上公案故事，实则有着异曲同工之处。

虽然《封锁》和《西省暗杀考》一样，都将叙事的人为性
(artificiality)做了自我暴露，但在经营这种不可靠叙事时，小
白显然比张承志更具有后现代主义的自觉。张承志只是在结尾
让那个作家赛义德短暂出场，而小白则自始至终让恐怖叙事的
反身性处于前景位置。他利用框架叙事(frame narrative)制造
出一个身份暧昧的第一人称叙事者"马先生"。这个"我"与甜
蜜公寓事件当事人的关系游走于局内人和局外人之间。同为投

敌者的"我"熟悉被暗杀的丁先生，也深度参与了林少佐对鲍天啸的审讯，更是第二次爆炸的亲历者和幸存者。"我"就如同《了不起的盖茨比》中的尼克，构成了核心人物鲍天啸与读者的中介，不仅向读者传递他耳闻目睹的各种真假难辨的线索，也透过其内心独白来影响读者对这些信息的认识与理解。这位叙事者的中介有双重作用：一方面，他以自己的见证和参与带领读者抵达了事件的暗门。他在叙事上的制高点不仅优于日军沪西宪兵队、公共租界巡捕房和沪上新闻记者，而且通过周旋于鲍天啸和林少佐之间，他可以了解到两人互不知晓的内情。更重要的是，作为恐怖事件的生还者，他甚至还在事后返回现场，以"后见之明"来审读林少佐当初收集的卷宗（其中包括贴有《孤岛遗恨》的剪报），甚至将当初提供线报的门房老钱拉进特工大楼证伪其口供。"我"的这种近乎全能的见证者功能，在《封锁》中构成了一种具有相当特权的参考系，让读者意识到小说中其他有限视角的人物对于事件的认知不过是在"盲人摸象"。

另一方面，小白又通过"马先生"来提醒那些容易轻信的读者，他并非真正的全知全能叙事者。虽然他在故事中貌似眼观六路，耳听八方，但对于叙事中哪些属于向壁虚造，哪些属于曲折真相，他自己也无法分辨清楚。第二次爆炸后，事件的"生成性"依然没有完结，叙事者在小说结尾接受了重庆方面的策反，并在组织里获知鲍天啸确实是军统地下抗日武装行动人员。然而明确了鲍天啸作为"小说家"和"恐怖分子"的双重身份，并无法真正解释他与那个神秘女人的关系，也无法判断他在两次爆炸事件中参与的程度和时机。"我"甚至绝望地意识到，送第一个热水瓶炸弹的女人也可能只是小说家脑中的虚构，因为老钱在后来的审讯中承认，所谓女人打耳光的事情，纯属子虚乌有，不过是鲍天啸编出来的段子，用以引诱误导马先生和林少佐。如果说叙事者在爆炸现场生还后的片刻觉得自己获得了"一个完美无缺的答案"，那么在之后的岁月里他却发现"谜团刚刚被风吹散，又合拢到了一起"（《封》：142）。赴台后，他在调查局退休干部联谊会上再度读到鲍天啸的故事，此时它已被写进名为《传记》的杂志里，但"我"非常清楚，这类口述史不过是"老家伙们写些半真不假的往事，满足一下虚荣心"（《封》：143）。

如此说来，关于甜蜜公寓的恐怖袭击，到底还有什么是确凿的真实呢？恐怕除了爆炸之外，再无可以完全寄托信任的真实了。这个爆炸，既是"一个小安瓿瓶，一个铁夹，一个弹簧"（《封》：106）设计的化学爆炸，也是指小说家脑回路中的那个爆炸，那个让人物得以创生的文学爆炸。这两种爆炸都具有无可辩驳的真实性，它们意味着事件确凿无疑地发生过，任何相对主义的后现代哲学诡辩都无法否认。是的，只要鲍天啸"为她着迷，为她感动，甚至为她杀了人"，这都是"她真正存在过"的铁证。作为事件的文学，千真万确地让"事情"发生了。（《封》：143）

余　绪

《封锁》中还有一处耐人寻味的细节：日方在搜查鲍天啸房间时，发现他有整整一橱外国小说，其中硬封上夹了简报纸片的那一本，就是英文小说《伦敦之袭》（*Raid Over England*，

1938)。小白未明白告知读者的是，这本 1938 年出版的反恐题
材科幻小说，讲述了一群坏人在战后试图用病毒炸弹摧毁伦敦
的故事。从鲍天啸案发前精心研读这本小说的种种迹象，我们
不难在小白的带领下做一回福尔摩斯，猜测该书作者诺曼·莱
斯利（Norman Leslie）曾启发了鲍天啸的恐怖叙事。更加诡异
的巧合是，英国历史上还有一个著名的历史人物也叫此名——
那个亨利八世时期的诺曼·莱斯利曾在 1546 年领导了针对枢机
主教大卫·毕顿（David Beaton）的恐怖暗杀集团。看，小说家
与恐怖分子的幢幢鬼影，一次次在历史中合体！

　　我们或许还可以妄自揣测，张承志和小白代表了中国当代
文学中恐怖叙事的两极。《西省暗杀考》来自中国地缘政治的边
缘地带，代表着文化、语言、历史、政治的他者声音。这种声
音如今几乎已被湮没，因为正如那个赛义德在小说结尾哀鸣的
那样，"时代已变""机缘已去"。（《西》：422）书中的四个"死
了"，正是当时的张承志对莽莽苍苍的西省大地所下的判决。对
《西省暗杀考》中历史的诡谲含混，张承志虽有小说家的反讽姿
态，但绝不倨傲；相反，这只是他"以笔为旗"的小试牛刀，
此后他将长期定居于西海固，并在那里完成那部引发持久争议
的《心灵史》。《心灵史》是历史与小说的混杂文本，他将放入
一个更加外显的作者分身，在文本之内显露历史叙事如何让作
者获得精神皈依。在这个意义上，《西省暗杀考》更像是另一起
更为宏大的文学事件的序曲。

　　《封锁》则来自无可争辩的中心地带，这里有抗日的家国叙
事、国际大都市的摩登文化以及沪上小说家的精英姿态。但小
白制造的绝非"主旋律"，而是一部伪麦家风格的谍战小说。他
戏谑地让文学在其中爆炸了两次，并对事件的秘密内核守口如

瓶。小白之所以钟爱三四十年代的上海租界题材，与其说是为
了坚守《繁花》式的海派书写，还不如说他在这个特殊的历史
时空，找到了"后 9·11"语境下书写一种"全球化小说"
(Global Fiction) 的中国场域。小白笔下的恐怖分子不为信仰而
战，不为主义杀人，这些人的暴力神经有着具体而微的情感触
突，充满谙习人情世故的狡黠与精明。对于关注审美、偶然性、
幻想的小白而言，讲述这些恐怖叙事无法带来任何神秘主义的
宗教救赎，而是对于封锁我们想象力的日常生活的越界。

全球在地化、事件与当代
北欧生态文学批评*

何成洲

全球在地化（glocalization）是 20 世纪 90 年代才出现的新词，它是全球化（globalization）与在地化（localization）两个词的结合。它最初产生于商业领域，相对于全球化的潮流，在地化是指任何一种经济活动或商品流通，必须适应地方需求，为某一特定文化或语言地区所接受，才有可能快速发展。因而，全球在地化是指在全球化与本土化之间取得一种新的平衡，当全球化看上去势不可挡的时候，在地化是一个与之相依存的制衡力量。"全球在地化是全球化通过本土产生的折射。本土没有被全球化消灭、吸收或者摧毁，相反本土影响了全球化的最终结果。"①全球在地化重视本土的视角、体验和实践，全球与本土关系的复杂联系可以用"全球在地性"加以概括。"全球在地性是指在本土或者通过本土视角来体验全球化，本土视角包括当地的权力关系、区域政治、区域地理，文化独特性等。"②社会学

＊ 该文曾发表在《武汉大学学报》2018 年第 2 期。

① Victor Roudometof，*Glocalization: A Critical Introduction*，New York：Routledge，2016，p. 65.

② Victor Roudometof，*Glocalization: A Critical Introduction*，p. 68.

家罗伯特森（Roland Robertson）将这一概念引入社会和文化领域。他在 1992 年的著作《全球化：社会理论与全球文化》中认为全球在地化强调全球化和本土化的同时性和共生性。在谈到现在随着卫星电视的普及人们可以足不出户而知道天下大事时，罗伯特森指出："这种想法是有严重问题的，因为他没有充分考虑到'本土'和'全球'之间日益复杂的关系，没有充分认识到'在地性'总是被选择的，而且也没有能够把握'本土'媒体，尤其在美国越来越多地报道'全球话题'的大趋势。"①

就生态批评而言，全球在地化不仅是指全球性的生态问题如何影响到一个地区和那里的人民，而且也可以指不同地区的人民如何从本土的历史和经验出发来反思和应对这些生态问题。因此，全球在地化其实就是思考全球化，行动在地化。北欧国家有着悠久的文化传统和特殊的地区身份认同，全球化产生的生态问题影响到了北欧，同时也引起北欧思想界的积极反思和批评。北欧有着丰富的生态哲学和文学资源，产生过一大批伟大的生态思想家和经典的文学作品。众所周知，深层生态学是当代生态思想的一大支柱，它就是由挪威著名哲学家奈斯（Arne Naess）在 1973 年提出来的。同深层生态学相对应的是浅层生态学，后者的主张是发明新的技术，实施更加严格的环境管理，制定环境保护的法律来控制和减轻污染。作为一个激进的环境保护运动，深层生态学从一开始就提出反人类中心主义的鲜明立场，要求全面彻底地清算造成环境危机的思想根源和文化传统。深层生态学提出生态平衡、生物多样化和生物圈

---

① Roland Robertson，*Globalization*：*Social Theory and Global Culture*，London：Sage，1996，p. 174.

等许多重要概念，并且从跨文化的角度呼吁不同民族和地区的人民携起手来共同为创造一个人与自然和谐相处的生态而共同努力。在《深层生态学的基础知识》一文中，奈斯曾提出他的八点主张，下面引用其中的两点。"第一，地球上人类与非人类生命的繁盛有其内在的价值。非人类生命形式的价值不取决于他们是否从人类的角度来看是有用的。第二，生命形态的丰富和多样性本身就具有价值，而且他们对于地球上人类和非人类生命的繁盛做出了贡献。"[1]仅从以上这两点就可以看出，奈斯的生态哲学是从人类文化和文明的高度来看待生态危机，并提出系统的思考和理论建构。相对于生物多样性，文化多样性也非常关键，因而需要警惕文化全球化的负面影响。

从全球在地化视角研究当代北欧生态文学需要正视两个重要的问题：一是它如何继承和发扬北欧的传统文化？二是它如何将全球化与环境的议题在地化？众所周知，北欧神话中有很多关于山妖的传说，当代北欧文坛上曾出现一些作品，它们对于传统山妖形象加以重写和挪用，既让这些作品充满了神秘的本土色彩，同时又对于全球化进程中的科技、自然、动物、森林和文化等既具有普遍性又含有北欧特殊性的问题加以反思，彰显了全球在地化的北欧生态文学特色。在具体讨论一些当代北欧生态文学作品之前，有必要先考察一下北欧的山妖神话传统及其流变。

---

① Arne Naess，"The Basics of Deep Ecology"，*The Trumpeter*，1（2005），p. 68.

一、古老的山妖神话与创新的叙事事件

北欧古代神话中有一个独特的半人半兽形象，叫作山妖，不但在北欧家喻户晓，而且为世界各地的人所熟悉，成为北欧文化和民族身份的一个象征符号。山妖在北欧五国语言中的拼写有一些差别，但是在英语中一般统一翻译成"Troll"，中文翻译除了"山妖"，还有"巨人""巨怪"等。冰岛著名长篇神话故事集《萨迦》中有很多关于山妖的故事，其中《大力士葛瑞底尔传》讲述了这样一个故事：亡命好汉葛瑞底尔为躲避仇家的追杀，隐居于山林，终日与山妖打交道。有一次，葛瑞底尔与凶狠的山妖之妻恶斗，山妖婆力大无穷，凶猛无比。葛瑞底尔利用计谋将其制服，推下海湾。还有一种说法是，女山妖先是被葛瑞底尔削去肩膀，然后遇见阳光，化为独臂的山妖妇石像。这可以算得上是北欧神话传说中山妖遇光便化为石头的一个例子。①冰岛史诗《埃达》中也有许多对于山妖或巨人的描述，例如第十五首《海吉尔·希奥尔瓦德松谣曲》中多次提到巨人，王子海尔吉英勇无敌，杀死了巨人哈蒂。哈蒂的女儿，女巨人里姆盖德想替父报仇，却中了国王臣子阿特里的计谋，被阳光照耀变成了石头。

> 如今天光已破晓，里姆盖德，
>
> 阿特里我一直陪你闲谈聊天，

---

① 详见《萨迦》，石琴娥、斯文译，译林出版社，2003年。

因为你见到阳光就必定死亡。

顷刻间你变成一块坚硬石头，

将成为港湾岸边可笑的标志。①

国王的长子赫定在旅途中遇到了骑狼的女巨人，她手持蟒蛇当缰绳，希望赫定当她的伴侣。赫定拒绝她之后，被其诅咒，没得善终。

山妖的故事在北欧源远流长，有趣的是，北欧各国神话里所塑造的山妖形象也有所差异。在阿斯比昂森与莫尔所编纂的《挪威传说》中山妖就与冰岛传说中的山妖稍有不同。《挪威传说》中的山妖一般都比较愚钝，在与人类的交往中屡屡受挫，最终丢掉生命，例如《布茨与山妖》这一故事。布茨是一位农夫的小儿子，在农夫去世之后，布茨跟随两位兄长去服侍国王。宫里众人皆赞赏布茨伶俐，激起其兄长的嫉妒，遂在国王面前进谗言，让布茨去宫殿对岸的山妖宫中偷取各类金银财宝。布茨巧妙地哄骗山妖吃下自己的女儿，导致他伤心悲痛炸裂而死。由于山妖的愚笨，布茨成功完成各项任务，最终确立了自己在国王宫中的地位。

在北欧文学史上，山妖是一个反复出现的神话原型，在不同时代被作家赋予了新的内涵。②易卜生在创作《培尔·金特》之前发生了丹麦与普鲁士的战争，作为丹麦的兄弟，挪威没有支持丹麦，而是选择了旁观，引起易卜生的强烈不满。在这部

---

① 《海吉尔·希奥尔瓦德松谣曲》，收入《埃达》，石琴娥、斯文译，译林出版社，2000年，第247页。

② 关于北欧神话和文学史中的山妖形象，详见 John Lindow，*Troll: An Unnatural History*，London：Reaction Books，2014，pp. 104 - 122。

戏的第二幕，培尔因为拐骗别人的新娘而被整个教区的人追捕，他逃进了深山，遇见了山妖大王的绿衣公主。为了保存自己，他被迫答应山妖大王，做他女儿的丈夫。"培尔：当然了。为了把一位漂亮新娘娶到手，做点牺牲也是值得的，何况她还给我带来一个模范王国呢。"①不过他马上又后悔了，几乎被小山妖们挖了眼睛。在这里，培尔面对山妖们的苟且妥协，被易卜生用来讽刺挪威的国民性。与易卜生同时代的伟大挪威作家约纳斯·李（Jonas Lie）在 1891 年发表了自己的小说《山妖》，②讲述了挪威北部的山妖传说和故事。

瑞典童话女作家、诺贝尔文学奖获得者塞尔玛·拉格洛夫（Selma Lagerlöf）的小说《山妖与人类》（1915，1921）讲述了这样一个故事：住在森林里的一对山妖夫妻碰巧捡到附近村庄里的一个孩子，便留下自己的孩子，而将人类的孩子带走了。那位丢失孩子的母亲不顾丈夫的反对和村民们的攻击，收养了山妖的孩子，给了他母亲般的关爱。甚至在房子着火的时候，冒着危险从火中抢救出山妖的孩子。在人类母爱的感召下，山妖夫妇决定将人类的孩子送回来。超越人与山妖界限的母爱，体现了人类与动物在很多方面类似。拉格洛夫是一个讲故事的能手，好像伟大的小说家皆如此，比如莫言，他的诺贝尔演讲的题目就是《一个讲故事的人》。拉格洛夫在她的诺贝尔演讲词中也充分展示她讲故事的才能，她提到了孩提时代听过的很多故事，其中就有不少关于山妖的。她说道："想一想那些老人，坐在森林边上的小草房里，讲述女水妖和山妖的传说，还有妇

---

① 易卜生《易卜生戏剧集》（第一卷），潘家洵、萧乾等译，人民文学出版社，2006年，第 183 页。

② Jonas Lie, *Troll*, Oslo: Gyldendal Norsk Forlag, 1968.

女被拐进大山里的故事。是他们教会我诗歌怎么才能传遍莽莽群山和一望无际的大森林。"①

山妖在北欧文学中是一个神话原型，它通常代表邪恶、黑暗，以及人类需要克服的弱点。弗莱认为，各民族的文学都从自己的古代神话中吸取了营养，这不仅表现在文学的形式上也反映在作品的主题上。"每一个人类社会都拥有属于自己的神话，它由文学延续，通过文学传播，并因文学而变得多样化。"②文学的原型批评试图发现文学作品中反复出现的各种来自神话传说的意象、叙事结构和人物类型，找出它们背后的基本形式，在作品分析中强调在具体的社会和历史语境下探讨神话原型的连续性。神话原型的视角对于研究当代北欧文学中山妖形象的塑造有帮助，但是也许并不能充分解释这些作品如何在当下的全球化语境下被挪用和创造性地运用。

20 世纪 80 年代以来，北欧文坛上出现了一些重写山妖的虚构作品，如瑞典的《天沟森林中的绿林好汉》（1988）、芬兰的《山妖：一个爱的故事》（2000）等。在全球化时代，虽然北欧人口数量相对较少，但是这些北欧的优秀文学作品一经翻译成英语等主要语言，便很快在世界范围内流传开来。在这些作品中，山妖被用来构建一个新的故事，生成了一种全新的文学话语，表达了一种对于全球化时代的社会问题，尤其是生态危机的反思和批判，体现了一个改造世界的积极诉求。这一文学的生成和互动过程被称为"文学的事件"。

英国文学理论家阿特里奇在《文学的独特性》和《文学的

---

① 转引自 John Lindow，*Troll: An Unnatural History*，p. 120。

② Northrop Frye and Michael Dolzani，*Words with Power: Being a Second Study of the Bible and Literature*，Toronto：University of Toronto Press，2008，p. xiii.

创作》(*The Work of Literature*,2015)中提出文学事件的理论主要包括三个相互关联的层面：他者性、创新性和独特性，它们关系到文学创作和接受的过程。①"他者性产生于对新思想和感觉的理解；创新是生产艺术作品的过程以及在阅读中对这个过程的追寻；独特性关系到一部作品独特身份的形成。要将一部作品完全当作文学来看待，我们需要去体验这三个方面，因为它们在一场独特的复杂运动中相互协作、相互加强。"②一部优秀的文学作品之所以被阅读、翻译和传播，是因为它给不同文化中的读者带去了一种新的体验。文学给个体读者和整个社会带来产生变化的种子，因此文学在私人和公共领域都成为一种生成性事件，文学变成有目的的行动。

结合当代北欧文学中的山妖作品，神话原型的叙事被建构成一个个生成性的事件。山妖的形象在不同时期重复出现，但是它们有很大的差异，反映了在全球化时期北欧社会的生态诉求。在这些作品中，叙事不是描述过去，不仅仅重复这个神话故事，而是用来"以小说行事"。③关于叙事的功能，齐泽克在《事件》中说道："主体性发生真正转变的时刻，不是行动的时刻，而是作出陈述的那一刻。换言之，真正的新事物是在叙事中浮现的，叙事意味着对那已发生之事的一种全然可复现的重述——正是这种重述打开了以全新方式作出行动的（可能性）空间。"④当代北欧山妖文学的一个重要主题是批评全球化给人类

---

① 详见 Derek Attridge,*The Singularity of Literature*,London and New York：Routledge,2004；*The Work of Literature*,London：Oxford University Press,2015。

② Derek Attridge,*The Work of Literature*, pp. 58 - 59.

③ 详见 Joshua Landy,*How to Do Things with Fictions*,Oxford and New York：Oxford University Press,2012。

④ 斯拉沃热·齐泽克《事件》，王师译，上海文艺出版社，2016 年，第 177 页。

生存环境带来的挑战，谴责人对于自然和森林的破坏，倡导动物的伦理，推动人与环境的和谐相处。而如果把这些作品当作一个总体来看，我认为它们构成一个动态的、有差别的、但是有共同主题的系列事件，凸显了全球化语境下文学，尤其是生态文学的行动力量。

二、人性还是动物性：《天沟森林中的绿林好汉》

《天沟森林中的绿林好汉》① 的瑞典语原名是 "Rövarna i Skuleskogen"，1998 年由安娜·帕特森（Anna Paterson）翻译成英文在伦敦出版，题目改成了 "The Forest of Hours"。它的作者埃克曼（Kerstin Ekman）在 20 世纪 50 年代开始文学创作，一度成为瑞典侦探小说的代表人物，这方面的主要作品包括《三十公尺谋杀》（1959）和《死亡之钟》（1963）等。她最负盛名的四部曲——《巫婆舞圈》（1974）、《源泉》（1976）、《天使之屋》（1979）和《一座光明的城市》（1983）——从不同的角度描写了瑞典的一个小镇的历史变迁。1978 年，埃克曼当选瑞典文学院院士，是瑞典当代的代表性作家之一。

《天沟森林中的绿林好汉》的主人公是一个山妖，名字叫"斯科德"。他原先生活在天沟森林，遇到了两个人类孤儿，同他们交了朋友，慢慢学会了人类的语言并适应了人类的生活。之后，从中世纪一直到 19 世纪的五百年中，斯科德生活在人类

---

① 这部小说有时被翻译成《斯科拉森林中的强盗》，参见吴元迈主编《20 世纪外国文学史》（第五卷），译林出版社，2004 年，第 592 页。本文作者请教了瑞典翻译家陈安娜（莫言等中国作家的瑞典语翻译）和她的丈夫陈迈平，他们建议使用此译名。

中间，经历了瑞典历史上无数重大的事件，比如与俄国的大北
方战争和黑死病，而且这些事件也与世界的历史进程相关。他
自己也从事过不同的职业，包括牧师、钟表匠、外科医生等。
但是他总忘不了天沟大森林，时不时地回到那里，对于神秘大
森林一直怀有亲切的感觉。尽管他身上的动物性不断减少，越
来越像人那样文明，但是他仍然具有与动物沟通的本能，而且
还能如神话里的山妖那样操控其他动物或者物体。生活在人类
中间如此长的时间，斯科德的情感世界发生了巨大的变化，他
感受到了爱，并愿意为了爱而奉献一切，这让他成为一个更
"完全"的人。斯科德 500 年生命历程的言说将虚构和历史结合
起来，在世界历史的进程中反思人性和动物性相对立的问题。
在《从动物研究到动物性研究》一文中，伦布拉德（Michael
Lundblad）是这么解释动物性研究的："动物性研究将人的政治
放在优先的地位，比如，我们在不同的历史和文化时期是如何
考虑人类与非人类的动物性的。"[1] 动物性研究从全球和本土的
双重视角讨论人类对于非人类动物的看法和态度。《天沟》小说
的动物性叙事呈现去他者化的特点。

首先，在北欧神话中山妖经常代表恐惧和危险，是人类的
对立面。但是在《天沟》这部小说里，读者通过斯科德的讲述
认识到他有着丰富而复杂的内心世界，进而改变对于动物的成
见。"埃克曼借助她的山妖主人公斯科德打开了一扇通向动物世
界的想象之门：想象它们的想法、感受及语言。"[2]这部小说的叙

[1] Michael Lundblad，"From Animal to Animality Studies"，in *PMLA*，2（2009），p. 497.

[2] Linda Haverty Rugg，"Revenge of the Rats：the Cartesian Body in Kerstin Ekman's *Rovarna I Skuleskogen*"，in *Scandinavian Studies*，4（1998），p. 425.

事是非常激进的，让斯科德作为主人公本身就是对于传统的反叛。其次，作为一个生活在人类与自然之间的生物，他的中介性挑战了人类与非人类的分类法。"存在于西方传统中的范畴及边界规定了什么是'人'，什么是'动物'，《天沟森林中的绿林好汉》对此进行了意义深远的批判。"①长期以来，对于人性的界定是以非人类的他者作为参照的。与非人类的野蛮相比，人类就是文明进步的，作为人类就是要克服动物性。这种非此即彼的二元论是人类中心主义的反映。"人类利用动物来解释何谓人，并揭示他们与自然界，尤其是与动物之间的差别。"②然而，现代科学恰恰揭示人类与动物存在相当多的共同点。

小说的动人之处是斯科德与人类交往并建立友谊的故事。《天沟》以斯科德与两个人类的孤儿埃克和诺贝尔相识开始，他们在艰难的环境中相互帮助，渡过了一个又一个难关。埃克和诺贝尔教会了斯科德人类生活中的种种规则，让他认识到人类的纷繁复杂的多面性。斯科德也利用自己的超自然力量帮助他的人类朋友，获得食物，在森林中躲避各种危险。到了小说的最后一部分，斯科德爱上了一个女人，名字叫齐妮娅。她出生在一个富足的家庭，却郁郁寡欢，不愿与周围的人交往。在旁人眼中，她弱不禁风，举止怪异，精神有些失常，但是斯科德对她一往情深。他们的爱情消弭了简单的类属划分，批判传统文化中人性与动物性、文明和自然的二元论。爱赋予斯科德以人类的灵魂，但是他再也不能保持长生不老的状态，他终会像

---

① Helena Forsås-Scott, "Telling Tales, Testing Boundaries: The Radicalism of Kerstin Ekman's Norrland", in *Journal of Northern Studies*, 1 (2014), p. 67.

② Randy Malamud, *Poetic Animals and Animal Souls*, New York: Palgrave, 2003, p. 4.

人类一样死去。

斯科德名字的瑞典语原文叫作"Skord"，是"skog"（森林）和"ord"（单词）的结合。森林代表自然，语言代表文明。所以，这个名字具有象征意义，代表永恒的自然世界与感知的人类世界的交叉和融合。一方面，为了与人类交流，斯科德必须首先学会用语言来表达自己的思考和感受，然后将那些零乱的、杂乱无章的事件连接成有意义的序列，从而达到认识世界和解决问题的目的。在这个过程中，他不得不逐渐失去与自然直接沟通和交流的能力，因此他体验的范围缩小了。另一方面，他始终保持着与动物沟通的能力和魔力。因此，他需要在人类和山妖之间保持一种平衡，能够融合人性与动物性。为了这个目标，他一直在努力。小说的结尾，斯科德回到天沟森林，等待着自己的死亡。这时候，小说开头出现过的那位巨人格勒宁（Groning）再次出现。① "Groning"在瑞典语中意谓着"萌芽"，于是自然界经过一个生命的轮回孕育着新的开端。它的引申意义可以理解为斯科德的死亡是另一种形式的新生，代表人类智性和直觉的融合。至此，小说的叙事完成了一个循环。

在《天沟》中，斯科德从山妖蜕变成人是一个跨越性的文学事件，构成小说发展的主线。这一事件的意义不仅在于它颠覆了北欧神话传统中的山妖形象，更重要的是它创造性地将历史和人性的反思融入斯科德这一形象的塑造当中。作者借助这一"文学的发明"（阿特里奇语）对全球化时代自然的破坏和人类的异化提出批评。英国文学理论家伊格尔顿在《文学事件》

---

① Kerstin Ekman，*The Forest of Hours*，trans. Anna Paterson，London：Chatto & Windus，1998，p. 483.

一书中认为文学叙事里的言语行为也是操演性的，不仅仅是描述一个虚构的世界，而且通过它的叙事让一些事情发生了。这当然不只是指观众情感上的变化，而且也关乎现实生活中的改变。"小说通过诉说来完成自己的使命。小说的话语行为本身赋予了小说以真实性，且能够对现实产生切实的影响。"①在《事件：文学和理论》中，伊莱·罗纳借用德勒兹的事件哲学来讨论文学与现状的关系。"德勒兹分析文学个案，不仅是为了强调它们的独特性，更是为了找到一种独特的生成性的表达方式，并揭示它的创造力：生成性究竟如何在整个内在性的平面内横贯写作过程并影响写作事件？"②《天沟》中"山妖"斯科德的人间传奇是一个有独创性的事件，能对读者的自然观和生态观产生一定的影响。

在全球化时代，人们发现科技和进步有时竟阻碍人与自然的和谐相处，甚至对于自然和环境产生严重破坏，此时他们才意识到重新建构我们的生态保护意识是何等重要。生态批评呼吁人们重新去发现自然，通过自己的直觉去亲近和感受自然对于人类的平衡发展和文明的进步至关重要。动物性研究认为，"一个人的动物本能对于理解人的行为是至关重要的"③。《天沟》在这方面是有启发意义的："斯科德意识到，想要通过智识、科学和哲学去理解时间与物质终究是不可行的。但他仍能依靠直觉去理解世界，能在与他人的关系中找到意义。当他学着重新

---

① Terry Eagleton, *The Event of Literature*, New Haven and London: Yale University Press, 2012, pp. 131 - 132.

② Ilai Rowner, *The Event: Literature and Theory*, Lincoln and London: University of Nebraska Press, 2015, p. 157.

③ Michael Lundblad, "From Animal to Animality Studies", p. 499.

珍视自己属于山妖而非人类的一面，学着去相信自己的直觉，他便真正成熟了。"①换句话说，人类总是需要在理性知识与感性经验之间寻求一种平衡。小说从历史的角度批评和质疑人类中心主义的世界观和价值观，尤其是那些支撑文明大厦的基础概念，比如，主体、客体、自然、文化等，以及在这些概念的基础上建构的规范和制度。在这一点上，《天沟》与深层生态学的哲学主张是一致的，体现了北欧的文化特色，是生态文学全球在地化的一个典型。

三、都市中动物的权利：《山妖：一个爱的故事》

小说《山妖：一个爱的故事》在 2000 年获得为芬兰语小说写作而创立的"芬兰奖"（The Finlandia Prize）。作者斯尼萨罗（Johanna Sinisalo）生于 1958 年，这是她的第一部小说。之前她主要为电视和连环漫画写作，曾多次获得最佳芬兰语科幻小说"Atoros 奖"。此外，她还在"凯米全国连环漫画创作大赛"上夺得过一等奖和二等奖。

这部有科幻色彩的小说主要发生在芬兰一座城市的公寓楼里，主人公名字叫作安格尔，是一位年轻的摄影师。小说情节比较简单：安格尔在清晨回到住处，在公寓楼院子里发现一群十来岁的少年在踢打一个受伤的年幼山妖。出于怜悯，他将小山妖带回自己的住处。一开始不了解山妖，只是同情他。后来

---

① Rochelle Wright，"Approaches to History in the Works of Kerstin Ekman"，in *Scandinavian Studies*，3（1991），p. 301.

慢慢熟悉了，开始喜欢他，觉得他像人一样具有丰富的情感世界。于是，安格尔给他起了一个名字叫"佩西"。同时，安格尔也想利用他，拍摄一些独一无二的照片，获取利益和名声。可是有一次，佩西为了帮助安格尔抵御他朋友的攻击，而将对方杀死。警察要来抓捕，安格尔决定护送他离开，带着他逃离都市，进入大森林。在森林里，安格尔惊奇地发现自己并不觉得恐惧。当小山妖佩西找到他的家庭的时候，前来搜捕的警察也跟踪而来。当安格尔面临危险的处境，佩西和他的家庭邀请他留下来。他稍加思索，便决定加入山妖的家庭。

这本书在写作形式上的一个显著特点是后现代碎片化的叙事方式，各种文体，虚构的和非虚构的混杂在一起。为了调查所谓的山妖习性，安格尔翻阅了大量资料，包括日记、网络文章、新闻报道、神话传说、生物学著作等。里面甚至还有一段引自塞尔玛·拉格洛夫的小说《山妖与人类》里的对话。[①]这些有关山妖的文章或者引用文献以单独的篇章出现在小说里，与人物的叙事截然分开。这种碎片化的写作风格类似高行健的小说《灵山》，而且在目的上也是对于主流文化的反思和批评。《山妖》将作者创作的或者引用的有关山妖的文本混杂在一起，一方面介绍人们对于山妖的知识和想象，以及这些如何决定了他们对于山妖的认知；另一方面，读者也体会到这些知识和想象往往与事实不符，充满了人类的偏见和局限性。"小说中对山妖元素的运用以及与山妖相关的所有神话'包袱'，都表明幻想的力量绝不亚于生物现实。安格尔在研究山妖时阅读的文本，

---

① Johanna Sinisalo, *Troll: A Love Story*，trans. Herbert Lomas，New York：Grove Press，2003，p. 47.

以各种媒介形式创造了有关山妖的各类观点，它们实质上展现了语境是如何影响再现的。"①当然，作品的一个重要主题是批评了人类中心主义视角下动物和自然的他者化。叙事的碎片化不仅解构了人类对于动物的统一认识，而且也影射人与人之间交流的障碍。作品里的不同人物都在用第一人称叙事，但是每个人物的一次故事只有短短的一二页，中间穿插着其他各式各样的文本。这些人物之间的叙述经常相互矛盾和冲突，意在表明人与人之间的隔阂，同时它暴露了城市生活的条块化和封闭性。在都市中，人与人的关系如此，人与动物之间更是被划上了鸿沟。动物成为都市空间不可接受的"异类"，这是对于全球化时代都市化的一个控诉。

　　山妖的故事影射了生活在都市中动物的境况。都市一般是文化与秩序的象征，成为自然的对立面。生态哲学家苏普（Kate Soper）曾经说过，在多数人眼中"都市或者工业化的环境"与"荒野""乡村"是对立的，这种观念成为我们认识自然（包括动物）的障碍。（Poetic：3）其实，都市里面也可以有荒野和野生的动物。都市也是一个生态系统，不应该是自然的对立面。城市与自然的二元论是有问题的，是全球化时代人类文化的一种畸形发展。"城市化势不可挡，野生动物被迫适应不断变化的自然环境，人们也渐渐开始关注这类问题，斯尼萨罗的书便诞生于这样一个历史时刻。"（Poetic：48）进入都市的动物以一种不同以往的方式被他者化，处于人类的暴力之下，就像小说开头几个少年折磨幼小的山妖那样。当然，这种暴力必定

---

① Katja Jylkka, " 'Mutations of Nature，Parodies of Mankind'：Monsters and Urban Wildlife in Johanna Sinisalo's *Troll*," in *Humanimalia*，2（2014），p. 58.

遭到动物的反抗，小说的最后有一幕：在森林中，当警察追捕的时候，高大的山妖们手里拿着枪。山妖属于大森林，但是人类在砍伐森林，森林不断变小，动物在失去自己家园。人类必须尊重动物的家园，因为动物不仅是我们生态系统中的成员，也是人类认识自己的一面镜子、一条途径。在这里，全球化进程中森林面积的减少成为小说的又一个主题。

　　人性和动物性过去一直被认为是相互排斥的，可是实际上它们之间的关系要复杂得多。正如唐娜·哈拉维（Donna Haraway）在《当物种相遇》中所写的，"生命诞生于真实的相遇"①。《山妖》这部小说以一种虚幻和真实相结合的方式讲述了一次人与动物邂逅的奇特故事。"安格尔不由自主地注意到佩西拥有类人的外表、情感，有时甚至是智识，尽管它也明显带有山妖的动物性特质。"②山妖在小说中渐渐地被赋予人类的特征。安格尔是一个专业摄影师，他让佩西穿上牛仔裤，跳起来，拍一张广告照片。山妖照片获得惊人的成功，获奖并成为本地知名球队的徽标。尽管人们恐惧山妖，抱有偏见，但是人们向往和崇拜山妖在跳跃中绽放出的巨大能量。有趣的是，当杂志发表后被寄送到安格尔家里来时，佩西发现了照片而无比愤怒，他将杂志撕毁。安格尔说："他看到了。他知道那是什么。他知道怎么看照片。他恨透照片了。至少他恨透这一张了。"（*Troll*：20）我们无法对山妖的这种激烈反应加以确切的解释，但是这无疑在表明他是有丰富情感的，他有一定的判断力，并

---

① Donna Haraway, *When Species Meet*, Minneapolis：University of Minnesota Press, 2008，p. 67.

② Katja Jylkka, "'Mutations of Nature, Parodies of Mankind'：Monsters and Urban Wildlife in Johanna Sinisalo's *Troll*", p. 55.

且不受人类的影响。遗憾的是，我们对于他的内心世界所知甚少。小说还有一个奇怪的细节，山妖通过它的气味对安格尔产生性的吸引力。安格尔不仅陶醉于此，而且对山妖有性欲望和"性行为"。（$Troll$：166）人与山妖的性接触在易卜生的戏剧里曾出现过，培尔·金特被女山妖勾引，打算放弃人类的身份去当山妖大王的女婿。这里，人与动物的界限模糊了。如果说《天沟》描写了山妖如何变成了人，《山妖：一个爱的故事》则在一定程度上讲述了人"生成-动物"的故事，或者说一个寓言。在与瓜塔里合著的《千高原》中，德勒兹提出"生成-动物"是为了挑战人类与动物的区隔，提倡跨物种的超越与迁移，进而实现人与动物的"联盟"。"生成-动物不是梦想，也不是妄想，而是彻底真实的……生成不同于遗传，它与联盟有关。"（$Poetic$：11）在这个意义上，人类走出了自己的认识局限，面对自然界无限的可能开放自己的胸襟。

　　《山妖：一个爱的故事》里的"爱的故事"是一个不易解释的难题，这是因为在小说中爱的传递和爱的表达是非常多面性的。"爱"改变了安格尔和小山妖佩西的命运，也将他们连接在了一起。同时，"爱"也用来描写山妖之间的感情。以下是佩西在回到森林里，即将与山妖家人重逢的场景："突然他呆住了，尾巴以我从未见到的方式摆动，它卷成了半圆形，绷得紧紧的，我感觉他既有些兴奋，也有点紧张，还表达了……伟大的、深沉的爱……"（$Troll$：269）在小说里，"爱"是整个叙事事件的灵魂。小说对性、身体与社会规范的颠覆性描写拓展了对人性/动物性、自然/非自然的探讨。它给读者的启发是动物性其实也是人类的一个话语建构，文明和自然的划分是人为的，而非本质性的。在这里，北欧山妖叙事的传统断裂了，产生有独特性的新形式。这一新的叙事形式既受到全球化的深刻影响，又深深打上了北欧文化的印记，反映了全球在地化的文化特点。

小 结

北欧当代山妖小说的研究揭示了北欧的山妖神话如何在最近的二三十年中被挪用和再创作，编织出风格迥异但又深具生态关怀的重要作品。借助艺术的想象和创新，并结合当下的全球化历史进程及其影响，山妖的故事生成了一系列有独特性的文学事件。这些文学事件不仅反映现实，而更多的是积极介入全球化时代的各种社会问题，尤其是生态文化的反思和建构，具体说来主要有以下几点。第一，山妖的叙事激发人们对于人性的反思，并认为人性和动物性之间的边界是模糊的。无论是《天沟森林中的绿林好汉》里的斯科德还是《山妖：一个爱的故事》的佩西，他们不仅同人类建立了友谊，甚至生发出爱情。第二，文明与自然二元论是一个人为的历史建构，它们不应该被认为是对立的，而是相互交融、相互促进的。尤其在全球化时代，人们需要重新认识和理解自然。第三，人类中心主义的生态观念不仅是固化于我们文化内部的一整套话语建构，而且社会的权力机构也在不断强化它的存在，因而反对人类中心主义是一项长期的任务。从事件的角度看待文学，能够突出文学的能动性，即创新的文学生产如何能够参与当下对于全球化的想象与改造，尽管这种变化是缓慢的。

文化代表着传统，事件体现创造性。事件在生成的过程中，往往会出现日常秩序的断裂，这是因为事件具有反叛性和批判性。根据齐泽克的观点，"事件总是某种以出人意料的方式发生的新东西，它的出现会破坏任何既有的稳定架构"①。北欧的生态文学通过山妖神话原型的改写，构建了一个个文本的虚拟世界，见证了全球化的历史和现实，并试图对读者和社会产生积极的影响。一系列具有相似反叛精神的文学事件推动着文化的自我更新，文化在传承中得到重构和发展。当代北欧的这些重写山妖的文学作品在继承和发扬北欧本土文化的同时，批判了人类中心主义世界观和全球化带来的环境破坏，从而建构了一种独具特色的北欧生态文化，并已经在世界范围内产生了积极的影响和贡献。北欧生态文学的全球在地化表明，文学可以利用本土的文化元素来思考全球化给世界和地区带来的冲击，并努力发挥文学的功能，为改变或者改造现实而贡献一份力量。

① 斯拉沃热·齐泽克《事件》，第6页。

作者意图与文本秘密

——论惠特曼《我自己的歌》中的文学操演与事件

陈　畅

　　1971 年，德里达在法语哲学学会联合会的第十五次国际会议上首次宣读《签名 事件 语境》（"Signature Event Context"）一文，由此开启了与奥斯汀的信徒塞尔之间影响深远的多年论战。奥斯汀在《如何以言行事》一书中提出语言分为记述话语（constative）与施事话语（performative），后者在适切（felicitous）的条件下可以生产现实。奥斯汀认为，很多非严肃的语言使用（non-serious use of language）只能产生非适切的施事话语，无法构成对现实的能动生产，虚构性的文学语言便是其中一种，塞尔更是把非严肃的文学语言称为寄生性话语。德里达于是在《签名 事件 语境》一文中缜密地解构了奥斯汀与塞尔对文学语言的贬抑。他论证，不论是日常语言还是非严肃的语言，其意指功能在根本上都是以"可重复性"（iterability）特征为基础，因而不应妄断后者寄生于前者，也并非只有前者才是适切的，或者说，适切的概念本身便是无效的。于是，文学作品具有了作为施事话语的合法性，也得以以言行事。

　　事实上，尽管文学语言被奥斯汀与塞尔断定为非严肃的甚至是寄生性的，仍有不少研究尝试将言语行为理论应用于文学领域，例如奥曼（Richard Ohmann）1971 年发表的《言语行为与文学的定义》（"Speech Acts and the Definition of Literature"）一文与普拉特（Mary Louise Pratt）1977 年的著作《论文学话语的言语行为理论》（*Toward a Speech Act Theory of Literary Discourse*）。① 但奥曼与普拉特并没有像德里达一样挑战奥斯汀与塞尔在日常语言与文学语言之间所做的独断区分，他们仍旧在非适切的层面上探讨文学语言的施事形式，并未涉及其与现实环境的互动维度。他们的理论思考因此与之后在德里达的影响下生发出来的另一种文学言语行为研究有着根本上的不同，后者包含一系列的理论建构，② 它们都立足于文学的施事功能，要求打破文本与现实的界限，不再拘泥于对文本含义的阐释，而是思考文学作为文化实践的表演属性及其与现实的能动交织。

---

① 奥曼的文章尝试从奥斯汀言语行为的角度准确地定义文学的概念。不过，与德里达不同的是，他延续了奥斯汀的说法，认为文学作品中的言语行为都是非适切的，不具有奥斯汀所定义的言外之力（illocutionary force），其言外之力是模仿性的（mimetic）。也就是说，文学作品模仿真实生活中的言语行为，并引导读者由此建构一个由想象的场景与想象的人物构成的想象世界（详见 Richard Ohmann, "Speech Acts and the Definition of Literature", in *Philosophy & Rhetoric*, 4. 1 (1971), pp. 13 - 14）。普拉特也试图通过言语行为理论重新理解文学话语，但她的主要诉求是考察用以分析日常话语的理论模型——例如言语行为理论——如何同样可以应用于文学话语分析，以此打破形式主义范式下文学话语被赋予的独特性以及文学话语与日常话语之间的二元对立（详见 Mary Louise Pratt, *Toward a Speech Act Theory of Literary Discourse*, Bloomington: Indiana University Press, 1977）。

② 参见 Sandy Petrey, *Speech Acts and Literary Theory*, New York: Routledge, 1990; Jonathan Culler, "Philosophy and Literature: The Fortunes of the Performative", in *Poetics Today* 21. 3 (2000), pp. 503 - 519; J. Hillis Miller, "Performativity as Performance/Performativity as Speech Act: Derrida's Special Theory of Performativity", in *South Atlantic Quarterly*, 106. 2 (2007), pp. 219 - 235; J. Hillis Miller, *Speech Acts in Literature*, Stanford: Stanford University Press, 2001; Eva Haettner Aurelius, He Chengzhou and Jon Helgason, *Performativity in Literature: The Lund-Nanjing Seminars*, Stockholm: The authors and KVHAA, 2016。

这一具体的研究范式也被称为文学的操演性（performativity）研究。奥莉尤斯、何成洲与海尔格森在他们 2016 年出版的《文学的操演性》一书中，追溯了文学操演性研究多元的发展背景与脉络，并基于此提炼了这一方法论的三个核心方面：一、文学文本不是自给自足的艺术作品，而是一种嵌入文化语境的行动；二、这一行动可以被看作一种互动性的事件；三、对文学操演性的分析要专注于文本性，剖析各种文本元素和文本策略如何完成将文本与文化语境相关联的操演。[①] 但是，现有的文学操演性范式仍有其局限，上述的理论建构仅关注文本层面的操演而搁置了对作者意图性操演的讨论。本文将在第一节中展开阐述这一局限，并提出另一种文学操演的模式，对现有研究做出补充。以此模式为基础，本文将在第二节与第三节尝试分别从作者意图性操演与文本自主性操演两个层面解读美国诗人惠特曼（Walt Whitman）的代表诗作《我自己的歌》（"Song of Myself"，1855）中的文学操演与事件。

一、文学操演的两个层面

现有的文学操演性研究是言语行为理论应用于文学研究的结果，也因此必须面对一个关键问题：若文学语言具有操演性，那么操演者是作者还是文本？在奥斯汀的"日常语言"语境下，言说者通过言语生产现实，言语直截了当地反映言说者的意图，

[①] 详见 Eva Haettner Aurelius, He Chengzhou and Jon Helgason, *Performativity in Literature: The Lund-Nanjing Seminars*, pp. 19 - 20。

因而操演者既是言说者也是言语本身。但在文学语言的语境下，尤其是在五六十年代结构主义与读者转向的大背景下，作者的意图与文字的意义及效果之间产生了分离，因此也产生了两个不同层面的言语行为和操演性：作者通过文字意图完成的操演以及文字自身的操演。然而，现有的文学操演性理论建构似乎都未涉及这一细微的层次区分，而是直接着眼于文本性本身，对作者的意图性操演不予讨论。这一倾向实际上与操演性概念发展的大背景相吻合。利奥塔与巴特勒基于奥斯汀的言语行为理论，对操演性概念分别做出了最具代表性的阐发。利奥塔在《后现代状况：关于知识的报告》（*The Postmodern Condition: A Report on Knowledge*，1984）一书中将操演性定义为后现代知识的自我合法化过程；[①] 巴特勒在《身体之重》（*Bodies that Matter*，2011）中则提出了性别操演性理论，强调性别不是主体任意的表演，相反，主体性诞生于性别话语的操演之中。[②] 两人都将操演性视为话语不依赖于任何某一特定主体的自身的能动作用，由此可见，从施事话语（performative）到操演性（performativity）的理论过渡，暗含着对主体性的自主与理性神话的解构。

同样地，文学操演性理论对作者意图的搁置，也暗含对作者主体性的解构，而这与德里达的语言哲学及文学观密切相关。如上所述，德里达认为，任何符号的可理解性与可传播性在根本上都依赖于它的可重复性。他在《签名 事件 语境》中写道：

---

① 详见 Jean-Francois Lyotard, *The Postmodern Condition: A Report on Knowledge*, Manchester: Manchester University Press, 1984。

② 详见 Judith Butler, *Bodies that Matter: On the Discursive Limits of Sex*, London and New York: Routledge, 2011。

"重复符号的可能性带来了识别符号的可能性，这两种可能性暗含于每一个符码中，使得符码构成一个可以为第三方以及普遍意义上的每一个使用者交流、传播、解码和诉说的网络。"① 不过，可重复性并非等同于简单的复制，"可重复性为其先验结构的话语带来的是必要的断裂"（"Signature"：18），它因此与延异的概念产生了深层的共振。可重复性这一概念意义深远，其中有两个方面与我们对文学操演性的讨论直接相关。其一，说话者的意图失去了对其话语含义的掌控，"除了表达我们（已经、总是、也是）没有（想要）表达的意思，说出我们没有说的也没有想要说出的话……我们别无选择"（"Signature"：62）。其二，语境始终处于未饱和的状态，"每一个符号，不论是语言或非语言、口语或书写、大单元或小单元，都会被引用，被放置在引号之间，这样一来，它与原先的语境产生了断裂，以绝对无限的方式生产无限量的新语境"（"Signature"：12）。这便是为什么文学操演性的理论建构选择搁置对作者的意图性操演的讨论，因为在读者的阅读即引用过程中，作者的意图发生了断裂，语境大开，文本与现实的互动早已超越了作者的本意。

米勒在他的《德里达与文学》（"Derrida and Literature"）一文中将德里达对奥斯汀言语行为理论的批判与其另外两篇论说文学观的经典文章《心灵：他者的发明》（"Psyche：Invention of the Other"）和《激情：一种间接的给予》（"Passions：An Oblique Offering"）相联系。米勒写道："想要了解德里达对文

---

① Jacques Derrida，"Signature Event Context"，in Gerald Graff，ed.，*Limited Inc*，Evanston：Northwestern University Press，1988，p. 8.

学的定义，最快的方式，说来奇怪，是了解他的言语行为理论。"① 德里达在《心灵：他者的发明》一文中论述，文学通过抵抗与改变规则，"允许他者的将临，以自己断裂的开口宣布他者的将临"②。这里的他者指向的是文字中由于作者意图的断裂和语境的打开而永远无法被完全把握的异质性含义。而在阐述文学与民主间关系的《激情：一种间接的给予》一文中，德里达更是把这一在文学中得以将临的他者阐发为一个秘密，"这个秘密激起我们的激情，使得我们忠于他者"③。也就是说，在秘密强大的吸引力的促使下，读者不断朝着文本中的他者运动，与文本一同完成它开放性的操演。米勒这样总结道："对德里达来说，文学的典范地位在于……文学以代表性的方式呈现出回应全然的他者（the wholly other）、回应秘密、回应'tout autre'（全然的他者）的结构"④。文学由此有其独特且现实的伦理价值，它是与全然的他者相遇的场所，以不确定性瓦解同一专制，从而催生出现实世界变化的各种可能。德里达也因此断言："没有文学，就没有民主；没有民主，就没有文学。"⑤ 德里达还把这与全然他者的相遇称为一种事件，一种使得某种全新的发明得以降临的独特事件⑥。阿特里奇的《文学的独特性》

---

① J. Hillis Miller，"Derrida and Literature"，in Tom Cohen，ed.，*Jacques Derrida and the Humanities*，Cambridge：Cambridge University Press，2001，p. 58.

② Jacques，Derrida，"Psyche：Invention of the Other"，in Peggy Kamuf and Elizabeth Rottenberg，eds.，*Psyche：Inventions of the Other*，Vol. 1，Stanford：Stanford University Press，2007，p. 44.

③ Jacques，Derrida，"Passions：An Oblique Offering"，in Thomas Dutoit，ed.，*On the Name*，Stanford：Stanford University Press，1995，p. 29.

④ J. Hillis Miller，"Derrida and Literature"，pp. 78 - 79.

⑤ Jacques，Derrida，"Passions：An Oblique Offering"，p. 28.

⑥ 详见 Jacques，Derrida，"Psyche：Invention of the Other"，p. 5。

一书便在德里达这一论说的基础上提出了"文学事件"的概念，特指读者在文学阅读的过程中遭遇独特的他者并因此经历特定文化下的固定认知框架的转变①。因此，在德里达以及受之影响的理论家们看来，对作者意图的解构并非只是文学操演性分析的一个结果，而是它的前提和基础。是作者意图的内在性断裂成就了读者与全然他者的遭遇以及由此创生出的改变，这是文学操演与文学事件发生的具体机制，是文学与现实能动交织的活生生的肌理。

　　但即便如此，我们仍无法否认作者生产文学作品的确出于某种意图。以萨特的观点来说，写作是作家整体性的生存谋划；而以萨义德（Edward Said）在《开端：意图与方法》（*Beginnings: Intention and Method*，2004）中的观点来说，写作的开端是"一种作者发展出的创造现实的欲望"②。就连德里达自己也写道："意图这一范畴不会消失；它始终会有它的位置，只是它无法再在那个位置上掌控言说的全部情形与系统。"（"Signature"：18）以"语境主义"著称的剑桥学派与德里达一样强调语境在文本阐释中的重要性，但后者把重心偏向于读者阅读的未饱和语境，而前者则强调要把文本还原至作者特定的历史文化语境中。"语境主义"的代表人物斯金纳（Quentin Skinner）深受奥斯汀言语行为理论的影响，他在《动机、意图与文本的解释》（"Motives，Intentions and the Interpretation of Texts"）一文中着重论证，对文本的阐释不应只关注文本本身的含义，

---

① 详见 Derek，Attridge，*The Singularity of Literature*，London and New York：Routledge，2004，pp. 55 - 62。

② Edward Said，*Beginnings: Intention and Method*，London：Granta Books，2012，p. 82.

而应该关注建立在特定历史文化语境和常规之上的作者的写作意图，即"作者在某种方式的写作中想要完成的事情"①。杰伊（Martin Jay）对斯金纳所强调的作者意图做出了精确概括："要理解作者的意图，不能只看文字本身，即言语行为理论家所说的言中之意（locutionary meaning），而必须要追溯它们的言外之意和施事力量。"②斯金纳还特地做出了言外意图（illocutionary intention）与言后意图（perlocutionary intention）之间的区分，指出后者是作者想要通过文本达到的效果，例如让读者产生某种情绪和回应，而前者是作者想要在文本之中完成的事情。虽然作者的意图性操演同时包含这两个层面，但斯金纳着重讨论的是前者，即言外意图，因为他认为言外意图是通向文本含义的钥匙。不过斯金纳也区分了三种文本含义：第一是作品文字本身的含义，第二是文本对读者的含义，第三是作者通过文本想要传达的含义（"Motives"：396—397），而对作者的写作意图的了解只能抵达第三种含义（"Motives"：404）。斯金纳曾在《对我的评论者们的回应》（"A Reply to My Critics"）一文中正面批判了德里达对作者意图的解构③，但根据上文所述可以发现，他与德里达之间实际上并不存在严格的对立。德里达并不否认作者意图的存在，只是出于伦理考虑将重心放在了对斯金纳所说的第一、第二种含义中蕴含的全然他者与秘密的考量上；

---

① Quentin Skinner, "Motives, Intentions and the Interpretation of Texts", in *New Literary History*, 3. 2 (1972), p. 403.

② Martin Jay, "Historical Explanation and the Event: Reflections on the Limits of Contextualization", in *New Literary History*, 42. 2 (2011), p. 558.

③ 详见 Quentin Skinner, "A Reply to My Critics," in James Tully, ed., *Meaning and Context: Quentin Skinner and His Critics*, Princeton: Princeton University Press, 1988, pp. 231-288。

而斯金纳承认写作意图只能抵达第三种含义，也证明他同意德里达所论证的作者意图无法掌控所有文本含义的观点。因而两人实际上站在同一平面，只是侧重点和诉求有所不同。斯金纳侧重于以历史的方法找到确定的文本阐释，而德里达更在意文本操演的不稳定性和开放性及其背后的政治伦理意义。

因此，作者的意图性操演与文本自身的操演并不存在原则上的矛盾，强调后者并不一定意味着要搁置前者，两者可以共存。笔者认为，在论述文字自身的操演性的同时，也涉及对作者意图性操演的阐发，能够使文学操演性的研究更加全面与有层次。汪正龙在《文学意义研究》（2002）中指出，意图有三个层面：作者意图、作品意图与读者意图。他认为："无论是张扬作者意图，还是抬高作品意图和读者意图，都只是从文学活动的某一方面出发去看待意图，而忽视了意图在文学活动整体中的地位。"① 值得注意的是，汪正龙强调意图的整体性，并不是意指意图的三个层面构成了有机统一的整体，相反，他认为作者意图与读者意图间极少能达到统一。② 意图的整体性实际上是指对作者意图、作品意图和读者意图的关系性考察，在德里达文学操演性理论的语境下，便是指对作者意图性操演与文字本身的操演之间的互动机制的探究。这意味着，我们可以首先追踪作者的意图性操演，然后在此基础上挖掘作者的操演如何导致文本自身的操演，即揭示读者怎样遭遇文本中无法被把握的全然他者与秘密，并最终尝试找出这一断裂所带来的现实影响。正如伯克（Sean Burke）在他的《作者的死亡与回归》（*The*

---

① 汪正龙《文学意义研究》，南京大学出版社，2002 年，第 30 页。

② 汪正龙《文学意义研究》，第 35 页。

Death and Return of the Author，2008）一书中写道："解构的程序就是沿着作者意图一直走，走到它在文本内部遭遇抵抗的那一点为止：在这个位置上，这一抵抗可以被用于表明他的文本产生了断裂，表明他希望说的话已无法主宰文本自身的言说。"[1] 笔者认为，这样兼顾作者操演与文本操演的研究模式是对以往模式的一个细小但重要的修正。下文将尝试以此模式分析惠特曼的《我自己的歌》中发生的文学操演和文学事件。

二、惠特曼的作者意图

选择惠特曼《草叶集》（*Leaves of Grass*）中最具分量的诗篇《我自己的歌》作为本文的研究案例，首要原因在于，"1855年的《草叶集》从理论到创作，从设计到宣传，从开篇到结尾，彻彻底底是一部真诚酝酿的以读者为导向的探索"[2]。这意味着惠特曼的诗作呈现出较为明显的作者意图，可供我们在历史中追溯及考察其与文本自身操演间的关联。第二个重要原因在于，《我自己的歌》由大量以叙述者为主体的言语行为组成，甚至可以说整首诗展现了叙述者以言行事、以诗行影响读者进而重塑现实的努力。在《我自己的歌》的第二十五个诗节，惠特曼写道："我的舌头一卷就接纳了大千世界和容积巨大的世界。"[3] 这

---

[1] Sean Burke, *The Death and Return of the Author: Criticism and Subjectivity in Barthes, Foucault and Derrida*, Edinburgh: Edinburgh University Press, 2008, p. 142.

[2] Ezra Greenspan, *Walt Whitman and the American Reader*, New York: Cambridge University Press, 1990, p. 115.

[3] 惠特曼《我自己的歌》，收入《草叶集》，赵萝蕤译，重庆出版社，2008年，第565行。

句诗行是对整首诗的精妙的总结，点出全诗实际上构成了一个言语行为：叙述者在借助诗歌与这个世界达成他渴望的联结。必须厘清的一点是，虽然《我自己的歌》全篇以第一人称为叙述视角，但仍不能将叙述者简单地等同于惠特曼本人，而是需要区分诗歌叙述者在诗歌中的言语行为以及惠特曼作为诗人书写诗歌这一言语行为，它们共同揭示了本文所挖掘的作者意图。

虽然言语行为在惠特曼的诗歌中占据着重要的位置，但鲜有相关研究出现。唯一一部系统讨论惠特曼诗歌中的言语行为的著作是霍利斯（Charles Carroll Hollis）的《〈草叶集〉的语言与风格》（*Language and Style in* Leaves of Grass，1983）一书，但霍利斯是从演讲术的传统考察惠特曼诗歌中的言语行为，并未涉及惠特曼诗歌中的言语行为所反映的作者意图与操演，而这背后的原因是惠特曼诗歌与演讲术之间的深刻渊源。[1] 自马西森（F. O. Matthiessen）的《美国文艺复兴：爱默生和惠特曼时代的艺术和表现》（*American Renaissance: Art and Expression in the Age of Emerson and Whitman*，1941）一书起，惠特曼的诗歌与演讲术的紧密关系已成为学界的共识。马西森分别列举了惠特曼诗歌与演讲术、歌剧与海洋[2]的类比关系[3]，从而以近似现象学的视角揭示了惠特曼的诗歌感染读者的内在机制。可以看出，马西森事实上是在进行斯金纳所特指的言后意图分析。相比之下，本文选择重点阐述惠特曼诗歌中的言语行为所反映

---

[1] 详见 Charles Carroll Hollis, *Language and Style in* Leaves of Grass, Baton Rouge: Louisiana State University Press，1983。

[2] 马西森认为惠特曼的诗作体现了海浪的流动与激情。

[3] F. O. Matthiessen, *American Renaissance: Art and Expression in the Age of Emerson and Whitman*, New York: Oxford University Press，1941，pp. 549 - 577.

的言外意图，这一方面较少有人涉及。斯金纳在《动机、意图与文本的解释》中提出，对作者意图的阐释应当遵循两条总体原则：第一是回到作者的历史语境与常规中，第二是考察作者的心理世界与经验信仰（"Motives"：406—408）。下文将遵循这两条原则，在分析惠特曼诗歌中言语行为的同时，也深入19世纪的美国社会及惠特曼的个人世界，以此较为准确地把握惠特曼在《我自己的歌》中完成的意图性操演。

《草叶集》最初出版于1855年，那时的美国"经历了前所未有的政治腐败，州政府与联邦政府的各层各级充斥着贿选、暗箱操作、贪腐及权钱交易。阶级分化以惊人的速度增长。市场经济造成的动荡扩大了富人与穷人的差距"①。面对此番情形，惠特曼相信诗歌能为美国带来改变，他坚信"在所有国家中，美国因诗意遍布其血脉，最需要诗人，而且毫无疑问将会拥有最杰出的诗人，并能最好地发挥他们的才能"②。惠特曼是民主的热情拥趸，对他而言，"将美国的精神展现得最淋漓尽致的并非其行政或立法机构，不是它的大使、作家或大学、教堂、客厅，甚至也不是它的报纸或发明家……而永远是那些普通民众"③。在《我自己的歌》中，他就意图通过诗行引领他的读者——美国的普通民众——与他一同创造一个他理想中的民主、平等而团结的美国。那么，他具体如何操演了这一意图？

在《如何以言行事》中，奥斯汀首先做出了记述话语与施

---

① David S. Reynolds, *Walt Whitman's America: A Cultural Biography*, New York: Alfred A. Knopf, 1996, p. 144.

② Walt Whitman, "Preface to *Leaves of Grass*（1855）", in Nina Baym, ed., *The Norton Anthology of American Literature*, New York and London: W. W. Norton & Company, 2008, p. 998.

③ Walt Whitman, "Preface to *Leaves of Grass*（1855）", p. 996.

事话语间的区分，从而引出了一个范式的转变：不单将话语视作描述，也把它们看作行动。然而，他很快发现很难将这两个种类完全区分开来，因为"对适切或不适切的类别的考虑可能会影响到陈述（或某些陈述），对正确与错误类别的考虑也可能会影响到施事话语（或某些施事话语）"①，所以奥斯汀也承认"几乎再也不会有可能看不到陈述也是在实施一种行为"②。德里达赞同奥斯汀这一点，也认为记述话语与施事话语难以区分，他的理由却不尽相同。他认为记述话语要想成真，它们必然要操演性地创造它们自己的权威，同时隐瞒这一创造，将自己伪装成自然真理。德里达将这种记述-施事话语称作"起始的操演性"（originary performativity），它的言外之力是自行生产制度或宪法，生产律法自身③。德里达以《独立宣言》为例说明他的论述。德里达发问，当《独立宣言》颁布，"这说的是，事实上好人已经解放了自己，仅仅是在《宣言》中陈述解放这一事实，还是说签署独立宣言的这一刻他们才解放了自己？"④ 或者，当《独立宣言》代表人民宣布"我们认为这些真理是不言而喻的"，这些真理真的是不言而喻的吗？还是说，这些所谓的真理只是等待被引用的宣言的创造？事实上，为了使得宣言生效，为了让美国诞生，为了让平等、生命、自由、幸福成为不言而喻的

① J. L. Austin, *How to Do Things with Words*, Oxford: Oxford University Press, 1975, p. 55.
② J. L. Austin, *How to Do Things with Words*, p. 139.
③ Jacques Derrida, *Spectres of Marx*, London and New York: Rouledge, 1994, pp. 30 - 31.
④ Jacques Derrida, "Declaration of Independence", in Jacques Derrida and Elizabeth Rottenberg, eds. *Negotiations: Interventions and Interviews, 1971 - 2001*, Stanford: Stanford University Press, 2002, p. 49.

真理，《独立宣言》必须隐藏起自己的操演性维度，即权威的创造，转而凸显自己的陈述性维度，即对真理的呈现。

从这个角度看，《我自己的歌》中叙述者的操演与《独立宣言》异曲同工。当叙述者在描述他的精力、信仰与激情时，他究竟是在忠实地报道真相，还是在为自己打造一个形象？当他描绘美国的文化状况、人民群众以及万花筒般的景象时，他是在反映现实还是在创造一个本应如此、若为读者所认可所引用便能很快实现的美国形象？惠特曼时常使用一般现在时，以此来暗示他的诗文是客观真实的描述，有永恒的自然性与真实性，并与此同时将叙述者操演的姿态藏于幕后。为了证明自己论断的客观性与真实性，叙述者甚至说道，"这些其实是各个时代、各个地区、所有人们的思想，并非我独创"（354），"现在我除了倾听以外不作别的，把听到的注入这首歌"（582—583）。惠特曼意图通过叙述者这样一种"起始的操演性"催生出他理想的美国。

自《我自己的歌》的第一个诗节开始，叙述者就在为读者描绘他自己的形象。当他吟唱"我赞美我自己，歌唱我自己"（1），他不仅是在以一般现在时描述自己的日常行为，更是在进行赞美自己、歌唱自己的这一行为，且读者每一次的阅读都使这一行为获得重复。叙述者继续说道："我承担的你也承担，因为属于我的每一个原子也同样属于你"（2—3）。他并没有直接表达自己想要与读者融合的渴望，而是以权威的姿态将这种融合描述为事实，以使读者将他创造的事实也接受为他们自己的现实。更为重要的是，当叙述者声称自己与每一位读者融合时，他实际上将自己放在了让所有读者都得以相聚并融合的枢纽位置上。也就是说，他意图通过诗歌、通过自己，创造一个德勒兹意义上的内在性的平面，联结起所有的读者，即万花筒般的美国普通民众。这一意图性的操演贯穿《我自己的歌》："我欢迎我的每个器官和特性，也欢迎任何热情而洁净的人——他的器官和特性"（57）；"我是人们的共事者和同伴，一切都和我自己一样不死而且深不可测"（137）；"我让自己吸收着一切，也为了写这首诗"（234）；"在一切人身上我看到自己，不多也不差分毫"（401）；"不论他走到哪里，男人女人们都接受他，渴望亲近他，他们渴望他喜欢他们，触碰他们，和他们说话，和他们同住"（981—982），等等，不胜枚举。

此外，在其他一些诗节中，例如第十五节与第三十三节，叙述者巨细靡遗地列举了大量美国普通民众的身份、职业与生活场景，并且总以"我吸收了所有的一切"来收尾。在第十五节列举了大量职业后，叙述者在结尾说道："我为其中的每一个和全体编织这首我自己的歌"（329）；在第十三节细致刻画了一系列美国民众的生活细节后，他又在结尾总结："这些我都能感受，我就是这些"（837）。他以此方式不仅传达自己是联结一切的枢纽，更为读者定义着理想中的美国所应有的样貌。他聚焦于形形色色、辛勤工作的普通人，期待读者也能如他一般在普通人民简单平凡的生活中发现价值与美，将多元但和谐、朴素但繁荣的美国形象烙印在脑海中，并最终在现实中积极共建他所认定的理想的美国。

在《我自己的歌》中，除了运用记述话语来操演性地创造他自己与美国的理想形象，叙述者还运用了塞尔在奥斯汀的基础上所定义的两类言语行为：指令（directive）与承诺（commissive），以此来命令和引诱读者追随他。比如在第二个诗节中，叙述者这样承诺读者："今天和今晚请和我在一起，你

将明了所有诗歌的来源"（32）。可在后续诗节中，似乎是觉得
承诺并不足以保证什么，叙述者又转用专横的指令来命令读者
遵从他。在第四十个诗节，他说道："除非是我容许你的，此外
你什么都做不成，什么也不是"（1002）。有时这专横的语气甚
至变得令人生畏："那边的那个人，软弱无能，站立不稳，露出
你那围巾裹着的脸，让我给你吹进点勇气吧，伸出你的手掌，
掀开你口袋上的袋罩吧，我不许可人拒绝，我施加压力"
（996—999）。这些施事话语暴露了惠特曼本人强烈的意图与热
烈的欲望，他意欲引领读者按照他诗歌中点明的方向前进，如
此一来，他们才能共同踏上为所有普通民众建造一个美国典范
的征程。布鲁姆（Harold Bloom）曾经写道："这是一个很奇怪
的悖论：惠特曼，一个向所有男人、女人、儿童宣布自己的爱
的人，竟如此地唯我、自恋和容易自我满足。"[1] 布鲁姆的观察
有失偏颇，他没有捕捉到惠特曼在诗作中呈现的略显自大的言
语行为背后的利他意图，即以叙述者为枢纽，融合和团结他所
有的读者，也就是美国所有的普通民众，以求共同建设理想中
的民主美国。

三、《我自己的歌》的文本秘密

惠特曼诗歌中的意图性操演笃定而强势，但它是否有效却
是另一个问题。其实，指令与承诺在反映惠特曼对读者的支配
意图的同时，也悖论性地隐含了他的不自信。当叙述者宣称

---

[1] Harold Bloom，*Bloom's Modern Critical Views: Walt Whitman*，New York：Infobase Publishing，2006，p. 7.

"我不许可人拒绝，我施加压力"（999），他其实是间接承认了自己被拒绝的可能，因为如若没有抵抗，何需施加压力？在叙述者表面看来无可争辩的权威之下似乎隐藏着一种无意识的焦虑，对读者的反应的焦虑，这种看似自信的文字所暴露出的犹豫遍布整首诗。例如在第四十七节，叙述者首先说道："那真正尊重我的风格的人是那为了推翻老师才学它的人"（1236）。这里，叙述者看似在鼓励读者偏离他的方向，去开拓属于自己的独立特质，但几行诗后，他却再次掌权，说道："我教导人应当偏离我而去，但是谁能偏离我呢？从此时此刻开始不管你是谁我都跟随着你"（1244—1245）。如果叙述者从始至终与读者共进，那么提出偏离、教导偏离便失去了实质的意义，这或许暴露出了他无意识里担忧读者可能会偏离。

此外，惠特曼的诗句中不时显露出自我矛盾。比如，叙述者在第二十节激情地宣称："在一切人身上我看到自己，不多也不差分毫，我所讲到的我自己的好坏，也是他们的好坏"（401）①；但是在第四节，他却又将一些世人的"坏"排除在了他自己之外，自相矛盾地写道："过路的和问话的人们包围了我，我遇见些什么人……家人或我自己患病，助长了歪风，失去或缺少银钱，灰心丧志或得意忘形，交锋、弟兄之间进行战争的恐怖，消息可疑而引起的不安，时或发生而又无规律可循的事件……但这些都并非那个'我'自己"（66—67；71—72；74）。那么，叙述者与世人的同步，究竟是不差分毫，还是有所选择？他似乎也注意到了自己的矛盾之处，写道："我自相矛盾吗？那好吧，

---

① 这里笔者对原译文做了一些改动，原译文将"And the good or bad I say of myself I say of them"译作"我所讲到的我自己的好坏，也是指他们说的"，没有准确表达出惠特曼认为自己与所有人相等同步的含义。

我是自相矛盾的"（1323—1324），但他却紧接着提出了一种解释为自己开脱："我辽阔博大，我包罗万象"（1325）。他是在意图争辩，作为融合千差万别的民众的枢纽，他包容他们所有的矛盾，并将他们融为一个统一体，即美利坚合众国，但这一辩护本身仍与"但这些都并非那个'我'自己"的陈述相矛盾。因此，叙述者无法回应一个关键的问题：他作为枢纽与熔炉，究竟是否能够接受和容纳所有人及他们的所有好坏进入他理想的美国？如果不，哪些是要被排除在外的？

这个问题读者亦无法回答。矛盾的诗句使得惠特曼的诗歌所操演的个人与美国形象成为读者无法确切把握的谜，这个谜也让惠特曼的作者意图遭遇了内在的断裂，它是德里达意义上的全然他者，是文本的秘密。惠特曼希望读者追随他的文字，但他的文字围绕着这个秘密而编织的操演让读者迷失了追随的方向。但尽管如此，秘密仍有着强大的吸引力。在全诗的结尾，叙述者宣示自己无所不在、不可抗拒的吸引力，写道："你会不十分清楚我是谁，我的含义是什么，但是我对你说来，仍将有益于你的健康，还将滤净并充实你的血液"（300）。惠特曼的这句诗透露出居高临下的姿态，叙述者意图以全知全能的视角告知无知的读者，他们将无条件地服从与追随他。但事实上，当他道出"你会不十分清楚我是谁，我的含义是什么"，读者便被他们无法从文字中获取答案的秘密所吸引。他们追随的是在以往文学中从未遭遇也无从把握的全然他者，它赋予读者以激情，迫使读者不断地去接近这个不可确知的存在。叙述者说道："我带着所有的男人和女人们和我一起步入'未知'的世界"（1136）；"我不能，也没有谁能代替你走那条路，你必须自己去走"（1210）。读者的确踏上了路，但他们踏上的不是惠特曼意

图中由他带领的通向未知的路，而是每一个人独特的通向全然
他者的秘密之路。惠特曼希望读者追随他的文字，以他打造的
叙述者为枢纽铸造一个他理想中的美国，但他文字中的秘密带
来的结果，恐怕是读者不可避免地从他意图的理想航线上偏离，
是读者去自行探索各种可能。

　　而这探索的过程，或许并不是惠特曼理想中的民主，却是
德里达所定义的延异民主。德里达在他的晚期著作《马克思的
幽灵》（*Specters of Marx*，1994）中提出了"将临的民主"
（democracy to come）的重要概念。他认为民主的两大原则——
无条件的自由和绝对的平等——之间存在着既相互依存又不可
调和的关系，因而真正的民主不可能在场，只可能如弥赛亚一
般永恒地处于即将降临的途中，吸引人们在不断的协商与奋争
中尝试触碰不可及的理想。惠特曼的诗歌自身所操演的民主，
正是"将临的民主"。在它所宣称的包容与融合一切的原则与它
对病痛、贫穷的排除之间，驻扎着矛盾与断裂，如何调和两者
是一个无法解开的秘密。承载着这一矛盾的民主因此无法真正
实现、在场，而总是在将临的途中。劳勒（Peter Augustine
Lawler）在《惠特曼作为一名政治思想家》（"Whitman as a Po-
litical Thinker"）一文中写道："惠特曼关于民主的可完美性的
理念太模糊和自相矛盾，以至于不切实际。"[1] 不过，这个矛盾
的民主理想却也因此保持着巨大的吸引力，读者遭遇这一超越
一般现实规则的弥赛亚般的全然他者，将被赋予神圣的激情以
向之靠近，并不断翻新与变革自己现有的认知框架。格林斯潘

---

[1] Peter Augustine Lawler，"Whitman as a Political Thinker"，in John E. Seery，ed.，*A Political Companion to Walt Whitman*，Lexington：The University Press of Kentucky，2011，p. 270.

（Ezra Greenspan）在他的《惠特曼与美国读者》（*Walt Whitman and the American Reader*，1990）中写道，"惠特曼一生的散文与诗歌写作，始终在表达这样一个批判性的立场：一种新的读者对于一种新的诗歌来说是必需的……未来的诗歌"①。格林斯潘洞察到了惠特曼对读者的期冀，他的诗歌也因为这个期冀而成为"未来的诗歌"，但格林斯潘没有注意到"未来的诗歌"的另一层深义：惠特曼的诗歌之所以是未来的，是因为它总是无法抵达，总是在将临的途中。从这个意义上说，《我自己的歌》构成了一个德里达意义上真正的文学事件，它始终允许全然他者的将临，以变革现有的常规。这是惠特曼的诗歌持续发挥影响力的根源之一。

与此同时，惠特曼仍在不懈地尝试向他的读者靠近，渴望能与他们无间地相通。他认为，"对一个诗人的证明就是他的国家热切接纳他，正如他热切地拥抱这个国家一样"②。如上所述，惠特曼意图通过诗歌操演自己和美国的理想形象，因此，"他不仅自己创作，帮助印刷、发行、营销他的作品，他还会亲自写评论，一字一句地引导他的第一批读者阐释他的作品"③。但惠特曼文字中的矛盾所导致的作者意图的内在断裂表明，就连他自己也并不能确切知晓和全然把握他的理想美国的本质与细节。他从读者那里得到的反馈始终不是他所期待的，因为他的期待太过理想、太过模糊、太过矛盾，以至于无法在现实中获得其实现形态，因而惠特曼终其一生都认为他与读者之间始终存在

① Ezra Greenspan，*Walt Whitman and the American Reader*，p. 111.
② Walt Whitman，"Preface to *Leaves of Grass*（1855）"，p. 1010.
③ Kristyna Mazur，*Poetry and Repetition: Walt Whitman*，*Wallace Stevens*，*John Ashbery*，London and New York：Routledge，2005，p. 31.

着误解与隔阂。1889 年，老年的惠特曼早已功成名就，但他仍在给特劳贝尔（Horace Traubel）的信中表达自己的遗憾，"人民：群众——我一直没有找到真正触及他们的办法——我需要触及民众……但现在一切都太迟了"①。在这个他与读者始终存在着隔膜的忧虑的驱扰下，惠特曼不断地一遍遍回到自己的文本进行修改和调整。② 比利特里（Carla Billitteri）在她的《惠特曼、杰克逊和奥尔森的语言与社会革新》［*Language and the Renewal of Society in Walt Whitman*，*Laura*（*Riding*）*Jackson*，*and Charles Olson*，2009］一书中论证，惠特曼面对语言的多义性和不完美性的各类经验证据，仍坚信语言意义的统一，仍无法放弃他以完美的语言建设完美的社会的欲望。③ 惠特曼坚持一遍一遍地修改和添加自己的文字，以期通过语言把握、寻找和实现他理想的美国的内核，即便这个内核可能是将临的民主，一个无解的秘密。

---

① Horace Traubel，*Conversations with Walt Whitman in Camden*，Vol. 3，New Work：Rowman and Littlefield，1961，p. 457.

② 布拉德利（Sculley Bradley）、布罗杰特（Harold W. Blodgett）、戈尔登（Arthur Golden）以及怀特（William White）编纂的《〈草叶集〉：对印刷诗歌的文本集注：一到三卷》（Leaves of Grass：*A Textual Variorum of the Printed Poems: Vol 1 - 3*）中详尽记载了《草叶集》正式出版的六个版本的所有修改细节（详见 Sculley Bradley et al.，eds.，Leaves of Grass：*A Textual Variorum of the Printed Poems*；*Vol 1 - 3*，New York: New York University Press，2008）。还有多部专著以《草叶集》所经历的六个版本的演化为研究主题（详见 Gay Wilson Allen，*Walt Whitman Handbook*，Chicago：Packard and Company，1946；Roger Asselineau，*The Evolution of Walt Whitman*，Iowa City：University of Iowa Press，1999；Ed Folsom and Kenneth M. Price，*Re-Scripting Walt Whitman: An Introduction to His Life and Work*，Malden：Blackwell Publishing，2005）。

③ 详见 Carla Billitteri，*Language and the Renewal of Society in Walt Whitman*，*Laura* (*Riding*) *Jackson*，*and Charles Olson*，New York：Palgrave Macmillan，2009，p. xiii。

但伴随着这种坚持的，也是自信的消磨。雷诺兹（David S. Reynolds）认为，1860 年版《草叶集》里，"1855 年那个认为他可以用一部完整的长诗改造美国和他自己的自信诗人不见了。1860 年的版本展现了一个焦虑的惠特曼，他试图在私人体验与公众生命中建立有意义的联系"①。在 1871 年发表的《民主远景》（"Democratic Vistas"）中，《我自己的歌》里激情昂扬地强调民众融合的论调让位于更悲观冷静地对个体性的论述。惠特曼写道："在我们最清醒的时刻，一个念头从所有的其他一切中，独自缓缓升起，像星星般平静，永恒地闪耀。这是关于身份的想法——你有你的身份，不论你是谁，而我也有我的身份。"②对完美融合的执念渐渐转变成对个体独立身份的强调。在六个版本的草叶集中，《我自己的歌》一直被保留着，且除了题目与第 497 行关于自我介绍的两个著名更改，整首诗的内容基本保持不变。不过，仔细对比六个版本的《我自己的歌》，还是能找到惠特曼所经历的转变的蛛丝马迹。例如，在 67 版的《草叶集》中，原本出现在 55 版和 60 版第 145 行的"谁需要害怕融合？"（Who need be afraid of the merge?）被删除；在 81 版的《草叶集》中，原本出现在以往版本中第 546 行的"我是如此绝妙！"（I am so wonderful!）也被删除。并且，在 81 版的《草叶集》里，惠特曼在《我自己的歌》的前页插入了一张 55 版《草叶集》的封面照片，仿佛是在多年后以一个历经沧桑的姿态观望自己曾经的表演。与此同时，《我自己的歌》与诗集中其他后来写就的诗形成有趣的交互与碰撞，诗歌与诗歌合作完

---

① David S. Reynolds, *Walt Whitman's America: A Cultural Biography*, p. 384.
② Walt Whitman, "Democratic Vistas", in Michael Warner, ed., *The Portable Walt Whitman*, New York: Penguin Books, 2004, p. 427.

成独特的操演。例如在 1867 年，惠特曼写作了一首与《我自己的歌》名字类似的诗：《我歌唱"自己"》（"One's-Self I Sing"）。诗的开头写道："我歌唱'自己'，一个单一的、脱离的人，然而也说出'民主'这个词，'全体'这个词"[①]。这谦逊、含蓄的语调与《我自己的歌》居高临下、镇定自若的开场形成了鲜明的对比，且原先对融合的渴望再次被对分离的个体的强调所取代。

因此，《我自己的歌》自身的操演中的矛盾与秘密所带来的，不仅仅是读者遭遇全然他者后的探索与转变，也是惠特曼对自己意图的断裂的不断填补和对自己理想内核的不断靠近与追寻。《我自己的歌》以及惠特曼的其他诸多诗歌所承载的，是惠特曼与读者在将临的民主的吸引下同时朝着文字中的秘密不懈前行的双轨运动，他们可能永远无法解开这个秘密，但是不断解密的过程是最靠近弥赛亚般民主的时刻。

结　语

德里达认为，文学作品中蕴藏着将作者的意图撕开一道裂缝的秘密，读者与它的相遇是与全然他者的相遇，是实现"将临的民主"伦理诉求的载体。但惠特曼的诗作《我自己的歌》表明，文学中蕴含的秘密不仅仅是读者遭遇并为之吸引的全然他者，也是作者自身需要永久努力去揭开的谜。兼顾作者的意

---

① Walt Whitman，"One's-Self I Sing"，in Nina Baym，ed.，*The Norton Anthology of American Literature*，New York，London：W. W. Norton & Company，2008，line 1 - 2.

图与文本的操演让我们发现,《我自己的歌》承载着作者与读者从不同方向以文本秘密为终点进行的无限的双轨运动,构成了一个文学与现实不断交织、相互生成的文学事件。同时,兼顾作者意图与文本操演的研究模式绝不仅限于《我自己的歌》这一单独文本,它是文学操演的一种普遍性机制。虽然并非所有文本都如《我自己的歌》一般构建了作者与读者以文本秘密为终点进行的无限的双轨运动,但每一个文本都一定同时包含作者意图与作品操演两个层面的内容。抽丝剥茧、深入挖掘作者意图与作品操演间的互动模式有助于我们揭示语言在作者与读者间的嫁接作用,还原文本自主性操演背后的历史性关系,最终更为准确地把握文学作品在一定社会历史文化语境中动态生产现实的复杂机制与过程。这一方法论在不限制文本操演的开放性及其政治伦理意义的情况下,尽可能地接近文本最初被赋予的意涵,为以往仅关注文本操演而忽略作者操演的文学操演性研究范式做出了微小但重要的补充。

相遇作为事件

——科马克·麦卡锡小说《路》中共同体的重塑

杨 逸

20 世纪 80 年代，全球人文和社会科学研究进入文化转向。跨学科研究诞生了各种微观性文化理论，也拓展了文化概念的内涵。文化被理解为社会成员自下而上建构并认同的一整套意义和价值的系统，而作为研究对象的文化要素则涵盖了一切社会行为或日常生活实践所建构的意义、情感、身份认同、价值及意识形态。在此类文化研究范式中，"事件"以其突破"将表征不加质疑地置于生活体验和物质性之前"[1] 的局限性而得到重点关注，弥补了社会建构理论无法涵盖全部社会生活与日常经验的不足。

"事件"这一术语包含了两层含义，首先，它是连续的差异产生过程，其发生关系到其他事件的持续变化。"无论何时何地，只要有什么事情正在进行，便会有事件发生……你或许无法辨认出一个事件，因为当它发生过了，就结束了。"[2] 换言之，事件是开放式世界的最基本要素，是行动造成的微小意外。其

---

① Nigel Thrift, *Spatial Formations*, London: Sage, 1996, p. 4.

② Alfred Whitehead, *The Concept of Nature*, New York: Prometheus Books, 2004, p. 78, p. 169.

次，事件是绝对的意外，通常能够"给世界带来不测，使之充满不可预见性和偶然性"。① 例如"9·11"事件，由它引起的一系列阐释和讨论活动可以被广泛地视为事件。无论在哪个含义的层面上，事件都绝不表征先验条件；相反，它以各种方式突破现有条件，促使我们转变思维和改变行动。这一共性使得事件能够提供产生差异的机会，并可影响处于进行中的社会建构。

事件总是蕴含着转变的力量。"它是一个连续生成的过程，其中发生了各种重要变化。"② 现代英语惯用法中用 event 一词指称"重大的事"而非琐碎细小的事情③，这就是说事件能够并且需要对现状产生影响。以色列学者伊莱·罗纳认为，事件的瞬间同时包含了"断裂和改变"，产生了"朝向他者性的不可抗力"④。巴黎第四大学哲学教授克洛德·罗曼诺（Claude Romano）在其著作中从现象学的角度探究了事件重塑规则的功能，"它避开任何从前的因果关系，并宣布与一切预先存在的可能性断绝关系"⑤。德勒兹基于内在性、多元性和差异性对事件的本体论展开了探究并指出，事件给存在带来了众多奇点和多样性，自下而上或从背后猛地发生，动摇了真实。齐泽克强调了事件作为一种"重构的行动"⑥ 的性质，他分析"事件涉及的

① Francoise Dastur，"Phenomenology of the Event：Waiting and Surprise"，in *Hypatia*，4（2000），pp. 178‑189.
② Chengzhou He，"'Before All Else I'm a Human Being'：Ibsen and the Rise of Modern Chinese Drama in the 1920s"，in *Neohelicon*，1（2019），p. 37.
③ 葛传椝《葛传椝英语惯用法词典》，上海译文出版社，2012 年，第 220 页。
④ Ilai Rowner，*The Event：Literature and Theory*，Lincoln and London：Univeristy of Nebraska Press，2015，p. viii.
⑤ Claude Romano，*Event and World*，New York：Fordham University Press，2009，p. 38.
⑥ 斯拉沃热·齐泽克《事件》，王师译，上海文艺出版社，2016 年，第 224 页。

是我们藉以看待并介入世界的构架的变化"(《事》：13)，事件的效力与观念密切相关，通过改变观察者的角度引起转变。不论这些思考的具体路径和方法是什么，可以肯定的是它们的结论都是围绕"可能性"达成的。事件"是矛盾和不确定因素的集合"①，能够孕育出重大的变化，这大致构成了可用以辨别与确定事件的特征，即可以被称为"事件性"（eventness）的东西。

不难看到，事件的重要性和学术价值来源于自身所具有的一种独特的"未来性"（futurity）②。由于事件的发生，"现在之中出现了一个转变的瞬间，开启了未来的发展，并可能孕育出新生、新的历程、新的自我"③。美国哲学家约翰·赖赫曼（John Rajchman）在《哲学性事件》（*Philosophical Events*，1991）中写道："一个事件不是凭借开头和结尾被插入某个包含了情节的戏剧性序列，它会开启新的序列，后者反过来决定了何为开端，而结尾则是尚未决定下来的未知物。"④ 因此，事件特别具有创造性，它"不关心如何确定每件事的本质以及事物间内在的关系，而是着力描绘事物间的新关系如何被积极创建

---

① Chengzhou He，" 'Before All Else I'm a Human Being'：Ibsen and the Rise of Modern Chinese Drama in the 1920s"，p. 38.

② Ben Anderson and Paul Harrison，"The Promise of Non-Representational Theories"，in Ben Anderson and Paul Harrison，eds.，*Taking Place: Non-Representational Theories and Geography*，Farnham：Ashgate，2010，p. 19.

③ John Caputo，*The Weakness of God*，Bloomington and London：Indiana University Press，2007，p. 6.

④ John Rajchman，*Philosophical Events*，New York：Columbia University Press，1991，p. ix.

出来，使得各类关系下形成的整体内部或整体之间发生改变"①。关注事件不仅要思考事件的发生和延续，观察人们对事件结果的感知和反映，更是要理解事件如何在未来发生之前与之相联系。正如马苏米（Brian Massumi）所说，借助事件，人们已经意识到并开始尝试反转静止和过程的关系，而以社会为对象的唯物主义分析的主要任务应当是在形成的动态过程中理解形式的稳定性。②

美国当代作家科马克·麦卡锡擅长以事件串的形式组织叙事。他的普利策获奖小说《路》（*The Road*，2006）讲述了一对父子在核爆后的末世中奋力求生的故事，他们不仅要抵御严寒和饥饿，更要避免自身堕落为食人者，为此，他们只能期冀于远方某个记忆中的家园，展开冒险式的长途旅行，最终，男孩寻得一缕人类希望的曙光。《路》开启了麦卡锡半个多世纪文学创作的第三阶段，作家将目光由过去投向未来，由反思历史与现实深入探讨社会改良的途径，思考个体在推动人类命运共同体进步中所能努力的方向。在崇尚工具理性、强调竞争与生存至上的简单秩序下，主人公借助各类相遇事件的力量开拓了新的生活轨迹，在召唤出世界富有生机的面貌的同时，也为安身立命的信念找到了根基，促进了地方感的重塑。

在麦卡锡笔下，人们通过旅行不断探索地方对于自身的经验意义，以主体参与而非旁观的方式促成了环境的变化，也使自己的好人身份得到安放。在这个颠覆旧世界、生成新世界的

---

① Patrick Hayden，"From Relations to Practice in the Empiricism of Gilles Deleuze"，in *Man and World: An International Philosophical Review*，28（1995），p. 287.

② 详见 Brian Massumi，*Parables for the Virtual: Movement*，*Affect*，*Sensation*，Durham，Durham and London：Duke University Press，2002。

宏观过程中，驱动变化发生的是旅行中发生的一系列相遇事件以及随之而来对此类事件的反思，它们"出乎意料，打破了惯常的生活节奏"（《事》：2），将有关经验或经验对象的信念悬置起来，却也令人们有机会转变视角，摆脱意识中的经验因素，重新检查或质疑生活世界的性质，并"创造性地改变行为，来迅速应对手头的特定要求"[①]，带来变化的可能。在《路》的故事里，被漂泊感和无根感支配的主人公在相遇创造的接触契机中将自我和世界重新关联，再次关注并投身于现实生活。他们对自我生命价值和能动意向的判断在遇见他人的交互过程中被不断分享，使得主体意识得到强化，提升了自我与环境建立协同关系的可能，也带来了地方被主体认同和选择的问题。最终，随着事件回溯过去的作用在相遇时刻不断发挥，主体逐渐明确了自身的价值追求，并在此意义基础之上获得了有关地方创立的未来启蒙。

一、相遇作为接触事件与人地关联的重建

在《意义的逻辑》一书中，德勒兹指出，"事件内在地具有问题性和问题化倾向"[②]，它将事物放置在非常态中考察，往往能够暴露出人们在能力与观念上的局限性。在《路》中，突如

---

① David Seamon, "Body-Subject, Time-Space Routines, and Place-Ballet", in Anne Buttimer and David Seamon, eds., *The Human Experience of Space and Place*, London: Croom Helm, 1980, p. 158.

② Gilles Deleuze, *The Logic of Sense*, trans. Mark Lester and Charles Stivale, London: The Athlone Press, 1990, p. 54.

其来的核爆炸无疑是全书最大、最显著的事件，然而无论是生态的毁灭还是人性的堕落都不足以概括这场灾难的严重后果。在麦卡锡的世界观中，人性是关系性的，缺少关系，便缺少了顾虑，任何僭越理性和道德的行为就会有机可乘；缺少关系，便缺少了相互参照的对象，人在对待自我和周围的时候就失去了应有的尺度。当核爆炸以猝不及防的姿态消除了世界上一切由文明建立起来的关系，人类便开始因为孤立而变得麻木不仁。他们既不观照世界，也不认识自己，而是被卷入无情的物质剥削，异化为完全受生物本能支配的"活僵尸"，人类真正的危机由此降临。

面对秩序崩坏，主人公的父亲一度耽缅于白日梦式的幻想中，企图在记忆、梦境中重新建立自身与地方的联系。在那里，他不断被鲜活美丽的影像吸引，像是亲密的爱人、绚丽的自然、雄健的苍鹰、艳丽的鳟鱼等，身为活人却更想要加入亡者的行列。与之相反，出生于灾难后的儿子饱受噩梦的困扰，但噩梦比美梦更代表一种求生的本能，它以恐惧的情绪为内驱力使人警觉并且更加关注环境和未来。"如果你梦见的是从前没有过的东西，或者以后永远不会出现的东西，你在里面又变高兴了，那你就会放弃。"①

父与子的心理差别归根结底源于自身与过去的联系。作为曾经的儿子、丈夫、兄弟，男人起初并不能专注于现在的父亲角色，而男孩除了天然的血缘关系并不存在于任何社会关系之中，假如连父子关系都失去，便注定无法长大成人。当男人带着儿子走进自己长大的老家时，他开始意识到儿子和他体味到

① 科马克·麦卡锡《路》，杨博译，重庆出版社，2012年，第156页。

的孤独是不同的，男孩渴望现世的人际关系，为此他必须坚持活下去。正如选择自尽的母亲所说，"孩子就是死亡和他之间的屏障"（《路》：21），她的死亡使父子关系变得唯一，也令父亲的责任更加重大。尽管男人反复被召唤进幻想，维系父子关系的现实必要性在与周遭人事的偶然相遇中被反复确认和强化，促使他下定决心与过去作别。

在长时间目睹死亡之后，父子俩遇到了一个被雷劈伤的濒死者。在这个难得的事件里，儿子有机会向父亲展示他的独立人格。他竭力想要救助他人的心情使父亲感到孩子不仅仅是他领导和保护下的客体，更是处于不断自我发展过程之中并逐步寻求平等对话的独立主体，这些无关生存的天然情感令父亲的责任和任务得到了更新，他需要更多地聚焦现实世界，从而无暇顾及自身的怀旧情结。另一方面，遭遇濒死者和遭遇死者是两种不同的体验，恰恰演绎了父子对过去问题的看法。在选择离开之后，男孩沉浸在违背良心的郁闷和无能为力的痛苦之中，一如男人在经历了妻子、亲人、朋友逝去以及故乡消亡后的情感反应，他仿佛以局外人的身份重新审视了自己之前徘徊于现实与幻想之间的疏离境地。他想起了曾经坐在路边清点皮夹里的东西：钱、信用卡、驾照还有妻子的照片，这些承载价值的东西如今只慢慢摧残他的精神，他将它们留在身后的路上其实已经表达了告别过去、关注当下的觉悟，而这次的事件则令他真正看清了自己的心意。作为事件的结局，他没有向儿子的情绪妥协，而是把现实的道理讲给男孩听，希望取得对方的谅解，这其实也是在与自我和解。事实上，在此之后，小说再也没有提及父亲那些绚丽多彩的梦，直到他步入死亡之际。

在类似的相遇事件里，人们凭借触知的力量从怀旧式的幻想中挣脱出来，开始重新认识和评估环境。换言之，与生活世界的相遇，带来了人对自身的内省和对过往行为的反思，促使自我意识走向更深层次，即"对自身与周围环境关系的再认识……以确定自我的社会地位，并对自己的社会责任、社会权利与义务进行正确的估价"[①]。在正面遭遇食人族的逃亡事件中，父亲为了保护儿子不被吃掉而不得不开枪杀人，这引起了两人之间的认同分歧。"我们还是好人吗?"(《路》：60)男孩希望永远做个好人，但此时的他无法确定父亲是否满足好人的定义。面对儿子的问题，父亲用生存主义的后果论加以辩解，即坏人死了，他们活着，善战胜了恶。尽管之后两人达成了暂时性的共识，但可以肯定的是他们再也无法简单地将"做个好人"等同于不吃人，从而赋予了旅行以探究人性和世界复杂性的新使命。麦卡锡显然认为他们思考的方向和程度将决定各自不同的归属，在《路》这类道德题材小说中父亲无论如何申辩和赎罪都仍将为自己此时犯下的罪行付出代价，死亡也就早早地刻在了他的命运之中。

二、相遇作为交互事件与主体意识的增强

地方感的出现与个人主体意识的增强不无关系，但这并非纯粹个人的事情。哲学家胡塞尔认为，主体应当是交互性的，"每一个自我-主体和我们所有的人相互一起地生活在一个共同的世界上，这个世界是我们的世界，它对我们的意识来说是有

---

① 何颖《论主体的自我意识》，载《江淮论坛》1989年第5期，第52页。

效存在的，并且是通过这种'共同生活'而明晰地给定着"①。只有当我们考察了自身如何联系到别的个体并互相理解的时候，我们才可能知道不同人所看到的东西之共性，进而有可能面对共同客体，共同解决人类所面临的生存和发展问题。在《路》中，相遇创造了交互的瞬间，使得人们有机会在相互参照和相互承认中寻求意志的坚定，从而以更积极的姿态将世界带出信仰缺失、人人自危的混沌泥沼之中。

相遇作为交互事件，其增强主体性的关键在于分享了旅行中的经验。经验是一切人们所说的"意义"的基础，由此形成了个体间相互理解和交流的信息平台。意义能用来指称对象，作为中介帮助确立主客体关系，即确认主体的存在。通俗地来讲，"人是人的镜子，每个人都从他人身上看到自己，也从自己身上看到他人"②，这种彼此观照有助于抵御孤独和虚无，也为地方性文化的诞生奠定了基础。

在《路》中，意向分享主要借助了旅行中的运动方式。在运动中，人们能够通过全身的姿态来实现沟通的目的，例如并行意味着参与者共享了同样的视域。当人们共同前进时，他们看到的东西几乎是一致的，可以说大家互相被卷入了对方的运动之中；同时，由于置身于同一环境之中，人们的思维极有可能也是相近的。③ 同行和独行是小说里两类最基础的旅行模式，

① 弗莱德·R. 多尔迈《主体性的黄昏》，万俊人译，上海人民出版社，1992年，第63页。
② 郭湛《论主体间性或交互主体性》，载《中国人民大学学报》2001年第3期，第33页。
③ 详见 Jo Lee and Tim Ingold, "Fieldwork on Foot: Perceiving, Routing, Socializing", in Peter Collins and Simon Coleman, eds., *Locating the Field: Space, Place and Context in Anthropology*, Oxford: Berg, 2006, p.80。

其中同行又可以根据行者的位置关系分为并行和跟随。在相遇的条件下，独行有机会汇入同行，而跟随亦有可能发展为并行。小说中很明显地用父子在旅途中带领和跟随的角色切换指示了两者生命强度的兴衰变化以及两者关系中的道德优越地位。并行是理想的追求，一切动态变化都趋向这一终点，而任何超越都是为了实现更高层次的并行。这种身体上的同步不同于如语言交流之类的面对面的交互。面对面更加具有对抗性，人们互相看着对方的眼睛，故而对别人的所见置若罔闻[1]，正如父子与伊里老人的对谈更像是要说服对方，而不是表达理解和认同。因此，并行通过身体朝向的一致性隐喻了价值取向上的趋同。

另一方面，并行通过相似的运动节奏建立起交往关系的亲密性和稳定性，诸如步幅、步频、步速、步行周期、姿位转移等。社会学家欧文·戈夫曼（Erving Goffman）认为，人们通过调整节奏试图避免碰撞并在视觉上保持相互关注[2]，这些都可以理解为思维协调的身体表现。"行走给予人们同时在场的机会，而分享运动节奏以整体的方式而非视觉中心的方式为人们形成共同理解提供了基础，同行者注意到各自的身体，却并没有真正看着对方（look at each other）……人们彼此一起观看（look with each other）。"[3]《路》中的父子在大多数场合中共享观看世界的角度、要素和观感，思想的共识仅仅依靠身体层面的同步

---

① 详见 Georg Simmel, "Sociology of the Sense", in David Fisby and Mike Featherstone, eds., *Simmel on Culture*, London: Sage, 1997。

② 详见 Erving Goffman, *Relations in Public: Microstudies of the Public Order*, London: Allen Lane, 1971。

③ Jo Lee and Tim Ingold, "Fieldwork on Foot: Perceiving, Routing, Socializing", p. 82.

运作就得以实现，而无需借助语言。"行走的节奏产生了思考的节奏，地上的通道映现出思绪中的通路。"①

对于旅者身份的父子，节奏是地方感构建的重要维度。经过多年的流浪，主人公们早已将旅行视为日常生活的一部分，他们在旅行中寻找的与其说是南方倒不如说是"得其所哉"的感受。他们在这种感受起伏的指引下不断调整旅行习惯，当身体能够以自动的方式最大限度地回应这种心理诉求——即获得一定的节奏，人和空间就实现了恰当的融合。保持节奏能够减轻身心负担，使人物有余力关注周围环境中的变化，从而较从容地思考和操作空间内生存的问题。而当节奏因为某些突然遭遇被打乱时，他们也往往面临来自生命和心理层面的生存危机，逃避敌人是最直接、最显而易见的，更严重的是，对自我与存在的质疑会令他们裹足不前或手忙脚乱，而这些所引发的身心疲劳无疑都说明了人物对失去节奏的不适感，也割裂了人地之间可能出现的情感纽带。

社会空间哲学家亨利·列斐伏尔认为，节奏在阐释社会世界方面具有重要的提示作用，它是日常生活生产的一部分，"有节奏的地方就有行动方针，有规则形成，这是经过人们设计并且希望执行的义务"②。节奏与社会秩序的生产、竞争密切相关，"不论是以武力还是潜移默化的方式，一个社会团体、阶级或阶层只有在时代中留下自身节奏才能介入社会"③，文化地理学者

---

① Rebecca Solnit, *Wanderlust: A History of Walking*, London: Verso Books, 2001, p. 5.

② Henri Lefebvre, *Rhythmanalysis: Space, Time, and Everyday Life*, London: Continuum, 2004, p. 8.

③ Henri Lefebvre, *Rhythmanalysis: Space, Time, and Everyday Life*, p. 14.

克雷斯韦尔（Tim Cresswell）指出，人类的运动中包含了一种特定的节奏政治，其内容是不同社会秩序的构建和竞争，并最终在日常生活中确立一种主流的、被认为正确的秩序。《路》中的旅者通过节奏展示了无障碍社会，其相对的稳定平和与食人者的激进狂飙形成鲜明对比，代表了两种注定冲突的社会模式，其中后者的趋势已经在小说中得到揭示，那是等级森严的奴隶制社会秩序，而前者则借助规律的间隔和均匀的速度将相对平等自由的地方理念传达出来。

麦卡锡用分享运动节奏作为主体寻求理解和包容的实践手段，但由于生存与发展之间存在利益冲突，拒绝共享节奏反而成为小说中大多数角色的选择，包括作为父亲的男人，在旅途的很长一段时间里都将儿子视为自己的一部分，故而在某种意义上仍是一个时代典型的独行侠。他教导儿子防范他人，言传身教地带领他通过加速、减速、停顿等手段拉开与他人的距离，退避危险和威胁，尽管这个小团体在内部取得了近乎完美的默契，却始终无法与外界同步，这种封闭和排斥的求生策略使得二人也会像孩子的母亲、伊里等人那样因缺乏转机而陷入虚无，并在某些场合被同化出诸如小偷和食人者等各种程度的侵略性。

不过，也正是由于父亲的陪伴，共享节奏似乎成了一种传统被儿子继承，他也成为小说中唯一能够以纯粹开放的意识接受与他人同行的角色。随着相遇不断地引出接触各类个体的机会，男孩最终超越父子同盟走进了与他人的新节奏中，使小家庭的利己主义有条件进化为面向共同体的利他主义。尽管父亲尝试理解儿子，并在协调节奏的方面做出了从纠正到配合的转变，但未能参透矛盾的本质使他无法像儿子那样突破时代的限制，最终随着死亡的降临被永远地抛弃在即将涌现的新世界之外。

三、相遇作为意义事件与地方认同的启蒙

　　事件与时间息息相关，"事件是动态的、间性实体，是阈限性的运动"①，它串联着过去、现在和将来，因此"被理解为关系性的，在之前与之后之间制造联系……其本身是中立的，使主动和被动可以相互替换"②。在《路》中，相遇作为事件首先消解了小说中的无时间现象。大灾难不仅消除了机械时间，更摧毁了存在论时间，主人公们的时间哲学似乎只有"现在"的概念，代表过去的历史和记忆消失了，而未来被无限悬置，"无所谓早晚，现在即是将来"（《路》：41）。他们生活在持续的现在之中，因为感知不到变化而麻木，"明天可没为我们做什么准备。明天都不知道我们会出现"（《路》：138）。

　　事件的爆发能够有效地对时间客体化。正如法国现象学家弗朗索瓦丝・达杜（Françoise Dastur）所分析的那样，"事件制造了过去和未来的差异，并通过突然的发生展示了这种差异。事件构成了时间的'开裂'，它从自身中脱出，向着不同的方向，即海德格尔所说的绽出，或是列维纳斯所指的历时性……（事件）使得时间的连续成为可能"③。在《路》中，随着人物与世界相遇，客观时间重新在身体感官中得到复苏和重视，并从各种实践的体验中构造出时间河流中的现在时段，以鲜活的、

① Ilai Rowner，*The Event: Literature and Theory*，p. 8.
② Chengzhou He，"'Before All Else I'm a Human Being'：Ibsen and the Rise of Modern Chinese Drama in the 1920s"，pp. 37 - 38.
③ Françoise Dastur，"Phenomenology of the Event：Waiting and Surprise"，p. 182.

不同寻常的身体行动铸造出一个"活的当下"（living present）。不论是遭遇危险还是际遇奇迹，人们一扫以往的死气沉沉，以积极参与的方式主宰起了自己的生活。为了突出相遇瞬间的这种变化，麦卡锡不再使用插叙、倒叙，而是遵循时间线性向前的物理形态，并有意调控叙事时间的流速，制造出时急时缓、错落有致的叙事节奏，以配合人物生命力的爆发和运作。相遇恢复了时间的现在维度，为过去和未来的显现奠定了基础。

随着主体活过来，"参与到象征性秩序之中，时间在两个方向上的线性流动发生了卷曲"（《事》：131）。首先，过去得到了回溯。在小说中，人物遇见世界往往会打开通往过去的通道，他们拒绝怀旧，却并非回避过去，而是在一定程度上改变了看待过去的方式。譬如在遇见瀑布的事件里，男人特地挖了一把石子闻闻，这是一个奇怪的举动，即便是灾前，石头也被认为是无味的，这一行为的触发赋予了石头一种由来已久的自然味道，强化了过去作为丰富多彩感官世界的印象。这正如 T. S. 艾略特所说，"过去因现在而改变，正如现在为过去所指引"[1]。相遇使个体进入活生生的现在，从对自我与世事的固有判断中暂时解脱，"把念头都抛出脑外……思绪背叛了自己"（《路》：93）。在这种悬置的状态中，麦卡锡的角色们"回到知识的源头，回到纯粹意识，……放弃自然的思维态度而转向哲学的思维态度，放弃超越的存在领域而进入实在的内在性领域，从而使纯粹意识的领域凸显出来"[2]，而过去也被还原成具有无限可能的"纯粹过去"（pure past）。

---

[1] T. S. Eliot, *The Sacred Wood: Essays on Poetry and Criticism*, New York: Alfred A. Knopf, 1921, p. 165.

[2] 汪堂家《现象学的悬置与还原》，载《学术月刊》1993 年第 7 期，第 7—8 页。

　　"纯粹过去"是一种虚拟时间，近似于柏拉图的回忆说（reminiscence），过去和现在被认为是两个共存的时刻，现在不停逝去，过去则不停成为现在经过的通道，某个时刻并不是因为曾是现在而成为过去，而是同时同等地包含了过去和现在。"事件的现在性是以它一点点逐渐在场的方式组成的，其间不断地扩张、收缩；而同一事件的过去性是以坚持成为一个类似记忆和潜在活性仓库的整体的方式组成的。"① 一个事件既是一个经过的连续，又是一个可以被检索取回的单元，即和任何所有之后的时间同时存在，是任何所有之后的时间的过去。正是由于现在和过去共存，纯粹过去"必须随着新的当下的发生而改变"②，齐泽克将这个效果称为事件的循环结构，"事件性的结果以回溯的方式决定了自身的原因或理由"（《事》：3），人的行动重新撰写了事件的命运。

　　在《路》中，麦卡锡借助相遇时刻揭示了习惯性记忆相对于纯粹过去的不可靠，因为那往往是记忆主体的兴趣和需求筛选的结果，"你忘记了想记住的，记住了想忘记的"（《路》：8），最终得到的不过是误识而非发现。而纯粹过去意味着"你放进脑子里的那些东西，永远都会留在那里"（《路》：8），某个此前当下的重现有待于此刻当下的召唤，而激活这一条件的正是相遇。大灾难阴影下的人们饱受创伤记忆的困扰，恐惧、愤怒和忧伤使他们丧失了客观评价世界的能力和立场，被经验限制的想象削弱了人们的知识和信念的根本基础。这些危机在麦卡锡

---

① Jay Lampert, *Deleuze and Guattari's Philosophy of History*, London and New Work: Continuum, 2006, p. 33.

② James Williams, *Gilles Deleuze's Difference and Repetition: A Critical Introduction and Guide*, Edinburgh: Edinburgh University Press, 2003, p. 96.

的相遇叙事中被爱能战胜一切阴谋的事件效果所抵消，比如在与食人者的遭遇中成功逃脱，以及在饥荒中奇迹般地找到食物和水。世界对父子亲情的善意回馈重写了人们的记忆，在幸存的瞬间他们不仅瞥见希望的曙光，更重新感知了善和美在世间的永存，那些曾经的色彩斑斓的幻想片段尽管充当了死亡的召唤，却不是凭空捏造的，本质上仍是活生生的经历，"你对记忆所做的修改，不论察觉与否，仍保留着事实的核"（《路》：105）。

回溯过去打开了地方上的既定关系，为归属感的回归创造了可能；同时，由于人们不断反思，意识也得到了重新定向，有机会获得有关未来的新启示。《路》中的父子理论上在寻找地理上的家园，实质却是想要找到安放自己好人身份的地方。尽管一系列的相遇事件已经确立了他们对善的信仰，但到底何为好人仍是困扰他们的难题，其求索也因为缺乏清晰的视野和明确的路径而显得前景渺茫。借助相遇的事件性力量，小说围绕"做个好人"这一内核开展了一场循环式的意义回溯运动。主人公的旅行原本遵循着由潜在观念创建的幻想身份坐标，但相遇带来了新的现实状况，它所引发的非同寻常的真实行动摇了先验坐标所赖以存在的概念基础，也从源头上改变了个体建构自我和地方认同感的努力方向。

"好人"问题是伴随着遇见食人者事件的发生而出现的。在目睹父亲杀人之后，男孩开始质疑以吃不吃人作为善恶标准的末世价值取向。与此同时，父亲在这场遭遇中被纠正了一个观点，那就是善不是一个孤立的概念，它不只涉及自身，更要在与其他对象的联系中显现出来，是否是好人不是不做什么，而更在于做了什么。这个事件的直接影响就是男孩开始用实际行动探索善的意义，比如像父亲保护他那样奋不顾身地去救助一个从眼前一晃而过的小男孩，流露出设身处地为别人着想的意识。尽管父亲认为多经历一些危机和恶行，男孩便会忘记善良的存在，然而随着人的罪孽在他们身边愈演愈烈，男孩反倒是获得了更多的机会去验证主体对恶的排斥和对善的渴望，他更是不断地通过提问和实践加深自身对善的理解，从善是什么到善的意义、善的形式，乃至善的边界和结果。

在男孩身上，好人的语义不断更新。第一次遭遇食人者的经历动摇了他对善等同于不吃人的立场，开拓了道德视野。在亲历了屠宰场的真实恐怖之后，他领悟到善是需要勇气的，便在下一次遇见地窖时实践了"好人总是不断尝试，不轻易放弃"（《路》：110）的理念。存满物资的地窖肯定了他的主张，也使其感受到帮助别人的善。正因为如此，他不求回报地帮助途中遇到的陌生老人伊里，因为在地窖里存放物资的人们也没有向他索求回报，他的父亲更是倾尽生命护他安全。他开始试着理解各种人，包括那些"堵在路上，都被烧了的那些人"（《路》：165），这种同情心使他面对小偷时选择了宽恕，甚至想要救赎对方，表现出"为所有事情操心的"（《路》：214）良心意识。相遇事件的影响在男孩身上不断积累使他越来越倾向于以超越死亡、挽救世界为己任，他也从父亲式的小家庭利己主义者成长为无私的利他主义者，升华了自己的好人身份。

小说的结尾以父亲亡、儿子生暗示了世界的未来走向，更以男孩加入新的家庭象征了家园意识的复苏。故事"在两个人物艰苦卓绝、充满坎坷的长途跋涉中辨别出男孩作为救世主的可能"[1]，带

---

[1] Erik Hage, *Cormac McCarthy: A Literary Companion*, Jefferson: McFarland & Company, Inc., Publishers, 2010, p. 52.

着与实用主义彻底作别的决意，重申了善在延续人类族群生存发展方面的重要作用。随着人们跨越背景联合起来并能够互相帮助、共同应对环境，一个全新的、亚里士多德式的至善共同体结构浮现出来，而它所奉行的交往合作关系模式也有望通过全体成员的惯习操演渗透到地方秩序与文化的建构之中，通过调整生活范式有效增强地方认同感。男孩的末世之旅仍在继续，其生命的终点尚未可知，但同伴的出现已经使人们能够感受到一股变革力量的凝聚，进而预见整个世界的生机。在麦卡锡看来，善如同"上帝的呼吸会从一个人转移到另一个人身上"（《路》：236），因此男孩的追求能够在与他人的相遇中不断分享和传播，在扩大影响的同时也能够从共同体中收获更多认同。

结　论

《路》作为美国后启示录小说的经典代表，深刻思考了人类在世界废墟之上建立新文明、重塑地方认同的艰难旅程。麦卡锡以相遇作为事件弘扬了日常生活的创造精神，尽管短暂私密，却可能在行事、感受和思考方面产生较丰富的意义，使思维摆脱各类既成秩序的桎梏，更巧妙地回应和解答各类存在问题。借助事件发生的驱动力量，小说的叙事包含了一种相遇动力学机制，当人们遇见周围物质并与之建立起偶然的不确定关系，自我便开始与世界缠绕，以召唤生命的方式和效果发起了参与世界的行动，替换了沉默静思的无为政治。由此，麦卡锡明确了世界不会沦为一个世俗的现代物，事件发生与结果生成的随机性赋予其开放多元的特性，也使得人们有可能以不同的方式栖居世界。

　　围绕归属和迷失的问题，麦卡锡在《路》中将相遇描述为一种拓宽关注视野、增长协同知识和促进移情思维的途径。它所内在固有的交互性能够使生活充满意义，特别是与他人的联系在一定程度上能够塑造个体的身份。只有当身份被积极承认，那些涉及认同的感觉才有可能产生，而如果得不到他人的承认，或者只是扭曲的承认，认同感也会受到显著影响。在相遇的情境和条件下，自我不仅通过与他者的协商对话关系确认了认同的内容，更通过善与共同体的显现确认了信念和情感的合法性，进而能够按照自身决策建构符合自我正面价值评价的生活秩序，并在这一过程中找到栖身之所。

"后9·11" 时代的一天

——论《比利·林恩的漫长中场行走》中的"事件"

方嘉慧

　　"9·11"事件之后，美国深陷战争泥潭，与伊拉克战争、阿富汗战争相关的文学作品逐渐兴起，不仅屡屡登上近几年的畅销书排行榜，也备受学术评论界关注，而其中又以"伊战文学书写较为引人瞩目"[①]。该怎样完成对战争的再现？以《黄鸟》(*The Yellow Birds*，2012) 和《重新派遣》(*Redeployment*，2014) 为主流代表，大多数战争小说由上过战场的老兵所写就，内容也多是直接描写战争场面。而美国作家本·方丹 (Ben Fountain) 2012 年出版的《比利·林恩的漫长中场行走》(*Billy Lynn's Long Halftime Walk*，以下简称《比利·林恩》) 则是一部与众不同的作品，该书荣获当年的"美国国家书评奖"(National Book Critics Circle Award)，2016 年又被导演李安搬上大银幕，引起一阵轰动。它的独特之处在于把重点放在了对士兵归国生活的描写：19 岁的美国士兵比利·林恩参加了伊拉克战争，打赢了重要的阿尔-安萨卡运河 (Al-Ansakar Canal) 战役后，成

---

① Stacey Peebles，"Witnessing Contemporary War"，in *American Literary History*，28. 4 (2016)，p. 802.

了"美国英雄",与同一个连的兄弟回国进行"凯旋之旅",本书描写的就是比利及其B班队友旅途最后一天的遭遇。正如唐纳德·安德森(Donald Anderson)所指出的那样,虽然《比利·林恩》中"关于战斗场面的直接描写很少",但它绝妙地反映了"战争本身以及美国人对战争的理解"。[1]作者方丹本人在一次访谈中也提到,他更感兴趣的是去"探究战争如何被包装、兜售给公众"。[2]《比利·林恩》正是在这个意义上与其他战争题材作品有所区别,从而为战争的再现开辟了新的艺术之路。

尤其值得注意的是,在描写士兵归国生活时,它在文学风格上是对现代主义"一天小说"(one-day novel)这一文学传统的继承。达林·斯特劳斯(Darin Strauss)认为,《比利·林恩》和《尤利西斯》(*Ulysses*,1922)极为相似,由于这两本书写的都是"一天之内"发生的事件[3],帕特里克·迪尔(Patrick Deer)也提到了这部小说中的"意识流"[4]。的确,《比利·林恩》的"一天小说"叙事类似于《达洛维夫人》(*Mrs. Dalloway*,1925)和《星期六》(*Saturday*,2005)等"一天小说"。"一天小说"是现代主义小说里一个非常重要的种类,在一天的时间跨度里架

[1] Donald Anderson et al., "On War Writing: A Roundtable Discussion", in *Prairie Schooner*, 87. 4 (2013), p. 110.
[2] 详见 Jennifer Day, "No Walk in the Park", in *Chicago Tribune*, 10 Aug. 2012, http://www. chicagotribune. com/lifestyles/books/ct-prj-0812-book-of-the-month-20120810-story. html [2019-03-25],其中方丹还谈及了小说创作灵感来源。
[3] Darin Strauss, "Reasons to Re-Joyce", in *The New York Times Book Review*, 9 Dec. 2012, http://www. nytimes. com/2012/12/09/books/review/reasons-to-re-joyce. html? mcubz=0 [2019-03-25].
[4] Patrick Deer, "Mapping Contemporary American War Culture", in *College Literature*, 43. 1 (2016), p. 75.

构起整个故事①，其中所涉及的事件既"少"又"多"——"少，在于一天时间的集中和浓缩；多，则在于各式各样的影射和联系"②。《达洛维夫人》的作者弗吉尼亚·伍尔夫自身对于小说中的时间问题一直十分关注，她将时间分为"时钟时间"和"心灵时间"，认为"人们感觉世界里的一小时与钟表时间相比可能被拉长五十、一百倍；相反，钟表上的一小时在人的心理世界里也许只有一秒钟。时钟时间和心灵时间的不对等关系值得我们给予更多的研究和关注"③，而创作了《星期六》的伊恩·麦克尤恩也常常在小说中探究小说人物以及读者对于时间的感知体验④。由此观之，"一天小说"的创作离不开对"时间"和"事件"的深入思考。

那么，在《比利·林恩》中，这种文学叙事形式究竟在何种程度上促进了时间性和事件性的对话？更进一步讲，如果我们同意将其视作一次关于"事件"的"文学事件"，而非只是静态的文本，对于内嵌于书中的战役、死亡和爱情的"事件性"又会有何更深的窥察？要弄清楚这些问题，得先从"一天小说"的叙事切入。

---

① Laura Marcus，"The Legacies of Modernism"，in Morag Shiach, ed., *The Cambridge Companion to the Modernist Novel*，Cambridge：Cambridge University Press，2007，p. 85.

② Steven Connor，"Postmodernism and Literature"，in Steven Connor, ed., *The Cambridge Companion to Postmodernism*，Cambridge：Cambridge University Press，2004，p. 68.

③ 转引自申丹、韩加明、王丽亚《英美小说叙事理论研究》，北京大学出版社，2005年，第 206 页。

④ 详见 Laura Marcus，"Ian McEwan's Modernist Time：*Atonement* and *Saturday*"，in Sebastian Groes, ed., *Ian McEwan: Contemporary Critical Perspectives*，New York：Bloomsbury Academic，2013，p. 83。

一、"一天小说"与"文学事件"

首先，小说所展示的"一天"由无数个时刻组成，其间发生了许许多多的事，而作者显然不可能对每个时刻都进行详尽的描写，而是需要根据事件的重要程度，选择加快或者减缓叙述速度，因此，事件在每分每秒的厚度并不是相同的。故此，有必要引入"故事时间"和"话语时间"来分析这一天里发生的事件密度。正如申丹及王丽亚在其《西方叙事学：经典与后经典》中指出，"故事时间"指"所述事件发生所需的实际时间"，"话语时间"则指"用于叙述事件的时间"，一般"以文本所用篇幅或阅读所需时间来衡量"①，而发现这两种时间的不同，"有利于我们了解小说的整体结构，同时也可从叙述者赋予某些事件的较多的话语时间看出这些事件对于人物或叙述者具有的特殊意义"②。事实上，两种时间的差异在不同小说中都或多或少存在，但在"一天小说"中得到了最淋漓尽致的表现。叙事学家热奈特对这两种时间的关系进行了分类：当话语时间无穷大而故事时间为零时，为"停顿"；当话语时间等于故事时间时，为"场景"；当话语时间短于故事时间时，为"概述"；当话语时间为零而故事时间无穷大时，为"省略"。③在《比利·林

---

① 申丹、王丽亚《西方叙事学：经典与后经典》，北京大学出版社，2010 年，第 112 页。
② 申丹、王丽亚《西方叙事学：经典与后经典》，第 125 页。
③ Gérard Genette，*Narrative Discourse：An Essay in Method*，trans. Jane E. Lewin，New York：Cornell University Press，1980，p. 95.

恩》里，方丹便非常注意对这两种时间的把控，以变换人物有
限视角来叙述这个故事，属于"内聚焦"①。具体说来，叙述者
尽量采用聚焦人物（即比利）的第三人称视角来观察其他人物，
但也会偶尔转换到其他人物的有限感知。如要将比利的意识流
与现实事件融合起来，便需要精妙地把控话语时间与故事时间。

叙述速度的减缓，体现在回忆过去的时候事件发展近乎
"停顿"。这在"一天小说"中十分明显，因为主人公的思绪通
常会占据许多篇幅。②《比利·林恩》里，这一天中碰到的事件
触发了比利的思绪和回忆，因此讲述的故事其实涵盖过去两周
的旅途（两夜一天的回家探亲、电视台记者的采访、和大众的
接触等）以及之前的参战经历（军队巡逻日常、关键战役等）。
而加快叙述速度（即"概述"），则在民众和士兵进行沟通的场
合频繁出现。当文中提到民众不停上前表示感激时，比利便会
"放空自己，任凭那人的话在脑袋周围盘旋、翻滚"③，如下图
所示：

---

① "聚焦"（法文 focalisation／英文 focalization）这一术语被当今西方叙事学家广为采
纳，最早由热奈特提出，指作品中的叙述视角，参见 Gérard Genette, *Narrative
Discourse: An Essay in Method*。他认为"内聚焦"指叙述者仅说出某个人物知道的
情况，而申丹认为其本质特征应是叙述者转用聚焦人物的眼光来观察事物，可用
"叙述眼光＝（一个或几个）人物的眼光"这一公式来表示。有关叙述视角更详尽的
分类和讨论，参见申丹、王丽亚《西方叙事学：经典与后经典》第五章。

② Monica Latham, *A Poetics of Postmodernism and Neomodernism: Rewriting Mrs.
Dalloway*, New York：Palgrave Macmillan, 2015, p. 139.

③ Ben Fountain, *Billy Lynn's Long Halftime Walk*, New York: Ecco Press, 2016, p. 1.
本文对小说引文的翻译，部分参考了中译本（详见《漫长的中场休息》，张靓蓓译，
中信出版社，2013 年）。

terrRist

freedom

evil

nina leven

nina leven

nina leven

troops

currj

support

sacrifice

Bush

values

God

若是如实记录民众的长篇大论，势必会占据大量篇幅，但方丹巧妙地用一些漂浮在空间中的词语指代这种冗长的对话。如此一来，"话语时间"明显短于"故事时间"，也表明叙述者认为这些话语都是无意义的，并不值得大费笔墨。民众讲话的内容，无非是他们多么厌恶恐怖分子，又多么感激伊战士兵。这里"9 · 11"出现了 3 次，被写成"nina leven"（音标拼法，而非中规中矩的"nine eleven"），这一怪异的写法迫使读者重新审视这个词。人们是否真的知道"9 · 11"意味着什么？抑或，正如德里达所说，这种"换喻式"的名称和数字暗示了"我们不知道我们在讨论什么"。[1]虽然美国人总是在谈论

---

[1]　转引自博拉朵莉《恐怖时代的哲学：与哈贝马斯和德里达对话》，王志宏译，华夏出版社，2005 年，第 92 页。

"9·11"，但大多数人并不真正了解这个"事件"的真正含义。

　　而在有些时候，"话语时间"几乎等于"故事时间"（即"场景"）。在《比利·林恩》描写中场秀表演的章节里，会发现方丹使用了大量的声音来串联这个事件的叙述，其中出现了许多段天命真女组合（Destiny's Child）的演唱歌词（*Billy*：229），如下所示：

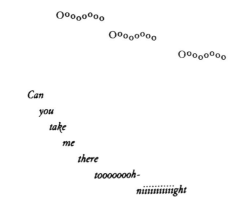

这些拖长的音节十分具有真实感。不仅如此，书里还详细描述了乐器演奏以及舞台声效，譬如鼓声（tatta-tottta tatta-totta drrrp drrrp drrrp boodly-boo）、照明弹（boom boom boom boom）、方阵"八步五码"的有节奏的行进声（boody-Boom boody-Boom boody-bood-bood-BOOM），等等（*Billy*：228—231），不仅给读者一种置身于声光现场的感觉，而且也显示了时间的真实流动。

　　有意思的是，我们发现，读者读完《比利·林恩》，差不多也就是花了一天时间，这与方丹对叙述节奏的把控是分不开的。由此，"故事时间"和"话语时间"形成了一种奇妙的重叠。德里克·阿特里奇认为，文学本身就是一次"事件"，强调在读者体验中形成的"事件"具有重塑性,能够提供意义与感受的全新可能性,而且这种文本具有"潜能",会对读者产生一定影响。[①]在这个意义上,《比利·林恩》成为阅读中的一次"事件",读者在阅读"一天小说"时所得到的现实与小说重叠的体验,使之能够更加深入地体会比利的内心波动,体会到事件的密度变化,更加身临其境,也就更能与主人公产生共鸣。

之所以说《比利·林恩》是一次"文学事件",还因为方丹通过文学想象,讲述了现实中的一次"非事件"。文学的独特之处在于可以将"非事件"变成"事件",可以"驶入'im-possi-ble',将历史学家因为证据缺乏而不敢碰、不能碰的幽暗空间打开,从而释放出历史事件中被囚禁的特异性(peculiarities),这种释放只有文学可以完成,因为只有文学才能讲述这种不可能的可能,未曾发生的发生"。[②]方丹在访谈中提到,小说是从2004 年的 NFL(美国职业橄榄球大联盟)感恩节中场秀表演里获得创作灵感的,当年的视频中,一排排士兵整齐环绕在演唱组合天命真女旁边,充当背景。在书中他们的身份被设定成从对伊战斗中胜利归来的士兵,从而开启了一层"后 9·11"视角。如果不是《比利·林恩》的文本构建,这个中场秀根本构不成情节,也没有"事件"的意味,只是这个娱乐至死的时代一次普普通通的中场秀表演,并不会被人注意到。当我们观看这段表演视频的时候,很少会注意到歌手以外的人,但是,当我们读到书里的这段描写时,视角变化了,这些所谓的士兵

---

① 详见 Derek Attridge,*The Singularity of Literature*,London and New York:Routledge,2004,p. 59。

② 但汉松《"塞勒姆猎巫"的史与戏:论阿瑟·米勒的〈坩埚〉》,载《外国文学评论》2017 年第 1 期,第 76 页。

"配角"被放到了主角的位置，我们便获得了完全不同的感受。个人存在与历史时间交织在一起，比利参与的这场战役对于整场伊拉克战争来说意义非凡，是多次失败之后的一次辉煌胜利，而由此而来的"凯旋之旅"对他自己来说，也是人生的一次重要转折。伊战是这个时代独特的印记，是当代美国"无能的政治领导、新自由主义国家建构、占领和混乱"的一个转喻①，同时也改变了比利的人生，因此，这既是个人，也是具有历史性的旅途。更意味深长的是，《比利·林恩》这次"文学事件"可以算是对电影《美国狙击手》（*American Sniper*，2014）的一个吊诡预言，导演克林特·伊斯特伍德（Clint Eastwood）对士兵克里斯·凯尔（Chris Kyle）的同名自传进行了电影改编，这与书中 B 班的经历有着惊人的相似性，它们都显示了电影意图塑造理想的归国"战争英雄"，强化"美国神话"的印象。②而且非常巧合的是，主人公克里斯·凯尔正如比利·林恩一样，也是来自德克萨斯州，他们都被认为具有与生俱来的强悍和英勇，这与故事中主人公对自我脆弱内心的剖析形成了对比。

二、占有"战役事件"

事实上，内嵌在这场"文学事件"里的"战役事件"也颇值得探索。对于 B 班在伊拉克阿尔-安萨卡运河的英勇一役，不

① Aaron DeRosa and Stacey Peebles，"Enduring Operations：Narratives of the Contemporary Wars"，in *Modern Fiction Studies*，63．2（2017），p．215．
② Aaron DeRosa and Stacey Peebles，"Enduring Operations：Narratives of the Contemporary Wars"，pp．216－217．

同的人都想占有这个"事件"，但如德里达所言，"事件"具有不可成己性（unappropriability）。他认为，"事件就是来临的东西，在来临中，事件逐渐让我惊奇，拒绝一切成己的运动（基于期望、知识、命名等视域之上的理解、承认、鉴别、描述、决定、阐释）"①。从"战役事件"发生的那一刻开始，每个节点都有人插手，试图对它进行剪裁、消费，但最终均以失败告终。

最开始试图占有这次"战役事件"的，是实地拍摄的一手录像。福克斯新闻记录了这场战役，随后录像就像"病毒"一样传播开来（Billy：4）。在这个三分四十三秒的录像里，"战火密集，镜头摇晃，让人有身临其境之感"（Billy：288）。视频是对战役的再现，也是对"战役事件"的占有。但是，这种占有在比利看来是失败的，因为"这段视频真实到虚假……简直是对 B 级片（B-movie）的挑衅"（Billy：288），而且跟他经历过的战争感觉并不像。人们认为或许"需要好莱坞的手法和骗术让事件重新变得真实"，譬如"添加些情节，丰富人物个性的发展"，等等（Billy：289）。这里关于"真实"（the real）的讨论引人深思。固然，正如苏珊·桑塔格（Susan Sontag）所指出的，照片和录像有着巨大的威力，拍摄无时无刻不在进行②，安迪·沃霍尔（Andy Warhol）的理念"既然生活是未经剪辑过的，记录生活的视频又何必要剪辑呢?"③ 也深入人心，什么都

---

① 转引自博拉朵莉《恐怖时代的哲学：与哈贝马斯和德里达对话》，第 96 页。

② Susan Sontag，"Regarding the Torture of Others"，in *New York Times Magazine*，23 May 2004，http：//www. nytimes. com/2004/05/23/magazine/regarding-the-torture-of-others. html?mcubz＝0［2019 - 03 - 25］.

③ 转引自 Susan Sontag，"Regarding the Torture of Others".

可以进行直播。可即使是在这样推崇"真实至上"的时代，B班战役的实况录像却显得虚假，即使真实的拍摄也未必能反映出"真实"，这体现了"事件"吊诡的"不可成己性"，总在逃离人们的把控。战争再现面临着两难：一方面战争本身确实是如此血腥，没有任何道理逻辑可言，可是暴力一旦过多，又沉溺于B级片趣味（一种较低级的暴力呈现，电影里充斥着血腥场面），会使观众渐渐变得麻木，很难产生同情心；另一方面，利用剧情来体现电影的人文精神时，有些影片又拍得太过皆大欢喜，反而美化了战争，也会导致虚假再现的问题。

将战役拍成电影，是再现和占有这次事件的另一种方式，也是书中贯穿始终的重点，几乎每个章节里都提到了这部"未完成"的电影。在这个过程中，不同人（影星、制片人、导演、投资者等）对于"事件"的占有欲尽显无遗，而"事件"的真实性则遭到了很大的损害。著名女影星希拉里·斯万克希望能把比利和戴姆合并成一个角色，"由她来演主角"（Billy：6）。这反映了影星对"事件"人物设定的占有；试想，一个女影星来演本应是男士兵的角色，当然不仅是性别上的转变，还意味着故事情节的相应改动。同时，又为何强调要将两个人物合并为一个呢？比利在战役中起了关键作用，英勇冲出去营救队友，而戴姆是他们的班长，将两者的英勇事迹叠加，必定能够凸显主角光环，可是这样一来，就违背了"事件"的真实性。真实的比利只是个普通的士兵，也有自己的胆怯、困惑和绝望，但可以想见，这些在电影中将被大大弱化，甚至直接删减。制片人艾伯特也想占有这一"事件"，他认为"这个英雄故事具有悲剧色彩"，强调其"拯救情节"的力量（Billy：6），却选择对事件的真实结尾视而不见——在施鲁姆的葬礼上，一群人站在教堂外，高举"美国大兵下地狱"之类的标语，艾伯特认为即使将这拍进电影里，也"没人会相信的"（Billy：20）。他强调B班的故事结局"给了大家希望"（Billy：7），这与决心拍电影的富豪诺姆的宣称不谋而合："我相信，拍这部电影对我们国家是有益的。这个故事里有勇气、希望和乐观，有对自由的热爱，还有支撑你们这群年轻人做出那些英勇举动的信念。我认为这部电影将大大重振我们打这场仗的决心"（Billy：274—275）。由此观之，不论是影星、制片人，还是投资者，都极力想凸显这次事件的英雄气概、爱国内核和激励作用，但这实际上只是他们所希冀的"事件"面貌，而远非"事件"本身。此外，对于事件真相的篡改，不仅与这些宣传效果有关，还涉及金钱利益。诺姆表面上很关心这次"事件"的意义，但最主要的目的其实还是希望电影公司能够盈利。由于他不愿意投资太多（如果要将B班每个人都拍进去，得花很大一笔钱），便提出只拍戴姆和比利两个人的故事，认为这才是电影的核心，而其他人只是陪衬。但是，这在看重兄弟情谊的军队来说，是非常不合理、非常避讳的一件事，他们肯定不愿意抛下任何一个战友。士兵们不同意时，诺姆甚至试图动用军队权威来胁迫他们进行交易，却不想上级鲁思文将军是匹兹堡钢人队的铁杆球迷，恨透了牛仔队，这一近乎黑色幽默的情节使得诺姆的计谋没有得逞。最终，这部电影还是告吹了。这些都不断促使人思考，媒介再现能够真正见证战争这一"事件"吗？摄像机的"凝视"（gaze），其实是"权力"的一种体现。[1]影星、制片人、导演、投资者将

---

[1] 详见 Wendy Kozol，*Distant Wars Visible: The Ambivalence of Witnessing*，Minneapolis：University of Minnesota Press，2014，p. 16。

镜头对准这次战役，便是认为自己拥有记录、改变这次"事件"的权力，但如此一来，对战争的见证也变得扭曲了。

讽刺的是，就连仅仅只是通过视频知晓这场战役的民众，也想占有这次"事件"，可这不过是一种虚假的"共情"：他们以为自己理解了与自己处境不同的"他者"的苦痛遭遇，因而"沾沾自喜"，但实际上他们并没有感同身受。[①] 当代美国文学作品中关注的一个重要主题便是"平民对士兵的态度"[②]，即后方的平民与前方的士兵之间存在着一道很深的鸿沟。民众会"神圣化"士兵[③]，对士兵很尊重，但是对于战争的本质了解太少，并不能真正体会士兵的煎熬。民众对于战争的感知都是很虚无的，因为"美国本土已经很久没有发生过战争了，人们只是通过手中的选票来决定是开战还是反战"[④]。后方的民众实际上并没有切身感受到战争之痛，这与以前每个家庭都有亲人上战场的感情是不同的，因此才会有这么多盲目的爱国热情。这种鸿沟在《比利·林恩》这本书中体现得十分明显："这群中产阶级律师、牙医、足球妈妈和公司副总"都想啃一口比利的肉（Billy：38），这是对于民众占有欲的绝佳刻画。虽然比利不过是一个年纪轻轻、收入菲薄的步兵，但在民众眼中，却俨然是这次辉煌事件的化身。当他们和比利握手的那一瞬间，"比利经历过的苦难变成了他们的……但是从绝大多数人哽咽的表情来看，这对他们来说是承受不起的重负"（Billy：39）。这些人仅

---

① 详见 Tim Gauthier，*9/11 Fiction*，*Empathy*，*and Otherness*，Lanham：Lexington Books，2011，p. 38。

② Stacey Peebles，"Witnessing Contemporary War"，p. 802。

③ Patrick Deer，"Mapping Contemporary American War Culture"，p. 62。

④ Donald Anderson et al.，"On War Writing：A Roundtable Discussion"，p. 103。

仅是在口头上表达一些空洞的感谢,"要签名,要合照……认为当他们感谢军队时,他们是在做好事"(Billy:39—40),却并非想和士兵去进行真正的交流。百万富翁韦恩说自己的家族石油公司想要从巴尼特页岩开采出更多的原油,从而"减少对进口石油的依赖",他得意地宣称,"如果我能把自己的工作做得更好,就能让你们这些年轻人早点回家"(Billy:64),而戴姆讽刺地反驳道,"如果您的家族石油公司想要开采巴尼特页岩里的那破玩意儿,很好,先生,您绝对有特权去做这样的事,但千万别说是为了我们……您继续开采,我们继续杀人"(Billy:65—66),这把韦恩给吓住了。戴姆的话虽然夸张,也不无道理。他直截了当地指出,这是我们的事件,不需要你们这些有钱人假惺惺地想要为这个事件负责。实际上,这些有钱人根本不想负责,他们只是想挣钱,顺道利用这种事件来给自己添光,假装自己很有爱国情怀。总之,人们想尽各种办法来将这次"事件"据为己有,极其富有意味的一幕是,诺姆对着众人宣布,"这次阿尔-安萨卡运河战役中,我军的进攻是由一位德克萨斯人发起的",而比利只能"像标本一样被钉在板上"(Billy:198),十分尴尬。同为德州人的马奇也说,"我们又有了一位奥迪·墨菲",奥迪·墨菲(Audie Murphy)是"二战"中表现非常突出的一位美国大兵,被德州人视为骄傲。这些有钱人极力将比利与德州人挂起钩来,凸显"战役事件"中关键人物的地域性,实际上是为了显示他们自身的优越感。其潜台词是,同为德州人,他们是阿拉莫战役英雄的后代,有一种与生俱来的强悍和英勇,当然会在部队里建立一番功勋,荣耀都是归属于他们的。这是他们自己为这次"事件"所附加的标签,他们来决定谁是真正的"美国人"。

　　总之，不论是视频、电影，还是后方民众对于"战役事件"的狂热，都在书中得到了淋漓尽致的体现。而这种占有"事件"的欲望，与汉娜·阿伦特（Hannah Arendt）所提出的"技艺人"（homo faber）概念似可互相映照。"技艺人"意指"工具制造者"（man the maker），其典型思维即"对世界的工具化（instrumentalization），他对工具的信任，他相信手段——目的范畴适用于所有范围……他的主人权利，可以把任何给定的东西当成材料，并把整个自然当成'一块巨大的织布，我们可以任意裁剪来重新缝制出我们喜欢的任何东西'"。①技艺人"视自己为整个地球的统治者和主人而行事，他的生产力可以以造物主——上帝的形象来看待"，而他制作（"物化"）的过程中不可避免地存在"侵夺和暴力的因素"，这种暴力体验"不仅带来自我确信和满足，甚至成为整个生活中自信的源泉"。②可见，正是这种"工具理性"思维和"造物主"身份使得人误以为自己能够创造并把控自己的"事件"，但由于"事件"具有"不可成己性"，任何人都无法彻底理解、阐释、占有事件。通过对于"战役事件"发酵升温过程的描写，方丹表现出对于这种"工具理性"思维的质疑和批判，揭示出"事件"的不可预测性和偶然性。见证，需要直面真实。共情，需要的是一种"自知之明"，一种"自我批判的精神"③，要知道自己永远无法彻底理解"他者"，才有可能更靠近"他者"。

---

① 汉娜·阿伦特《人的境况》，王寅丽译，上海人民出版社，2009 年，第 242 页。
② 汉娜·阿伦特《人的境况》，第 108 页。
③ Tim Gauthier, *9/11 Fiction*, *Empathy*, *and Otherness*, p. 36.

三、死亡与爱情：重构人生的"事件"

更进一步讲，不仅是外部看客，甚至是亲历者（包括比利），都无法彻底理解这场战役。对他而言，这场战役的关键节点发生在他的战友兼人生导师施鲁姆死亡的那一刻，但他一直无法理解那个断裂的瞬间，他感到有事情没做完，"好像生活走得太快，你不得不把它拉回来填满。没错，就是时间差的问题"（*Billy*：43）。他试图回溯性地建立联系，希望能找人谈谈与灵魂、宿命相关的话题，却找不到合适的人，也没有恰当的时机。这是比利最大的创伤节点，因此他的脑海里不断重现这个瞬间，但那个瞬间无法被真正理解，因为亲历者本人——施鲁姆——已经死去了。灵魂离去那一刻的感觉，没人可以替代死者来讲述。他们无法见证自己的死亡，因而死亡这个事件无法被真正见证。

哲学家斯拉沃热·齐泽克认为，"事件是某种'奇迹'似的东西：它可以是日常生活中的意外，也可以是一些更宏大，甚至带着神性的事情"[①]。在他看来，"事件总是某种以出人意料的方式发生的新东西，它的出现会破坏任何既有的稳定架构"（《事》：6），而死亡便具有这种"事件性"。在施鲁姆死的那一刹那，比利"感觉到施鲁姆的灵魂离开了他的身体。令人耳鸣目眩的一声巨响！就好像被爆炸烧焦的高压电线缠绕着"（*Billy*：47），方丹的描写凸显了"事件"是多么地出人意料，"令人耳鸣目眩的一声巨响"（a blinding *whoom*）形象地刻画出

---

① 斯拉沃热·齐泽克《事件》，王师译，上海文艺出版社，2016年，第2页。

施鲁姆死亡那一瞬间对于比利精神的打击。目睹死亡改变了比利看待并介入世界的架构，甚至从某种意义上来说导致了他自身的"死亡"。当他回想起施鲁姆死亡之时他的内心感触，他反复描述，想要最精确地道出当时绝望的心情："'他死的时候，我也想去死。'不太对。'他死的时候，我感觉自己也死了。'还是不对。'从某种意义上来说，整个世界都崩塌了。'"（*Billy*：222）由此可见，他是齐泽克哲学意义上的"后创伤主体"（post-traumatic subject），是"从自身死亡中幸存下来的受害者"（《事》：112）。从此以后，他日常的思绪大部分都与"死亡"有关：站在街上看着来往的美国人，他会思考"他们是否知道自己活着"（*Billy*：22）；受施鲁姆的影响，他开始考虑佛教中的"业"（karma）——人生"善举与恶行的动态记录"（*Billy*：42），与因果报应有关；他还经常思考战争中的偶然性和必然性，"一切都是随机的，是这一刻站在便池前还是缓了一步，吃饭是否嚼快了几秒，在双层床上是否向左而非向右翻身，站在队列里的什么位置，这些小举动都事关重大"（*Billy*：53）。由此也可以明显看出，他的意识流与其他"一天小说"中的人物是不同的。《达洛维夫人》中的克拉丽莎更多的是对于个人私事的思考，而《星期六》中的贝罗安作为一名脑科医生，具有"解剖和诊断的职业本能"[1]，会"分析自己的意识是怎样形成的"[2]，但相比之下，亲身经历过战争的比利受过的创伤更强，对于生死的体会要比他们更加深刻，也更加能察觉到现在所处的这个世界与战场上的世界是多么不同。

---

[1] Monica Latham，*A Poetics of Postmodernism and Neomodernism: Rewriting Mrs. Dalloway*，Basingstoke：Palgrave Macmillan，2015，p. 139.

[2] Monica Latham，*A Poetics of Postmodernism and Neomodernism: Rewriting Mrs. Dalloway*，p. 143.

施鲁姆死的时候，比利感觉"那一刻我是那么爱他，我感觉自己以后再也无法像那样去爱一个人了"（*Billy*：218），可是在"凯旋之旅"最后一天遇见啦啦队队员费森时，他感觉自己又能重新爱了："也许他的爱并没有随施鲁姆而去"（*Billy*：224）。如果说施鲁姆的死亡导致了比利的"死亡"，那么爱情则带来了"重生"。从这个意义上来说，爱也具有"事件性"。爱的"事件"发生在那个神秘断裂的瞬间：在那么多人之中，他偏偏只和费森相视一笑，一见钟情。爱情的出现破坏了比利生活"既有的稳定架构"，此后所做的任何事都沾染上了"爱"，他称之为"炸裂他人生的奇迹"（*Billy*：159），听到《星条旗之歌》的时候他看着费森，甚至觉得这就是一首"情歌"（*Billy*：204）。他不断想着未来和费森会如何共同生活，会在"安全的居所里安静地生活着"（*Billy*：260），为此他甚至想过不再返回战场。但同时，这段恋爱关系的特殊之处在于，它从一开始就是"已失去的"。这与齐泽克提到的忧郁者对待爱情的态度十分相似："面对那些我们从未拥有或一开始就已失去的东西，唯一占有它的方式，就是将那些我们仍然完全拥有的东西看作已经失去之物。"（《事》：30）比利在"凯旋之旅"的最后一天才遇见爱情，而他马上就要回到伊拉克战场了，因此与费森短暂的愉快时光相伴的是即将分离的忧愁。比利将尚未拥有的爱情看作已失去之物，与费森在一起时，他想，"再过两天他就要回那个烂透了的地方去了，和这相比，还会有什么更糟的呢"（*Billy*：151）。当费森跟他说"我不想失去你"时，比利很受感动，"有人不希望失去他！他的生命突然变得宛似奇迹"（*Billy*：246-247）。可是最后当他说想带着费森逃跑时，她眼中的困惑和担忧又让比利明白，他必须继续"做他不得不做的英雄"（*Billy*：305），唯有这样他才不会失去费森，才会继续维持在她心中的完美形象。因此，这段爱情是非常微妙的，一方面带给比利希望，另一方面又被"失去"的阴影笼罩。

对比利来说，这两类重构人生的"事件"与"战役事件"密不可分，他在战役中失去了挚友，又在随之而来的"凯旋之旅"中遇见了爱情。虽然目睹死亡和遇见爱情看上去只是个人的"事件"，但放置在伊战这个大背景下，历史时刻和个人瞬间便重叠在一起了。这也又一次凸显了"一天小说"叙事中的政治历史维度，《达洛维夫人》与"一战"创伤有关，《星期六》中贝罗安个人生活被放置在反恐战争整个大背景下，而在《比利·林恩》中，个人存在与历史时间更是密不可分地交织在一起。

结　语

小说《比利·林恩的漫长中场行走》是一次关于"事件"的"文学事件"。"事件"具有"不可成己性"，任何人都无法成为"事件"的主人，但在这个"后9·11"时代，对于战争"事件"的消费，还将以这样或者那样的形式出现。若进一步思考，方丹的小说，难道不是也可以被视作另一种"再现"，另一种"占有"吗？有意思的是，方丹本人从未参加过战争，那么他写出的《比利·林恩》是真实的战争文学吗？事实上，在回应"未曾去过战场的作家如何进行战争书写"这个问题时，好几位评论家都以《比利·林恩》为成功范例，马特·加拉赫尔（Matt Gallagher）指出可以通过"做调查"来了解战争，皮特·莫林（Peter Molin）则认为"作家的观察力、想象力和共情能力"非常重要，而方丹"对于军队文化、行话和行动有着深入的了解"。①虽然并非士兵，方丹却创造了一起"文学事件"，在美国反恐战争语境下对战争进行了一次独特的再现，而当我们从宏观至微观、层层深入地剖析小说中的"事件"时，别忘了"事件"并非一个结果，而是具有持续生成的潜能。且看，李安将《比利·林恩》改编成电影搬上银幕，岂非又是一次"事件"？

---

① Donald Anderson et al., "On War Writing: A Roundtable Discussion", p. 108.

揭秘历史事件的另一种方式

——论《天秤星座》中的事件性书写

汤晓敏

　　"事件"在多个领域如历史学、表演艺术以及分析哲学中有不同的理论内涵。事件概念首先在欧陆哲学领域风生水起，引发众多哲人的关注，从海德格尔、德里达、巴迪欧、布朗肖到德勒兹再到齐泽克，他们关注事件的内涵以及外延，试图建构事件的本体论与认识论意义。比如，法国哲学家巴迪欧从数学本体论角度论述事件，他以策梅洛-弗兰克公理体系为基础，将事件的建构与数学的集合之形成（即类属）建立关联性。又如，福柯与德里达关注围绕事件出现的断裂性，前者从认识论角度，认为"事件化"出现在知识的断裂中，而后者则认识到事件打破结构主义的连续性，关注事件的非连续性和偶然性的巨大作用。[①] 哲学领域对于事件的研究进路偏向从事件概念本身出发，建构事件视阈下的理论体系和框架，其事件理论基于事件的建构性与断裂性特征。

　　事件理论的发展与演变为文学理论研究带来深刻的影响，

[①]　参见崔晨《作为哲学事件的巴迪欧"事件哲学"》，载《江苏社会科学》2017 年第 2 期，第 114—119 页。

文学的事件性意义也成为近来文艺研究的热点之一。然而文学事件性的丰富内涵与外延为建构文学事件性阐释框架带来困难，学界对于文学事件性的界定不够明确，尚未形成成熟的阐释体系。相比于哲学领域对事件的特征以及事件理论结构的关注，文学批评领域侧重从文学的本质特征出发，关注文学作为话语形式所具备的事件性，这尤其体现在文学与现实的互动以及对文学文本的言外之力的关注。阿特里奇对于文学事件性的论述强调具有事件意义的文学创作具有改变既定规定的功能。伊格尔顿认为文学体现作者的写作策略，目的在于形成文本、读者、现实三者之间的互动，他强调文学作品的生成性以及对读者和现实的影响。米勒关注文学对历史事件的表征，认为文学在表征中形成言外之力，引导读者行动。三位理论家皆关注文学事件性在伦理意义上的展演，但是对于文学作品如何形成言外之力、如何打破既定体系并未做充分的论证。

1963 年 11 月 22 日，美国总统肯尼迪在达拉斯遇刺身亡。这一事件被称为"摧毁美国世界的七秒钟"，而美国著名作家唐·德里罗直言"肯尼迪刺杀案后，美国人的意识变了"①。批评家格林（Jeremy Green）也认为"发生在达拉斯的刺杀事件改变了美国人理解事件的能力，以及这类事件对民族情感的影响方式"②。这种改变可能体现在多个层面，其中一个层面就是

① Kevin Connolly, "An Interview with Don DeLillo", in Thomas Depietro, ed., *Conversations with Don DeLillo*, Jackson: University Press of Mississippi, 2005, pp. 31 - 32；参见 Ann Arensberg, "Seven Seconds", in *Conversations with Don DeLillo*, p. 45；参见 Adam Begley, "The Art of Fiction CXXXV: Don DeLillo", in *Conversations with Don DeLillo*, p. 104。

② Jeremy Green, "Libra", in John N. Duvall ed., *The Cambridge Companion to Don DeLillo*, Cambridge and New York: Cambridge Universing Press, 2008, p. 101.

对刺杀事件的历史真相的不懈追问。刺杀案发生 10 个月后，专门负责调查肯尼迪谋杀案的特别委员会公布长达 51 卷的《总统特别委员会关于肯尼迪总统被暗杀的调查报告》（下文简称《沃伦报告》），该报告得出结论，肯尼迪总统被刺杀事件纯属奥斯瓦尔德的个人行为，并未有其他阴谋团体参与。时至今日，刺杀事件本身的重要性可能缩水了，但是刺杀事件背后的种种未解之谜持续点燃着人们继续追寻历史秩序与真相的热情。"刺杀事件"发生 25 年后，德里罗创作并出版《天秤星座》（*Libra*，1988），小说围绕肯尼迪刺杀案进行文学书写，成为与历史事件并列的事件性书写。"刺杀事件"不仅是真实发生的历史事件，也进入文本世界成为文学中的事件。那么，书写历史事件的文学创作在何种意义上融合了文学书写与事件的双重意义？泛而言之，文学在何种意义上具有事件性意义，而这种事件性对于文学批评又有着怎样的影响？因此，本论文从现代哲学汲取养分，思考文学的事件性特征，论文从以下三个问题出发分析《天秤星座》的异常性、断裂性以及未完成性，即作为表征形式，文学在何种意义上有助于我们把握存在事件？作为话语形式，文学的创作如何与读者、言外现实形成合力？最后，文学是否能够担当作为真理形式的角色，对现实产生能动意义，观照人之存在与自由？

一、文学作为表征形式的异常性
——刺杀事件的虚构想象空间

不管是模仿论还是反映论，文学书写可视为呈现现实与再现现实的集合体，它孕育于客观现实的母腹之中，因此对现实事件的表征是文学的立足之本，也是其事件性意义的核心特征之一。文学的事件性首先体现在文学对现实的表征具有异常性，这种异常性分别体现在文学语言的述行力以及文学书写骑墙于真实性与虚构性之间的张力。具体来说，作为一种表征形式，文学语言的他者性赋予文学书写以述行力，在语言表演中完成其文学性的自我指涉；另外，这种具有述行性的文学表征形式在真实与虚构之间的张力有助于文学直面现实事件背后的复杂体系，完成文学作为事件对现实的多维展演。《天秤星座》是游离于现实事件与文学表征的文学事件，在语言表演与对文本外现实的客观表征指涉之间形成张力，放大文学对现实表征的异常性，关注刺杀事件的想象书写所蕴含的解放力量。

从语言层面来看，文学语言是一种特殊的表达效果，文学语言与一般日常语言之间的异常性强调了文学语言的述行性。语言的述行性（performative）由奥斯汀在《如何以言行事》中首次提出，随后引发包括塞尔、德里达等人的关注，其中卡勒强调文学语言是一种"述行性语言"（performative language），正式将文学语言的述行性作为文学的基本特征。阿特里奇在《文学的独特性》中总结归纳文学的三个核心概念，即他者性、创新性以及独特性，其中文学语言与日常语言的异常性或他者性带来一般人所不熟悉的体验。也就是说，文学语言在"描述世界"的同时，"在言语行动中完成自身的目的"，"对现实产生某种可察觉的影响"①。在《天秤星座》中，文学语言不同于日

---

① 特里·伊格尔顿《文学事件》，阴志科译，河南大学出版社，2017年，第150—151页。

常生活中的描述性话语（constative utterance），能够影响甚至引发言语者的行为，这体现在小说人物布兰奇以及奥斯瓦尔德对语言之力的沉迷与崇拜。中情局退休分析家布兰奇受雇撰写肯尼迪刺杀案秘史，他阅读了大量有关刺杀案的材料。布兰奇"迷失在一个个句子里、一篇篇的文章中，就像是一种思想的飞溅，一首用语言堆砌而成的生活诗"①。布兰奇的笔记成了他的避难所，拥有着"我们测量这些事物、确定其重量、质量、方向、看清事物本来面目、清楚地回忆事物、说出所发生的事情的能力"（《天》：310）。在小说中，文学文本是极具力量的话语形式，可以重现过去"短暂的时刻"，"回到那些在梦中呻吟的现实的人们的身上"（《天》：16）。此外，德里罗安排奥斯瓦尔德走到舞台前方，成为信奉文学语言述行力的代言人。尽管患有阅读障碍，写作能力低下，但是奥斯瓦尔德阅读社会主义的公民学和家庭经济学，认为"这些思想能够触及他的生活，真正的生活，能够触及他内心的时光流转"（《天》：35），他在一个人的屋子里"感受历史"，这些文本使他"成为某种事物的一部分"（《天》：37）。对文字述行力的信任使得奥斯瓦尔德梦想成为小说家，撰写关于当代美国生活的短篇小说。如果说，奥斯瓦尔德代表了20世纪美国民众寄望于书写的言外之力而又希望落空的普遍情况，那么德里罗则怀揣对文学言外之力的信心，在语言表演中不断指涉文学的在场与存在，完成文学语言的自我指涉。

作为对现实世界的表征形式，文学的事件性意义不仅体现在文学语言的操演性，也体现在文学文本对客观现实的创造性

---

① 唐·德里罗《天秤星座》，韩忠华译，译林出版社，1996年，第187页。

表征上。德勒兹在《意义的逻辑》中强调事件蕴涵的双层因果关系，既包括引起事件发生的物质原因，也包括其他准原因（quasi-cause），这意味着"事件拥有一个流动的表面，它既指涉事件内部分子之间的变动，即物质原因，也指涉其表面张力的变体，即事件的准原因"①。与历史记录关注事件发生的物质原因不同，文学对于事件的表征关注构成忠于现实与想象虚构之间张力的"准原因"。文学的虚构特性一方面确定它与真实事件的差异与距离，另一方面也凸显文学的独特魅力，即在跟随事件发生的脚步的过程中，能够指向已经发生或将要发生的事件的可能性。如果说历史叙事叙述的是"现实地"发生过的事情，那么虚构叙事叙述的不限于"现实地"发生过的事情，也包括可能发生的事情。伊瑟尔（Wolfgang Iser）认为文学虚构是"一种对现实世界进行侵犯的有意识的行为模式，于是虚构就成了越界的行为。虽然如此，它对被越界的部分却始终保持着高度警惕。结果，虚构同时撕裂分散和加倍拓展了这个供它参照的世界"②。因此，文学不仅仅是现实的反面或反射，而且是一种富有张力的"补充"或"延伸"。作为对现实的表征，文学叙事骑墙于虚构性与真实性之间，一方面它与生活或历史构成类比，是再现现实事件的优势平台，可以事无巨细地展示历史背景、个体经历；另一方面，真实再现与虚构想象之间的张力有助于文学直面现实本质，完成对现实的置换，成为反观各种社会组织和社会关系的手段。

---

① Gilles Deleuze, *The Logic of Sense*, trans. Mark Lester and Charles Stivale, New York: Continuum, 2003, p. 95.

② Wolfgang Iser, *The Fictive and the Imaginary: Charting Literary Anthropology*, Baltimore: Johns Hopkins University Press, 1993, pp. xiv-xv.

在创作《天秤星座》的过程中，德里罗参阅大量官方记录，其中不仅包括长达 51 卷的《沃伦报告》，还包括枪手奥斯瓦尔德的日记、母亲玛丽的证词，他还观看记录枪杀过程的赞普德录像带，小说中出现的事件与角色大多是历史上有名可查的真实事件与人物。小说时刻指向言外现实，历史上发生的古巴导弹危机以及奥斯瓦尔德留下的官方记录无不得到精细、客观的描述。小说始终用客观的态度论述，对于重要场景的描述不偏不倚，似乎让读者有正在阅读一本官方历史记录的错觉。然而，正如德里罗在小说的作者声明中提到的，这是一部"充满想象的小说"，通过"填补现存史料中的空白……将真实人物推入想象的时空"（《天》：465）。也就是说，虚构的文学文本具有自我建构性，"文学作品会创造出自己的意识形态潜文本，它用自有的材料编织出大量指涉语"（《文》：159—160）。在这个意义上而言，《天秤星座》具有双重性，或者暧昧性，它一边时刻提醒读者历史上的真实人物与事件，一边又以陈述现实的形式演绎虚构的言语假象，并形成自我维系的循环结构。另外，小说以奥斯瓦尔德的经历为切入口，想象性地重构奥斯瓦尔德的成长经历，放大文学创作与真实生活之间的不同，指向 20 世纪和平、法治与繁荣背后现实的伤口与黑暗。虽然奥斯瓦尔德心怀传统的"美国梦"，但是他感受到"那种不愿意承认的孤独"（《天》：257），成为被社会抛弃的无足轻重的人。所有预期、梦想都落空之时，奥斯瓦尔德选择诉诸枪杆，"请沃克将军吃一颗子弹"（《天》：282），以生命的代价融入历史，与"周围发生的真实斗争不再是分离的"（《天》：257），结束他的"孤独"。莫特（Christopher Mott）认为《天秤星座》代表阴谋论影响下人们对美国现实的认知方式，小说对刺杀事件的书写意在揭示认识现实本质的另一种方式。① 奥斯瓦尔德的生活经历代表着 20 世纪 60 年代美国社会普遍存在的人们对自己改变世界的信心，梦想创造自己的历史，"成为一个历史中的人物"（《天》：153）；然而，在社会环境压抑的氛围中，以及在冷战时期国际政治斗争形成的紧张、猜疑的社会语境下，笔杆抵不过历史以及不可控的力量，每个人成为"一个幽灵、一个利用工具、一种财产"（《天》：60）。与拿着枪杆直面现实的奥斯瓦尔德不同，德里罗以笔杆为武器，剖开历史事件的表面，在事无巨细的现实表征与虚构想象之间的张力中呈现文学作为表征形式对刺杀事件的多维性展演，指向现实事件的本质。因此，《天秤星座》不仅是对历史事件的一次想象书写，也是在真实与虚构之间的摇摆中反思 20 世纪美国的现实本质。

《天秤星座》对刺杀事件的文学书写体现了文学作为表征形式的异常性，这不仅体现了文学语言异于日常言语行为的述行力，在语言的生动表演中将现实世界纳入自身的结构，在永恒运动中完成自我结构的建构，还表现出文学书写与现实生活形成鲜明对比，将现实置于想象空间，并在虚构与真实的碰撞中触及现实之本质。

二、文学作为话语形式的断裂性
——刺杀事件的因果之缝隙

如果说虚构与写实的双重性是文学作为事件的前提条件，

---

① 详见 Christopher Mott，"*Libra and the Subject of History*"，in *Critique: Studies in Contemporary Fiction*，35（1994），pp. 131 - 145。

那么文学作为话语形式则通过重新洗牌既有的逻辑联系，放大因与果的缝隙空间，打破既有经验共识，与读者、言外现实形成合力，完成对历史事件的"忠诚"。德里罗在《天秤星座》中放大既有历史书写中存在的因果逻辑之空白，通过独特的叙述结构，放大甚至重新架构叙述与被叙述之间的张力与冲突，凸显因果缝隙中存在的多种可能，邀请读者根据其经验与想象补充文学书写中的留白之处。

作为一种话语形式，文学传达人类认识世界的努力以及认识世界的方式，这是文学事件性的重要属性。因为事件关涉"我们藉以看待并介入世界的框架的变化"以及"我们看待世界的方式的转变"。[①] 在文学创作中，作家根据特定的历史、文化语境重新建构特定历史事件，为全新的感受与意义的敞开提供更多的可能性。为了向读者展现多种可能性的存在，作者关注叙述与被叙述之事之间的张力。与文学书写活动相比，科学活动将人与世界置于对立位置，对世界的看法也被限定于自身视点之内，其叙述基本符合所叙述之事，因为两者之间并不存在张力。在这种情况下，语言作为手段，"使被叙述之事……对象化、实体化、现成化"[②]。在科学活动中，有关被叙述之事的叙述以严密的逻辑联系为其根本，文学书写则前置化这种逻辑联系的后天建构性，即文学文本只是以被叙述之事为蓝本或基底，在情感的支配下进行想象与重构。不同的叙事空间与叙事结构放大了文学话语形式的丰富性与张力。

在《天秤星座》中，德里罗创造了一种不同于历史叙事的

---

① 斯拉沃热·齐泽克《事件》，王师译，上海文艺出版社，2016 年，第 15 页。
② 刘阳《事件性视野中的文学伦理学批评》，载《外国文学研究》2017 年第 6 期，第 12 页。

文学空间，并以鲜活的生命体验以及丰富的阐释可能性对照历史叙事中僵化、刻板的因果罗列，突出文学的事件性意义。奥斯瓦尔德刺杀肯尼迪总统是被叙述之事，小说本身则是德里罗在其主观情感支配下对刺杀事件的想象与重构，与官方历史记录分立舞台两端，为读者呈现官方叙事之外的多种可能。以《沃伦报告》为例，虽然长达51卷，其内容涵盖了所有与刺杀案相关的人与事，"洋洋洒洒几百万字"，包括"洗礼记录、成绩报告单、明信片、离婚诉状、付讫的支票、考勤表、纳税申报单、财产单、手术后的X光片、结绳照片、数百页的证词以及法院判决庭中嗡嗡的说话声"，但是这些记录和照片"平躺在纸上，静静地悬浮在慵懒的空气中"。（《天》：187）读者面对的是冷冰冰的事实与数据，这些叙述与被叙述之事之间缺乏引人思考的张力，不能为"意义与感受打开全新的种种可能性"①。美国中学生经典历史教材《美国历史》亦是如此，该书对于肯尼迪刺杀事件的论述只有一句，即在一系列恐怖、出人意料的转折下，肯尼迪总统在吴廷琰被杀后三天遇刺身亡。② 与之相对，作为文学事件的《天秤星座》在叙述上与被叙述之事之间存在明显的张力，比如在对猪湾事件的呈现中，德里罗并不着墨描述该事件发生的国内外原因，而是关注该事件的主要参与者温、帕门特两人如何被卷入多个国家情报机构与政治力量中，以及两人在谋划刺杀未遂事件中主体意识的变化，呈现两人看似自主实则受到某种不可逆转的历史力量支配下的行为与动机。

① Derek Attridge, *The Singularity of Literature*, London and New York: Routledge, 2004, p. 59.
② 详见 Robert Dallek et al., eds., *American History*, New York: McDougal Littell, 2008, pp. 932 - 933.

米拉德（Bill Millard）将这些人比作蚂蚁，在社会经济力量支配下被动地成为历史事件的一部分。[①] 德里罗的叙述让本应冰冷的史料焕发出动人的气息，让历史事件熔铸诗性特征，同时与历史现实形成对话，内化并包含小说外的现实。

此外，通过关注某种超出了原因的结果，文学书写呈现事件所在的空间，即原因与结果之间的界限，凸显文学作为话语形式所强化的断裂性特征。保罗·利科在《时间与叙事》（*Time and Narrative* II，1985）中曾经提到，历史叙事只有在叙述中插入事件方能完成其与被叙述之事之间的因果关系，而时间对于历史叙事的合法性极其重要，[②] 这也是为什么历史教科书（《美国历史》）将肯尼迪刺杀事件置于美国对越反共运动的背景下，对刺杀事件则强调"在一系列恐怖、出人意料的转折下"[③]，实则暗示刺杀事件与之前发生之事存在因果关联。但是文学创作中的时间虽然可以帮助读者理解情节安排，但并不像历史叙事直接在多个事件中建立因果联系。在《天秤星座》中，德里罗并未将时间置于首要地位，也未在一事件与另一事件之间建立必然的因果关系，这主要体现在他对小说结构的设计上。小说的叙述结构突破非此即彼（either/or）的逻辑范式，并置的叙述架构暗示事件呈现的两种方式，以及两种方式引发的对事件的不同解释。小说的章节安排有两种形式，一种以地名为章节名，论述奥斯瓦尔德从十多岁到成年后参军及之后的经历，

---

① 详见 Bill Millard，"The Fable of the Ants：Myopic Interactions in Don DeLillo's *Li-bra*"，in Hugh Ruppersburd and Tim Engles，eds.，*Critical Essays on Don DeLillo*，New York：G. K. Hall，2000，pp. 213 - 218。

② 参见 Paul Ricoeur，*Time and Narrative* II，trans. Kathleen McLaughlin and David Pellauer，Chicago：University of Chicago Press，1985，pp. 96 - 97。

③ Robert Dallek et al.，eds.，*American History*，pp. 932 - 933.

他被外派至日本厚木，叛逃至苏联，被发派到明斯克，回到美国，辗转于新奥尔良、墨西哥城，最后到达刺杀事件发生地达拉斯；另一种以时间为题，叙述以温为代表的特工试图重返政坛所构想的一系列策划，时间从刺杀事件发生的七个月前（即1963年4月17日）到刺杀事件后奥斯瓦尔德当众被杀（即1963年11月25日），中间穿插中央情报局退休分析员布兰奇在刺杀事件发生多年后①受雇撰写肯尼迪总统刺杀秘史。两条叙事线索之间并无明显关联，仿佛两条同向而行的平行轨道，直到刺杀事件发生当天方才融合。

小说中不同叙述线路之间的张力扩大了阅读欣赏的心理距离，读者的欣赏过程同时也是反思过程，大脑时刻警惕叙述场景和人物的变换，从而实现与读者、与言外现实的互动，完成文学作为话语形式对历史事件的"忠诚"。先锋电影的蒙太奇贯穿整部小说，叙述中穿插大量时空颠倒，叙述人称不断变化且中间不做任何过渡性交代，不同地点或相同时间发生的事如同电影画面一般被组接起来。这是德里罗对于小说形式的独特"策略"，他并不是向读者传达对刺杀者奥斯瓦尔德生平的"揭秘"，而是将两条看似没有明显关联的叙事线索摆在读者面前：读者可以选择在两者之间建立因果关系，认为肯尼迪刺杀事件是一批特工安排设计的结果；也可以认为两者并没有因果关联，德里罗的叙述只是呈现而非解释。总之，独特的叙述结构邀请读者根据其经验与想象补充文学书写中的留白之处，读者掌握

---

① 小说并未准确描述布兰奇所处年代，但文本中布兰奇自称已经"辛辛苦苦地干了十五年"，为他提供刺杀案的档案馆长已经换了几任。可以推测，布兰奇是刺杀案发生多年后开始着手撰写秘史，小说则从4月17日切入叙述布兰奇长期书写秘史的工作。

选择权，以其阅读经验补充刺杀事件的诠释空间，决定刺杀事件的"真相"。德里罗的文学书写并非意在推翻官方公布的"真相"，而是放大官方叙事中的因果逻辑缝隙，甚至质疑这些因果联系，"提供事件解释的多样可能性，另一方面，也为读者留有余地，打开《沃伦报告》之外其他的可能性之窗"①。可以说，《天秤星座》以充满想象力和包容力的文学创作留给读者思考的空间以及情感的波动，以"梦幻、理想、直觉、祈祷，源于自我的最深层次"的文学创作作为第三条线，"超越了因果关系，超越了时间"。(《天》：348)

《天秤星座》挖掘官方叙事中因与果之间存在的未知因素，将事实与虚构结合得浑然天成，在细腻真实的描述中添加模糊朦胧的艺术创作，不仅完成了文学的天马行空，塑造了一个又一个有血有肉的独特个体，赋予历史事件以诗性特征，同时，文学书写作为话语形式指向因与果之间的缝隙，涉及作者、读者、文本多方的互动过程，演绎历史事件背后丰富的可能性。

三、文学作为真理形式的未完成性
——刺杀事件书写对存在的观照

不管是文学作为表征形式体现的异常性，还是文学作为话语形式所强调的断裂性，在本质上文学是作者对存在事件的"忠诚行为"，是作者对人如何生存这一问题的追问，是对人之

---

① Jesse Kavadlo, *Don DeLillo: Balance at the Edge of Belief*, New York: Peter Lang, 2004, p. 62.

存在意义的质询。作为思想的一种独特形式，文学活动是人类的一种自我揭示，并开启巴迪欧意义上的真理程序的主体。因此，文学作为真理形式以其未完成性向文本框架外的存在辐射，持续对言外现实施加影响。《天秤星座》是德里罗运用文学形式探索某种真理形式的一次努力，他以文本为舞台，表达对淹没于历史洪流中的生命个体的敬意，吟唱生命与存在的意义与价值，在未终止的吟唱中完成其事件性意义。

在前文论述中，文学书写作为话语形式呼吁读者拥抱新的可能性，而这一特性恰恰指向文学作为事件在深层肌理上被触及的道德意义。伊格尔顿认为作者对于文本形式的安排内含道德意蕴："一个文学文本的语言与结构或许就是所谓的道德内容的母体或源头。一首运用英雄双行体的齐整性、对称性以及平衡感的新古典主义诗歌；一部利用后台活动来补足舞台现实感的自然主义戏剧。打乱时间顺序或者肆意转换角色视角的小说：所有这些例子都说明，艺术形式本身就是道德或者意识形态意义的母体。"（《文》：52）伊格尔顿对于文学作品的道德意蕴的关注不无道理，在"后宗教"时代，当道德主义从人生体验中抽离出的道德判断很难完成其道德教化之功能时，文学却能将这些道德判断"还原到复杂鲜活语境当中"（《文》：67）。罗纳则认为文学勾勒了人之存在的图景，文学"在与事件中那些默认的、惊喜的元素的相遇中，在与不可控存在带来的力量与速度的相遇中，我们透视人之存在的本质"[1]。因此，人之存在价值与意义是文学作为真理形式的最终努力，而这种努力的核心特征及运作机制则在于其未完成性。德勒兹借用尼采的"生成"

---

[1] Ilai Rowner, *The Event: Literature and Theory*, Lincdn and London：University of Nebraska Press，2015，p. 240.

（becoming）概念阐述事件的动态本质，"在生成中的事件不仅指涉发生的事件，也包括发生事件内部无法被归于任何已定状态的因素"[①]。可以说，事件的重要意义之一就是其流动性与生成性，它不仅指涉已发生在宇宙场域的存在，也拥有引发相关事件的潜力，其中就包括基于现实事件进行的文学创作，也可以说，"文学创作可以看作是特定实体事件的非实体/语内事件"[②]。就这一点而言，文学文本的生成性表现在它对已发生事件的另类演绎拥有未终止性。这种未终止性又强化文学书写对存在意义的观照，在演绎语内事件的过程中传达对人性的关怀，对人如何生活进行持久的、未终止的思考。

《天秤星座》对刺杀事件的演绎传递出对淹没于历史洪流中的普通人的关注，在对语内事件的书写中传递对普通人的关怀。在《天秤星座》中，德里罗不仅关注奥斯瓦尔德的生活，同时也给予刺杀案牵涉的大大小小的人物以话语权。他们每一个都是具有复杂性的、活生生的个体。德里罗的书写挽救他们于历史书写的只言片语以及图像媒体的耗尽式重复，还他们以立体、丰富的血肉之躯。德里罗曾经在访谈中提到，作家的写作在某种意义上与恐怖行为是相似的，"两者试图以自己的方式打破旧有认知，唤起人们对生命之脆弱的警醒，向着未实现的可能性进发"[③]。言下之意，既然历史叙事可能弱化甚至曲解事件的发生模式，那么小说则应该奋起指向真实事件以及生命价值。小说题目中的"天秤"不仅意味着平衡，也代表着公平公正，而小说中有因政治上的巧合、复仇丧命的肯尼迪，有未经审判而

[①] Gilles Deleuze, *The Logic of Sense*, pp. 1 - 2.

[②] 刘岩、王晓璐《事件与文学理论生产》，载《外国文学研究》2017 年第 6 期，第 20 页。

[③] Vince Passaro, "Dangerous Don DeLillo", in *Conversations with Don DeLillo*, p. 84.

亡的奥斯瓦尔德，也有受人构陷而死的鲁比。在德里罗看来，这些人并未得到公正的对待。德里罗希望他的小说可以唤起人们的注意，使人们能够更加严肃地对待这些人物，将这些人物视为融入美国那段历史伤口的血肉。肯尼迪的血肉飞溅至随行保镖的体内，奥斯瓦尔德通过电视录像进入贝丽尔·帕门特脑内，布兰奇深夜阅读案件材料时想象成为鲁比。① 换言之，小说所叙述的每个人都是其生活的作者，通过语言为生命的价值与意义创造条件，而"读者则通过忠诚地追溯作者描绘的那些事件所展现的逃逸线，通过自己的生成进行生命实验"②。正如德里罗在小说中所描述的，事件的本质不在于"巧妙的推断"，不在于对"事件主角们生活的描写"，也不是"你的包含各种相互矛盾的事实的大杂烩"，而是对生命个体的关注与敬意，是"放在停尸台上的这个人，瞪着睁大的双眼"（《天》：308）。因此，《天秤星座》传递了德里罗深刻的伦理吁求：不管读者还是作家都有义务打破陈规固见，进入被神话化和符号化的杀人犯以及众多人物的脑中，以开放的态度认识作为人类一员而不是作为历史记录中的人物符号的奥斯瓦尔德及其他人。

德里罗之所以对小人物如此关注，不仅出于他对生命的敬意，更出于他对文学影响、改变现实的信心。德里罗曾在《纽

① 肯尼迪中枪后其部分脑壳在子弹的冲力下飞溅至随行保镖体内。另外，奥斯瓦尔德进入贝丽尔这一点，可以从小说中对贝丽尔反复观看前者被杀录像的描述看出："整个周末都未停止哭泣，边哭边看。她无法摆脱那种暴露于众目睽睽之下的感觉，那些戴着帽子、握着枪的人仿佛就呆在她的屋里。……她感到片中的暴力已经满溢出来。"（《天》：453—454）电视作为大众媒体形式对于观看者的意识具有渗透式影响之功能，贝丽尔反复观看奥斯瓦尔德被杀录像，于朦胧的恍惚中感觉自己仿佛成为奥斯瓦尔德，身处被杀现场。

② 尹晶《事件文学理论探微——"理论之后"反思文学研究的重建》，载《文艺理论研究》2017 年第 3 期，第 214 页。

约时报书评》撰文，题为《历史的力量》，并提出"反历史"（counter-history）的策略。在德里罗看来，艺术以及艺术家在质疑各种官方话语形式、揭露历史的异质性的过程中履行了"反历史"策略。[1] 于德里罗而言，文学作品不仅是作家想象力的产物或者读者闲暇时消磨时间的娱乐，而是具有持久影响力的真理形式。德里罗曾在采访中提道："小说拯救历史免于混乱，并以另一种更为深刻的方式行使该职能，即提供一种我们日常生活中所缺失的平衡与节奏。因此，观照历史的小说也可以在历史之外运作，也许最重要的是，通过纠正、拨清迷雾，寻找我们在现实中缺失的节奏与平衡。"[2] 为此，德里罗寻找、挖掘历史档案中那些被遮蔽、遗忘、忽视或者缺失的部分，"以作家对于生活、生命的无限敬畏，观照历史，观照现实，不断引起读者从历史的角度进行思考"[3]。德里罗通过文学书写传递对生命个体与自由的关注，这也许能解释为什么而立之年才进入文坛的德里罗能够迅速跻身70年代以来最重要的美国小说家之列，也可以解释为什么他可以成为第一位获得以表彰对人类自由事业做出杰出贡献之人的耶路撒冷奖的美国作家。[4] 在一篇讨论"9·11"事件的文章中，德里罗描写了事件发生的场景，其中有作家站在世贸大厦中试图想象袭击发生的那一瞬间，并

---

[1] 详见 Don DeLillo, "The Power of History", in *The New York Times Books*, 7 Sept. 1997。

[2] Anthony DeCurtis, " 'An Outsider in This Society': An Interview with Don DeLillo", in *Conversations with Don DeLillo*, p. 64.

[3] John N. Duvall, "Introduction: The Power of History and the Persistence of Mystery", in John N. Duvall, ed., *The Cambridge Companion to Don DeLillo*, p. 2.

[4] 德里罗于1999年获得耶路撒冷奖，他是第一位获得该奖的美国作家，随后获得该奖的美国作家有苏珊·桑塔格（2001年获奖）、阿瑟·米勒（2003年获奖）。

得出结论："事件拒绝任何比较的基座，并宣告它的独特性。天空中有什么空着。作家则试着用悔意、关怀以及意义填充哀号的空间。"① 因此，当肯尼迪刺杀事件与文学书写碰撞时，德里罗不仅展现了历史事件本身的多维性和神秘性，揭露历史书写的片面性与排他性，将历史记录上冰冷的文字转化为生动的语言创作，而且给予那些在历史事件的只言片语中被隐藏甚至扭曲的众多小人物以应得的关注与关怀。

在文学的指称表演中，文本内正在发生的事件对于读者来说却是已经发生的过去，而文学作为真理形式是一次未完成事件，它对现实生活施加持续不断的影响。虽然有批评家认为，德里罗对于肯尼迪刺杀事件的描写直捣事件的核心②，提及了暗杀事件的关键③，但是德里罗本人在接受采访时一再强调自己并无提供答案的意图④。正如科沃特（David Cowart）所言，虽然"刺杀事件本身的重要性缩水了，但是由该事件衍生的影响还在持续着，激励人们继续寻求历史秩序与真相"⑤。盛宁在《文学事件》中文译本的代译序中提出书名 *The Event of Literature* 译为《文学的发生》更符合伊格尔顿的本意，文本的本质属性应该被置于发生学意义上，也就是说，文学作为事件的发生学意

① Don DeLillo, "In the Ruins of the Future: Reflections on Terror and Loss in the Shadow of September", in *Harper's Magazine*, Dec. 2001, p. 39.

② 详见 Terrence Rafferty, "Self-Watcher", in *New Yorker*, 26 Sept. 1988, p. 110。

③ 详见 Paul Gray, "Reimagining Death in Dallas", in *Time*, 1 Aug. 1988, p. 65。

④ 详见 Kevin Connolly, "An Interview with Don DeLillo", pp. 31-32；参见 Ann Arensberg, "Seven Seconds", p. 45；参见 Adam Begley, "The Art of Fiction CXXXV: Don DeLillo", p. 104。

⑤ David Cowart, *Don DeLillo: The Physics of Language*, Athens: University of Georgia Press, 2003, p. 97.

义在于生成性与未终结性。因此,《天秤星座》体现了德里罗对于文学作品作为事件的期望,他期望文学揭示事件中暗含的非人为可控因素,彰显文学作为事件的未完成、未终结的特性。德里罗曾经提出"文学可以被看作另一种真相的展演,……只要人们意识到这个真相寄存于某个想象作品中,这种真相依赖于特定现实"①。德里罗以文学书写为媒介,开启理解现实更为广阔的空间,履行文学对于另一种真相的展演,其中的真相形式依据不同的现实语境有多种呈现方式,具有未完成性。《天秤星座》作为文学事件并未脱离现实或远离政治,相反,它积极地介入现实政治生活,昭示现实生活的走向与趋势,其对现实世界的影响仍在延续。2017 年 11 月 26 日,美国国家档案馆公布 2800 份与肯尼迪遇刺案有关的机密档案,但总统特朗普随即下令暂缓公开另外三万份档案,这似乎也验证了德里罗所言:"他们的故事随着时间的推移仍继续存在,并且日臻完善,永不结束。"(《天》:188)

结　语

文学事件性的丰富含义,首先表现在它作为表征形式的异常性上,文学书写对于历史现实与虚构想象的展演赋予文学以某种解放力量,使人暂且搁置偏见,向无限的可能与多维性充分自由地展开自身。其次,这种事件性还体现在文学书写与读

---

① 陈俊松《让小说永葆生命力》,载《外国文学研究》2010 年第 1 期,第 10 页。

者、言外现实形成合力，放大并前置叙事中的空白点，邀请读者根据其经验和想象来补充文学书写中的留白之处，完成文学作为话语形式建构多方互动的事件性意义。最后，具有事件性意义的文学扮演真理形式的角色，体现了人类对自我存在的探寻与反思，并对现实产生能动性意义。总之，文学作品是一次物质性的事件，它能够进入历史并引起某事的发生，并在与事件包含的言内、言外存在碰撞的过程中，展现人之生存的本质，传递对现实的深刻反思。因此，"文学不再仅仅是认识现实的工具或意识形态工具，它本身就成为行为和事件，成为人的存在方式，成为人的精神家园"①。我们有理由相信，文学书写是一种社会实践，是与现实世界并行的另一空间，并为读者提供另一向度的生存方式；同时，它是回归人性、回归生命的恒久吟唱，是关乎人类存在与自由的事件性存在形式。

---

① 马大康《话语行为与文学阐释》，载《文学评论》2013 年第 6 期，第 136 页。

美国田园理想书写的事件性流变

——从利奥·马克斯《花园里的机器》谈起

姜兆霞

自"地理大发现"时代以来，田园理想一直被用来界定美国的含义。其广阔的荒野和漫长的国界一直承载着早期开拓者"田园理想"的美梦。不仅如此，以杰弗逊为代表的早期建国者对小农社会极力推崇，使得农业"田园"在美洲大地上扎下了坚实的现实根基，并逐渐沉淀，成为一种重要的文化和精神传统。至20世纪70年代，亨利·纳什·史密斯（Henry Nash Smith）总结指出，美国的田园理想其实已演变为一种"花园神话"信仰。① 刘泽惠在其论文中指出，美式田园与中国传统的归隐式、天人合一式的田园理想不同，也与欧洲的浪漫化的、脱离现实的田园传统不同。中式田园带有"桃花源"式的遁世思想和隐居情节，欧洲田园具有宗教教化功能和寓言意义。而美国的田园思想是处在不断变化发展之中的，它有意识地引导美国文学与欧洲文学区别开来，在对比和发展中不断地修正与完

---

① 详见亨利·纳什·史密斯《处女地——作为象征和神话的美国西部》，薛蕃康、费翔章译，上海外语教育出版社，1991年。

善自我的定义，在每个阶段都被赋予了实用功能。①时至今日，田园理想不但没有被时代淹没，反而随着城市化与工业化甚至全球化的不断推移与人们精神情感的需要，不断被赋予新的时代内涵。本文试从利奥·马克斯（Leo Marx）《花园里的机器：美国的技术与田园理想》（*The Machine in the Garden: Technology and the Pastoral Ideal in America*，1964）一书切入，以伊格尔顿等人对文学事件性的论述为支撑来分析田园理想在美国文学史上的演变过程。

利奥·马克斯的《花园里的机器》是研究美国田园牧歌问题的权威之作，书中梳理了欧洲人古老的田园理想与从杰弗逊到 19 世纪的超验主义作家，直至 20 世纪 20 年代菲茨杰拉德时代美国重要作家的代表性作品中涵盖的田园体验之间的关系。②劳伦斯·布伊尔（Lawrence Buell）称赞该书是"美国文学中最好的书写自然地位的书"。在布伊尔看来，自然"一直被认为是美国国家性的关键构成之一，美国文学经典形成伊始，就一直特别关注乡村问题和荒野问题"。③《花园里的机器》一书作为对美国文学中田园主义的里程碑式的研究（《实》：73），从文化角度抓住了美国文化中的核心冲突，探讨了美国田园理想的矛盾内涵，将美国田园理想喻指为一种书写美国经验的"主导理念"。利奥·马克斯在书中不仅辨析了情感型和复杂型田园理想

---

① 详见刘泽惠《田园、机器与美国理想：美国浪漫主义文学中的城市书写》，东北师范大学硕士论文，2018 年 5 月，第 3 页。

② 详见格伦·A. 洛夫《实用生态批评：文学、生物学及环境》，胡志红等译，北京大学出版社，2010 年，第 76 页。

③ Lawrence Buell, *The Environmental Imagination: Thoreau，Nature Writing，and the Formation of American Culture*, Cambiidge：Belknap Press, 1995, p. 11, p. 33.

的区别，更探讨了田园理想在美国这块特殊的土壤中落地、生根、发芽，并茁壮成长为主流意识形态的过程。本文认为田园理想在美国的本土化过程，既是其文学书写范式发生事件性变化的过程，又与当时的殖民拓荒以及新大陆的国家建构设想等社会性事件形成共谋，成为书写美国文化和社会经验的主导文学范式。通过对美国经典作家作品中的复杂型田园叙事的分析，本文试图指出，美国的政治、工业发展以及社会变化使得田园理想再次从社会现实流向了文学想象，反映出 19 世纪末和 20世纪初田园理想在美国的式微；另一方面，20 世纪中期以来，生态批评的兴起和日益蓬勃又为日渐式微的美国田园书写寻求事件性新变提供了契机，也为现代性社会寻找田园理想的新出路留下了开放性的思考空间。

一、田园理想的事件性输入

美国文学中田园书写的真正源头是维吉尔的《牧歌集》（*Eclogues*，1980），维吉尔在诗歌中构建了自己的象征性风景阿卡狄亚（Arcadia），其中甜美的乡村风光和平静、悠闲的田园生活以及吹着笛子的提氏卢斯成为这种浪漫主义田园理想的代表。田园理想输入美国大陆是美国文学史上的一次事件性输入。正如齐泽克所说，事件涉及的是我们借以看待并介入世界的架构的变化，它是一个转折点。① 自大发现时代以来，这种浪漫的

---

① 详见斯拉沃热·齐泽克《事件》，王师译，上海文艺出版社，2016 年，第 13、211 页。

田园理想一直被用于对美国新大陆的主要想象，成为界定美国新大陆生活的主要框架。自此之后，田园书写在美国不断重复，且每次重复都因历史和社会文化语境的变化而被赋予不同的内涵。

　　早期殖民地作家的作品充分展现了美国生活状况与田园理想之间的密切关系。从 1584 年亚瑟·巴洛（Arthur Barlowe）将弗吉尼亚描述为一个"惊人丰饶"的巨大花园，到约翰·史密斯（John Smith）的《弗吉尼亚通史》（*The General History of Virginia，New-England，and the Summer Isles*，1624），再到罗伯特·贝弗利（Robert Beverley）的《弗吉尼亚的历史与现状》（*History and Present State of Virginia*，1705），"新世界"荒野大陆上的花园意象已被牢固地确立起来。利奥·马克斯认为莎士比亚的《暴风雨》（*The Tempest*，1612）预演了一出完美的美国田园寓言，并认为《暴风雨》与美国之间有着密切的联系。①第一种联系是"遗传性的"（genetic），它将该剧的主题与伊丽莎白时代对新世界的矛盾看法联系起来，即在伊丽莎白时代美国意象的光谱上，一端是可怕的荒野，另一端是"惊人富饶"的花园。这种自然的含混性最大限度地激发了旧世界对新世界的田园想象。第二种是预示性（prophetic）联系，他认为《暴风雨》从总体模式上生动地预演了经典的美国寓言模式，尤其是远离社会、走向自然的救赎旅程理念。（《花》：47，49）在这里，普洛斯彼罗的荒岛社会预示了杰弗逊对理想的弗吉尼亚的想象，这块想象的土地既摆脱了欧洲的压制，又摆脱了边

---

① 详见利奥·马克斯《花园里的机器：美国的技术与田园理想》，马海良，雷月梅译，北京大学出版社，2011 年，第 23、52 页。

陲的野蛮；《暴风雨》中的地理状况预示了美国想象的道德
地形。

早期殖民者将欧洲田园理想的文学引入与其在美国的殖民
扩张历史巧妙地结合起来，生动地演绎了文学虚构与社会现实
之间的模糊边界。伊格尔顿认为在文学中"可以将事实进行虚
构化处理，将其融入虚构的游戏，其结果就是虚构性叙事完全
来自经验现实"，即"事实可以是虚构，虚构也可以是事实"。①
自大发现时代以来，作为一种文学想象和社会现实的田园理想
一直存在，成为早期殖民者，主要是英国殖民者对新世界展开
想象的工具之一。② 布林克利指出，"新大陆对英国的吸引力在
于其全新，在于和问题百出的国内现状的对比，美国似乎是一
个人类可以重新开始的地方，可以摆脱旧世界的种种弊病和不
平等现象，建立一个完美的新社会"③。田园理想的文学工具性
在早期殖民者的政治和商业活动中得到最大限度的展现，是早
期殖民者构建完美新社会的政治武器，也是殖民者个人在新大
陆追求自我新生活的强大支撑。阿特里奇指出这种对文学的工
具性使用，尤其是在全球化蔓延的语境下，是与"成功哲学，
与以生产力为准则的价值衡量"密切相关的。④

---

① Terry Eagleton, *The Event of Literature*, New Haven and London: Yale University Press, 2012, p. 118.
② 详见查尔斯·比尔德、玛丽·比尔德《从蛮荒到帝国：美国文明的兴起》，雨轩编译，光明日报出版社，2014 年，第 19—58 页。
③ 艾伦·布林克利《美国史：1492—1997》，邵旭东译，海南出版社，2009 年，第 22 页。
④ Derek Attridge, *The Singularity of Literature*, London and New York: Routledge, 2004, pp. 7 - 9.

二、田园理想的事件性变化：花园神话和机器意象

田园理想的书写不仅为旧世界在美国的殖民活动提供了文学想象架构，其在美国本土的操演还经历了花园意象的神话化过程和机器意象的并入，同时与杰弗逊的建国构想密切相连。利奥·马克斯在《花园里的机器》第一章就明确了要探究的问题包括"田园理想如何与新世界的生活环境相契合，如何成为美国式的一种社会理论，以及在工业化浪潮冲击下发生了什么样的变化"（《花》：1）。张涛认为《花园里的机器》一书"拓展了田园牧歌研究中'花园-机器'这一范式"，同时也开启了对工业化危机以及对"花园-机器"的批评反思。[①]田园理想真正落户美国新大陆后催生出来的是"中间风景"（middle landscape）的社会构想。"中间风景"是彻底美国化的田园理想，传达的是美国社会在进步主义与原始主义、人与自然、荒野与文明之间寻求平衡与调和的社会愿景。到 1785 年杰弗逊发表《弗吉尼亚纪事》（*Notes on the State of Virginia*）时，田园理想已被"清除出"它所属的应用于现实的文学传统，转而发展成"类似于意识形态那样无所不包的东西"（《花：64》）。

值得注意的是，田园理想在美国的盛行还与 18 世纪盛行的"中间态"（middle state）社会理论密不可分。此时的欧洲社会普遍相信"中间态"也许是人类的最佳状态，这一伦理观点产

---

① 张涛《论利奥·马克斯〈花园里的机器〉及其对美国生态批评的启示》，载《兰州文理学院学报（社会科学版）》2017 年第 4 期，第 83、84 页。

生的社会学结果就是崇尚乡村生活。阿瑟·O. 洛夫乔伊（Arthur Oncken Lovejoy）称之为"中间伦理"（ethic of the middle link），即人是"存在的大链条"上居于中间环节的生物，位于低级与高级、动物性与知性的各种存在形式之间的过渡点。[1] 依此观点，人必须在其动物本性与理性理解之间接受一种无法令人满意但又不可避免的折中。"中间态"理论在 18 世纪广受欢迎，一方面是因为要调和进步主义者和原始主义者之间的激烈争论，另一方面也是因为它契合了田园理想的深层诉求。彼时，由于"大发展"运动和圈地运动对古老乡村生活的破坏，这阶段的英国人普遍把美国看作田园，认为"在美国为乡村的美德建立家园尚不算晚"（《花》：76）。与此同时，《一个美国农民的来信》（*Letters from an American Farmer*，1782）不但在开篇就构建了一个典型的田园情境，更因为著者自身的农民身份，而突出了田园理想在新世界环境里的真实性。田园理想在此不仅是"寄生"于现实的一种文学形式、一种对现实的文学化陈述，而是一种文学策略，更是美国社会构建现实新世界的社会"策略"。坎利夫（Marcus Cunliffe）就认为在彼时美国平权主义的社会风气下，田园理想没有自足于"一种文学构想、文学策略，而是散溢开来，成为对现实生活的思考和真实描绘"[2]。

田园理想书写这种新的、创造性的对现实生活的思考和观照是一个渐进的过程，同时也是一个对传统田园内涵翻新的过程。如阿特里奇所强调的，文学的创造既是行动也是事件，是

---

[1] 详见阿瑟·O. 洛夫乔伊《存在巨链——对一个观念的历史的研究》，张传有、高秉江译，商务印书馆，2015 年，第 245—280 页。

[2] Marcus Cunliffe, "Collision Course, *The Machine in the Garden: Technology and the Pastoral Ideal in America*. By Leo Marx", in *The Spectator*, 22 Jan. 1965, p. 106.

有意的也是无意的；突破传统与熟悉的过程即是迎接"他者"的过程，传统与熟悉被突破的事件亦是"他者"入侵的事件。①田园理想在美国的本土化过程就是这样一个动态的、充满事件性的过程，其中伴随着花园神话的确立和机器入侵事件的发生。杰弗逊在《弗吉尼亚纪事》中对田园理想持非常明确的肯定态度，同时他也认识到需要"不断地重新界定'中间风景'的理想，不断推进这一模式，从而使之适应不断变化的环境"（《花》：101）。伟大的杰弗逊梦想（the Jeffersonian dream）试图把整个美国改造成一座花园、一个永久的乡村共和国，田园理想摇身变成一个伟大的田园方案。亨利·纳什·史密斯在《处女地》（*Virgin Land*，1950）中表示，直到20世纪，将荒凉的腹地改造成"世界的新花园"的思想仍然主导着美国人的想象，并促进了一系列社会改革的实施，它甚至成了"一个集体象征，一个诗意的理念……花园这一主象征包含了一组表示幸福、成长、增加以及在土地上幸福劳动的隐喻"。②此后一百多年间，美国人民所坚守的田园理想与杰弗逊在1785年所提出的田园理想并无二致，美国人甚至在这一理想中注入了神话的品质，"美国人只要还认为他们是作为一个民族来行动，就等于认为自己是在以花园的意象来构建社会"（《花》：103）。田园理想是一种文学描述还是一种社会操演，其界限已难以分辨，如沃尔顿（Kendall Walton）所说，"读者想象的活力会由于其所想的是真实的这一事实而得以增强"（转引自 *Event*：127）。花园意象的神话化使得有关田园理想的想象和建设花园社会的现

---

① Derek Attridge，*The Singularity of Literature*，p. 26.
② 亨利·纳什·史密斯《处女地——作为象征和神话的美国西部》，第124页。

实成为共谋。《花园》提醒我们的是，杰弗逊最终"认识到理想的中间风景社会是无法实现的，所以他只是视之为一种范本，一个指导长期政策时的向导"（《花》：104）。在此意义上，"中间风景"的田园理想已经充分发挥了伊格尔顿所倡导的文学的意识形态功用或政治功用。

　　本土化的田园理想在美国新大陆的强大生命力在于它的生成、发展总是契合美国大陆的环境特点，同时又紧随社会的变化，不断吸收新的元素，其内涵也不断丰富。米克尔（Jeffrey L. Meikle）也认为美国的田园理想完全不同于它的欧洲原型，"旧世界模型"假定的是社会的静止状态，而美国是一个不断发生巨大变化的地方。[1] 花园意象的神话过程伴随着田园理想与机器技术之间从角力到接纳的过程，从文学形式和社会现实两个层面不断为原初的象征性风景阿卡狄亚注入新的元素。当杰弗逊把机器的作用局限于"推动着荒野变成一个中间风景的社会"时（《花》：109），以屯彻·考克斯（Tench Coxe）为代表的少数人则敏锐地预见到了制造业和机器技术对美国的重大意义，并利用当时的主流意识形态话语，把工厂和机器融入田园乡村场景，使其成为实现中间风景之社会理想的必然选择。及至1791年亚历山大·汉密尔顿提交《关于制造业的报告》时，这些观点已被社会普遍接受。利奥·马克斯指出 1786 年至 1831年期间，机器意象已经成为一个重要的价值象征，像花园意象那样无所不在，并"被用来承载暗示、思想和情感等内容"（《花》：137）。乔治·依尼斯（George Inness）的画作《拉克瓦

---

[1]　详见 Jeffrey L. Meikle, "Leo Marx's *The Machine in the Garden*", in *Technology and Culture*, 1（2003），p. 151。

纳河谷》（1955）中表现的技术人造物与风景融为一体的景色成
为新田园理想的完美诠释。新田园理想（工业化的田园理想）
的出现说明技术创造世界新花园的这种信念已深入美国文化的
骨髓，其目标至少在理论上讲是一种"中间风景社会，是一个
展示了在人工与自然之间幸福平衡的乡村国度"（《花》：165）。
然而，随着时代的发展，它不再适合做一种社会构想。时至
1988 年，利奥·马克斯本人对《拉克瓦纳河谷》的解读也发生
了变化，他认为画作呈现的意义远超出风景里的协调，它传达
的是一种深刻矛盾性，一种田园风光里的不祥预感；它代表的
是物质发展带来的深层道德含混。①但田园主题仍被保留下来，
成为"工业化浪潮里的一种修辞公式，一种只在想象中存在的
神话目标"②。与此同时，田园理想与工业现实间的冲突为美国
社会和文学提供了最有活力的主题和话语，依詹姆斯所言，"它
是关于美国的所有最终推论的萌芽"（《花》：259），这一点在美
国经典文学作品中随处可见。

三、复杂田园变体之后：田园理想路向何方？

田园理想这一文学模式在美国的本土化过程既很好地说明
了文学是一种社会实践，又诠释了文学作为一种策略的建构功
用。它恰到好处地契合了伊格尔顿所分析的文学的本质，即它
"是现实又是一种乌托邦"，成为全面而即时地阐释美国经验的

---

① 详见 Jeffrey L. Meikle, "Leo Marx's *The Machine in the Garden*", p. 154。
② Harold D. Woodman, "Leo Marx, *The Machine in the Garden: Technology and the Pastoral Ideal in America* (Book Review)", in *Technology and Culture*, Fall (1965), p. 662.

主导性主题和范式。（*Event*：127）利奥·马克斯认为美国社会文化中有两种不同类型的田园理想互相交织，难以界定。一种是情感型田园理想，它主要是"一种情感表达"，"广泛散播于我们的文化中，潜移默化地渗入各种举止行为之中"（《花》：2—3）。情感型田园理想往往寄情于淳朴的自然风景，倾向于将简单且原始的生活状态予以理想化。因此，情感型田园理想成为普罗大众逃避现实的诸多途径之一。对利奥·马克斯来说，美国文化中的这种田园冲动尽管"是实现孩子气的梦愿的起点，是一种弥漫的怀旧情绪，是一种天真而混乱的原始状态"（《花》：7），但同时也是严肃文学的创作源泉。美国许多经典作家，如梭罗、福克纳、海明威等，他们的创作或许亦是植根于日常生活中的这种大众型田园情感，其创作结果却转向了一种"更为高级"的复杂型田园理想模式。一个典型就是1844年霍桑在马萨诸塞州康科德镇附近的树林里记录的"睡谷"随笔。随笔中随机记下了一件"小事"——和谐宁静的自然风光中突然传来了火车的汽笛声——而围绕这件"小事"却形成了某种模式，此后睡谷事件（Sleepy Hollow Episode）的各种变体处出现在1840年以来的美国经典文学作品中。利奥·马克斯认为霍桑笔记是美国文学中反复出现的隐喻模式开始形成的标志，也是复杂型田园理想的范式。"睡谷"这一母题的重大启示作用在于它具体设计出了美国工业技术初露端倪时的象征性风景（symbolic landscape）：它是两个世界相互对比的变体，一边是乡村的安宁和淳朴，另一边是技术世界的复杂和权力。这种复杂型田园理想模式中隐含了文学与意识形态，以及文学与历史之间的复杂关系。它既是阿卡狄亚象征性风景的继承，又为其注入了现代技术文明的"他者"元素。睡谷母题与阿卡狄亚田园理想之间这种动态的"关系状态"使得它既保存了田园理想的既定内涵，又赋予田园理想以新的内容和独特性。①

据此，利奥·马克斯在《花园的机器》中重点探讨了"睡谷"母题的三种阐释方式，即超验母题、悲剧母题和乡土母题。它们分别代表了三种不同的复杂浪漫主义田园理想叙事，这三种对"睡谷"的不同阐释是对田园理想模式吸收后的再创新，是其在美国社会语境下产生的新的田园变体。它们围绕美国工业技术初露端倪时的象征性风景——田园生活与技术世界的冲突——分别给出了自己的阐释。爱默生和梭罗是复杂田园叙事中超验母题的代表。对于梭罗而言，实现黄金时代（田园理想）完全是"个人的事情"，其实也就是"一种文学体验"（《花》：193）。田园理想显然已经无法在历史中实现，将其重新置于文学之中，置于《瓦尔登湖》（*Walden*，1854）中，是梭罗能想到的唯一出路。霍桑和麦尔维尔作为悲剧母题的代表，为田园理想匹配的人生观比梭罗的要悲观许多。以麦尔维尔的《白鲸》为例，伊希梅尔在"裴廓德号"上最危险的地方才再次发现了绿色的田野，传达了"一种理想与其对立面不可分离的复杂的田园思想"（《花》：233）。在乡土母题上，利奥·马克斯认为《哈克贝利·费恩历险记》（*The Adventures of Huckleberry Finn*，1884）最为生动地表现了田园方案与美国经验的相关性。故事结尾哈克高尚的撕信瞬间间接地说明了木排上几近完美的田园牧歌式生活最终只能在文学的想象中实现。

"睡谷"母题的三种复杂型田园叙事的变体是田园理想范式

---

① 详见 Derek Attridge，*The Singularity of Literature*，p. 29. 阿特里奇对"他者"和"关系状态"给予了界定：产生于一种活跃或事件性关系中的他异性，我们也许更倾向于称它为"关系状态"：他者作为"它异于"总是处于从未知到已知、从他者到统一的构建过程中。

在美国本土语境下三种不同的操演方式，是游走于田园范式与美国社会现实之间的建构过程。这种建构（Structuration）过程，在伊格尔顿看来，喻指的是一种结构——但是是一种行动中的结构，一种不断重构自我的过程性结构。（Event：199）田园理想最初的输入为早期欧洲殖民者和美国人民提供了无限的文学和社会想象空间，随着19世纪美国科技的"起飞"、经济的发展和政治独立的需求，旧有田园模式适应现实需求不断进行自我调整和被调整是不可避免的。正如罗兰·巴特所说，"世上的文学从不是为了回答它所提出的问题，正是这种悬置构建了作品的文学性：这也正体现在置于尖锐问题与沉默的回答之间的脆弱的语言上"（转引自 Event：174）。文本从来就不能提供医疗诊断般的回答，文学提供的只是一种策略，一种架构，一种架构现实与想象的方式。田园理想在美国的书写流变就很好地说明了这一点。自19世纪以来，美国最杰出的作家一直在探讨乡村田园神话与技术事实之间的矛盾。《花园》的最后一章"烬园"提到的《伟大的盖茨比》中的田园寓言结局已然不能令人满意，但同时盖茨比的经历又反映出田园理想在美国的式微。利奥·马克斯认为这是因为"原来的调和性象征已经过时"（《花》：270）。毫无疑问，田园理想已经成为架构美国文学想象和日常生活想象的独特策略，它集中简化并突出了美国文化中的核心矛盾。蔡斯（Richaid Chase）在《美国小说及其传统》（*The American Novel and Its Tradition*，1957）的开头就提出，美国最优秀、最典型的小说的想象力是由美国文化中的矛盾而不是和谐统一所决定的。美国小说"往往存在于矛盾中……当它试图解决矛盾时，……一般说来，它要么以煽情剧的方式要么用田园的方式来解决矛盾"（转引自《花》：251）。利奥·马克斯认为蔡斯令人信服地阐述了美国经典作品中"难以捉摸的美国性"。田园理想在美国的移植、生根、发芽、变体过程，是其在美国特殊环境伦理影响下的生产过程，是美国迅速工业化的过程，其中交织的价值或意义冲突深刻而复杂。其在美国文学作品中呈现的各种复杂的田园叙事变体也正是"难以捉摸的美国性"的形成过程。到20世纪之交，这种对文化矛盾的辩证记录正在成为美国文学的程式化用法。霍桑1844年"睡谷"的随意记录到此已生发成"一种精致复杂、包罗万象、悲剧性的主题格式"，成为书写美国的"主导理念"。（《花》：255）

田园理想从大发现时期殖民者对新大陆的田园幻想，到指导美国"起飞"时的一种社会构想，最后到文学中的各种复杂田园理想叙事变体，其本身在美国新大陆的一系列流变，既有其自身书写模式的事件性流变，又与外在的殖民拓荒历史以及美国建国初期的技术"腾飞"等社会事件息息相关、相互应和，成为美国文化中一股独特的洪流。利奥·马克斯在《花园里的机器》一书中敏锐地捕捉到了美国文化中的这股特质。但利奥·马克斯对美国田园书写的流变梳理也有其不足之处。米克尔就批判《花园的机器》一书过于倚重像《白鲸》这样的"高雅"文化；坎利夫认为《花园的机器》对美国原始主义着墨过少，忽略了对库柏等代表作家的分析，《花园的机器》提供的只是美国田园理想的"某些版本"。坎纳沃（Peter Cannavò）的看法就积极得多。他认为田园理想里的花园意象和机器意象之间不可调和的矛盾是理解当前美国环境政治里的冲突和紧张的关键。①

---

① 详见 Peter Cannavò, "American Contradictions and Pastoral Visions: An Appraisal of Leo Marx, *The Machine in the Garden*", in *Organization & Environment*, (1) 2001, p. 81。

这无疑为田园理想在新世纪的出路又指出了新的方向。实际上，《花园里的机器》的发表与当时渐起的环境运动并驾齐驱，构成了生态批评发生前的先锋之作，这也正契合了格伦·A. 洛夫（Glen A. Love）的观点，即"田园理论与生态批评的汇合恰逢其时"，因为"生态批评能够为我们提供一种对田园牧歌的严肃的批评"。（《实》：78）张涛也认为马克思对"情感性"和复杂性田园理想的分析为生态批判的出场开辟了绝佳的话语场。①不可否认，田园意象研究对当今的生态批评研究产生了深远影响。劳伦斯·布伊尔提议马克斯的《花园里的机器》一书可以作为当前美国环境批评的重要发端之一，并在其《环境的想象》（*The Environmental Imagination*，1995）一书中详细阐明了美国近年来田园牧歌（理想）研究向生态研究发展的新动向，认为生态批评的新意义往往将田园观点从单纯关注人类的意识形态舞台转向对自然本身的呵护上。特里·吉福德（Terry Gifford）也再次强调"后田园"文学的意义和必要性，认为这种文学承担了今日的责任，主要探索那种隐逸和回归的传统田园模式。（《实》：78—79）司各特·海斯对"后现代田园文学"的批评是对马克思所谓"朴素"或主流田园文学传统的升级，并努力设想一种"可持续田园文学"之可能性。② 当前，环境焦虑和生态危机已经再次把自然和田园置于社会话语的前沿，但笔者相信这绝对不会是田园议题发展的唯一维度，未来田园主义会谱写什么样的新篇章、迎来何种事件性的变化亦让人期待。

---

① 张涛《论利奥·马克斯〈花园里的机器〉及其对美国生态批评的启示》，第85页。
② 详见劳伦斯·布伊尔《环境批评的未来——环境危机与文学想象》，刘蓓译，北京大学出版社，2010年，第17—18页。

时间与事件中的《麦克白》
——一种齐泽克式的解读

阴志科

就莎士比亚《麦克白》研究而言，我们常见的是伦理或者政治视角，或者从麦克白（麦夫人）的德性入手，或者从彼时彼地的英国政治入手。而在剑桥版《麦克白》的长篇导读中，布劳恩穆勒（A. R. Braunmuller）提出："麦克白十分迷恋时间的本质，比如个人时间（由生而死）、家族时间（香火延续）、国家时间（君主继承）问题。"[①] 事实上，时间问题与事件问题不可分割，借助齐泽克的"事件"哲学视角，本文试图重新反思《麦克白》中诸行动主体的遭遇及其哲学意义。

一、理解与解释:《麦克白》中的"事件"

在传统研究看来，《麦克白》的"文本语境并不依赖于因果必然性，因为女巫并不是激发角色去重复言辞的起因，也不是

---

① A. R. Braunmuller，"Introduction"，in William Shakespeare，*Macbeth*，Cambridge：Cambridge University Press，1997，p. 23.

引起麦克白弑君以及剧情后续行动的起因"，"毕竟这个行动主体并非真实存在物"，是"假设的，而不是具体化了的人格化视角，它超越了时间，同时看到过去、现在和将来"。①这个判断是对的，但它错过了一个很好的切入方式。常规意义上的事件是"超出了结果的原因"②，这类事件跳出了日常意义上的因果链条，其结果难以预料。就《麦克白》而言，邓肯突发奇想移驾麦克白的封地因弗内斯大摆庆功宴，结果送了命。按常理，出于君主关系、血缘关系、社交礼仪关系的考虑，都不会出现意外，然而"事件"就是事件，超出所有人的预期是其必然属性。

在齐泽克这儿，事件首先发生在认知层面，"事件总是某种以出人意料的方式发生的新东西，它的出现会破坏任何既有的稳定架构（scheme）"（《事》：6）。这样看来，《麦克白》描述了很多"超出了结果的原因"，或者"破坏稳定架构"的事件，比如女巫对麦克白的诱惑，但女巫为何要诱惑麦克白，这超出了因果律，纯属意外"事件"，它造成了原有稳定架构的损毁。为了万无一失，麦克白专门安排了另外一名刺客，结果弗利安斯"这条小蛇"还是逃跑了；邓肯口口声声说要"栽培"（plant）麦克白，使他"枝茂根深"（full of growing），可事实上却立马尔康为储君……这些"事件"显然都在瞬间改变了"剧中人物"的既定认知结构。

如果《麦克白》由一连串的事件构成，那么是否可以说，是女巫的出现改变了麦克白对自身的认知？麦克白的弑君又改变了人们对这个人物的认知？麦克白的毁灭进而改变了我们对

---

① James L. O'Rourke, "The Subversive Metaphysics of Macbeth", in *Shakespearean Criticism*, 81（2004），p. 226.

② 斯拉沃热·齐泽克《事件》，王师译，上海文艺出版社，2016年，第4页。

于剧中苏格兰政治甚至莎士比亚时代政治的认知？如果说"事件是我们借以感知（perceive）并介入世界的框架（frame）本身所发生的变化"①，那么，这些"事件"的发生，对麦克白的认知、对剧中人物的认知、对悲剧观众的认知，乃至对我们读者既定的认知产生影响，都会导致后者的"变化"。可这种理解仍然可以看作亚里士多德"卡塔西斯"学说的翻版，类似的研究进路显然把一个又一个"事件"当成一个"对象"或者"实体"——事件导致主体观念变化，进而产生行动与后果——这种思路并不是齐泽克想要讨论的。

既然事件在突破既定因果解释链条的层面上，溢出甚至改变了原来的认知框架——那么齐泽克所谓的"作为建构（enframing）的事件"（《事》：38）就是某种全新的认识范畴——或许，世界本身即使经历过种种事件，但它本身依然如故，未必在事实层面上真正"遵循"我们头脑中设想出来的"法则"或者"因果"，只不过是作为主体的人需要做出改变并不得不适应这些意外的"变动"而已。

麦克白在诸事件（邓肯被刺、班戈被杀、弗利安斯逃脱、麦克戴夫灭门等）发生后，有一条全新"认知"路径有待描绘：比如麦克白本人通过反常程序"代替"了原来的君主，这种代替突破了原来人们（包括剧中人物、剧场观众、读者）所熟知的因果必然性，作为主体的麦克白（如果他是一个实存主体的话），本应该就此来改变原有的因果解释模式，但最可惜的是，"麦克白"本人并没有在观念和行动上适应这一系列突发"事件"，他"创造"事件的同时，却未能认知这些事件，这些事件

---

① Slavoj Žižek, *Event: A Philosophical Journey Through A Concept*, Brooklyn and London: Melville House, 2014, p. 15. 由于笔者对中译本个别字句有不同理解，因此对齐泽克同一著作出现了两种引用，特此说明。

的逻辑已然不同于此前的政治运行逻辑。可他依然试图变成另外一个更加强大的"麦克白",同时,他必须为自己那个尚未成型的、全新的"无敌"麦克白寻找行动依据,他务必要突破原有的"旧的"麦克白(以及周遭众人甚至观众)所熟知的因果解释与行动模式,可他没有完成这个任务。麦克白是被一系列"事件"杀死的。

《麦克白》剧中人物的种种举动都构成了一个又一个"事件",不但麦克白和麦夫人如此,邓肯传位于子、马尔康兄弟临时逃脱、麦克戴夫抛妻弃子等事件都对各自未来的"命运"施加了影响,而观众和读者之所以钟情此剧,一个不能不提及的原因就在于,这一系列"事件"与其说是作者莎士比亚的"神来之笔",不如说是观众和读者在"事件"背后品味出来的"时间性"悲剧。这些行动主体都在打破原来的对于时间流动的感知模式,每个人的时间都在被中止,从而不得不重新开始一个全新的时间链条——齐泽克提出:形式结构(formal structure)自身没有时间维度,而偶然事实(contingent reality)的层面则是事件性的,后者属于那个变动不居、朝生暮死的偶然事件之域……事件完成了对形式结构的干预或铭刻。①

不论是世界本身的结构,还是人类自身的结构,"看上去"似乎都是稳定的,甚至是超越时间的,否则人就成了缺乏理性能力的动物——理性本身就内置了一种能力,这种能力可以为外部世界投射出某个稳定的结构,就如同康德所说的先天"范畴"——人必须通过认识世界来掌握自身命运,掌握命运本身首先是要能运用一套稳固的认知框架。但是,这个本来仅仅属于主观世界的"形式结构",其延绵不断的稳定性往往会演化成

———————

① 详见斯拉沃热·齐泽克《事件》,第41页,略改。

另外一种超时间的、如同客观存在的"固态物"——不论是剧中人物、观众还是当下的读者，更加习惯于把认识的对象（比如《麦克白》中折射出来的政治、伦理、宗教、社会问题）看成某种超越时间或者缺少时间维度的静态对象，似乎过去如此，将来也应如此，所以他们"惊愕"于麦克白诸行动导致的一系列看似偶然的事件。在本文看来，这绝不仅仅是形式主义的所谓"陌生化"问题，或者亚里士多德诗学中所谓"突转"/"发现"问题，而是一个历史哲学问题。

齐泽克在《事件》中提到一种宗教意义上的事件：堕落。亚当和夏娃因食用分辨善恶的果子而堕落，堕落之前据说是一种完美和谐的伊甸园状态。齐泽克认为"堕落"是一种终极性事件（ultimate Event），只不过，堕落之前的原初的完整和谐状态是一种向前追溯的幻象（retroactive illusion）（*Event*：39）——我们回到《麦克白》中反思一下，麦克白之前的苏格兰王位之争难道还缺少类似的篡权弑君"意外"吗？班戈真的那么忠诚吗？邓肯真的英明仁爱吗？麦克白夫妇的一切举动，更多是打破了我们此前假想的种种"完美和谐"，血腥、意外恐怕才是属于历史的实质性内容。因此，如果说麦克白在道德层面"堕落"了，他的野心害死了他，那么，其他人同样也在"堕落"，每一位历史参与者的一举一动恐怕都没有完全循规蹈矩。若按奥古斯丁的理解，尽管堕落是"恶"，但恶自善生，恶是善的缺乏。① 那么，

---

① 杜普烈（Louis Dupré）认为，早期基督教神学家采用新柏拉图主义的解释，将恶视为存在的一种缺乏，即善的缺乏（a privatio boni），奥古斯丁要为这种"恶作为缺乏"的观念负有主要责任。参见迈尔威利·斯图沃德编《当代西方宗教哲学》，北京大学出版社，2001 年，第 397—398 页。事实上，奥古斯丁更多受到的是普罗提诺的影响，后者曾明确表示："善者先于恶者，善者是形式，恶者不是形式，而是形式的缺乏。"参见其《九章集》（上册），石敏敏译，中国社会科学出版社，2009 年，第 74 页。

显然，恰恰因为历史事实当中充满了恶，我们才借助文学艺术来"回溯"某种伊甸园式的善。从这个意义上说，"麦克白"这个超越时间的形象为我们每个时代的读者建构着某个可供回溯的"事件"窗口。我们通过建立一种全新的因果解释模式来实现对自身的全新理解，或者说，起码要修正或者完善人们头脑当中已然固化了的、单向度的、几乎是下意识的理解与解释模式。

二、柏拉图的事件

在讨论柏拉图的事件时，齐泽克的标题是：真理令人痛苦（Truth Hurts）——当苏格拉底被某个"理念"（Idea）俘获（seized）之后，他呆若木鸡地站了几个小时，柏拉图描述的这种状态被定义为至上状态（par excellence）事件。齐泽克做了一个类比：这种打破了日常生活平衡态的事件，就像陷入爱河的双方一样，会"对自己与父母、孩子、朋友之间的道德义务产生一种不可思议的冷漠感"（《事》：93）。事件令主体产生了一种类似于"献身"的精神状态，主体在其中解脱了伦理束缚，陷入某种非理性的疯狂状态，所有伦理义务都被暂时悬置了起来，一切都为了"那一个"，脱离了伦理，受缚于信仰——类似于克尔凯郭尔的信仰阶段——这种对真理的 eros（爱欲）令苏格拉底陷入了迷狂状态。

麦克白受女巫蛊惑杀死皇亲邓肯与班戈父子，对麦夫人之死冷淡处理，麦克戴夫为了正义抛妻离子，大将西华德也没有在言语上表现太多的丧子之痛……所有这些似乎都试图说明，当一个主体面对自己真正欲求的"那一个"时,不会再挂念除此之外的任何羁绊,剧中人的念白,都是在论证那个自己所认定的终极真理,麦克白的真理是"王位",麦克戴夫的是"质疑"和"对抗",西华德的真理可能就是"体面"。这一类人的"冷漠"似乎都有其自身合理性,与其相对照的是,麦夫人倒是有着对自身行动的道德"反思",当她说邓肯像父亲时,当她替丈夫把杀人凶器放到楼上时,当她总认为双手洗不干净,直到她选择了结自己的生命时……如此种种都说明麦夫人尚能服从于伦理义务,与那些狂热献身于信仰/真理的"正人君子"相比,在现实中反而值得"大书特书"。

自文艺复兴以来,人皆追求"自由",但若没有约束,显然自由就不存在。在现实语境里,我们并非任何时候都关切"自由"问题,只有在那个被感知为"事件"的时刻,我们才想起要运用自己的"自由"去解决困境。通常情况下,接受常规的、习俗上的、自然而然的东西,遵守大多数人遵守的规则(比如伦理规范)就如同另外一种形式上的"令人愉悦的自由",因为此时"习俗""规则"之类的"中介物"已经代替主体进行了选择,我们没有必要再去就特定问题劳烦自己。然而问题就出在这里。对大多数人来说,"习惯成自然",在特定情况下,偶尔把自己的自由选择权让渡给那些"普遍之物"(习俗、规则、伦理、法律之类)似乎没什么损害,但久而久之,主观"自由"的意愿甚至能力就会渐渐消失,人们开始自愿地接受"普遍之物"的束缚,进而就不再打算甚至有点害怕去改变现状了。最终,普遍之物很可能就会形成某种固态的、难以打破的"纯粹形式"。这是一种类似于永恒的、"理念"式的、超越了时间的存在物,它会把"自由选择"这种与时间性紧密结合的范畴抛到九霄云外。

当我们审视麦克白所做的一切时会发现，他是在运用自己的"自由意志"与所谓的"命运"抗衡，他经过了"理性"思考，他是在"主动作恶"，但这种"主动"从反面映射出了人类存在的悖论性，比如成王败寇的悖论，比如善恶并存的悖论，甚至历史与叙事之间的悖论……自由（选择）与必然（束缚）、普遍之物与个别主体、过去与现在（未来）是不可分割的。绝对的、单方面的范畴并不存在，麦克白的失败是纯粹"自由意志"的失败，麦克白的"命运"是挑战命运的命运，他对抗的是一种"普遍化"的超时间的结构，后者是一种几乎能够代替个别主体进行选择的"中介物"，因此他的失败也可以看作"事件"挑战"结构"导致的失败，但这种失败将来仍然会永不停息地出现，因为正是那个"悖论式"的结构本身孕育出了"事件"。

在《麦克白》中，结构与事件的冲突，就是永恒与时间的冲突。之所以说"真实令人痛苦"，理由在于，真实大概只有两种状态：要么是"永恒的"，进而也就是"没有变化的""无聊的"；要么就是"瞬间的"，只能在这一刻得到狂喜，下一刻无法预料——真理的这两种状态都会令人痛苦。麦克白既担心时间流动，又渴望时间流动。原因在于，如果时间静止下来，他就无法成为苏格兰王，他必须付诸行动；但同时他又害怕时间流逝，因为那样班戈及其后裔将取代自己——如果任由时间流动，不做抉择，那么这是另一种形式的静止；而若把时间流逝打破，把某个瞬间固定下来，那么，这种中止反而会把这个瞬间当成永恒之"理念"固定下来——所以我们说：麦克白表面上是在追求"永恒"，追求权力，追求高高在上的位置，可是这些被追逐之物必须能够"停在某个瞬间"。当他说，麦克白杀死了睡眠，他实际上追求的是"终止"，把时间性的、实质性的东西取消，留下永恒的、纯形式的东西。

齐泽克用《红舞鞋》中小女孩的魔力舞鞋作为例子，说明了一种不断寻求重复的内驱力，"它是作为非个人的意志而存在的'不死'的局部对象——这双鞋'渴求'着，它只有在不断重复的动作（舞蹈）中才能持存"（《事》：153）。可以这样认为，麦克白的"屠杀"（邓肯、班戈父子、麦克戴夫家族）不过是一种"重复"，因为这些人皆有子嗣[①]，皆可将王位一代一代传递下去，麦克白要终结这种状况。但终结这些人的"重复"就在更高层面上构成了麦克白自己的"重复"，这意味着某种弗洛伊德式的生存本能——更悖论的地方在于，这种重复也需要被终结，麦克白最需要的睡眠指向了一种死亡本能，他在"生存本能"与"死亡本能"之间游移徘徊，成了时间绵延的牺牲品。

如此说来，麦克白的第一个"理想"是把"结构事件化"：让时间提前，让事件发生，将邓肯及其子嗣除掉，将班戈、麦克戴夫及其子嗣除掉，这样他就可以提前实现命运。第二个"理想"是把"事件结构化"：让时间停滞，让自己永远成为苏格兰王，这样他就不会被班戈家族代替，把命运切实掌握在自己手中。显然，这二者是相互矛盾的。把瞬间固化成永恒，或者，把永恒强行中断，尽管两个方向都可以产生"事件"，但就像苏格拉底所担心的，真理这个强烈的阳光终将刺痛你的双眼，

[①] 有学者提出，马尔康、麦克戴夫和麦克白一样，都没有子嗣。参见 Luke Wilson, "Macbeth and the Contingency of Future Persons", in *Shakespeare Studies*，40（2012），p. 53.

真相只会令人痛苦。好在莎士比亚这支如橡巨笔为我们构造出了一个"歪曲的真理",这是另外一种呈现或者表象世界本身的通道,或如齐泽克所说,"这样一种架构有时候会直接借助虚构作品的方式来呈现给我们,但正是这种虚构物才使得我们能够间接地辨别真相"(*Event*:15)。可以说,麦克白将"事件结构化"和"结构事件化"的双重努力为我们提供了一种重新感知世界的变形窗口。

三、"笛卡尔事件"

在笛卡尔这里,精神是不可分的,肉体是可分的,"我"是个思维着的我,没有广延,肉体无法思维,但"我"和我的肉体可以紧密结合在一起工作。齐泽克以希区柯克的电影为例,说明"我思"(我)是独立于肉体的,那个口技演员仅仅是一尊肉身,它的内部还藏着一个"侏儒",侏儒是这具肉身的真正主宰(灵魂)——此观点不同于亚里士多德设想的那种"肉体(质料)与精神(形式)"关系,亚氏认为,精神(形式)的意义在于让肉体(质料)实现某种功能或者目的——但笛卡尔式的"我"就像是一个独立的、内在于我身体当中的"小人","我思"不是身体的实体形式(substantial form),它是一种不涉及对象的纯粹思考方式。于是,这种"我思"思考的对象就不再是外部世界,它没有具体对象,而是思考过程本身,这极易陷入疯狂,齐泽克进一步把这个状态称为黑格尔式的"灵魂的自我封闭与收缩",是"纯粹自我的体验"(《事》:107—108),因为这个我思切断了自身与外部世界的关系——克尔凯郭尔所谓的"内在性",费希特和小施莱格尔所谓的"反思的无限性"也面临同一个问题——这种纯粹形式的"我思"(无限反思)必然会让人陷入一种镜像式的困境而无法自拔,"思"思考的对象依然是"思"。

这样的话,"我思"的对象就会变成一些逻辑上的概念推演,这些概念本来来自现实,有其现实指涉物,可一旦成为"我思"的对象,就变成了从概念到概念的观照,作为主体的"我思"利用一个又一个二手的、来自他人提纯或者转述而来的概念来搭建自己的思维框架甚至思维对象,忘记了观念与现实之间的对应关系,甚至忽略了概念对现实世界的影响效力,那么,这往往导致一种癫狂状态,而这正是麦克白遇到的。首先,我们知道,麦克白做出行动的重大"决定"是在与夫人进行"逻辑推演"之后,即使在皇宫晚宴,也是麦夫人帮他打圆场,提前结束了尴尬,但自从麦夫人去世之后,麦克白的独角戏(自言自语)就变得捉襟见肘,可见,由于缺少辩证法的参与,缺少概念之间的碰撞,缺少反向推理,麦克白根本无法得出正确的结论,更不会做出正确行动。

其次,麦克白对自己未来的设定来自女巫,尽管我们也不能否认他此前的无意识,但必须强调的是,恰恰是作为"事件"构成元素的女巫干扰才让他明确了自己未来的"人物设定",他后来完成的一系列行动,都是在"概念"的引诱下进行的,这些概念来自女巫口中所谓的"命运":弑君、杀班戈父子、屠麦克戴夫家眷——这些行动的理由其实正是纯粹的"我思",是没有实质的,因为一同遭遇女巫"泄露天机"的班戈并没有把这些观念之物视为实在之物,或者说班戈即便有想法也在等待时机成熟——这个命运在班戈那里就如同"心里的邪魔"。① 麦克白自己也说"看着是有形有体，却像一口气，化做一阵风"（《麦》：208），命运就如同言辞一般，其实与"概念"无异，最终，我们甚至可以说，与其说麦克白是被命运捉弄的，不如说他是被逻辑上的"概念"吓死的：在对战麦克戴夫的时刻，森林移动、女人所生这样的谶语说辞让这位骁将瞬间丧失了斗志。

再次，麦克白被班戈鬼魂吓倒那一幕，他说"杀人溅血的事，从来有……即使立下了法律，凶杀案仍有的是。从前，砸开了脑袋就一命归天，万事大吉，谁想如今这世界，头上吃了二十刀，刀刀都是致命伤，竟忽然又站立起来"（《麦》：261）。在这段话中我们发现，麦克白是在用"自古以来""从来"这样的逻辑进行论证，他似乎忘了，那些"从来""自古以来"其实早已是"概念化"的东西，是远离了实体的抽象物，直接套用过来应对眼前的现实，根本就是刻舟求剑，麦克白在此时确实成了一个纯而又纯的"我思"，他远离了现实，无法从现实的指涉物当中提取语言符号，他堕入了"无限反思"的深渊之中，这必然陷于"疯狂"。

齐泽克写道："在寻常的行动中，我们实际上只遵循我们自身（潜在-幻想）的身份坐标；而真正的行动则涉及真实运动的悖论——运动（以回溯性的方式）改变了行动者自身那个潜在的先验坐标……纯粹过去是我们行动的先验条件，我们的行动不但创造着新的现实，更以回溯性的方式改变着其自身的条件。"（《事》：169）我们把过去那个"我"当成一个固定的坐

---

① 本文所引《麦克白》原文均选用《麦克贝斯》，方平译，上海译文出版社，2014年，第225页。

标，并基于这个前提创造一个"新我"，可是过去的"旧我"不过是一个先验条件或者"潜文本"——麦克白未能理解每个现在时刻都是过去，每当他求诸"过去"的时候，他就忘了现在。时间绵延过程中的每个"过去"都可以看作"观念"层面的东西，而每个"现在"才具有"实体"意义，可以说，作为"我思"的麦克白混淆了词与物，陷入了疯狂。

这种疯狂正如齐泽克所言，是"将象征性秩序强加给实存的混沌状态"（《事》：110）。一方面，麦克白亟需一套象征秩序来重新"塑造"目前所遭遇的混沌状态，他的不知所措，他的自言自语，他那种得到之后却不知道如何进行下一步的状态，正是一种混沌，他需要夫人的点拨，需要班戈的辅助，甚至需要麦克戴夫的臣服，总之他需要一系列规则和意义体系来支撑自己，哪怕这些都是欺骗性的。可是在遭遇一系列意外事件的创伤之后（有自找的也有碰巧的），他的理性能力丧失了，他的话语能力丧失了，逻各斯（logos）丧失了。而另一方面，麦克白表面上是在"成为自己"，但真正的"自己"只是那些"应该"（应然），而不是"事实"（实然）：他口口声声念叨的"堂堂男子汉"究竟是什么，恐怕他自己也描述不出来。除了夫人，估计没人理解他真正的欲望对象是什么，可即使如此，夫人也没有替他构想一个"实体化"的"全新麦克白"，眼前这个"麦克白"在将来有可能成为什么，二人尚未完成一个固态的构想或者构型。处于"象征秩序"中的其他行动主体都要依据麦克白在特定时间节点的状态来完成下一步各自的行动决策，他们无法预料麦克白下一步会做什么。何况，麦克白的每一步都在破坏原来那运行正常的象征秩序，他怎么能求助于一个亟需建立，同时又在不断进行着自我拆解的意义体系来帮助自己渡过难关呢？

显然，无上的王权在麦克白这里并没有发挥功效，他更没能成为一个符合其字面意义的"王"，他没有使用好王权，众叛亲离，"在我们期待见到某样东西的地方，实际上却空无一物"（《事》：114）——他想要成为苏格兰王，但有幸进入了那个位置，他又开始手足无措，此时他是一个纯粹"我思"，不但与现实世界渐行渐远，还在摧毁象征秩序的同时热切期待着某一个全新象征秩序，所以我们说，麦克白不失败是不可能的。

四、黑格尔的事件

齐泽克在解释黑格尔的"事件"时举了一部小说［《星期四男人》（*The Man Who Was Thursday*，1908）］中"哲学警察"的例子，他认为小说提出了一个"具体犯罪"与"整体性犯罪"或者"普遍化犯罪"的巧妙关系，通常意义上的犯罪是违背具体法律条款，比如盗窃，但问题在于，盗窃者表面上确实犯了罪，可事实上，盗贼又相信"财产权"本身是不可置疑的，否则何必去盗窃呢？如果不相信这种财产权的存在，随时随地就可以把你的直接变成我的，何必盗窃？我之所以盗窃，是因为必须让别人同样能在事后尊重我盗来的新财产。因此，从这个意义上说，窃贼本身也遵守着另一个层面上的秩序，如齐泽克所言，盗窃所要求的不过是"普遍道德秩序大前提下的局部非法的秩序重整"（《事》：118）。

那么，"整体性犯罪"或者"普遍化犯罪"意味着什么？齐泽克认为，在讲述"哲学警察"的小说中，哲学这种东西总是在鼓吹整体性，哲学家很可能随时随地从根上推翻原有的任何法律与道德秩序，所以，必须有一些懂哲学的警察来搜捕这些具备根本性颠覆力量的反动人物，防止他们去为所欲为地解构我们原来社会正常运行所需要的宗教、道德、法律秩序。从这个角度审视，所谓"整体性犯罪"或者"普遍化犯罪"就是那种能够重建的全新法则，眼下正在运行着的"法律"或者道德秩序本身就是一种权益分配格局，而任何分配都意味着整体性对于个别性的"规整"甚至"侵犯"，所以，"法则"本身就是违法，因为个别之物本身不需要什么外部法则，"法则"将违反更高逻辑层面上的"法"，换句话说，任何"法"都是"违法"。加之，如果没有犯罪行为发生，法律本身就是无效的，于是，犯罪反而成了法律维系自身存在的理由，这时候，"法律自身已经成了普遍的犯罪"（《事》：122）。正所谓"犯罪与法律的对立是内在于犯罪之中"，"法律是犯罪的一个子类"。（《事》：122—123）

回到《麦克白》当中，我们发现，人们常说，麦克白弑君是不道德的，邓肯与他既有君臣关系，也有血缘关系、社会交往关系，可麦克白竟然动手了，因此他一直生活在恐惧、悔恨、犹豫、神经质的状态中。然而，麦克白本人并不反对"政治"（王权）、"伦理"（亲情）、"社会交往"三大秩序，他是想重新调整一下自己在这三种秩序当中的位置；他的手段尽管为人所不齿，但是，邓肯刚刚表示要"栽培"立下天大功劳的麦克白，转脸就若无其事地宣布把王权转让给儿子，这同样违反了既定的政治秩序；麦克戴夫抛妻弃子导致惨剧发生，西华德对儿子的牺牲并没有表示多少悲痛，甚至有人猜测杜纳班在剧末消失是因为马尔康早已经下了毒手；马尔康兄弟发现邓肯被刺之后

同样做出了"大行不顾细谨"的选择……这些人不同样违背了
伦理秩序吗？诸如此类似乎都在说明，"秩序"或者"结构"都
是在事后不断被"重建"的，每个人都试图重新修正那个既定
的"秩序"或者"结构"。若站在行动者的利益上，从他们自己
的实际角度出发，那些所谓的政治、伦理、社会"秩序"对自
己犯了罪，在这基础上，自己的选择与行动便不是犯罪，因为
"秩序""法则""结构"早就犯了罪，犯的是普遍之罪，侵犯了
每个主体的利益，自己选择这个"个别性犯罪"是为了拯救，
这不是去解构或者推翻规则，而是为了重建一个有利于自己的
新法则、"新结构"。

　　齐泽克认为，就黑格尔而言，"一切事物都是事件性的
（evental）"，"事物是其自身生成（becoming）过程的结果（re-
sult）"（*Event*：80），我们发现，"孩童"一般的麦克白一直试
图成为"另一个更成熟的自己"，于是乎，他通过种种行动来验
证自己是否达到了那个"男子汉"的标准。但事实上，他这些
"停不下来"的行动使自己的"同一性"（identity）变成了"非
同一性"（non-identity），他总是无法把自身"实体化"（sub-
stantialized），不能彻底地从头到尾打量自己，那个想象中的
"未来秩序"总是无法建成，事件总是一件接一件地不断发生，
事件的后果又无法预测，所以，精神陷入疯狂就成了必然。

　　齐泽克在《事件》一书中提出"错误出真知"[①]（La vérité

---

① 黑格尔是否如此论断，笔者尚未核实到具体出处。我们更熟悉的是："一般说来，熟
知的东西所以不是真正知道了的东西，正因为它是熟知的。"详见《精神现象学》
（上册），贺麟、王玖兴译，商务印书馆，1979 年，第 20 页。先刚则译为"一般意
义上的常识，正因为它是众所周知的，所以并不是真知"，见《精神现象学》，先刚
译，人民出版社，2013 年，第 20 页。此外，黑格尔还说过："熟知的东西往往又是
我们最无所知的东西。"详见《小逻辑》，贺麟译，商务印书馆，1980 年，第 84 页。

surgit de la méprise）这一说法，并认为这是某种黑格尔式的结点。作为主体的麦克白总是在试错，希望收获真知，然而他收获的仅仅是"试错"本身，那个停不下来的动态反而变成了自己的"结局"，杀死睡眠的麦克白最大的希望就是"终结"自己，因为自己做出的每一步行动就像齐泽克所言："既是过早的行动，也是太晚的行动。"（《事》：131）急于成为未来的自己，所以行动过早，但每一步又像是亡羊补牢，因为女巫已经预言，屠杀仅仅是一种成为自己的补救方式——这样看来，《麦克白》的最大价值可能就是告诉世人：永远不会出现什么行动的恰当时机（right moment to act）（*Event*：80），但至于何时行动，很大程度上取决于"事件"何时发生，怎样发生，有何结果出现，这些必定不可预测，关键的问题是在那个时间点上"如何"去做，而不是提前或者延后那个时间点。

五、如何重述那个"事件"？

事件究竟是事实本身，还是观念的产物？是行动的结果，还是思维的对象？真正让事件成其为自身的原因是什么？事件如何把自身从时间流中区分、凸显出来？齐泽克认为，这一切靠的是言说，是叙述，而不是行动。主体性发生真正转变的时刻，不是行动的时刻，而是进行陈述（declaration）的那一刻。换言之，真正的新事物（the truly New）是在叙事（narrative）中浮现的，叙事意味着对那已发生之事的一种全然再生式（reproductive）的重述（retelling）——正是这种重述打开了以全新方式做出行动的（可能性）空间（《事》：177）。麦克白的

"宿命"或许是三女巫"言说"的结果（后效），因为在这个事件之前，抛开亚里士多德的悲剧规定不谈，麦克白并没有就自己的"无意识"做出任何理性陈述，充其量只是停留在身体当中的肉身感受："毛发悚然""心惊肉跳""脚麻手软"（第一幕第三场）。只有在他将自己的想法变成书信、变成对白，与麦夫人进行"对话"或者"辩证"之后，麦克白才产生了理性的思维。

陈述、叙事、言说、重述为什么如此重要？因为它们营造出了一个可供反思的对象，这时的我与自己是一种主客关系，行动之时则是"只缘身在此山中"。所谓的"转变"不是继续行动，而是要反思一下当初那样选择并行动的理由是什么，麦克白之所以反复强调"做了就做了"，原因在于，人毕竟是理性的动物，必须给自己的行动建构一个"理由"。自从麦夫人死后，他就缺少一个对话对象，他不能把自己的言说、思考以及行动放到一面镜子当中去审视，于是他的自言自语就成了一个镜子照镜子式的无限反复过程，他缺少一个作为自我反思对象的"主客关系"。

上面这种解释是拉康化的，也是齐泽克式的。主体一旦进入语言能指的游戏当中，一旦主体打算在"言说"的秩序当中给自己找一个位置，那么它就会被语言那个无穷无尽的跌落过程里挟着无法脱身，主体总想寻找一种确定性（自我），总是在欲望的无限延宕过程中不停地寻找"那一个"自我，这样的话，麦克白就成了欲望的奴隶，也成了语言的奴隶，总想在"下一个"当中寻找"那一个"我，可既然追求语言的确定意义是不可能的，那么追求欲望究竟为何物也是不可能的。在发生"麦克白事件"之前，我们的视角是"成人化"、按部就班、习以为常的，但后来，我们必须把自己的视角变成"儿童化"、任意而为、随兴所致的——王位继承应该如何，到臣子家中做客、主人宴请宾客应该如何，夺得王位之后又应该如何……诸如此类本来"应当"是"程序化的"，是属于成人的——但"麦克白事件"发生之后，我们发现，麦克白本人似乎像一个争抢玩具的孩子，他必须争得那个"王位"，莎士比亚并没有安排这个角色在"王位"上做什么具体事情（置麦克白励精图治的史实于不顾）。麦克白甚至认为死去的邓肯比活着的自己还要幸福，这显得有点"不合常理"：他仅仅是因为自己用不光彩的手段篡夺王位而惶惶不可终日吗？

麦克白就像一个把玩具抢到手，但最终又不以为这东西究竟有多稀罕的孩子。依此类推，他在第一幕中看到的赤裸婴孩、驭风小天使，他对麦克戴夫和班戈子嗣的屠杀，在第四幕岩穴中看到的"血淋淋婴儿"（《麦》：273），以及麦夫人所说"只有小孩才会给魔鬼的画像吓住"（《麦》：232）——这一切有关"孩子"的意象，难道不是指向了一种"孩子式"的感知世界的视角吗？这不就从侧面验证了拉康"想象界"中的那个镜像阶段吗？如何管理王国、驾驭群臣之类的实际事务，对麦克白来说不重要，他甚至没有把自己置于某一个确定的"象征秩序"中，他感兴趣的只是那个瞬间：那个世界与我共在，我的一举一动都能够得到世界呼应的瞬间。然而事实上，那个瞬间仅仅是瞬间，事情仍然要继续，如今的我无法继续主导这个局面，于是我便在自己的镜像当中"破碎"了。

齐泽克在《事件》一书中引用了德勒兹的"事件"观："它们并不是存在物，而是一种抽象的存在（subsist）或者内在的存在（inhere）。"（Event：105）这句话来自《意义的逻辑》，在这部著作中德勒兹分析了斯多葛学派的身体观，所有身体都是相互之间的起因，而这些起因的结果（effect）并不是身体，而是一种"无形体"的实体，不是物理特性，而是逻辑属性①，我们不妨把这种"结果"理解为"症状"，必须用言语或者逻辑来进行重构，所以它们既非事物（thing），亦非事实（fact），是被言辞还原得来的"事件"，是一种抽象存在。

在德勒兹看来，事件本身"不是名词或者形容词，而是动词，既不是施动者（agent），也不是受动者（patient），而是行动和激情的后果，是一种没有情感知觉（impassive）的后果"（*Logic*：5）。事件既不是"实体"，也不是附着于实体的"属性"，而是一种结果、效应或者症状，这种"症状"必须被"重新叙述"才有意义，它可以表征此物与彼物之间的行动关系。此处的 impassive 意为"冷漠的、无知觉的、无情感的、不受影响的"，既非主动，又非被动。如果说，这种"冷漠"或者"不受影响"是一种纯粹形式上的逻辑状态，那么，事件就与实质性内容无关。究其原因，"事件"哲学本身就受到了数学中集合概念的影响。

碰巧的是，我们知道，麦克白很希望把自己变成不受情感影响甚至肉身伤害的一个新我，这个"我"最好是一个纯粹的形式，一种逻辑状态，一种脱离肉身（质料）的灵魂（形式），一种远离肉体的纯粹"我思"——可是他的逻辑推理总会遇到悖论，他遭遇的"事件"就是一种试图摒弃质料的纯粹形式：不要考虑政治、伦理、社会惯例，不要担心现有的位置被他人替代……在女巫的蛊惑下，麦克白既要追寻宿命（称王），又想

---

① Gilles Deleuze，*The Logic of Sense*，trans. Mark Lester and Charles Stivale，London：The Anthlone Press，1990，pp. 4 - 5.

去打破它（永远称王），但是，这种尝试又陷入了另外一个悖论式的、更高维度的宿命：如果顺从女巫言说的"宿命"，不去行动，那么事实发展很可能与预言背道而驰，这个"宿命"可能是个骗局；但如果反抗宿命，就必须去否定它的"言说"，可这样的话，这种"宿命"又有什么意义？所以我们说，麦克白的疯狂是必然的：因为他不论如何都无法"重述"事件，他无法借助"事件"实现自我的"转变"。

结　语

时间与事件无法分割，但时间的效力必定要体现在事物身上，否则时间和事件都无从辨认。然而，时间与事件又是不断生成的，其存在本身在更高层面上又意味着无限，"生成"才是永恒的。因此，时间/事件就和人类本身的必死（mortality）产生了无法和解的矛盾。事件不是处于流动状态的在场物，而是一种无限性：是那个不受限的 Aion①，这种生成把自身的过去与未来无限地切割开来，并且总处于一种逃离当下的状态。这样的话，时间必须分两次来掌握……第一次，必须在那个处于流动状态的、身体之中的，即做出行动又受到影响的在场物来进行完整的把握；第二次，时间必须被当作一种实体来进行把握，这种实体能够被无限地切割为过去与将来，无限地切割为

---

① 希腊词，意为"永恒"，既指生命力，也指控制力，参见 Eugene B. Young et al., *The Deleuze and Guattari Dictionary*, London and New York: Bloomsbury, 2013, p. 28；参见妥建清《黄金时代的挽歌：柏拉图颓废观念蠡测》，载《哲学研究》2014 年第 5 期，第 62—63 页。

脱离形体（incorporeal）的种种后果，而这后果来自身体的行动和激情（*Logic*：5）。

德勒兹把事件当成 Aion，这个词在希腊语中意为"永恒"，意味着一种生命力，这种无限生成总是要脱离当下这个状态，于是乎，时间既与身体（行动）有关，又与后者无关，身体总是在场物，时间绵延总要在身体上产生种种后果（症状），而时间又是脱离形体的，因为它可以无限地切分，只有当下存在于时间当中，只有当下这架躯体能把过去和未来聚集或者吸纳到一起。然而，正如德勒兹所言，"只有过去和未来本身存在于时间当中，只有这二者可以把每一个当下时刻予以无限地切割。这三者不是前后相继的维度，而是两种同时发生的、对时间的解释"（*Logic*：5）——《麦克白》试图在永恒中截取"事件"的切片，在"事件"中定格永恒的影像，它试图把过去和未来都"压缩"到当下，这是一幕无可争议的时间悲剧。

个人与历史的互动

——《历史人》的事件性*

奚 茜

　　当代英国作家马尔科姆·布雷德伯里（Malcolm Bradbury）将其小说《历史人》（*The History Man*，1984）的背景设立在动荡多变的 20 世纪 60 年代，其中包含了人物、情节与历史的互动，对反文化思潮做出了回应。小说中，布雷德伯里塑造了一个另类的英雄，书写了一个如日记般的故事，用小说的回环方式对历史进行了重构。知识分子在其中呈现一种理性化转向，开始将生活、生产的实际意义纳入思考当中，而此种转向正是依托历史主体的"裂缝"① 得以实现的，事件性在个人与历史的互动中显露其本真。

＊　本文原载《外语研究》2018 年第 4 期，有改动。

①　拉康的"裂缝"概念形成于其主体进入三界的过程。拉康重塑自我与象征界之间的秩序、主体进入实在界的创伤性内核这两个过程均产生了"裂缝"。一方面，"裂缝"存在于语言符号中那道抵制意指作用的横杠，在能指的效果影响下，主体接受了语义的不稳定；另一方面，"裂缝"存在于实在界的创伤，是无法言说的，而主体正是通过撕开实在界的伤口而得以重构。齐泽克"事件"理论中的"裂缝"沿用了拉康对"裂缝"的后一种阐释。

拉康的欲望图示[①]理论涉及"要求（demand）—欲望（desire）—驱力（drive）"三个概念，其图示利用数学的矢量箭头形成环状连接三个概念，每个节点仿佛被钉住了一般，而箭头的流动性使得概念的定位处于动态之中，每个概念之间随着箭头的环形流动以回溯的方式重新连接另一个概念。杰夫·布歇（Geoff Boucher）在《拉康式的施为性：齐泽克之后的奥斯汀》（"The Lacanian Performative：Austin after Žižek"）这篇文章中模仿拉康的欲望图示，提出了"陈述的主体（subject of statement）—言说的主体（subject of enunciation）—回溯力（retroactivity）"结构[②]，图示所展示的三个层面构成了拓扑图形关

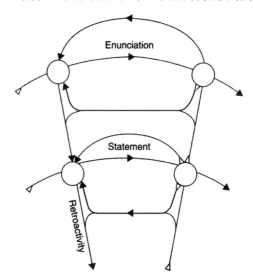

---

① 图引自 Geoff Boucher，"The Lacanian Performative：Austin after Žižek"，in Broderick Chow and Alex Mangold eds.，*Žižek and Performance*，Basingstoke：Palgrave Macmillan，2014，p.17。本文所引用的图示是布歇根据拉康的欲望图示所改编的。
② Geoff Boucher，"The Lacanian Performative：Austin after Žižek"，p.16.

系，将主体、言说与回溯力等概念串联起来。具体来说，个人
体验一方面阐释历史的意义并展示历史的"真实"，另一方面在
充满斗争与矛盾的社会中参与言说，与此同时，陈述的主体和
言说的主体之间存在断裂，个人体验与历史进程往往呈现悖论
式的发展关系。

　　本文拟从这一理论入手，将其置于小说中，阐释如下问题：
事件如何撕开拉康实在界的"裂缝"？历史人物又是怎样凭其
"恶"驱力展现小说的事件性？齐泽克将日常基本情境称为发生
（occurrence），而他所关注的事件（Event）则避开这一"发
生"，聚焦的中心是主观性最为脆弱和感性的转变。① 他的这一
"事件"理念沿袭了拉康的实在界"裂缝"，通过个人的经验表
现历史回溯的作用力，使个人期望与历史的运动交融并行。

一、陈述的主体：撞击世界的 1968

　　小说标题中的"历史人"出自黑格尔的《历史哲学》。在黑
格尔看来，历史人是诸如恺撒、拿破仑、亚历山大这样的人物，
他们之所以能成为伟人或者英雄，是因为他们相信"世界精神"
的本质力量，即实现"自由"，这种支撑历史人存在的精神是一
种类似绝对精神的意志，主导历史的发展方向，回归历史发展

---

① 详见 Slavoj Žižek, "Afterword. The Minimal Event: From Mystericization to Subjective
Destitution", in Agon Hamza, ed., *Repeating Žižek*, Durham and London: Duke Uni-
versity Press., 2015, p. 269。

的必然趋势。① 更为重要的是，这一切历史事件的形成依赖于个人的行动力，"世界精神"的实现与个人的热情息息相关，对于"历史人"来说，行动力高于一切，行动才使得个人与历史的互动得以实现。在《历史哲学》中，历史人是复数"historical men"，而小说标题"The History Man"变成了单数，并且加了定冠词，因此，小说的设定主要指特定的历史人物霍华德·科克，布雷德伯里将历史人的作用放大，设定为一个人，读者可以更直观地思考个人在历史中的作用。

《历史人》描绘了 20 世纪六七十年代英国城市的图景，展示了反文化浪潮中高校知识分子的生活状态。故事从 1972 年秋天在霍华德家的聚会开始，又以学期末在霍华德家的聚会结束，历时三个多月。在学生运动如火如荼的这一个学期里，霍华德利用激进的社会学理论宣扬"解放"与"革命"，并散布谣言，鼓动学生，以达到自己的目的，试图成为一名历史转折时期的"英雄"；同时，霍华德与妻子芭芭拉践行前卫的婚姻生活，倡导性解放，打着"左派"的旗帜，热衷于各种革命运动。小说没有刻意提及历史事件的发生，作者甚至编造了一个海滨城市（沃特摩斯城）为背景，而文本反复呈现了真实的历史。虚构化的要素、设定与历史的渗透形成反差，却在一定程度上透露了历史运动与思潮的蛛丝马迹。文本中的历史印记蕴含着一种力量，小说中铺陈了很多关于 1968 年的细枝末节，开篇便点出"越南战场上激战正酣，而麦卡锡正毫无成效地对抗着尼克

① 详见 George Wilhelm Hegel, *The Philosophy of History*, trans. J. Sibree, Kitchener：Batoche Books，2001，p. 44。

松"①。1968 年是激进思潮涌入、革命风暴崛起的年代。正因其
独特性,历史的顺流被拦腰截断,呈现出非线性的因果逻辑。
这一年代蕴含厚重历史的力量,带着某种偶然性出现,却又似
乎显示出必然性。

《历史人》凸显了主人公霍华德·科克的激进思想和"进
步"行为,从历史的都市呈现到人物之间的全新互动,再到黑
格尔式的英雄人物的出场,小说的情节在主体换位的过程中呈
现,将个人欲望与集体创伤融进派对、书会等日常中。小说的
设定与历史有着密切联系,而革新的思潮闪现其中。正如布歇
的图所示,这个经过改编的欲望图示,主要涉及陈述、言说、
意义的三个层面。② 主体在陈述、言说、意义的回溯三方面,将
事件性体现出来。小说着力强调的"历史"正是革命与思想的
转折点,也正是事件切入的"裂缝"。小说突出个人体验的技法
正是作者陈述历史的一种方式,历史便在陈述中成了主体,在
事件生成的轨道中发挥着言说的作用,而历史人物的出场在流
变的历史长河中发挥着回溯重构的作用,将故事推向了高潮。

"1968 年是这一转变、一场根本性变革的中心点,即由此催
生了我们后现代时期由媒体主导的社会。这就是为何当时流行
音乐,当时大众文化的主要表现形式,对其后的青年人依然保
持着影响力的原因。"③ 历史作为被阐释的对象,在小说中以一
种现代化颓废的城市图景和激进运动的红色风暴呈现。"1968 年
的最大教训之一是当有人想要改变世界时,其他想要保持现状

---

① 马尔科姆·布雷德伯里《历史人》,程淑娟译,新星出版社,2012 年,第 1 页。
② 详见 Geoff Boucher, "The Lacanian Performative: Austin after Žižek", p. 17。
③ 马克·科兰斯基《1968:撞击世界的年代》,程洪波、陈晓译,生活·读书·新知三
联书店,2009 年,第 419 页。

以维护既得利益的人会不择手段地让他们保持沉默。"① 因此，
对抗便不可避免。小说中陈列的冰冷的城市图景、人物间蕴含
着对抗性的力量，将1968这一撞击世界的年代推向了每一个
人，由此，个人得以融入历史主体，并产生一定作用。"传统的
沃特摩斯城为了成为一个现代城市而留下的残余物"（《历》：
11）蕴含着一种对传统精英文化的怀念。现代的力量也将引入
新的元素，历史只是作为一种"残余物"将知识分子的微变和
理性化的工具性以城市化的面貌呈现出来。现代的推进在城市
的变迁中层层深化，却也被主体的变革推上了历史舞台。"一个
朦胧的梦想依然发着淡淡的光芒：一个拥有延伸的思想、平等
的参与、性的满足、超越现实的框架、打破感觉的局限的世
界。"（《历》：50—51）实际上，20世纪60年代已经开始进入一
个喧嚣、骚动而又兼具思想变革、科技创新与社会进步的时代：
1961年，加加林成为第一个进入宇宙空间的人；1963年，马
丁·路德·金振臂高喊"我有一个梦想"；1966年中国发动"文
化大革命"；1967年，首例心脏移植手术成功；1968年的巴黎
五月风暴成为欧洲社会运动的震中；1968年的夏天，捷克斯洛
伐克的政治民主化运动"布拉格之春"结束——这些历史痕迹
在小说中均有所体现。"那是1968年的夏天……他们站在新事
物的一边。"（《历》：50）小说反复呈现五月风暴、"文革"等运
动的标语的细节，铺陈出主人公霍华德站在历史巨变处的英雄
式状态，映射了思想转变的浪潮：女权主义运动第二次浪潮、
嬉皮士文化的兴起以及西方马克思主义思潮的传播。

《历史人》的故事设计并非单纯化作当时社会历史语境的脚

———

① 马克·科兰斯基《1968：撞击世界的年代》，第421页。

本，而是以对个人体验的描述映衬历史的悄然巨变。"在 1963
年那个对他们至关重要的夏天，是芭芭拉首先冲破了束缚。那
一年充满了社会运动。如果你愿意的话，霍华德会为你一一详
述：一直波及到流行音乐等各个领域的示威活动、政治丑闻、
第三世界政治、工业界工资争执。"（《历》：25）身处大学校园
的科克夫妇敏锐地觉察到了激进思想的渗透，于是，他们顺着
时代的潮流前进，甚至妄图成为黑格尔式的历史人物。在小说
中，科克夫妇过着极为前卫的婚姻生活，其思想包含着一种动
物性，返回最真实的欲望感受。个人欲望的涨潮在新兴的环境
中不可避免地带来一些对抗，特殊年代真实的人物群像同时也
昭示了人们内心的微妙变化。人类渴望变革，却又沉溺于纸醉
金迷的享乐，一方面高呼自由主义的天空，另一方面却上演理
性工具的戏码。在欲望的泥潭中，传统知识分子所坚守的信仰
亦慢慢被瓦解，正如芭芭拉评价丈夫霍华德时所说，"你是一个
激进的装腔作势者，说明了你是如何用趋势来代替道德和责任
的"（《历》：33）。历史主体在个人的理性前行中慢慢改变着，
红色风暴与反文化思潮高唱着自由与解放，由此，整个世界被
一股潮流撞击着。此种撞击产生的火花并非如想象中那么强烈，
而是个人的情感体验和呼吁自由带来的些许骚动。新鲜思想的
血液看似在现代城市，特别是在包容的大学校园里流动得很快，
实际上，历史主体只是作为一个被阐释的对象，作为对抗发生
的裂缝之处，将人最原始的欲望激发出来。动乱与纷争、游行
与抗议，在大片萧条的思想荒地和现代技术侵入的城市的钢筋
水泥之间摇摆不定。主人公霍华德所要"扎根命运的地方确实
要有社会学——有社会张力，有是非之地，有种族争执，有阶
级斗争，还有政府与群众的斗争、被孤立的区域、素材资料，

总而言之，有真实的生活"（《历》：41）。何谓"真实的生活"？
真实的一面往往展示了社会残酷的一面，冷漠的情感、肆意妄
为的环境、利益的追逐，学术圈也在理性工具的驱使下消磨着
传统信仰。

历史主体在人类信仰的逐步坍塌下展示其独立性，正如图
示连接两点的线"Enunciation"一样，在固定的人物与环境中，
历史化作一条独立的线，隐形地连接着众多个体。这种隐性的
联结在当时容易被忽略，但伴随事件的历史性回溯，这种联结
成为一种情势，言说着历史的重要意义。"唯有通过一种解释性
介入，才能宣称，事件是在情势中被展现出来的，作为一种非
存在之存在的降临，在可见与不可见之间的降临。"① 小说中的
"解释性介入"便是作者刻意在笔触间留下的历史性痕迹，既不
作为小说文本的实体存在，也不存在于可见的情节线索里。在
人物与时代交锋的无数个时刻，小说将历史主体化为文字阐释
的对象，穿插在回环的故事叙述中。小说文字简洁，描绘一个
全新的虚构世界，在虚构中，又透着一种矛盾性的真实，即历
史的侵入。"他〔霍华德〕走上城市这个大舞台，迈进城市生活
的繁忙运作中，在这里，每一个优秀的社会学家都知道，社会
习俗开始瓦解，传统的角色分配已经破裂，血缘关系变得淡
漠。"（《历》：11）"运作"多用来形容机器，随着技术的发展，
历史将人类社会推向了机器运转的时代。习俗与传统开始淡化，
取而代之的是效率与权力。"淡漠"的关系在霍华德的学生时代
让他感到不适，但是，随着时间的推移，霍华德登上讲台，面

---

① 阿兰·巴迪欧《〈存在与事件〉节选》，蓝江译，收入汪民安、郭晓彦主编《事件哲
学》，江苏人民出版社，2017年，第37页。

临繁重的科研学术压力，他融入了新的理性工具化的环境。霍华德踏上追求名利，甚至妄图改变历史的道路。这是撞击世界的 1968 年所带来的个人英雄式体验，置入大的背景环境中，这似乎是历史发展的必然结果，但是，这样一个黑格尔式的英雄式主角代表着历史一角的偶然性，像一条独立的欲望线，"带有某种'奇迹'似的东西"①。

二、言说的主体：撕开实在界的"裂缝"

陈述的主体在历史事件的层面直接回应了时代的症结，非常的 60 年代、激进的 70 年代将历史的影子从实在之维度脱离出来，将赤裸裸的人性展现在读者面前。当我们返回言说的主体这一层面时，我们会发现，"实在之维不仅仅包括外在现实世界，它还涵盖了拉康所说的'不可能之物'：即那些既不能被直接经验到，又无法被象征的东西——就像一次极端暴力所带来创伤性遭遇，这种遭遇往往撼动了我们的整个意义宇宙。究其本质，实在之维只能通过其痕迹、结果以及延迟效应来加以辨认"（《事》：139—140）。事件之所以成为主体言说的结果，是因为在延迟的创伤记忆或者历史印记中，人物通过撕开类似"裂缝"的欲望以直面实在界。也就是说，当历史所带来的创伤在潜移默化中融进历史人物的话语和行动中，那么陈述的历史主体在某种程度上便转化为言说的主体。小说并没有展示直接的创伤式或冲击式的人物描写和场景镜头，而是通过设置情节

----

① 斯拉沃热·齐泽克《事件》，王师译，上海文艺出版社，2016 年，第 2 页。

(plot)，将原本故事（original story)① 的线性顺序打乱，形成这部小说的圆形封闭式框架叙事。"《历史人》的叙事暗含了时间的一维性与历史在时间的线性流动中的互文性。"② 主体以形式上的变化和时间性的流动独立成线，如图示第二条线 "Statement"，既可以回环倒置，连接至第一条线，又可以随箭头滑动，保持动态的流动。可见，小说的情节设置和叙事艺术使作者的言说更显张力。

主体是如何言说的呢？布雷德伯里擅于将叙事聚焦于校园、派对等形式上的狂欢式集合，形成一种反讽式的距离感，形象地表现了拉康所说的原乐（jouissance)，即作为他者身体的原乐、一种无法达到的语言客体。简言之，《历史人》描绘的狂欢化本质是语言无法描述的，小说的语言只是言说一种无限接近历史的状态。拉康的实在界无法用语言去弥合，将现实所谓的创伤印记堆积在狂欢中，而狂欢的"裂缝"又充斥着欲望，因此，如何言说在这里也可以理解为如何撕开实在界的"裂缝"。小说中，科克夫妇在家里举办的派对仿佛一个社会的缩影，"过去的、各式各样的服装同时展现在眼前，在霍华德的房子里聚和，然后变得模糊不清。表演者来自中世纪的神秘剧、历史浪漫剧、战火纷飞的戏剧、无产阶级纪录片、维多利亚的宫廷闹剧，他们同时出现在一个折中主义的、后现代派的拼贴画里"

---

① original story 和 plot 的概念是列·谢·维戈茨基提出的，他认为任何小说的结构都离不开这两个概念。取材于生活事件的小说的材料叫 original story，而将其形式进行加工称为 plot，两个概念的关系相当于材料与形式。详见列·谢·维戈茨基《艺术心理学》，周新译，上海文艺出版社，1985 年。
② 张媛《论〈历史人〉的结构主义叙事艺术》，载《云南大学学报（社会科学版）》2016 年第 6 期，103 页。

（《历》：83—84）。新潮与潜力在服装的博物馆与剧目大杂烩的交织中初现端倪，但是后现代的描绘也带来了碎片化的思想片段。派对看似是纷繁事物的堆砌和众人的享乐狂欢，却暗中隐藏了历史伤口背面的记忆标记。小说对派对人物的描述多停留于感性、感知层面，恰巧在这样的氛围中，作者对丰富细节的捕捉体现了其理性的思考。因此，主体的言说在某种程度上是理性的，是将"原乐"建立在创伤的"裂缝"之上。"在崭新的剧院里的混凝土墙壁上，他们用黑色写上了'烧毁一切'、'立即革命'。一间小屋被烧了"（《历》：49），激进的运动蒙着一层淡淡的恐怖。派对的欢愉与集会的激进在小说的情节安排中自然地交互进行着，仿佛小说文字间没有直接的言说，却又确实能在读者脑海里闪现一幅幅清晰的画面。

当曲线从"陈述的主体"滑向"言说的主体"之时，布歇所提出的图示理论从历史的年代渗透转换至拉康实在界的"裂缝"，具体来说，个人体验的情感与力量在某个偶然的机会影响甚至改变着历史，在此基础上，人类可以更清晰地认识世界、认知历史，看到语言无法描述的属于实在界的历史记忆与创伤。"裂缝往往出现在正式宣称的事件之前。"[1] 小说中有一个经典的场景："卡莫迪像是一个站在长长的历史走廊尽头的生物，遥远的黑暗时代；霍华德则站在解放了的现世，一片光明。"（《历》：138—139）这正如主体从黑夜中撕开"裂缝"，使历史的创伤隐遁于言说的距离之下。"长长的历史走廊"有着连接作用，如图示中独立的欲望线之间的点、线、网。历史对于小说而言，充

---

[1] Wagner-Pacific，*What is an Event ?*，Chicago and London：Chicago University Press，2017，p. 55.

当了各类丰富的素材，旨在在"原本故事"之上增加文化的重量感；小说对于历史而言，渗透了诸多作者的想象，旨在在"情节"背后减去现实的赤裸感。这里，卡莫迪这一角色在历史与小说的交互中显得更为立体。与此同时，"黑暗"与"光明"的鲜明对比在这里形成形式和内容上的张力：黑暗的时代孕育了经典与永世，而激进年代的现实社会看似光明，却在霍华德等人急于追逐权力的过程中磨去传统的棱角，展露知识分子的理性转向。

历史前进的车轮在理性转向的驱使下仿佛不可阻挡，但是前行的路线是曲折的，甚至是回环的。"事件是一种被转化为必然性的偶然性，也就是说，事件产生出一种普遍原则，这种原则呼唤着对于新秩序的忠诚与努力。"（《事》：212）历史事件亦是如此，其普遍性流动、交织在芸芸众生的日常生活中，而对于新秩序的作用与力量，积蓄在每一次回溯历史的过程当中，回溯并非彻底撤销，而是一次新的进程。

三、回溯力：历史人物之"恶"驱力

理论图示中的"回溯力"并没有像前两条线一样横向独立，而是依附于整体的线格网络在纵向的位置出现，且方向是双向的。这里的"回溯力"并非指单纯地回顾历史，而是创造性地追溯，追溯历史主体撕开实在界的"裂缝"之时是怎样体现事件性的，追溯为什么在小说中如理论图示的主体变位关系会存在。

小说《历史人》塑造了霍华德这样一位黑格尔式的英雄人

物，这样一种所谓的历史人物正是那个特殊年代的真实人物群像的代表，标新立异的课堂与学说，派对与狂欢。布雷德伯里巧妙地抓住了学术生活的复杂境况：从枯燥的会议、工作中的密谋直到深层次的堕落与瓦解。于是，主体言说着人物激进的时刻，霍华德的思想蓝图包含了以"恶"作为驱动力的指向，换句话说，作为历史人物的霍华德将1968的风暴、历史的转折当作了可以利用的工具，以回溯的方式将历史发展的中心推向了自己所倡导的那一套理论之中。正如齐泽克所说，"主体性发生真正转变的时刻，不是行动的时刻，而是作出陈述的那一刻。换言之，真正的新事物是在叙事中浮现的"（《事》：177）。小说的叙事笔墨集中在霍华德身上，以他的思想脉络在文本中进行回环叙事，这是叙事方式上的回溯。叙事上的回溯多是动词意义上的，而回溯力作为一个名词，在这里生发出回溯的思辨维度。"恶"是内在于历史主体当中的，它在对自我进行否定的同时，产生一种向前的驱动力，而在同样的意义上，黑格尔式主人公的出现是对"恶"的否定之否定。"主体的核心——亦即那为逻各斯的光芒打开空间的姿态——是绝对的否定性，在这个世界上，它正是'世界的暗夜'，主体是全然疯狂的所在，其中充满了'局部对象'的离奇幻影。"（《事》：109）回溯力的作用便是在疯狂主体沉浸在"幻影"中时，将世界的黑夜拉回绝对的理性精神，而疯狂主体的最直接体现便是黑格尔式的"恶"。正是在那"恶"动力驱使下，历史打破线性的因果，而历史人物所经历的奇迹般的罕见时刻，便充分体现了事件性的内涵。

拉康的实在界"裂缝"在齐泽克的理论中趋于一种偶然的对抗性，不可言说在事件理论中恰巧变成奇迹的转折点。在《历史人》中，历史的痕迹在紧凑的情节推动中逐一展露，而历史主体又在人物的个人体验中言说着不可言说的创伤"裂缝"，正是历史人物的偶然出现，正是"恶"动力的转折性推进，将事件回溯至事件本身的奇特性上。"他们开始因为新的欲望和期待而变得骚动不安起来。他们的羞涩、怨恨和愤怒一点点地从身上消失……是什么让科克夫妇有了这种变化呢？……你需要知道一点儿马克思，一点儿弗洛伊德，还有一点儿社会历史。"（《历》：23—24）科克夫妇发生变化时，"新的欲望和期待"便是新思潮的涌入，"马克思""弗洛伊德"便是历史回溯的产物，这一切"社会历史"理论等因素在影响着历史的发展，而历史又反过来追问个人起伏的缘由。作者提出需要了解这些理论知识以理解科克夫妇的变化时，实际上，他一定程度上承认了历史与个人、政治与生活的关系。在历史进程中，社会历史语境的宏观结构和学术、婚姻生活的微观形态有着千丝万缕的联系，这里的"马克思"和"弗洛伊德"既代表历史发生的理论前提，又暗指日常事件中的特殊转折。事件性在这里体现为个人与历史的交互作用以及偶然性在回溯中又转为历史必然性。

历史人物的"恶"在"回溯力"的环线上展示其力量，推动情节的发展，在此契机下，历史主体的变位、"裂缝"的出现、历史人物的偶然力量，在回环的叙事结构中被合理地安排，在理论图示中被巧妙地设计。这里的"恶"是原初的选择，"作为可能性与义务的善，只有通过原初的选择之恶才能呈现出来"（《事》：55）。黑格尔式的英雄人物本能地展现出"恶"驱力，是为了实现"世界精神"。[①]"世界精神"作为类似于宗教或神旨意义上的一种精神，主导历史发展的方向。这样的世界精神

---

① 详见黑格尔《历史哲学》，王造时译，上海世纪出版集团，2001年，第30页。

"存在它本身中间，不依附于外务，而是依靠它本身存在"①，而实现这种纯粹的精神需要一种特殊的热情。在理论图示中，陈述的主体和言说的主体在独立的欲望线上由回溯力的网线错综连接而保持着平衡，因此，历史主体是遵循一定规律而游走在网格线中的。

诚然，黑格尔式的"恶"驱力较为激进，但是在欲望线的平衡中起了关键的作用——"恶"便是那种特殊的热情。在回溯力的结构中，"恶"驱力的侵入使得历史主体在线性的发展中实现一次表面的断裂。事实上，"在历史进程不断向前的变化中，人类的一些新的节奏、新的思维模式似乎正在出现"②。激进的运动并非就能造成历史的"断裂"，其内在思维的推进是延续性的。虽然科克夫妇极力推崇各种阴谋论，但是他们同时也在学术著作中最敏锐地捕捉到社会的变化，在社会学中摸索到独到的见解，由此，各种行为的荒诞撞击着世界，而思想的理性化转向是连续的，思维的推进是合理的。齐泽克在相似的观点上也有所论述，他认为，整个辩证的点在于将所谓的永恒的问题历史化，人们不应该简单将其归为历史现象，而是应将历史性回归到其绝对本质③，这便是回溯的意义。回溯历史的过程在于撕开行为外在的蒙蔽，去发掘历史内里的思想延续。

在思想发展的过程中，一些偶然的迸发在所难免，而往往这些"偶然"带着某种使命感来到人间，造成人类意想不到的后果。正如齐泽克在《事件》中所述："真正的恐怖并不是我们

---

① 黑格尔《历史哲学》，第 17 页。
② 黑格尔《历史哲学》，第 27 页。
③ 详见 Slavoj Žižek and Glyn Daly, *Conversations with Žižek*, Cambridge: Polity Press, 2004，p. 88。

被神抛弃的时刻，而恰恰发生在神与我们靠得太近的那一刻"
（《事》：145）。当神与人类靠得太近，这意味着人类将未知变成
可知的概率剧增，意味着偶然性的猜测在神的指引下变成必然
的已知的结果。此刻，人类便面临恐惧甚至崩溃，因为在漫长
的人生路程中一切变得更加确定，使得人类失去了对未来的好
奇，使得人类郁郁寡欢，只能等待死亡的到来。所以，历史的
"偶然"在人类文明发展史中更像一种希望，引领新的思潮。布
歇提出的图示在某种意义上延续着这种偶然性，他将主体线分
离独立，在回溯力的标注线下并未设置封闭的空间，这意味着，
在事件与欲望的碰撞中，个人赋予历史以偶然性，而历史在回
溯线的推进下又产生了新的秩序。在理论图示的欲望结构图中，
《历史人》的历史痕迹、主体言说和回溯思考置于"陈述的主
体—言说的主体—回溯力"的结构中，这颠覆了某种意义上人
们对于 20 世纪六七十年代的普遍认识。这股思潮在解放与放纵
中游走，在呐喊与暴力中结束，是特殊的年代，却也是承前启
后的时代。

结　语

　　《历史人》"以文学叙述的方式记录历史，以历史叙事的方
式展现文学"①。被阐释的历史主体在现代城市的颓废和红色风
暴的跌宕中展现其延异的创伤表征，进入言说的主体。人物的
主体言说，以反讽的方式直面拉康的实在界，撕开实在界的

---

① 张媛《论〈历史人〉的结构主义叙事艺术》，第 102 页。

"裂缝";而这个裂缝在社会语境中充满了对抗性,聚集着历史人物的"恶"驱力,不仅把回溯作为动词,通过叙事方式将事件性体现出来,而且把回溯视为名词,使历史内部的发展逻辑抒情化,给人一种历史在场感和沧桑感。

陈述的主体在一定意义上是历史的再现,言说的主体是一次作者刻意设计的情节颠覆。形式与内容的交错创新和作者对线性时间的反拨,使得个人体验与历史进程产生了一定联系,而回溯力的出现将奇迹般的偶然在历史进程中进行再现,更好地阐释了个人体验中的事件内涵。用齐泽克的"事件"理念重读《历史人》,可以更深切体会到小说中深含的 20 世纪 60 年代末 70 年代初欧美社会、政治与文化的内部巨变。用布歇的理论图示做观照,可以发现《历史人》在对动荡的 20 世纪六七十年代做出回应时,具有独特的路径,产生崭新的阐释意义。

架构与建构
——塔可夫斯基的《牺牲》中的事件

张奇才

上映于 1986 年的《牺牲》由俄罗斯导演安德烈·塔可夫斯基（Andrei Tarkovsky）执导，该片获得国际影评人费比西奖、英国电影学院奖最佳外语片奖。遗憾的是塔可夫斯基在影片上映后的 1986 年 12 月逝世，享年五十四岁，该片成为他的最后一部作品。影片讲述的是在迫在眉睫的核毁灭的背景下，一个名叫亚历山大的中年知识分子通过向上帝献祭以阻止核爆炸的故事。亚历山大早年做过话剧演员，后改行成为记者、批评家和美学讲师。他和他的妻子阿德莱德、幼小的儿子"小大人"（Little Man）（由于喉部手术暂时失声）、继女玛莎、茱莉亚共同居住在一栋大房子里。一家人在家中庆祝亚历山大的生日，并邀请了维克多（阿德莱德的情人）和奥托（亚历山大的朋友，同时是一名邮递员）。正当晚宴即将开始之际，电视新闻播报了毁灭全球的核爆炸即将发生的消息。在绝望中，亚历山大向上帝祷告，祈求上帝阻止核毁灭的发生，让世人不再恐惧，为此他愿意牺牲自己所有的一切作为祭品，包括房子以及家人的陪伴。奥托建议他与家中的女仆玛利亚同房，因为在奥托看来，玛利亚是个女巫。亚历山大照做了，第二天早上当他醒来的时候，一切恢复了正常。为了履行自己的诺言，亚历山大开始着手贡献自己的一切。当家人和朋友在屋外散步时，他亲手将自己家的大房子点燃，让房子烧为灰烬。而后，他被家人塞进了救护车。

一、基督教的架构

观影者就这部电影的情节经常产生一个疑问，先是转瞬即至的核爆炸，接着亚历山大和被认作女巫的女仆玛利亚同房，此后生活都恢复了正常，这中间到底发生了什么？整个故事仅仅是亚历山大的一场梦吗？情节的混乱是导演的精心安排，还是他的败笔？在马克·拉·法努（Mark le Fanu）看来，整部电影由于其"极其混乱的叙事及主题的混乱"成了塔可夫斯基生平"一部有着致命缺陷的电影"。① 然而在彼得·格林（Peter Green）看来，情节的混乱正是印证了梦境的无序，也构成了该影片的一大亮点：

> 有大量的证据可以证明影片的主要情节都是发生在梦境中：对睡觉的多次提及；不合情理的行为；更有说服力的是塔可夫斯基所采用的不同色调。影片的主要情节都是在夜晚发生的，从亚历山大走出房间来到花园寻找小大人，接着发现玛利亚和房子的模型，到早上他在沙发中醒来，

---

① 转引自 Gino Moliterno, "Zarathustra's Gift in Tarkovsky's *The Sacrifice*", http://www.latrobe.edu.au/www/screeningthepast/firstrelease/fr0301/gmfr12a.htm［2018-03-16］。

这个时间段发生的事情都是在梦中并且都处于昏暗的色调中。而影片的开头和结尾在天亮时发生的情境都被放置在北欧夏天苍白的自然色调中，将梦境夹在其中。①

对于影片的争论仍然存在，而如果从齐泽克的事件理论出发观照此部影片，可以发现这些争论实际上是可以调和的。哲学从古至今似乎就纠结于存在论与先验论的两难选择之间。存在论关注现实世界本身及其形成、发展的过程，它关注的是宇宙的诞生、终结以及人类在其中的位置。先验论与之相反，它要揭示的是现实世界以怎样的形式向我们呈现；它要回答的是现实世界的感知如何才能成为可能的问题。先验论强调认知架构的"先验"的特点，认为是认知架构决定了我们感知现实世界的角度和作为参照的坐标系，比如说是选择唯心主义还是唯物主义的路径，再比如说是否接受精神是实在的构成部分。② 因此不管是思想史，还是其他有关政治、美学、观念、意识、行为、道德等方面的历史，在很大程度上都具有一种主导模式。比如柏拉图的哲学思想基于线性思维原则之上的几何或者数学模式，这种模式在一定程度上主导了古希腊哲学。以此为基础，人们会认为通过缜密的逻辑推导就可以获得正确的结论，根据这些知识和真理，人们就可以实现真、善、美。③ 而这样的思维模式其实也只不过是一种占绝对主导地位的思维架构。

在《事件》中，齐泽克提出了这样一个问题："事件究竟是

① Peter Green, "Apocalypse & Sacrifice", http：//people. ucalgary. ca/~ tstronds/nos-talghia. com/TheTopics/Green_Sacrifice_Essay. html [2018 - 03 - 10].
② 详见斯拉沃热·齐泽克《事件》，王师译，上海译文出版社，2018年，第4—5页。
③ 详见以赛亚·柏林《浪漫主义的根源》，吕梁等译，译林出版社，2008年，第10页。

世界向我们呈现方式的变化，还是世界自身的转变"？（《事》：6）这个问题呼应了哲学在存在论和先验论之间的徘徊，同时也非常适用于《牺牲》的评析。为了搞清楚影片的混乱是否发生在梦境中，我们不仅要关注影片自身，也需要关注电影的呈现方式的变化，即我们在观影时作为参照坐标的架构。

影片之所以显得不合常理、混乱、难以理解，其主要原因在于我们无法接受这样一个逻辑，在毁灭全球的核爆炸来临之时，亚历山大和女仆玛利亚同房就使人类回到了先前正常的生活秩序。但是如果影片放在基督教教义的框架内，其自身逻辑是容易理解的。观影者也可以发现影片中明显的基督教元素。影片开头的前四分钟用来显示主创人员名单，名单显现在作为背景的达·芬奇的宗教画《三博士朝圣》（*Adoration of the Magi*）之上。在名单显示完毕后，影片又用了近一分钟的时间给了该宗教画的近镜头特写。此外，亚历山大家里的女佣名叫玛利亚，这个姓名在《圣经》中具有丰富的宗教含义。当玛利亚给亚历山大倒水洗脸时，也可以清楚地看到浸洗礼的仪式因素。在基督教教义的框架内，亚历山大所做的一切都是真实的，他与玛利亚的结合实际上是他对上帝的献祭，通过献祭，他拯救了全人类。向基督教架构的转变是一个事件。"在最基础的意义上，并非任何在这个世界发生的事都能算是事件，相反，事件涉及的是我们藉以看待并介入世界的架构的变化。"（《事》：13）

好莱坞电影中一个流行的主题是情侣的破镜重圆。例如2012 年的影片《逃离德黑兰》（*Argo*）的核心并不在于主角如何克服重重困难去营救躲藏的美国人，而在于主人公和妻子关系的复合。在《牺牲》中也存在着亚历山大和阿德莱德这样一对问题夫妻。妻子阿德莱德和亚历山大的朋友维克多有着婚外情，通过维克多和阿德莱德的对话，可以知晓他们之间的恋情：

> 阿德莱德：你可以忘记我、玛莎还有那个男孩，但是亚历山大是你的朋友啊！
>
> 维克多：他仍然是我朋友。
>
> 阿德莱德：他需要你！
>
> 维克多：他有一位完全可以照顾他的妻子。她也应该照顾他。①

此时的维克多厌倦了与阿德莱德的交往，宣布要去澳大利亚开诊所。而阿德莱德对维克多仍然恋恋不舍。"阿德莱德前段婚姻的女儿和她同时爱上了亚历山大以外的另一个男人。"② 影片看似又要落入好莱坞的问题夫妻破镜重圆的俗套，却又故意摆脱了好莱坞的叙事结构，接受了核爆炸这一"带来创伤的第三者"，接受其无意义且不可参透的在场本身。新闻的播报预示着核爆炸的来临，它意味着即将来临的死亡，获悉消息的人却无能为力。此时，实在物（the Real）溢出了现实生活的幻象的框架，侵入了现实的生活。泥泞的布满腐烂树叶的荒野，连同硬币一起埋在淤泥之下的丝巾，洒满纸屑的道路被抽屉、纸盒、废弃的衣物、汽车和桌椅所占据，人群从高楼里冲出来，慌慌张张地涌上画有斑马线的街道并在斑马线上推推搡搡，小男孩睡在粘上泥污的玻璃上，玻璃中折射着高楼的倒影，裸体

---

① 引自塔可夫斯基的影片《牺牲》，此处的中文由作者从影片英文字幕翻译而来。

② Vidat T Johnson，Graham Petrie，*The Films of Andrei Tarkovsky: A Visual Fugue*，Bloomington：Indiana University Press，1994，p. 181.

的女性在房中追赶着鹅，这些无法用常理来理解的意象很好地诠释了逃离象征界、拒斥语言表达的实在物。

面对核爆炸这一终极事件，影片中的人物都惊慌失措，而奥托和亚历山大在酒精的麻醉下，可以暂时不受现实生活的理性坐标的约束，他们积极、主动地应对事件。亚历山大本来不信仰基督教，当奥托问他："你和上帝的关系如何？"亚历山大的回答是："上帝不存在。"（《牺》）在核爆炸迫在眉睫的时候，亚历山大跪倒在地，满怀虔敬之情向上帝祈祷："请把我们从这可怕的时刻中拯救吧。不要让我们的孩子们死去，还有我的妻子、维克多，还有那些爱您信您的人。我会献给您我所有的一切，我愿放弃我深爱的家人。我愿意毁掉我的房子，我愿放弃我的小大人。我愿意变成哑巴，从此不再和任何人说一句话。"（《牺》）在向上帝祷告时，亚历山大放弃了以前的无神论，在一定程度上皈依了基督教。为了使自己和众人从灾难中解脱出来，他表示愿意放弃象征物质财富的房子，他愿意放弃可以提供情感支持和慰藉的家人，他也愿意放弃说话的能力。这种诉求具有自私性，即上帝必须保证亚历山大和众人的性命无虞。这种诉求同时是巨大的自我牺牲，他毕竟愿意牺牲自己的幸福换回自己和众人的性命。这种诉求本质上仍然是理性的，合乎道德与伦理。做完这个祷告后，奥托很快就出现在他面前，告诉他拯救世界的方法。影片中，奥托的职业是个邮递员，负责传递信息，他"是一个信使或先知似的人物"[1]。正因为奥托的特别身份，奥托向亚历山大泄露了天机，拯救世界的秘密就是

---

[1] 张奇才、王婷婷《塔可夫斯基的〈牺牲〉的释义学解读》，载《电影文学》2017年第1期，第61页。

和玛利亚同房。亚历山大虽然已经皈依，但是与一个不是自己配偶的玛利亚同房是不道德、不合乎伦理的。但是对于宗教的信仰要求摈弃理性，要求信徒绝对的信念和对神保持绝对的敬畏之心。当上帝要求亚伯拉罕火烧以撒献为燔祭之时，亚伯拉罕心中必然也是无限纠结和抵触，而最终他的道德感让步于对宗教的绝对信仰。亚历山大做出了同样的选择，他以自己的理性和旧有的道德和伦理为祭品，献给上帝。此时在基督教架构下的亚历山大与玛利亚的结合作为主能指平息了混乱与恐慌，给令人困惑的场面带来了秩序。献祭成功完成。第二天一早，亚历山大发现一切恢复了正常，他们安全了，核毁灭的阴霾已经散去。

二、建构：技术的本质

至此，本文仅仅回答了如何理解影片中看似混乱的情节的问题，但是还未能触及影片的主旨。我们还需重新回顾一下整部影片的发展和张力的显现。"事件性的结果以回溯的方式决定了自身的原因或理由。"(《事》：3) 通过回溯我们可以知悉影片中主要矛盾的起因在于电视播报的即将毁灭全世界的核爆炸。问题的关键也就在于电视机和核爆炸——两种技术发展的代表。

海德格尔在《技术的追问》(*The Question Concerning Technology*，1954) 一文中使用了 Gestell 这个词语，这个德文词的本意就是"建构"(enframing)，表示隐藏在现代技术表面之下或背后的东西，即"技术的本质"。"西方形而上学在最终环节上的技术悖论就在于，这种建构模式已经令架构本身面临危险：在这过程中，人类不再是真正意义上的人类，他们被还原为技术操纵的对象，从而失去了向现实世界神驰敞开的特性。"（《事》：37）人类在现今的技术建构模式里，丧失了操纵技术的自由和自主性，沦为技术掌控的棋子。家中放置的电视机本来应该可以给家人带来欢乐和安逸，在电影中却成了噩耗的信使。当人们想要了解关于核爆炸的更多信息时，电视机却又出现了故障。与之相反的是，玛利亚家中的电视机"报废了"，她没有看到关于核爆炸的新闻，因此也省去了对于核爆炸的忧愁和烦恼。阿德莱德知悉核爆炸后想打电话寻求安慰的时候，电话打不通，她在绝望中感叹："电话也打不通，上帝啊，为什么一切都事与愿违啊！"（《牺》）核弹的产生是科技异化的又一典型例证。"二战"期间，美国和德国都想在武器研发技术上取得突破，研制出一种可以改变战局的终极武器，最终美国捷足先登。在短短的三十年间，世界上又增添了苏联、英国、法国、中国、印度、巴基斯坦等核武拥有国。此时的核武已经不单单能够改变战局，它已赫然成为能完全毁灭人类的存在。在一定意义上我们可以说，战争中不是人类在主动地考虑是否动用核武，而是核武决定着战时人类的思维。

建构的另一威胁在于它剥夺了人类获得真理的可能性。"对人类的威胁不只来自可能有致命作用的技术机械和装置。真正的威胁已经在人类的本质处触动了人类。集置之统治地位咄咄逼人，带着一种可能性，即人类或许已经不得逗留于一种更为原始的解蔽之中，从而去经验一种更原初的真理的呼声了。"①

---

① 马丁·海德格尔《存在的天命：海德格尔技术哲学文选》，孙周兴编译，中国美术学院出版社，2017 年，第 150 页。在孙周兴的译文中，Gestell 这个词语被译作"集置"，本文中"集置"与"架构"所指对象一致。

真理被隐藏，如果人类不去努力争取正确的方向，人类将无法揭示真理。"技术是一种解蔽方式。"（《存》：140）在古代，技术有助于人们认识真理。例如，打造一个祭祀用的银盘需要考虑四个方面的因素：银的质料因素、成品样态的形式因素、用以祭祀的目的因素和银匠加工的效果因素。四个因素作用不同，共属一体。在打造银盘这一技术过程中，银匠对其他三个因素加以综合考虑使银盘得以产出。"产出从遮蔽状态而来进入无蔽状态中而带出"（《存》：139）。清晰地认识这四个方面的因素就可以正确认识古代技术的基本特征。进入现代社会，技术被看作人类达到某种目的的手段，被看作一种工具，人类对于自身在使用技术时的主体能动性有着偏执、盲目的自信。而现在复杂的技术网络远非人类可以完全认清和掌控，人类对于技术的认识囿于有限的环节。正如海德格尔指出的那样，就像其祖辈那样以同样步态行走在相同的林中路上的护林人，不论这个护林人是否意识到这一点，他所从事的鉴定树木种类和护林的技术工作已经成为纸浆和纸张生产产业的一个环节，而纸张生产产业也只不过是报纸、画刊等出版业的一个环节。"促逼着的集置不仅遮蔽着一种先前的解蔽方式，即产出，而且还遮蔽着解蔽本身，与之相随，还遮蔽着无蔽状态即真理得以在其中发生的那个东西。集置伪装着真理的闪现和运作。"（《存》：150）也正如亚历山大所说："我感觉我们的地图不包含真理……我们会用眼睛去看，但是我们看不到真理。"（《牺》）

三、反建构的艺术

现代技术的本质，即建构，"乃是极端的危险"（《存》：153）。"由于技术之本质并非任何技术因素，所以对技术的根本性沉思和对技术的决定性解析必须在某个领域里进行，该领域一方面与技术之本质有亲缘关系，另一方面却又与技术之本质有根本的不同。这样一个领域就是艺术。"（《存》：156）在古希腊，艺术包罗万象，涵盖了宗教、政治和社会生活的各方面，艺术在社会中并非一种独立的存在。古希腊的艺术表明了人与所有存在的紧密联系。时至今日，艺术仍是一种特殊的境界，在那里，世界的"允诺"得以维系与支持。艺术与技术不同，它不用测量、分类、掠夺世界的资源，它更多的是参与呈现与解蔽的过程，这一过程正是存在的特点。"海德格尔将艺术看作指引人类方向的一盏明灯，因为艺术家或诗人可以实事求是地看待世界以及世界解蔽自身的方式。"[1]

在影片中，亚历山大这一角色的姓名具有特殊的含义。历史上的亚历山大帝国在当时是世界上领土面积最大的国家。亚历山大创下辉煌的业绩，他推进了古希腊文化的发展和东西方文化的交流，鼓励各民族间的通婚，倡导民族间的地位平等，对人类社会文化的进展产生了重大而积极的影响。由此，"亚历山大"这一姓名将影片中的角色、历史中促进古希腊文明传播

---

[1] Wikipedia，"The Question Concerning Technology"，https：//en. wikipedia. org/wiki/The _ Question _ Concerning _ Technology＃cite _ note－hi－6［2019－02－09].

的亚历山大大帝以及海德格尔关于技术本质的理论中把艺术作为纽带将人与世间万物有机联系起来的古希腊时代有机地联系起来。此外，实施牺牲的亚历山大从事过话剧演员的工作，后改行成为记者、批评家和美学讲师，把他称作一名艺术家可谓中规中矩。

作为艺术家的亚历山大具有敏锐的观察力，他深切地认识到现代文明的野蛮实质以及人类对技术的盲目依赖："文明就建立在武力、权力、恐惧和依赖性之上。我们所有的'技术发展'仅仅给我们带来了千篇一律的物质的舒适以及保护权力的暴力的工具。我们已经沦为了野人。我们把显微镜当成大棍棒使用，这是不对的。野人都比我们文明。每次我们在科学上取得突破，我们就用它为非作歹。"（《牺》）

在现代技术引发的人类生存危机的当口，他实施了两次牺牲，拯救了人类，为人类指明了方向。他在第一次献祭中，转向了宗教的怀抱，放弃了理性。在第二次献祭中，他点燃了他的大房子。将房子作为燔祭奉献给上帝可以在两层意义上进行阐释。首先，火烧房子是作为艺术家的亚历山大奉献给上帝的艺术作品。"惟有作品才使艺术家以一位艺术大师的身份出现。"[1] 曾经当过话剧演员的亚历山大渐渐地"在舞台上觉得不自在"，"羞于再去表演别人，表现别人的情感。"（《牺》）他真正追求的是表现他自己内心的真实。正如影片中一位艺术评论家所说："就我对亚历山大的话的理解，他是想说一个具有自由意志的人要成就一件艺术品还是非比寻常的。一般说来，诗歌创作的结果离诗人如此之遥远，以至于人们都不愿相信诗歌是

---

[1] 马丁·海德格尔《林中路》，孙周兴译，上海译文出版社，2014年，第1页。

人为的结果。而对于演员来说，恰恰相反。演员就是他自身，他的创作，他的作品。"（《牺》）在同玛利亚同房以后，世界恢复了平静，亚历山大心中充满的是对神的信任和敬畏。点燃房子的他再次成为演员，他表演和表达的正是他内心最急切地要传达和表述的，这不仅仅是完成他对上帝的许诺，更多的是他对上帝的赞扬。他给家人写了一张便条，建议家人出去散步、不要打扰他休息。在家人离开后，他在客厅的桌上有条不紊地放置一张又一张的椅子，又在椅子上整齐地摊上布帘，精心地搭建易于燃烧的祭坛。他将家人诓骗出去时表现得越是处心积虑，在搭建祭坛时越是有条不紊，房屋燃烧时的火焰越是猛烈，就越能表现他内心对神的敬畏与颂扬。熊熊的火焰也昭示了上帝的伟大，在《出埃及记》中，上帝就是通过燃烧的荆棘的火焰向摩西现身的。"在建立作品时，神圣者作为神圣者开启出来，神被召唤入其现身在场的敞开之中；在此意义上，奉献就是神圣者之献祭。赞美属于奉献，它是对神的尊严和光辉的颂扬。尊严和光辉并非神之外和神之后的特性，不如说，神就在尊严中，在光辉中现身在场。"①

其次，火烧房子象征着人进入真正的家园的可能。亚历山大点燃房子，使自己和家人处于一种无家的状态。无家状态有二重性，如张祥龙所言：

> 它有非真态无家和真态无家的二重或区别。前者是找
> 不到出路的流浪式的无家，就像迷失在现代技术中的人的
> 生存状况；后者则是在无家的剥离中看出真相而返归存在

---

① 马丁·海德格尔《林中路》，第27页。

本身或在先的允诺本身，就像在现代技术造成的极度危险中看到艺术化缘构发生的可能，于是可能进入真正的家中或《安提格涅》第一道合唱曲末尾讲到的"炉灶"（Herd）边，再度获得那非现成的、燃烧着神圣炉火的家园。①

在亚历山大着手点燃房子的早晨，他的妻子阿德莱德在和维克多散步时说："我最近做了个梦。在梦里我在街上走着，我在乞讨。当我醒来，我哭了好一会儿。"（《牺》）阿德莱德模糊地感到一种找不到出路的无家可归的状态，此时亚历山大和阿德莱德的实体的房子仍然存在，这种无家的状态是模糊的、不确定的。实体的房子被烧为灰烬以后，亚历山大迫使人们对自身的无家状态有了更切身的体会，他打破人们的幻想，迫使他们对自己的真实处境进行再思考，给人们提供了在真正家园栖居的可能。海德格尔认为精神可以理解为那不断运动、变化不息的火焰。② 亚历山大的房子是现代社会的物质存在的一种表征，他点燃房屋象征着打破重物质轻精神的现代技术的建构，房屋燃烧时的火焰就象征着精神的指引，为现代的人们寻求真正的家园指引方向，照明道路。

凯斯勒（Martin Kessler）和杜尔路（Karel Deurloo）在分析以挪士（Enosh）时写道："'以挪士'与'亚当'的意义不同，它表示着脆弱的人，表示'the little man'（小大人）。"③

① 张祥龙《技术、道术与家——海德格尔批判现代技术本质的意义及局限》，载《现代哲学》，2016 年第 5 期，第 64 页。
② 详见马丁·海德格尔《在通往语言的途中》，孙周兴译，商务印书馆，2004 年，第 58 页。
③ Martin Kessler and Karel Deurloo, *A Commentary on Genesis: The Book of Beginnings*, New York and Mahwah: Paulist Press, 2004, p. 68.

"小大人"是对"以挪士"的阐释。而在《圣经》中，以挪士起到了一个分水岭的作用，"赛特也生了一个儿子，起名以挪士。那时候，人才求告耶和华的名"（创世记4：26）。电影的末尾处，影片中一直不能说话的小大人重新开始说话了。小大人开始说话，能够求告耶和华的名，这表明，在亚历山大的献祭后，以小大人为代表的人类开始求告耶和华的名，迈开了更加注重宗教信仰的重要的一步。"在某些情况下，牺牲与创造相关或者与世上生命的延续相关。"① 在《圣经》的《创世记》篇中，可以发现两个创造世界的故事。在影片中，我们看到了两次牺牲。我们无法确认塔可夫斯基是否有意在影片中设置了一种与两个创造世界的故事相平行的结构，但是这种电影和文学作品中的互文性是显而易见的。通过第一次献祭，亚历山大将人类从迫在眉睫的核危机中拯救出来，延续了世上的生命。通过第二次献祭，亚历山大创作了歌颂上帝的作品，彰显了上帝之名；与此同时，他也创造了人类在真正意义上回归家园的可能性。

---

① *Myths Encyclopedia*，"Sacrifice，"http：//www.mythencyclopedia.com/Pr-Sa/Sacrifice.html［2019-02-09］.

韩南英译《蜃楼志》 中翻译事件的建构

曾景婷

  2014 年 4 月 27 日，美国著名汉学家、曾任哈佛大学燕京学社第五任社长的韩南（Patrick Hanan）驾鹤西去。他生前最后一部译著《蜃楼志》（Mirage）也于同年出版，成为中国文学"走出去"时代语境下的重要翻译事件之一。李欧梵先生盛赞《蜃楼志》是中国世俗小说中的沧海遗珠，而韩南先生则是一位无可挑剔的英译大家。"乾嘉盛世"之末诞生了中国第一部描写海外贸易商人奋斗史的世情小说——《蜃楼志》。此书问世于清嘉庆九年（1804 年），正值鸦片战争爆发前夕，作者匿名为庾岭劳人。它以广东十三行商总苏万魁之子苏吉士的社会活动为中心，刻画洋商与海关衙门及地方政府之间的矛盾，其中还穿插着主人公与妻妾、情人之间的风流情事，展现出清代迟暮帝国广东岭南地区的世情画卷。由于受前期涉淫小说影响较深，该小说问世不久即被列为禁书，禁毁后一直湮没无闻，远非世人耳熟能详之作。而韩南的翻译终于使更多的国内外读者有幸开阔视野，读到这本几乎被遗忘的优秀小说。

  马克思主义文论家特里·伊格尔顿于 2012 年推出新作《文

学事件》①，将"事件"这一哲学概念引入文学批评，独具新颖的学术视角。文学的阅读、传播与经典化离不开翻译，翻译是一种再写作，而写作是一个生成的事件，永远没有结束，永远正在进行中，超越任何可能经历或业已经历的内容。② 伊格尔顿的事件理论启迪我们，不妨将翻译置于"事件"体系中加以审视，考察翻译的发生、流变与影响，揭示翻译行为背后的操控因素，构建翻译研究的中国话语体系。本文以翻译作为"事件"的生成与效果为理论视角，以《蜃楼志》韩南译本为研究对象，考察汉学家兼译者的韩南如何打破原文本的固有形式，利用译本对原文本以及现实世界进行解构与重构，进而在译语社会背景与历史语境下赋予原文本新的生命。

一、翻译作为"事件"

"事件"原词为 evenement 和 event，源自拉丁语动词 evenire，意思是"到达"或"来到"，表示一种从某处某时朝着某一个方向发出并正在到达的动态或事态。"事件"既关系一种来到中的事态，又强调一种发生的结果。③ 文学理论家理查兹（I. A. Richards）认为，翻译是宇宙进化过程中产生的最复杂的一桩事件，翻译的发生、生成与流变都映射着外部环境的变化，

---

① 详见 Terry Eagleton, *The Event of Literature*, New Haven and London: Yale University Press, 2012。

② 详见德勒兹《批评与临床》，刘云虹、曹丹红译，南京大学出版社，2012 年，第 236 页。

③ 详见高宣扬《论巴迪欧的"事件哲学"》，载《新疆师范大学学报》（哲社版）2014 年第 4 期，第 141 页。

影响着其他事物。① 法国哲学家阿兰·巴迪欧是后马克思主义的代表人物之一，在当代欧美学界享誉盛名。其"事件哲学"颠覆了传统先验本体论的形而上学，呈现出一种全新思维方式。在巴迪欧看来，"事件"在既定的认识框架中是无法预知的，它全是偶然的生成物，但又要对未来产生强有力影响，既定的知识并不能对它进行清晰阐释。② 因此，作为"事件"的具体形式之一，翻译具有动态性和无法预测性，在生成过程中不断冲破现存的结构系统、不断与过去决裂指向译语，无限向原作靠拢，却又永远不可能企及。"事件"的发生离不开主体，巴迪欧认为，事件主体具有分裂性，包含主体化与主体进程两种形态。主体化开启了事件建构的第一步，即对旧秩序施以短暂性的破坏（destruction），处于介入维度，因为它要在不同程度上冲破原有情境；而主体进程则是促成新秩序的诞生，具有持续性和新颖性，处于重组维度，在新语境下重建被破坏的局面。③ 破坏与建构是事件的一体两面，缺一不可。那么译者作为翻译活动的主体和连接原作作者与译作读者的中间人，则需要充分发挥其主体性，综合考量翻译环境、出版策略、读者市场等"翻译外"因素以及翻译文本、翻译策略、翻译目的等"翻译内"因素，主动参与这一动态、开放的过程，才能建构出基于文本内外的翻译"事件"。翻译"事件"具有破坏性，即改变原文本的

---

① 详见 Edwin Gentzler，*Contemporary Translation Theories*（Second Revised Edition），Clevedon：Multilingual Matters Ltd.，2001，p. 14。

② 详见阴志科《伊格尔顿"文学事件"的三重涵义——兼谈作为书名的 event》，载《文艺理论研究》2016 年第 6 期，第 81—90 页。

③ 详见 Alain Badiou，*Being and Event*，trans. Oliver Feltham，London：Continuum，2006，pp. 267 - 306。

既有规范，打破原文本的语言逻辑，撕裂已有的文字世界，在破坏中重构，在断裂中生成。译者的主体行为在不同的时空中践行破坏与重构，新的阅读规则和文化范式便诞生于翻译"事件"所割裂的断层中，最终使译文本读者对于新生文本展现出认可、忠诚与拥护，从而使原作在异域文化中获得新生。在此意义上，一旦被翻译，作品就进入了新的生命历程，开启其"来世的生命"，翻译是作品生命延续的一种根本性方式，因为"在译文中原作的生命获得了最新的、继续更新的和最完整的展开"。①

翻译事件绝非自我生成，而是需要建构。《蜃楼志》英译"事件"的生成需满足两个条件。一是原文本的破坏。德勒兹作为生命哲学的代表，认为事件本身就是"意义"的生成，是一个无限连续的生成性本身。②巴迪欧的"破坏"概念演绎到翻译事件中，指的是冲破原文既有规范的束缚，实现意义在译语语境中的再生。罗兰·巴特打破了作者的绝对权威，德里达意义的延宕与游戏也让我们深知能指的链条将无限指向所指。这样一来，文本从封闭的自足空间变为开放的系统，多元的阐释在读者（译者）的参与建构中使得文本具有无限的魅力与张力。译者打破原文本既有的语言规范，挑战源语文化语境中读者固有的认知模式，改变原文本映射的文化空间。二是译文本的重构。当译者打破原文本固有模式之后，必然在译文本语境下对意义进行重构，这就涉及翻译策略问题。在文化日益多元化的

---

① 详见本雅明《译者的任务》，陈永国译，收入《翻译与后现代性》，中国人民大学出版社，2005年，第5页。
② 详见崔晨《作为哲学事件的巴迪欧"事件哲学"》，载《江苏社会科学》2017年第2期，第116页。

当下，传统语境探讨的"直译"或者"意译"不应拘泥于文本内的语言处理技巧，而应挖掘其后投射出的翻译伦理，也就是在任何翻译事件中都必然显现出与翻译环境、翻译主体密切相关的翻译立场以及在特定翻译立场下形成的翻译策略。[①] 因此，翻译不是一个纯粹的、从原文本到译文本的静态过程，而是一个异质文化从抵抗到融合、从融合到拼合的过程。

总之，我们可以将事件的"破坏性"理解为巴迪欧对单纯解构的超越，而翻译事件中的"破坏"则是探讨翻译主体在特定文本与社会环境中如何打破原文本的时空固化模式，思考主体如何通过操控原文本来建构译文本，具有积极的建构意义。从事件的"生成性"来看，事件对原文本诸多要素进行破坏与重构；从事件的"效果性"来看，其破坏性造就的文本外部时空的断裂正是文本获得重生的契机。

二、翻译事件的生成性

正如《蜃楼志》书名所指，韩南在世界文学的语境下打破原著所属的时空格局，将其重塑为 *Mirage*，使得西方读者能够如遥望蜃楼般窥探充满异质特征的东方世界，在当代西方文化的他者注视下感受广州作为海外贸易前沿阵地的开放与清朝大中华帝国的崩塌。文本内外旧世界的崩塌体现在内容结构的调整、语言文化的重构以及中国形象的流变上，而译者对翻译策略的灵活调用以及对原文本的主观操纵则存在于任何翻译事件

---

① 详见袁筱一《翻译事件是需要构建的》，载《外国语》2014 年第 3 期，第 5 页。

之中,"破坏"意味着舍弃,"重构"意味着新生。笔者认为,韩南英译《蜃楼志》的译本生成可分为确当翻译、缺陷翻译和操控翻译三类。

2.1 确当翻译

中国在西方人眼中曾是一个神秘而富庶的东方国度。自 18 世纪盛行于法国的"中国风"席卷整个欧洲以来,一股被称为"洛可可"艺术的典雅又不失活泼的艺术形式与中国风味息息相关,从室内装饰扩展到建筑、雕塑,而后又迅速影响绘画、音乐以及文学,统治欧洲艺术长达三分之二个世纪。西方文学中对中国的书写涉及奇珍异宝、风土人情、绿水青山和古典建筑,至今仍产生深远影响。《蜃楼志》属中国世情小说的一类,文内有大量对中国建筑、园林、器具等描写。

例1:

原文:锦缎、大呢、被褥共一千二百十二床;

南缎、杭绸、沙罗共一千八百二十卷。①

译文:1212 coverlets and mattresses of woven colored-pattern silk and wool.

1820 rolls of Nanjing stain,Hangzhou silk and silk gauze.②

例2:

原文:紫檀、花梨、香楠桌椅共五百八十二张。(《蜃》:228)

译文:582 tables and chairs of sandalwood,rosewood,or

---

① 庚岭劳人《蜃楼志》,华夏出版社,1995 年,第 227 页。
② Anonymous,*Mirage*,trans. Patrick Hanan,Hong Kong:The Chinese University Press,2014,p. 279.

nanmu.（*Mirage*：279）

从宏观角度看，中国文学对财富和文化的书写曾令西方读者向往。例2中紫檀与花梨都可以译为 rosewood，例1中各种绸缎都可以译为 silk，但译者选用不同译名进行对应，以高度多样性的词汇体现东方家具布料种类之繁多，强化东方物质文明对读者的吸引力。

例3：

原文：瓦错鱼鳞蒸海气，城排雉堞抱山隈。

珠楼矗向云间立，琛舶纷从画里来。（《蜃》：45）

译文：Rows of jagged rooftops in steamy ocean air；

Great walls and parapets embracing hills and dales；

Splendid mansions towering up to distant skies；

Hosts of treasure-laden ships as from a painting.（*Mirage*：57）

从微观角度看，译者深入原文本结构，挖掘潜文本信息，结合个人风格灵活调用翻译策略。例3中原文本在自身封闭的历史语境下以古诗构建俊秀的南粤风光图，译文本总体忠实于原文本，保留对仗句式，以 ocean air 和 distant skies 作上半句结尾，刻画开阔的空间场景，营造宏大的审美情怀，传达东方以"大"为妙的地域特色。同时，译者深入分析原文本话语，考证句末"画里来"的意义所指，在注释中进行推测：此处可能指代描绘了广州贸易港口的画作，也许出自画家史贝霖（Spoilum）。史贝霖于1774年至1805年活跃于广东，若此猜想成立，则原文本作者必然熟悉中国贸易。① 对于史贝霖的推测又

———————————

① 详见 Anonymous，*Mirage*，pp. 62 - 63。

反向揭示东西方贸易互通和艺术交流历史悠久。以考证见长的译者忠实再现原文本诗歌格式意境,解构原文本符号,破坏其封闭空间,挖掘文本与真实历史的互相映射,以佐证其学术观点,使原文本的历史信息在新时空下的译文本中焕发新生。

2.2 缺陷翻译

译者有选择地破坏原文本、重构译文本,连接不同时空,担当中国文化的鉴赏者与传播者。然而,意义的所指言有尽而意无穷,翻译事件不会停止,永远处于不断生发的过程中,永远有所缺憾。

例4:

原文:云如之何,我有旨酒,信誓旦旦,握粟出卜,其子在棘。(《蜃》:45—46)

译文:Yun ru zhi he;Wo you zhi Jiu;Xin zhe dan dan;Wo su chu bu;Qi zi zao ji.(*Mirage*:58)

注释:The numbers of the songs in the Mao edition of Poetry Classic in which the lines appear are as follows:47,161,196,52.(*Mirage*:63)

例5:

原文:赫公喊道:"我那管你〔职圆〕职扁!着实打!"(《蜃》:9)

译文:"What do I care about your rank?"roared the superintendent."Come out,hit him in earnest!"(*Mirage*:12)

例6:

原文:老头又唱道:和尚尼姑睡一床,掀烘六十四干他娘。(《蜃》:218)

译文：A priest and a nun are in bed together，＊＊＊＊＊＊
(*Mirage*：266)

注释：The second line is incomprehensible，to the translator
at least.(*Mirage*：271)

译者在音译原文本时造成不可避免的缺陷翻译。例 4 中，
苏吉士的老师李匠山行酒令时引用《诗经》里五句诗，要求前
四句分别以平上去入四个声调结尾，第五句兼备四个声调。译
者采取音译法，并增添注释标明出处，但英汉语音系统差异性
过大，音译法既无法传达汉语音调变化，也不能传达《诗经》
语句中优美的中国意蕴。因此，对发音及意义不了解的读者难
免失去兴趣，更不可能主动查阅《诗经》来了解诗歌文化。例 5
中，赫广大的话中暗含了"圆"与"员"的同音，以及"圆"
与"扁"的反义，暴露赫广大对职员官衔的毫不在意，也为行
文增添几分诙谐。由于汉语同音词与反义词组合难以同时在英
语中达到对等，译者采取删译法。例 6 中，船夫用粤语方言说
了一句粗话"掀烘六十四干他娘"，译者不了解方言话语，难以
阐述，采用删除与注释结合的策略，向读者解释此处无法翻译。
事件的动态性揭露了翻译"永不完成"的本质，正是缺陷翻译
的生成与重译推动翻译事件不断向前发展，在不断更新的时代
语境下焕发生机。

2.3 操控翻译

若原文本各类中国元素易于传达，译者顺利产出确当译文
本，反之则产出缺陷译文本。若原文本翻译难度适中，译文本
则介于确当与缺陷的两极之间，可进一步揭示译者作为西方汉
学家对中国形象有意识和无意识的操控。

2.3.1　异域女性形象刻画

例 7：

原文：（温素馨）只是赋情冶荡，眼似水以长斜；生性风流，腰不风而静摆。（《蜃》：26）

译文：She also had a wanton nature coupled with a liquid, sidelong glance as well as a romantic temperament paired with a lissome, graceful figure.（*Mirage*：32）

温素馨是主人公苏吉士的初恋，风流冶荡、贪图淫欲，但最终看破红尘、皈依佛门。对该角色的阐释涉及西方对东方女性形象的认知和原文本体现的价值观。首先，西方人眼中的东方女性神秘莫测，她们外表美丽、充满异域风情。温素馨身为中国古典美人，其外形受到西方读者青睐；其次，温素馨对爱情充满向往，甚至瞒着父母与苏吉士幽会，其开放的爱情观符合西方观念；最后，温素馨大量的淫荡行为冲击当下时空的道德规范，激发读者好奇心。东方女性的异域美感和开放心灵引起读者的陌生感与共鸣，兼具差异与相似的东方形象流变进入西方当代语境，带来视觉和思维的冲击。换言之，差异性与自在性的二元对立在翻译事件中调和，呈现出事件破坏与生成原理的宏观张力。译者以成长小说（Bildungsroman）定义原文本体裁，认为其主旨为年轻人成长以及融入世界的历程。[①] 因此，韩南作为译者和研究者的处理方式是，对角色形象进行阐释时既保留艳情元素以客观地贴近原文本，又尽可能用平实化语言进行表达，以免喧宾夺主、影响读者，让他们产生对小说主题以及中国形象的误读。由于世情小说的文本特殊性，译者对原

---

① 详见 Patrick Hanan，"Introduction"，in Mirage，p. x。

文本的阐释程度呈现出翻译事件的微观张力。

例7中原文本以对仗句描绘素馨的外表，点明其美艳外表和风流性情。译文本选用并列句保持格式对称，以 wanton 和 romantic 构成角色核心性格，暗指温素馨外表美丽、内心风流甚至淫荡。同时，原文本描绘角色的双眼和腰肢，译文本则增添外观细节，由双眼拓展到眼神、由腰肢拓展到体格，赋予角色更加完整的外形，引导读者鉴赏或赞美东方女性。然而，译者对角色形象的操控始于对原文本规范的破坏。角色意义能指链条延伸向西方世界，有可能出现偏差。原文本虽然涉淫，但作者亲身介入其中，借圣人之口云"冶容诲淫"，分明是人不要淫他，他教人如此的。[①] 换言之，原文本对素馨美艳淫荡形象的刻画是为了达到讽刺效果。"眼似水以长斜"在中国本土语境下象征着妖艳性情，给人以水性杨花、多情善变等不坚贞的性格暗示；"腰不风而静摆"则体现素馨放荡轻浮、难以自持。译者打破原文本预设的价值规范，颠覆、刻意美化原文本历史语境下的负面形象，以 liquid 赋予角色眼神清澈如水的意义，以 lissome 和 graceful 赋予角色柔软优美的身形。原文本的道德评价尺度被策略性地修改，一个背离传统的荡妇形象在译者手中被重构为无伤大雅、充满情趣的美人。

2.3.2 宗教身份的消极建构

译者精心考量宏观层面的翻译外因素和微观层面的翻译内因素，然而在对异质文化，尤其是对不同宗教信仰的抵抗、融合与拼合过程中仍不可避免地彰显出译者的文化无意识。如译文本用基督教话语 god 吸纳佛教用语"金刚"（*Mirage*：121），

---

① 详见庾岭劳人《蜃楼志》，第 24 页。

用基督教原罪 repent my sins（*Mirage*：258）替代佛教"来世"的观念，但实际上两者大相径庭。

例 8：

原文：秃秃秃，世间惟有光头毒。（《蜃》：151）

译文：Bald，Bald，Bald，—There's nothing so vicious as a bald head.（*Mirage*：183）

注释："Bald head" is a derogatory term for a Buddhist priest；it also refers to the glans penis.（*Mirage*：187）

例 8 中，注释指出僧侣具有恶毒荒淫的形象，遭到中国人贬损性的称谓。原文本的佛教意义在译文本中以不完整的"在场"形式体现，并指向西方基督教教义。"和尚"以遭受斥责的形象出场，这符合西方基督教的排他性，也体现出作为西方学者的韩南不可避免的文化优越感。因此，译本的呈现都与译者有意识操控和无意识阐释不无关联。在宏观层面，佛教文化作为他者，与西方基督教文化产生冲突碰撞，倘若译者全盘直译，部分缺乏东方宗教知识的读者可能产生误读甚至拒绝接受译文本，不利于译著出版与传播。为此，译者需要引入基督教话语重构佛教体系，同时维护基督教话语在本土语境的主导权和排他性。上帝的形象、原罪的概念出现在译文本中，使得西方读者在异质文化中发现本土元素，进而产生共鸣与认同。同时，注释能够阐释译者对佛教的理解，在基督教神圣不可动摇的前提下引导读者对异教文化放松戒备，这有利于中西文化交流。在微观层面，译者本人对于佛教文化的态度决定其采用何种翻译策略。由于原文本遵循的主体价值观体现在文人李匠山身上，韩南认为他的儒家价值观明显对主人公苏吉士等人产生巨大影响（*Mirage*：4），译者如实译出原文本对佛教的贬斥性话语，并增添注释渲染东方对佛教信徒的否定态度，使儒教大行其道。韩南的操控翻译，不仅受社会语境因素制约，也是文化无意识的必然结果。

例9：

原文：（毛氏：）我是老了，你们后生须当念佛持斋、礼敬菩萨，方可修得来世男身。（《蜃》：253）

译文：I'm an old woman，but you young ones should pray to Buddha，chant the scriptures，and revere the bodhisattva in order to perfect yourselves and be born as men in the next life. (*Mirage*：309)

西方文化的"他者"解读用二元对立思维将东方异质元素进行切分。处于多元平衡状态的中国宗教文化在一神教体系的审视下呈现出冲突与抵抗的状态。中国的儒释道文化主张多元文化共生，万物并育而不相害，道并行而不相悖。但译者对儒教仁爱宽容的思想内涵有所抵制，在译文本中赋予儒教排他性。例9中，"持斋"与西方素食主义有所相似，但译者略去不译，这容易削弱读者对译文本的共鸣。另一方面，译者将"修得来世男身"译为"perfect yourselves and be born as men in the next life"，传达出东方男女身份不对等。东方女性认为男性是完美者，并将自身定义为相对于男性的"残缺者"，具有病态的自我认同。此外，她们对主动提升社会地位无动于衷，不采取实际行动争取权益而是依赖宗教缓解压抑与不满，渴望替换性别身份，将希望寄托于死后。在提倡性别平等的西方社会中，部分读者可能由此拒绝译文本的佛教书写，对佛教产生负面印象。

总之，译者对中国宗教文化的认识是基于其本国基督教文化的主体地位，难免有意识、潜意识甚至无意识地构建出消极的宗教氛围。这使得信徒形象负面化，表现为消极、地位低下、缺乏人生追求与抗争精神的社会受害者。真实的文本环境和历史语境已被破坏，译文本呈现出虚幻的东方宗教假象，混沌与苦难的东方文化，在西方的审视下显得缺乏内涵而又自相矛盾。

三、翻译事件的效果

译文本是对原文本言语行为的模仿，然而译者通过违反原文本有效言语行为的常规条件，以一种"非适宜"的方式模仿作者的言说。译者从原文本中选取素材进行自我形塑，以期达到特定的文化诉求，只是在自我指涉的同时也必然指涉原文本，两者形成合力达成特定的效果。就此而言，译文本的生产是一个矛盾统一的动态过程。而"事件"这一概念在此过程中勾勒出一条行动线，并假定了时间上的运动和变化的发生。站在永恒发展的时间轴上，翻译并非特定时间下的必然，而是以某种方式将之置入现实中，对现实产生影响，通过损坏世界的方式来重建世界。译者放眼宏观语境，以西方读者之诉求对原文本内容进行取舍、替换甚至颠覆；立足微观文本，将个性化的原文本解读植入译文本，操控中国形象的海外接受。换言之，翻译事件的效果和影响可以从时间和空间维度来考量。

3.1 时间维度

在源远流长的翻译史中，众多译者从事着这项复杂的活动。

翻译行为既是技能，也是艺术，且随着时代的更迭而不断推陈出新。每一时期在特定历史语境下广为接受的翻译规范往往无法在历史上永存，新译不断取代旧译。经典著作一译再译，翻译事件沿着时间轴线向未来推进，不断爆发，打破任何一个时间节点上已有的规范与共识，使人们对真理的认识不断完善。

首先，改译与重译揭露事件的自我完善与发展。事件通过往复爆发走向未来，走向真理，这被称为"开启真理的决裂"①。而翻译活动中文本内外不断产生质变，新事件不断消除或加强旧事件的影响，进而对人与社会产生不同以往的效果。而这一过程都是基于旧事件的叠加与新事件的滞后，而最终指向理想的翻译作品。因此，同一著作可以有不同译本，而同一译本也需要不断修改完善，其本质是动态的翻译事件在时间上的线性排列。在这一过程中，译者亲身介入破坏与重构，凭借自身意志能动地处理译本，追寻符合译语读者需求的翻译作品。其次，新生翻译事件改变人们对历史的认识。韩南一生著述等身，其译作也源自深刻的学术思考，译文质量自属上乘。② 19 世纪的中国优秀短篇小说较为缺乏，常常为学者所忽视。然而韩南先生打破常规、另辟蹊径，精心推出了《花月痕》《风月梦》等 19 世纪小说译本，揭示这些文学作品的深厚历史价值，挑战学界对 19 世纪这类小说的共识。《蜃楼志》作为出版于清朝的言情小说，由于其男欢女爱的露骨内容而屡遭禁毁，几乎不受国内学界的重视，研究它的论著至今寥寥无几。而韩南却将其译出，指出这是迄今为止首部以商业为题材的中国古典小说，具有划

---

① Alain Badiou, Being and Event, pp. xii - xiii.
② 详见顾钧《韩南对中国近代小说的研究》，载《明清小说研究》2010 年第 4 期，第 141 页。

时代的意义。韩南的披沙拣金之功学界皆有口碑①，译本的推出并非纯粹偶然，新作翻译源于译者的精心酝酿。

再次，中国古典文学外译事件的重要效果之一，在于译者根据不同语境在自我文化指涉中不断重构崭新的中国形象，进而使之符合不同时期西方文化的期待与认知。韩南在翻译过程中对中国形象并非单纯地贬损或赞扬，而是利用事件的效果性来构建中国形象的矛盾性，强化宗教环境或女性形象等元素的冲突，使之符合二元对立的思维模式，以便西方以东方为鉴反省自身。随着历史推移，作家—作品—译者—译作—读者这一无限延伸的关系链上将融入更丰富的译入语本土元素，参与中国形象的不断更新与建构，这也正是一部作品在世界范围内传播的历史意义所在。

3.2 空间维度

当翻译事件在时间轴上横向移动，它的破坏性纵向蔓延至真实世界，即事件也在同步重构各个空间。巴迪欧认为，正是在集合论之中生产了真理——即事件。② 中国文学与海外读者原属于不同集合，因为前者存在于后者的语言规范之外，中国文学的语言、文体及文学性等范畴在英语世界中常常失效。如何有效沟通两种异质文化，首要条件就是打破边界与壁垒。而唯有作为"事件"意义上的翻译能够打破这两个集合，使中国文学与海外读者各自离开原来的集合，共同构建新的语言与文化

---

① 详见刘晓晖、朱源《派屈克·韩南的翻译价值思维管窥——以晚清小说〈风月梦〉的英译为例》，载《中国比较文学》2017年第1期，第84页。

② 详见蓝江《回归柏拉图：事件、主体和真理——阿兰·巴迪欧哲学简论》，载《南京大学学报》（哲社版）2009年第3期，第20页。

交融的世界，实现空间的断裂与超越。也就是说，语言的转化
使得文化沟通和文明互鉴成为可能。译者作为能动主体，破坏
原有集合并打开缺口，选取一定内容进入新的场域，林林总总
的翻译策略则是辅助内容取舍的手段。除了现实世界，翻译尤
其能将彼此孤立的抽象集合联系在一起。《风月梦》英译本将现
代城市的早期发展雏形与晚清世情小说主题相组合，开辟了中
国城市化小说的集合；《蜃楼志》以粤商为主角，提供了一套有
别于当时主流商业意识的生存方式与价值体系①，其英译本则将
世界资本主义萌芽发展与中国文学相联系，构成中国明清商业
的文学书写集合。

翻译事件同时进行着跨越时空的破坏与重组，原文本所映
射的旧时空在译者笔下层层分割并重新建构。已有的中国文学
题材不可能原封不动地译入英语世界，中国形象的流变也必然
受制于西方的语言习惯和文化诉求。而作为游走于中西两种文
化之间的译者则把握如何进行时空合并、集合连接的范围与程
度，并且一定程度上预见可能生成的效果。《蜃楼志》内部描绘
的是一个明代广州文言、白话与方言并行的时空，外部则被定
义为充斥着世情色彩的商业时代，小说营造的社会时代与当下
的世界文学时空有着巨大差异。韩南依照亲身考证，将原文本
的时空缩小至清乾嘉年间的广州，舍去汉语和粤语方言、文言
和白话，统一译为英文。而海外读者所看到的 *Mirage* 中的时
空，本质上是译者操纵下提取《蜃楼志》部分要素构建的新时
空，是西方读者眼中理应呈现出的他者形象。此时，兼具差异
性和断裂性的译文本引起读者对东方与世界认知的改变，启发

---

① 详见左岩《〈蜃楼志〉主题新探》，载《广东外语外贸大学学报》2015 年第 5 期，第
89 页。

他们通过阅读了解异域社会与文化，同时，反观并思考当下世界与自我。译文本要达成的译介效果与翻译的内外因素皆有关联。首先，读者、出版社等西方群体有特定价值取向，对部分中国物质和精神文化有好奇心和求知欲，但对中国形象有固化的审美成见。不排除译文本有意迎合读者审美、满足其好奇心，以便增加译著销量，但它同时也促进了中国文化的海外传播。其次，译者既充当中国文化的传播者，又对原文本具有个性化解读。如译者对东方宗教文化、女性形象持非中立态度。面对东西方价值观的碰撞，译者有意识或无意识地歌颂或维护符合西方价值体系的原文本话语，同时删除或贬斥违背西方价值体系的原文本话语。

结　语

"每一种语言都在孤独中萎缩、贫瘠、停滞、病态"，正是通过翻译，"一种语言给予另一种语言它所缺乏的东西，而且是和谐地给予，语言间的这种交叉保证了语言的成长"。① 翻译是语言交叉的重要途径，其本质不是从原文本到译文本的静态转换，而是异质文化从抵抗到融合，从融合到拼合的过程。作为汉学家，韩南在维护西方价值观的前提下传播中国文化，在译文本中建构出相对西方具有明显异质性，有时甚至矛盾落后的中国形象，以便西方取长补短、观之而自省。韩南灵活调用翻译策略，音译、直译和意译结合，释译与删译并重，译文为其

---

① 　详见德里达《巴别塔》，陈永国译，收入《翻译与后现代性》，中国人民大学出版社，
2005 年，第 18 页。

学术研究服务。总之，现阶段海外汉学家在中国文学走出去的大语境下有其功绩，他们深谙受众喜恶，能够有效传达部分中国文化。然而，也应警惕海外汉学家对中国形象的主观操控及其在翻译过程中产生的误读误译。我们既要借助海外译者的智慧，又要对其保持理性态度，优势互补、相互批评，共同促进中国文学海外传播的健康发展。

附录　作者简介及中英文摘要

何谓文学事件？

作者简介：何成洲，南京大学外国语学院长江学者特聘教授，博导，艺术学院院长、欧洲科学院外籍院士、江苏省比较文学学会会长、教育部艺术学理论教育指导委员会副主任。毕业于挪威奥斯陆大学，获博士学位。入选中宣部"文化名家暨四个一工程"、中组部"万人计划"哲学社会科学领军人才。主要研究领域：英美文学与文化、欧美戏剧、比较文学、跨文化研究、北欧文学、性别研究、21 世纪批评理论。在国内外出版中英文学术著作 10 余部，在国内和国际学术刊物上发表了中英文学术论文近百篇，其中被 SSCI 与 A&HCI 索引的英文学术论文近 20 篇。目前主持国家社科基金艺术学重大项目"当代欧美戏剧理论前沿问题研究"（首席专家），同时担任国家社科基金"中华外译"重点课题主持人。曾被授予挪威"易卜生奖章"（2002 年），担任过国际易卜生委员会主席。

中文摘要：21世纪初以来，文学研究正在经历一个事件转向，它与哲学、艺术和文化研究中事件和操演性理论的兴起有着密切的关系。其中，德勒兹和齐泽克的事件哲学分别强调事件的生成性和断裂性转变，成为文学事件的重要思想资源。从事件的角度看待文学，其核心问题是解释文学不同于其他写作的独特性，对作家创作、文本、阅读等进行系统的重新认识和分析。需要讨论的重点议题包括：作者的创作意图与文本的意向性，文本的生成性和阅读的操演。与作为表征或者再现的文学观念不同，文学事件强调作家创作的过程性、文学语言的建构性、文学的媒介性、阅读的作用力以及文学对于现实的影响，它将文学的发生和效果视为文学性的关键特征。

关键词：文学；事件；理论；阅读

Abstract：Since the beginning of the 21st century, the concept of event has become increasingly important in literary studies, which has something to do with the fact that event as well as a related theory of performativity has been seriously dealt with in philosophy and cultural studies. In terms of the philosophical thoughts on event, Deleuze's notion about the process of becoming and Žižek's ideas on the transformative rupture have provided important resources for thinking about literary eventness. From the perspective of event, literary studies are more concerned with the singularity of literary writings, on the basis of which the genesis of text, authorship, reading and other topics will be under a comprehensive critique and analysis. In particular, the following issues will be discussed: the intentions of author and the intentionality of text, the dynamic process of text, and performative reading. In comparison with the literary notions of representation, literary eventness is more inclined towards a study of the creative process of literary writing, the constructedness of literary language, the mediality of literature, the role of reading, and its impact on reality. In brief, from an approach of literary event, the happening of literature and its effects are considered to be crucial to literariness.

Keywords: literature, event, theory, reading

吉尔・德勒兹（和瓜塔里）
"事件"文学理论探微
——"理论之后"文学研究的重建

作者简介：尹晶，女，1981 年生，北京科技大学外国语学院教授。清华大学人文学院外文系博士，美国杜克大学联合培养博士，澳大利亚新南威尔士大学访问研究员，《外国文学研究》外审专家，菲律宾权威期刊 *Suri* 的咨询委员会委员。主要从事德勒兹文论和印度当代英语小说研究，主持国家社科基金一般项目 1 项。近期出版德勒兹研究权威译著《德勒兹概念：哲学、殖民与政治》和《德勒兹与政治》，发表《解域、逃逸与创造：印度当代英语小说的小民族文学性》《欲望的双重面孔——论阿兰达蒂的〈微物之神〉》和《从后殖民文学到事件文学——印度布克奖小说研究新探》。

中文摘要：特里・伊格尔顿在《理论之后》中对曾盛极一时的各种后理论进行了批判，提出文学理论要重新回归文学本体，要在道德和伦理等宏大议题上进行建构性的反思。本文试图在伊格尔顿提出的"文学伦理学"的基础上，在其理论反思所凸显的"事件"的基础上，借助吉尔・德勒兹和阿兰・巴迪欧的"事件"这一哲学概念，继续推进伊格尔顿对理论的反思,尝试发展出一套行之有效的事件文学理论。事件文学理论关注作家作为事件的忠诚主体通过语言事件表现生命事件,它还关注读者作为事件的忠诚主体接受这些生命事件,通过自己的生成让它们颠覆日常生活中的规则、习惯、风俗、标准等。因此可以说,这正是伊格尔顿所期待的"文学伦理学"。

关键词:事件;小民族语言;生成;忠诚主体

Abstract:Terry Eagleton criticized different kinds of post-theories which were once in fashion in his *After Theory*, and proposed that literary theory should return to literature itself and should reflect on such grand issues as morality and ethics in a constructive way. Based on the "literary ethics" put forward by Terry Eagleton and the concept of "event" highlighted by his theoretical reflection, and by virtue of Gilles Deleuze's and Alain Badiou's concepts of "event", this paper tries to carry forward Eagleton's reflection on theory and develop an effective event literary theory, which focuses on writers, as the faithful subjects of events, who describe life events—different becomings—through language events, and on readers, also as the faithful subjects of events, who make those events subvert the rules, conventions, customs, standards, etc. in their daily life by virtue of their becomings. Therefore, we can say this event literary theory is the "literary ethics" expected by Eagleton.

Keywords:event, minoritarian language, becoming, faithful subject

言说何以成为事件?

——"瘟疫文学"作为"事件本身"的创生之力

作者简介:姜宇辉,男,巴黎高等师范学校硕士,复旦大学哲学博士。华东师范大学哲学系教授，博士生导师。外国哲学教研室主任。
上海市"曙光学者"。法国哲学研究会理事。CAC‑CAFAcat 写作计
划顾问委员会成员。主要研究方向为当代法国哲学与艺术哲学。专
著有《德勒兹身体美学研究》与《画与真：梅洛‑庞蒂与中国山水画
境》。译著有《千高原》与《普鲁斯特与符号》。目前专注于后人类
主义与影像研究。

中文摘要：言说与事件至少存在着两种关联的可能，一是将事件作为
言说的对象，二是将言说本身转化为一种事件性的力量。大部分体
制化的学术话语似乎都着重于前一个方面，但唯有在那些特异的理
论与文学文本之中，方可寻觅后一种力量的蛛丝马迹。德里达对奥
斯汀的"施行"话语的批判性反思已经开启了"规范性"之外的别
样可能，而福柯结合历史文本所展开的细密分析更是将"话语"之
"力"的复杂格局揭示得淋漓尽致。结合《规训与惩罚》与《不正常
的人》这两部经典文本，我们试图以"鼠疫"这个灾异现象为核心
要点，重点展现两个方面的力量纠葛：一方面是规范性的、建构性
的话语权力；另一方面是异质性的、侵入而颠覆性的事件之力。经
由加缪的《鼠疫》，我们试图进一步引申和拓展福柯所给出的线索。
关键词：事件；言说；福柯；《鼠疫》

Abstract：There are at least two possible connections between speech
and event：one is to treat the event as the object of speech，and the
other is to transform speech itself into a *power* of event. Most institu-
tionalized academic discourse seems to focus on the former，but only
in those "eccentric" theoretical and literary texts can traces of the lat-
ter be noticed. Derrida's critical reflection on J. L. Austin's "perfor-
mative" discourse has opened up alternative possibilities besides

"normative", while Foucault's detailed analysis of those historical texts has vividly laid bare the complicated patterns involving "power" and "discourse". Through *Discipline and Punishment* and *The Abnormal*, we intend to take the plague as the key point and focus on the bilateral entanglements: on the one hand, the normative and constructive power of discourse; on the other, the heterogeneous, intrusive and subversive force of events. Following these essential clues, this article tries to shed a different light on Camus's *The Plague* and furthur extend what Foucalt has left us in the two books.

Keywords: event, discourse, Foucault, *The Plague*

作为真理前提的爱
——巴迪欧的爱之事件

作者简介：蓝江，1977 年生，湖北荆州人，现为南京大学哲学系教授，国外马克思主义研究专业博士生导师，当代资本主义研究中心、马克思主义社会理论研究中心研究员，"江苏省青年社科英才"，主要研究方向为当代欧陆激进思潮。著有《忠实于事件本身：巴迪欧哲学思想导论》《阿甘本五讲》等，译有阿甘本的《语言的圣礼》《宁芙》《什么是哲学?》《品味》《王国与荣耀》《敞开：人与动物》；巴迪欧的《存在与事件》《哲学宣言》《第二哲学宣言》《小万神殿》《元政治学概述》《数学颂》《世纪》；朗西埃的《美学中的不满》等著作，担任中央编译出版社"左翼前沿译丛"主编和重庆大学出版社"拜德雅人文译丛"主编。

中文摘要：爱是巴迪欧的真理前提之一，也是巴迪欧所认为可以将我们凝聚起来去实现革命性变革的一个前提。通过对索兰纳的《逆世界》的分析，本文说明了爱之事件是如何创造出一个不可能被既定世界的逻辑所还原和消化的不可辨识的新事物，这个新事物又作为事件的产物，如何来颠覆旧的世界，创造新的世界。而在事件之后形成的这个不可辨识的新集合那里，最为关键的问题是由爱所凝聚而成的大写的二，即由不可能结合的元素在爱的作用下，合体为一个不可能辨识的集合♀，集合♀进一步在爱的作用下，穿透了大写的一的霸权，从而让大写的二的普遍性降临，成为革命性的主体，在合体的主体的引导下，实现了对旧世界的变革，以及对新世界的缔造。

关键词：巴迪欧；事件；爱；真理

Abstract：Love is a significant condition of Alain Badiou's truths, on which we will assemble in the future for a revolutionary transformation. By analyzing Solanas's *Upside Down*, this paper shows how events of love will create an irreducible and indiscernible event and how the event will produce something new to subvert the old world order and create a new world. After the event, a new and indiscernible set is forming. The most important issue for Badiou is the TWO formed in love, which fuses two absolutely heterogenous elements into an indiscernible set ♀, and under the function of love, it will break through the hegemony of ONE. Therefore, with the befalling of TWO, a new revolutionary subject emerges from incorporation of subjects, which will subvert the old world and create a new world.

Keywords：Badiou, event, love, truth

非自然的事件，非自然的序列

——非自然叙事学研究的另一维度

作者简介：尚必武，男，1979 年生，上海交通大学外国语学院教授，博士生导师，欧洲科学院外籍院士，教育部"长江学者奖励计划"青年学者，国家"万人计划"青年拔尖人才，主要从事叙事学、文学伦理学、英美文学等领域的研究。近期作品有 *Unnatural Narrative across Borders: Transnational and Comparative Perspectives*（Routledge，2019）。

中文摘要：就叙事的定义而言，无论是学界普遍采用的"事件再现"视角，还是戴维·鲁德姆的"语用"立场，抑或是玛丽-劳勒·瑞安的"语义"立场，似乎都默认了"事件"及其"序列"的自然性与合理性，而忽略了文学史上具有先锋实验性质的不可能的"非自然事件"与"非自然序列"。本文在讨论事件、事件再现与叙事的定义的基础上，将扬·阿尔贝所论及的不可能事件具体化为不可能的状态变化与不可能的序列。文章在非自然叙事诗学层面上重点探讨事件及其序列的两个维度——单个事件（状态变化）/多个事件（序列），以及故事（事件自身）/话语（对事件的再现），试图由此辨析叙事序列的因果律和时间律被打破的反常情况，即单个事件状态的不可能变换，以及多个事件之间缺乏因果关系或违背线型时间顺序的排列。

关键词：非自然叙事；事件；非自然叙事学；非自然的序列

Abstract：So far as the definitions of narrative are concerned，most narratologists have taken for granted the naturalness of the event and the sequences of events while neglecting the unnatural event and unnatural sequences in contemporary experimental literature. There are hardly any exceptions，including traditional narratologists who try to define narrative in terms of event representation，such as David Rudrum who places much weight on pragmatics of narrative，and Marie-Laure Ryan who emphasizes the semantics of narrative. With reference to the nature of event，event representation and the current definitions of narrative，this paper attempts to see the unnatural events in Jan Alber's conceptual system as the impossible state of changes and their impossible consequences. In particular，it explores unnatural events and unnatural sequences from the aspects of the single event（state of change）/multiple events（sequences），and story（event itself）/discourse（event representation），in hope of revealing the unusual cases in which the causality and linear temporality have been violated.

Keywords：unnatural narrative，event，unnatural narratology，unnatural sequence

非自然叙事视阈下的《山羊》新解

作者简介：万金，女，1989 年生，南京大学博士研究生，研究方向为 19 世纪英国戏剧、美国当代戏剧及戏剧跨文化改编，近期代表作有：《美国非裔戏剧美学百年流变》、《戏剧〈山羊〉中的事件与非自然叙事》等。

中文摘要：爱德华·阿尔比的戏剧《山羊，或谁是西尔维娅?》因题材公然挑战传统道德而备受争议，阿尔比本人曾在多个场合反复强调恋兽只是戏剧的衍生事件而非核心议题。主人公马丁的难言之隐是他被迫叙事的事件，他所具有的超越常理的能力使得这场事件叙述成为非自然的叙事，事件的不可言说性凸显叙事上的非自然因素，也成为马丁解域僵化的二元对立的突破点。对于叙事化和文本化的事件，剧中罗斯和史蒂薇以及观众的反应成为审视美国主流价值观的观照点，马丁通过叙事获得的德勒兹层面的生成，帮助他以"非自然化"的策略思索光怪陆离的现代社会的各类事件，这也是阿尔比为当下复杂现代生活所开出的一剂良方。

关键词：阿尔比；事件；生成；非自然叙事

Abstract：*The Goat or，Who is Sylvia?* written by Edward Albee was critically denounced for its explicit showcase of bestiality. Regardless of this，the playwright himself explained on several occasions that bestiality is more a generative matter than a subject. The hero Martin is forced into the position of a narrator of an unspeakable affair and his superhuman features render his narration unnatural. The unspeakability of event highlights the unnaturality of narration and initiates the deterritorialization of everyday dichotomy. The responses against the narration and textuality of event from Ross and Stevie in the play and from the audiences in theatre constitute Albee's window to examine American mainstream values. Martin after the narration wins a new becoming and a new and unnatural strategy to contemplate events in the absurd modern society，which is also Albee's tentative remedy to understanding and tackling the complex modern life.

Keywords：Albee，event，becoming，unnatural narrative

恐怖叙事与文学事件

——从《西省暗杀考》到《封锁》

作者简介：但汉松，男，1979 年生，南京大学外国语学院英语系教授，主要研究方向为"9·11"文学和美国现当代小说，近期代表作有《"与狗遭遇"的南非动物叙事：重读库切的〈耻〉》（《外国文学评论》2018 年第 3 期）和《"同伴物种"的后人类批判及其限度》（《文艺研究》2018 年第 1 期）等。

中文摘要：本文将张承志作于 20 世纪 80 年代末的《西省暗杀考》和小白的最新历史惊悚小说《封锁》放入比较文学的视野，试图说明这两个恐怖主义题材的文本是如何在当下"后 9·11"的"恐怖时代"参与世界文学危机的形塑。笔者首先将世界文学视为历史断裂处产生的叙事事件，进而探究两个中国小说家如何以各自的方式，分别从民族主体性的边缘地带和中心区域突入，再现了小说家与恐怖分子之间可疑的共谋关系。张承志一方面似乎在歌颂"哲合忍耶"和极端的暴力美学，但他同时也在小说中表达了对叙事能动性的质疑；小白则更倾向于传递小说家想象力的巨大潜能，并让读者在阅读中走向自我怀疑，不再相信自己可以占有对事件的阐释权。通过比较两个文本，本文试图就当代中国文学提出一个更为宏观的看法，即：世界文学再现"后 9·11"危机的光谱远比我们想象的更广阔，中国当代文学也存在于这一光谱之中，张承志和小白的恐怖题材书写亦见证了世界文学为边缘属民发声的操演性力量。

关键词：恐怖；张承志；小白；文学事件

Abstract：This article takes up a comparative reading of Zhang Chengzhi's Islamic fiction *Investigation of Assassinations in the Western Province* （1989）and Xiao Bai's historical thriller *Blockade* （2017），arguing a syncretic case that the two terrorism-themed novellas participate in the crises of world literature in the Age of Terror. Such crises are either the crisis of history or the crisis of representation. By conceiving world literature as a narrative event born out of the rupture of history，this article analyzes how the two Chinese novelists，respectively from the periphery and the center of national subjectivity，aim to act out the dubious complicity between the terrorist and the author. While Zhang's obsession with Jahriyya and extremist violence is entwined with his suspicion of the agency of narrative，Xiao Bai is more at ease when bestowing explosive potentials on the author's imagination and disenchanting his readers' unquestioned literary belief in the appropriability of event. A universal claim based on my case studies of contemporary Chinese literature thus emerges. It points to a broad continuum of world literature in terms of representing post-9/11 crises，and bears witness to the performative forces of world literature in redressing the subalternity of the dispossessed.

Keywords：terror，Chengzhi Zhang，Xiaobai，literature as event

全球在地化、事件与当代北欧生态文学批评

中文摘要：生态意义上的全球在地化其实就是思考全球化、行动在地化。这引出两个话题，一是如何继承和发扬本地的传统文化，二是如何将全球化与环境的议题在地化。这可以从北欧生态文学的全

球在地化获得一些答案。山妖是北欧文学的一个神话原型。20 世纪
80 年代以来，北欧文坛上出现了一些重写山妖的虚构作品，如瑞典
的《天沟森林中的绿林好汉》和芬兰的《山妖：一个爱的故事》。在
这些作品中，山妖形象被挪用，通过全新的叙事话语，建构了生成
性的文学事件。《天沟森林中的绿林好汉》启示人们，一个人的动物
本能对于理解人的行为是至关重要的。《山妖：一个爱的故事》以后
现代碎片化的叙事方式，讲述山妖故事，影射生活在都市中的动物
境况。这部芬兰语小说启发人们，动物性其实是人类的一个话语建
构，文明和自然的划分是人为的而非本质性的。山妖叙事所建构的
文学事件不仅仅反映现实，而更多的是积极介入全球化时代的各种
社会与生态的问题，并加以反思和批判。

关键词：全球在地化；北欧文学；山妖；生态批评

Abstract：Glocalization in the ecological sense is to think globally and
act locally，which gives rise to two questions：How to make use of the
traditional culture? How to localize the issues of globalization and en-
vironment? A critical analysis of the glocalization of Nordic environ-
mental fiction will offer us some clues. Trolls are the mythical arche-
types of Nordic literature. Since the 1980s，there have appeared some
fictional works that rewrite stories of trolls，such as *The Forest of
Hours* from Sweden，and *Troll: A Love Story* from Finland. In those
literary works，trolls are transformed to construct fascinating literary
events by means of innovative literary narratives. *The Forest of Hours*
reveals that the animal instinct is of great importance for understand-
ing individual persons，while in *Troll: A Love Story*，the troll story，
which is narrated in postmodern，fragmented style，reflects the con-
ditions of animals living in urban space. Through this Finnish story，

one realizes that animality is but discursive construction and that the distinction between culture and nature is arbitrary. The literary events based on troll narratives in contemporary Nordic fiction not just represent reality，but rather interfere into social and ecological problems and bring about active reflections and critique in the era of globalization.

Keywords：glocalization，Nordic literature，troll，eco-criticism

作者意图与文本秘密
——论惠特曼《我自己的歌》中的文学操演与事件

作者简介：陈畅，女，1992 年生，南京大学外国语学院英语系博士生。研究方向为英美戏剧研究、性别研究。近期代表论文有《论酷儿理论的身体维度》(载《当代外国文学》2017 年第 1 期)。

中文摘要：在德里达对奥斯汀言语行为理论的解构的影响下，言语行为理论开始被应用于文学研究，催生出了文学操演性的研究范式。但现有的理论构建仅关注文本的操演而搁置了对作者操演的讨论。本文尝试借鉴剑桥学派倡导的语境主义，挖掘兼顾作者意图与文本操演的另一种文学操演机制，并在此基础上解读惠特曼的代表诗作《我自己的歌》。本文试图论证，在《我自己的歌》的文本秘密的神秘吸引下，作者与读者从不同方向以其为终点进行无限的双轨运动，这既构成德里达意义上与全然他者相遇的文学事件，也构成德勒兹意义上敞开的不断生成的事件。

关键词：文学操演；意图；德里达；惠特曼

Abstract: Under the influence of Derrida's deconstruction of Austin's speech act theory, speech act theory has been applied to literary studies, which gives birth to the research paradigm of "performativity of literature". However, the existing theoretical constriction only focuses on the performativity of the text while suspending the discussion on the performance of the author. This paper attempts to draw from contextualism advocated by the Cambridge School and explores an alternative mechanism of the performativity of literature that takes into account both the author's intention and the performativity of the text. On this basis, this paper interprets Whitman's representative poem "Song of Myself". It attempts to demonstrate that the author and the reader, being both attracted by the secret of the text of "Song of Myself", embark on a two-track movement from different directions towards the same end, which constitutes not only a literary event in the Derridean sense where the encounter with the wholly other occurs, but also an event of becoming in the Deleuzean sense.

Keywords: intention, perfomativity of literature, Derrida, Whitman

相遇作为事件

——科马克·麦卡锡小说《路》中共同体的重塑

作者简介：杨逸，女，1985 年 4 月生，南京大学英语系博士，现任常州大学周有光语言文化学院英语系讲师，主要研究方向包括英美文学与文化、比较文学、跨文化研究、21 世纪批评理论。近期主要从事科马克·麦卡锡小说研究、事件与操演性理论研究，发表英文论文 "Segregation and Exclusion: A Politics of Fear in Cormac

McCarthy's *Child of God*" 等。

中文摘要：事件蕴含一种独特的"未来性"，可能孕育出新的事物和关系。思考事件有助于在形成的动态过程中理解形式的稳定性。美国当代作家科马克·麦卡锡擅长以事件串的形式组织叙事。他的普利策获奖小说《路》以一系列相遇事件驱动了人们探索共同体重塑的可能。借助相遇事件所带来的接触、交互和意义生产机会，主体以参与世界的方式促进了环境的变化，迎来了创立地方以安置好人身份的希望。围绕归属和迷失的问题，麦卡锡以相遇作为事件弘扬了日常生活的创造精神，他将相遇描述为一种拓宽关注视野、增长协同知识和促进移情思维的途径，突出了其在共同体建构方面的效果。

关键词：科马克·麦卡锡；《路》；相遇；事件

Abstract：Events hold a unique sense of futurity and may give birth to new things and relations. Thinking about events helps to understand the stability of forms in a dynamic, ongoing process of formation. American contemporary writer Cormac McCarthy is good at structuring narrative with a string of events. His Pulitzer Prize-winning novel *The Road* (2006) uses a series of encounters as events to drive the protagonists' journey to explore the experiential meaning of place. As encounters are tactile and interactive meaning events, the involved subjects bring changes to the world in a participatory manner, and thus find hope for creating a place for their identity as the good people. Concerned with belonging and loss, McCarthy highlights encounters as events to propose a creative spirit of everyday life. He describes encounters as a way to broaden our horizon, enrich collaborative knowledge and strengthen empathic thinking，emphasi-zing their positive effect in emancipating the mind and answering questions about existence.

Keywords：Cormac McCarthy，*The Road*，encounter，event

"后9·11"时代的一天

——论《比利·林恩的漫长中场行走》中的"事件"

作者简介：方嘉慧，女，1993 年生，南京大学英语语言文学硕士，主要研究领域为当代"后9·11"小说。

中文摘要：在"后9·11"时代，对于美国当代战争的书写越来越引人瞩目。作为一部伊战小说，《比利·林恩的漫长中场行走》的独特之处在于把重点放在对归国士兵"凯旋之旅"最后一天的描写，在文学风格上继承了现代主义"一天小说"传统，由此开启了"事件性"与"时间性"之间的对话。本文将该小说视作一次"文学事件"，强调阅读体验及文本潜能，并从微观层面考察其如何刻画对"战役事件"的占有以及比利个人生活中的"事件"，一方面剖析了"事件"的"不可成己性"，质疑了人类的"工具理性"思维，另一方面揭示了死亡与爱情的"事件性"，凸显了"事件"重构人生的力量。
关键词：本·方丹；《比利·林恩的漫长中场行走》；事件；战争书写

Abstract：In the Post-9/11 era，there is a boom of fictions concerning contemporary US wars. Among these works，*Billy Lynn's Long Half-time Walk*，as a representation of the Iraq War，stands out for its unique focus on the last day of homecoming soldiers'"victory tour".

In line with the modernist "one-day novel" tradition, it facilitates the dialogue between "eventness" and "temporality". This paper regards this fiction as a "literary event" and highlights reader's experience and textual potency. Through examining the self-claimed ownership of "battle event" and "events" in Billy's individual life, it is suggested that this fiction reveals the "unappropriability" of "event", challenging the mentality of "instrumentalization". Also, the ficiton gives prominence to the reframing power of "event" by displaying the "eventness" of death and love.

Keywords: Ben Fountain, *Billy Lynn's Long Halftime Walk*, Event, War Writing

揭秘历史事件的另一种方式

——论《天秤星座》中的事件性书写

作者简介：汤晓敏，女，1990 年生，南京大学英语系博士生，主要研究领域为当代英语文学，近期代表作为《论〈奥斯卡·瓦奥短暂而奇妙的一生〉的交往实践与主体性建构》，载于《当代外国文学》，2018 年第 3 期。

中文摘要：事件理论的不断发展与演变，不仅有助于建构成熟、系统的事件理论体系，也为跨领域研究带来更多可能性，事件视阈下的文学研究正是其中一支冉冉升起的分支。本文试图从事件理论视阈研究小说《天秤星座》，论证文学作品如何影响现实并发挥其能动性功能，关注文学作品的事件性，以及事件视阈下的文学作品的伦理意义。本文认为德里罗以文学创作为媒介，传递他对文学伦理道德价值力量的信任，对文学作为话语形式具有的反思性和能动性的信任。

关键词：《天秤星座》；异常性；断裂性；未完成性

Abstract：The development of event theory has deeply impacted literature criticism and the study of literary eventness has risen to be one of the hottest issues of literary studies recently. However, its richness in connotation and expansion has made it difficult to conduct a structural interpretation of literary eventness. Therefore, this article intends to draw from modern philosophy and focuses on the anomaly, rupture and unfinalizability of *Libra*. This article proposes that the eventness of literature could be an effective way to interpret literature with regards to its reference to the multi-possibility of events in real life and to its consideration of human existence and freedom.

Keywords：*Libra*, anomaly, rupture, unrfinalizability

美国田园理想书写的事件性流变

——从利奥·马克斯《花园里的机器》谈起

作者简介：姜兆霞，女，1980 年生，安徽工业大学外语学院讲师、南京大学外语学院博士生，研究方向为美国文学，近期代表作有《吃什么就是什么吗？——析〈食肉之年〉中的牛肉消费》（发表于《外国语文研究》，2018 年 5 月）。

中文摘要：在《花园里的机器：美国的技术与田园理想》（2011）一书中，利奥·马克斯探讨了田园理想从一种文学形式向"中间风景"

社会构想的变异过程。本文试从阿特里奇和伊格尔顿等人的文学事件性论点出发,论证田园理想引入美国是文学史上的一次事件性输入。田园理想在美国的本土化过程,既是其文学书写范式发生事件性变化的过程,又与当时的殖民拓荒以及新大陆的国家建构设想等社会性事件形成共谋,成为书写美国文化和社会经验的主导理念的过程。同时,20 世纪中期以来,生态批评的兴起又为日渐式微的美国田园书写寻求事件性新变提供了契机。

关键词:田园理想;事件性;花园神话;策略

Abstract:In the monumental work *Machine in the Garden: Technology and the Pastoral Ideal in America*(1964),Leo Marx delineates the transformation of the pastoral ideal as a literary form to the "Middle Landscape" as a social ideology. This paper attempts to interpret this transformational process with Attridge and Eagleton's viewpoints of literary events. The paper aims to argue that the introduction of pastoral ideal onto the American land is an eventual import in American literary history. The nativization of pastoral ideal not only manifests its eventual change as a literary form,but witnesses how the pastoral ideal as a literary form,when colliding with those significant social events like colonial pioneering and the New Continent's national ideology,transformed into the leading ideology to record American culture and social experiences. Meanwhile,the rising and prosperity of eco-criticism since the mid-twentieth century has offered new stage for the ever-declining pastoral writing in America.

Keywords:pastoral ideal,eventuality,grarden myth,strategy

时间与事件中的《麦克白》

——一种齐泽克式的解读

作者简介：阴志科，男，1979 年生，温州大学副教授，近期主要研究方向为本雅明与德国浪漫派，近期代表作《“物”在本雅明悲剧观念中的含义与意义》（载《西北大学学报》，2019 年第 4 期）。

中文摘要：首先，麦克白是被“事件”杀死的，麦克白这个形象为我们建构了一个可供回溯的“事件”窗口；第二，借助于柏拉图的事件，麦克白在“生存本能”与“死亡本能”之间游移徘徊，是时间绵延的牺牲品，他的第一个理想是把“结构事件化”，第二个理想是把“事件结构化”；第三，借助于笛卡尔的事件，时间绵延中的每个“过去”都可以看作观念层面的东西，而每个“现在”才具有实体意义，作为“我思”的麦克白混淆了词与物，陷入了疯狂；第四，借助于黑格尔的事件，“秩序”“法则”“结构”犯的是普遍之罪，而个体选择“个别性犯罪”是为了拯救，不是去解构或者推翻，而是为了重建；第五，麦克白遭遇的“事件”是一种试图摒弃质料的纯粹形式，他不论如何都无法“重述”事件，他无法借助事件实现“转变”；最后，《麦克白》中多次出现的“孩子”意象恰恰暗示了那个瞬间化的虚假“镜像”，麦克白试图在永恒中截取事件的切片，在事件中定格永恒的影像，试图把过去和未来都压缩到当下，这是一幕无可争议的时间悲剧。

关键词：《麦克白》；事件；时间悲剧；齐泽克

Abstract：Macbeth was killed by Events, and this figure constructed a window of Event for readers. In light of the idea of Plato's event, which was elucidated by Žižek, Macbeth wanders between life instinct and death one, so he is an oblation for continuous time, and his one ideal is Eventual of Structure and the other Structuration of Events. By the idea of Descartes' event, every Past of time continuity is something as idea or thought, and every Present is something as entity. Therefore Macbeth, as a cogito, confuses words and things, and is caught by madness certainly. In light of Hegel's event, the Order, the Law and the Structure all commit some universal crime, but the individual commits a crime for his rescue, which is not for deconstruction or overturn, only for reconstructions. The Event encountered by Macbeth is something as pure form that discards material, so Macbeth can't reiterate events, and he couldn't realize his transfiguring anyway. Finally, the images of Children in *Macbeth* suggest that false *mirror* exactly, so Macbeth attempts to cut some sections among events and freeze some eternal image, and compresses the past and future into this present. This is a tragedy of time inevitably.

Keywords: *Macbeth*, event, tragedy of time, Žižek

个人与历史的互动
——《历史人》的事件性

作者简介：奚茜，女，1992 年生，南京大学英语系博士生，主要研究方向为现当代英美小说、西方文论。近期发表的论文有《"再现"的当代阐释维度》（载《国外文学》2019 年第 2 期）、《从"响"字解读〈特别响，非常近〉中隐含的音轨》（载《复旦外国语言文学论丛》2018 年秋季号）、《论〈欺骗〉中的"生成"张力》（载《比较文学与跨文化研究》2017 年第 1 辑）等。

中文摘要：当代英国作家马尔科姆·布雷德伯里在其长篇小说《历史人》中塑造了一位激进的大学社会学系讲师霍华德·科克，其背景设置在动荡的 1968 年，历史的车轮在前进，反映着历史发展中的阴谋和悖论，在一定程度上与齐泽克的"事件"理念相契合。本文以齐泽克的"事件"为理论观照，借用杰夫·布歇勾勒的"被阐释的主体—主体言说—回溯力"图示，探析小说实在界中的"裂缝"如何通过历史人物得以展现，而历史主体通过回溯将小说同时置于个人期望与历史推进的轨道中，把生活与现实的实际意义纳入思考，以展现个人与历史的互动关系。

关键词：《历史人》；事件；事件性；裂缝

Abstract：Contemporary British novelist Malcolm Bradbury's novel *The History Man* shapes a radical lecturer of Sociology Department Howard Kirk in 1968 when the rolling wheel of history went forward amid noise. The event of antagonist movement reflects the conspiracy and paradoxes in the historical development，which to some extent aligns with Žižekian "event". Under the frame of Žižekian "event"，this paper applies the graphic "subject of statement-subject of enunciation-retroactivity"，which is put forward by Geoff Boucher to explore how the "split" in the Real is presented through history men. In a retrospective way，the historical subject puts the novel in the parallel tracks of individual desires and historical promotions，so as to better reflect on the meaning of life and reality，and to show the interactive relationships between individuals and history.

Keywords：*The History Man*，event，eventness，split

架构与建构

——塔可夫斯基的《牺牲》中的事件

作者简介：张奇才，男，1981 年生，南京大学英语系博士研究生，安徽理工大学外国语学院讲师，主要研究领域为影视文学、英美文学。近期发表的论文有《塔可夫斯基的〈牺牲〉的释义学解读》（载《电影文学》2017 年第 1 期）、《〈毕司沃斯先生的房子〉的女性主义解读》（载《北京工业大学学报（社会科学版）》2015 年第 1期）等。

中文摘要：俄罗斯导演安德烈·塔可夫斯基的影片《牺牲》具有清晰可辨的基督教色彩，观影者需要摒弃旧有的架构，在基督教教义的架构内理解影片的内在逻辑。在影片中，当人类面对现代技术所导致的核危机之时，主人公亚历山大先后两次向上帝献祭。通过第一次献祭，亚历山大将人类从迫在眉睫的核危机中拯救出来。通过第二次献祭，亚历山大创作了歌颂上帝的作品，彰显了上帝之名；与此同时，他也创造了人类在真正意义上回归家园的可能性。影片给予观影者一定的启示，即抛弃旧有的对技术的盲目依赖，接受艺术的指引，探索新的方向。

关键词：《牺牲》；建构；艺术；事件

Abstract：*The Sacrifice* of Russian director Andrei Tarkovsky is imbued with conspicuous Christian elements，which involve the viewers' abandoning the conventional framing and adopting the

Christian framing to appreciate the inner logic of the movie. In the movie，when humans are confronted with the nuclear apocalypse resulting from the modern technology，Alexander conducts two sacrifices. The first sacrifice saves humanity from the impending nuclear doom. Through the second sacrifice，Alexander presents the artwork that eulogizes God；meanwhile，he makes possible humanity's returning to the real home. The movie in a way calls for the viewers' abandoning the blind dependence on technology and exploring a new direction under the guidance of art.

Keywords： *The Sacrifice*，enframing，art，event

韩南英译《蜃楼志》中翻译事件的建构

作者简介： 曾景婷，女，1979 年生，江苏科技大学外国语学院副教授，北京大学文学博士，硕士生导师，研究方向为翻译学与比较文化、中西文学关系研究。近年来，在《中国翻译》《明清小说研究》《华文文学》等权威期刊上发表相关学术论文数篇，出版译著 2 部。

中文摘要：《蜃楼志》于清朝鸦片战争爆发前夕问世，是第一部描写广东地区洋商与官府百态的世情小说。本文以翻译作为"事件"的生成与结果为研究视角，以《蜃楼志》韩南英译本为研究对象，考察美国汉学家韩南如何在原作、译者、读者等翻译内外因素驱动下破坏源文本、生成译文本。韩南对中国物质文明、诗歌典故、宗教文化和女性形象等在译语的传达中既产生经典也难免有所缺憾，体现其在西方价值观主导下对中国形象的操控。

关键词： 翻译事件；《蜃楼志》；韩南；中国形象

Abstract: *Mirage*, published just before the Opium War in the Qing Dynasty, is regarded as the first novel of manners to describe the relation between Chinese merchants and Customs officials in Guangdong Province. This paper focuses on how the translation of *Mirage*, based on a philosophical concept of Event, has been constructed and what results it will bring about. Patrick Hanan, as an American Sinologist, intentionally deconstructs the original text to generate the new text in the target language according to his examination of various factors including the original novel, the translator's background and the reader's expectation. He attempts to convey image of China through material civilization, religious culture and feminist image in a way with manipulation of himself as the translator with western values, through which a balance is kept between the original culture and the demand of the target readers.

Keywords: translating event, *Mirage*, Hanan, image of China

参考文献

英文文献

Abbott，H. Porter. *The Cambridge Introduction to Narrative*，Cambridge：Cambridge University Press，2008.

Achebe，Chinua. *Morning yet on Creation Day: Essays*，New York：Anchor Press，1975.

Albee，Edward. *Stretching My Mind*，New York：Carroll & Graf Publisher，2006.

——. *The Goat，or Who is Sylvia?*，New York：Methuen Drama，2004.

Alber，Jan. *Unnatural Narrative: Impossible Worlds in Fiction and Drama*，Lincoln：University of Nebraska Press，2016.

——. "Impossible Storyworlds—and What to Do with Them"，in *Storyworlds: A Journal of Narrative Studies*，1（2009）.

Alber，Jan，et al. eds. *A Poetics of Unnatural Narrative*，Columbus：Ohio State University Press，2013.

Alber, Jan, and Rüdiger Heinze, eds. *Unnatural Narratives, Unnatural Narratology*, Berlin: De Gruyter, 2011.

Allen, Gay Wilson. *Walt Whitman Handbook*, Chicago: Packard and Company, 1946.

Anderson, Ben, and Paul Harrison. "The Promise of Non-Representational Theories", in Ben Anderson and Paul Harrison, eds., *Taking Place: Non-Representational Theories and Geography*, Farnham: Ashgate, 2010.

Anderson, Donald, et al. "On War Writing: A Roundtable Discussion", in *Prairie Schooner*, 87. 4 (2013).

Anonymous. *Mirage*, trans. Patrick Hanan, Hong Kong: The Chinese University Press, 2014.

Asselineau, Roger. *The Evolution of Walt Whitman*, Iowa City: University of Iowa Press, 1999.

Attridge, Derek. *The Singularity of Literature*, London and New York: Routledge, 2004.

—, *The Work of Literature*, London: Oxford University Press, 2015.

Aurelius, Eva Hattner, He Chengzhou, and Jon Helgason. *Performativity in Literature: The Lund Nanjing Seminars*, Stockholm: The authors and KVHAA, 2016.

Austin, J. L. *How to Do Things with Words*, Oxford: Oxford University Press, 1975.

Badiou, Alain. *Infinite Thought: Truth and the Return to Philosophy*, trans. and eds. Oliver Feltham and Justin Clemens, London and New York: Continuum, 2004.

—. *L'Être et l'événement*, Paris: Seuil, 1988.

—. *Logiques des mondes*, Paris: Seuil, 2006.

—. *Being and Event*, trans. Oliver Feltham, London: Continuum, 2006.

Badiou, Alain, and Slavoj Žižek. *Philosophy in the Present*, Cambridge: Polity Press, 2013.

Billitteri, Carla. *Language and the Renewal of Society in Walt Whitman, Laura (Riding) Jackson, and Charles Olson*, New York: Palgrave Macmillan, 2009.

Bloom, Harold. *Bloom's Modern Critical Views: Walt Whitman*, New York: Infobase Publishing, 2006.

Bogue, Ronald. *Deleuze on Literature*, New York and London: Routledge, 2003.

Borradori, Giovanna. *Philosophy in a Time of Terror: Dialogues with Jurgen Habermas and Jacques Derrida*, Chicago: University of Chicago Press, 2003.

Boucher, Geoff. "The Lacanian Performative: Austin after Žižek", in Broderick Chow and Alex Mangold, eds., *Žižek and Performance*, London: Palgrave Macmillan, 2014.

Bradley, Sculley, Harold W. Blodgett and Arthur Golden. *Leaves of Grass: A Textual Variorum of the Printed Poems: Vol 1 – 3*, New York: New York University Press, 2008.

Braunmuller, A. R. "Introduction", in William Shakespeare, *Macbeth*, Cambridge: Cambridge University Press, 1997.

Bruns, Gerald L. "Becoming-Animal (Some Simple Ways)", in *New Literary History*, 38. 4 (2007).

Buell, Lawrence. *The Environmental Imagination: Thoreau, Nature Writing, and the Formation of American Culture*, Cambridge:

Belknap Press, 1995.

Burke, Sean. *The Death and Return of the Author: Criticism and Subjectivity in Barthes, Foucault and Derrida*, Edinburgh: Edinburgh University Press, 2008.

Butler, Judith. *Bodies that Matter: On the Discursive Limits of Sex*, London and New York: Routledge, 2011.

Cannavo, Peter F. "American contradictions and pastoral visions: an appraisal of Leo Marx, *The Machine in the Garden*", in *Organization & Environment*, 1 (2001).

Caputo, John. *The Weakness of God*, Bloomington and London: Indiana University Press, 2007.

Colombat, André Pierre. "Deleuze and the Three Powers of Literature and Philosophy: To Demystify, to Experiment, to Create", in *The South Atlantic Quarterly*, 96. 3 (1997).

Colebrook, Claire. "Introduction", in Ian Buchanan and Claire Colebrook, eds., *Deleuze and Feminist Theory*, Edinburgh: Edinburgh University Press, 2002.

Connor, Steven. "Postmodernism and Literature", in Steven Connor, ed., *The Cambridge Companion to Postmodernism*, Cambridge: Cambridge University Press, 2004.

Cooke, Jennifer. *Legacies of Plague in Literature, Theory and Film*, Basingstoke: Palgrave Macmillan, 2009.

Cowart, David. *Don DeLillo: The Physics of Language*. Athens: University of Georgia Press, 2003.

Culler, Jonathan. *Literary Theory: A Very Short Introduction*, Oxford: Oxford University Press, 1997.

—. "Philosophy and Literature: The Fortunes of the Performative", in *Poetics Today*, 21. 3 (2000).

Cunliffe, Marcus. "Collision Course, *The Machine in the Garden: Technology and the Pastoral Ideal in America*. By Leo Marx", in *The Spectator*, 22 Jan. 1965.

Dallek, Robert, et al. eds. *American History*, New York: McDougal Littell, 2008.

Dastur, Françoise. "Phenomenology of the Event: Waiting and Surprise", in *Hypatia*, 4 (2000).

David, Herman, et al. eds. *The Routledge Encyclopedia of Narrative Theory*, New York: Routledge, 2005.

Deer, Patrick. "Mapping Contemporary American War Culture", in *College Literature*, 43. 1 (2016).

DeLillo, Don. "In the Ruins of the Future: Reflections on Terror and Loss in the Shadow of September," in *Harper's Magazine*, Dec. 2001.

——. "The Power of History", in *The New York Times Books*, 7 Sept. 1997.

Deleuze, Gilles. *The Logic of Sense*, trans. Mark Lester and Charles Stivale, London: The Athlone Press, 1990.

——. *Negotiations: 1972 - 1990*, trans. Martin Joughin, New York: Columbia, 1995.

——. *Essays Critical and Clinical*, trans. Daniel W. Smith and Michael A. Greco, Minneapolis: University of Minnesota Press, 1997.

Deleuze, Gilles, and Félix Guattari. *A Thousand Plateaus: Capitalism and Schizophrenia*, trans. Brian Massumi, Minneapolis: University of Minnesota Press, 2005.

——. *What is Philosophy?*, trans. Hugh Tomlinson and Graham

Burchell, New York: Columbia University Press, 1994.

—. *Kafka: Toward a Minor Literature*, trans. Dana Polan, Minneapolis: University of MinnesotaPress, 1993.

Deleuze, Gilles, and Claire Parnet. *Dialogues*, trans. Hugh Tomlinson and Barabara Habberjian, New York: Columbia University Press, 1987.

DePietro, Thomas, ed. *Conversations with Don DeLillo*, Jackson: University Press of Mississippi, 2005.

Derrida, Jacques. *Limited Inc.*, Evanston: Northwestern University Press, 1988.

—. *Dire l'événement, est-ce possible?*, Paris : L'Harmattan, 2001.

—. *The Animal That Therefore I am*, trans. David Wills, New York: Fordham University Press, 2008.

—. *Spectres of Marx*, London and New York: Routledge, 1994.

—. "A Certain Impossible Possibility of Saying the Event", trans. Gila Walker, in *Critical Inquiry*, 33 (2007).

—. "Psyche: Invention of the Other", in Peggy Kamuf and Elizabeth Rottenberg, eds., *Psyche: Inventions of the Other*, *Vol*. 1, Stanford: Stanford University Press, 2007.

—. "Passions: An Oblique Offering", in Thomas Dutoit, ed., *On the Name*, Stanford: Stanford University Press, 1995.

—. "Declaration of Independence", in Jacques Derrida and Elizabeth Rottenberg, eds., *Negotiations: Interventions and Interviews*, *1971 - 2001*, Stanford: Stanford University Press, 2002.

DeRosa, Aaron, and Stacey Peebles. "Enduring Operations: Narratives of the Contemporary Wars", in *Modern Fiction Studies*, 63. 2 (2017).

Eagleton, Terry. *The Event of Literature*, New Haven and London: Yale University Press, 2012.

Ekman, Kerstin. *The Forest of Hours*, trans. Anna Paterson, London: Chatto & Windus, 1998.

Eliot, T. S. *The Sacred Wood: Essays on Poetry and Criticism*, New York: Alfred A. Knopf, 1921.

Esslin, Martin. *The Theatre of the Absurd*, New York: Vintage, 1961.

Felski, Rita. *Uses of Literature*, Malden: Blackwell, 2008.

Fillmore, Charles C., and Beryl T. Atkins. "Toward a frame-based lexicon: the semantics of RISK and its neighbors", in Adrienne Lehrer and Eva Kittay, eds, *Frames, Fields, and Contrasts*, Hillsdale: Lawrence Erlbaum Assoc., 1992.

Fink, Bruce. *Lacan on Love: An Exploration of Lacan's Seminar VI-II, Transference*, Cambridge: Polity Press, 2016.

Fischer-Lichte, Erika. *The Transformative Power of Performance*, London and New York: Routledge, 2008.

Fludernik, Monika. "How Natural is 'Unnatural Narratology'; or, What Is Unnatural about Unnatural Narratology? ", in *Narrative*, 20. 3 (2012).

Folsom, Ed, and Kenneth M. Price, *Re-Scripting Walt Whitman: An Introduction to His Life and Work*, Malden: Blackwell Publishing, 2005.

Forsås-Scott, Helena. "Telling Tales, Testing Boundaries: The Radicalism of Kerstin Ekman's Norrland", in *Journal of Northern Studies*, 1 (2014).

Foucault, Michel. *Les anormaux: Cours Année 1974 - 1975*, Paris:

Seuil/Gallimard, 1999.

—. *Surveiller et punir*, Paris: Gallimard, 1975.

Fountain, Ben. *Billy Lynn's Long Halftime Walk*, New York: Ecco Press, 2016.

Fritsch, Kelly, Clare O'Connor, and Ak Thompson. *Keywords for Radicals: The Contested Vocabulary of Late-Capitalist Struggle*, Chico: AK Press, 2016.

Frye, Northrop, and Michael Dolzani. *Words with Power: Being a Second Study of the Bible and Literature*, Toronto: University of Toronto Press, 2008.

Gabriel, Markus. *Why the World Does Not Exist*, trans. Gregory S. Moss, Cambridge: Polity Press, 2015.

Gauthier, Tim. *9/11 Fiction, Empathy, and Otherness*, Lanham: Lexington Books, 2011.

Genette, Gérard. *Figures of Literary Discourse*, trans. Marie-Rose Logan, New York: Columbia University Press, 1982.

—, *Narrative Discourse: An Essay in Method*, trans. Jane E. Lewin, New York: Cornell University Press, 1980.

Gentzler, Edwin. *Contemporary Translation Theories* (Second Revised Edition), Clevedon: Multilingual Matters Ltd., 2001.

Goffman, Erving. *Relations in Public: Microstudies of the Public Order*, London: Allen Lane, 1971.

Gray, Paul. "Reimagining Death in Dallas", in *Time*, 1 Aug. 1988.

Greenspan, Ezra. *Walt Whitman and the American Reader*, New York: Cambridge University Press, 1990.

Green, Jeremy. "Libra," in John N. Duvall, ed., *The Cambridge Companion to Don DeLillo*, Cambridge and New York:

Cambridge University Press, 2008.

Grünzweig, Walter, and Andreas Solbach, eds. *Transcending Boundaries: Narratology in Context*, Tübingen: Gunter Narr, 1999.

Hage, Erik. *Cormac McCarthy: A Literary Companion*, Jefferson: McFarland & Company, Inc., Publishers, 2010.

Haraway, Donna. *When Species Meet*, Minneapolis: University of Minnesota Press, 2008.

Hayden, Patrick. *Multiplicity and Becoming: The Pluralist Empiricism of Gilles Deleuze*, New York: Peter Lang, 1998.

—. "From Relations to Practice in the Empiricism of Gilles Deleuze", in *Man and World: An International Philosophical Review*, 28 (1995).

He, Chengzhou. "World Literature as Event: Ibsen and Modern Chinese Fiction", in *Comparative Literature Studies*, 54. 1 (2017).

—. " 'Before All Else I'm a Human Being': Ibsen and the Rise of Modern Chinese Drama in the 1920s", in *Neohelicon*, 1 (2019).

Heidegger, Martin. *The Event*, trans. Richard Rojcewicz, Indianapolis: Indiana University Press, 2013.

Heinze, Rüdiger. "Violations of Mimetic Epistemology in First-Person Narrative Fiction," in *Narrative* 16 (2008).

Herman, David, ed. *The Cambridge Companion to Narrative*, Cambridge: Cambridge University Press, 2007.

Herman, David, Manfred Jahn, and Marie-Laure Ryan, eds. *Routledge Encyclopedia of Narrative Theory*, London and New York: Routledge, 2005.

Herman, Luc, and Bart Vervaeck, *Handbook of Narrative Analysis*, Lincoln: University of Nebraska Press, 2005.

Hollis, Charles Carroll. *Language and Style in Leaves of Grass*, Baton Rouge: Louisiana State University Press, 1983.

Horvat, Srećko. *The Radicality of Love*, Cambridge: Polity Press, 2015.

Hühn, Peter. *Eventfulness in British Fiction*, Berlin: De Gruyter, 2010.

Hühn, Peter, et al. eds. *Handbook of Narratology*, Berlin: De Gruyter, 2014.

Iser, Wolfgang. *The Fictive and the Imaginary: Charting Literary Anthropology*, Baltimore: Johns Hopkins University Press, 1993.

Jay, Martin. "Historical Explanation and the Event: Reflections on the Limits of Contextualization", in *New Literary History*, 42. 2 (2011).

Johnson, Vidat T., and Graham Petrie. *The Films of Andrei Tarkovsky: A Visual Fugue*, Bloomington: Indiana University Press, 1994.

Jylkka, Katja. " 'Mutations of Nature, Parodies of Mankind': Monsters and Urban Wildlife in Johanna Sinisalo's *Troll*", in *Humanimalia*, 2 (2014).

Kavadlo, Jesse. *Don DeLillo: Balance at the Edge of Belief*, New York: Peter Lang, 2004.

Keen, Suzanne. *Narrative Form*, Basingstoke: Palgrave, 2015.

Kessler, Martin, and Karel Deurloo. *A Commentary on Genesis: The Book of Beginnings*, New Yorkand Mahwah: Paulist Press, 2004.

Kittredge, James Frederick. *Chasing Myth: The Formulation of American Identity in the Plays of Edward Albee*, A thesis submitted for the degree of Master of Art at the University of Arizona，2006.

Klauk，Tobias，and Tilmann Köppe. "Reassessing Unnatural Narratology: Problems and Prospects"，in *Storyworlds: A Journal of Narrative Studies*，5（2013）.

Kozol，Wendy. *Distant Wars Visible: The Ambivalence of Witnessing*，Minneapolis: University of Minnesota Press，2014.

Lampert，Jay. *Deleuze and Guattari's Philosophy of History*，London and New Work: Continuum，2006.

Landy，Joshua. *How to Do Things with Fictions*，Oxford and New York: Oxford University，2012.

Latham，Monica. *A Poetics of Postmodernism and Neomodernism: Rewriting Mrs. Dalloway*，New York: Palgrave Macmillan，2015.

Lawler，Peter Augustine. "Whitman as a Political Thinker"，in John E. Seery，ed.，*A Political Companion to Walt Whitman*，Lexington: The University Press of Kentucky，2011.

Lee，Jo，and Tim Ingold. "Fieldwork on Foot: Perceiving, Routing, Socializing"，in Peter Collins and Simon Coleman，eds.，*Locating the Field: Space，Place and Context in Anthropology*，Oxford: Berg，2006.

Lefebvre，Henri. *Rhythmanalysis: Space，Time，and Everyday Life*，London: Continuum，2004.

Lie，Jonas. *Troll*，Oslo: Gyldendal Norsk Forlag，1968.

Lindow，John. *Troll: An Unnatural History*，London: Reaction Books，2014.

Lundblad，Michael. "From Animal to Animality Studies"，in *PMLA*，

2（2009）.

Lyotard，Jean-Francois. *The Postmodern Condition: A Report on Knowledge*，Manchester：Manchester University Press，1984.

Malamud，Randy. *Poetic Animals and Animal Souls*，New York：Palgrave，2003.

Marcus，Laura. "The Legacies of Modernism"，in Morag Shiach，ed.，*The Cambridge Companion to the Modernist Novel*，Cambridge：Cambridge University Press，2007.

—. "Ian McEwan's Modernist Time：*Atonement* and *Saturday*"，in Sebastian Groes，ed.，*Ian McEwan: Contemporary Critical Perspectives*，New York：Bloomsbury Academic，2013.

Massumi，Brian. *Parables for the Virtual: Movement*，*Affect*，*Sensation*，Durham and London：Duke University Press，2002.

Matthiessen，F. O. *American Renaissance: Art and Expression in the Age of Emerson and Whitman*，New York：Oxford University Press，1941.

Mazur，Kristyna. *Poetry and Repetition: Walt Whitman*，*Wallace Stevens*，*John Ashbery*，London and New York：Routledge，2005.

McCarthy，Gerry. *Edward Albee*. London：MacMillan，1987.

Meikle，Jeffrey L. "Leo Marx's *The Machine in the Garden*"，in *Technology and Culture*，1（2003）.

Millard，Bill. "The Fable of the Ants：Myopic Interactions in Don DeLillo's *Libra*"，in Hugh Ruppersburd and Tim Engles eds.，*Critical Essays on Don DeLillo*，New York：G. K. Hall，2000.

Miller，J. Hillis. *Speech Acts in Literature*，Stanford：Stanford University Press，2001.

—. *Literature as Conduct: Speech Acts in Henry James*, New York: Fordham University Press, 2005.

—. *The Conflagration of Community: Fiction Before and After Auschwitz*, Chicago and London: University of Chicago Press, 2011.

—. *Speech Acts in Literature*, Redwood City: Stanford University Press, 2001.

—. "Performativity as Performance/Performativity as Speech Act: Derrida's Special Theory of Performativity", in *South Atlantic Quarterly*, 106. 2 (2007).

—. "Derrida and Literature", in Tom Cohen, ed., *Jacques Derrida and the Humanities*, Cambridge: Cambridge University Press, 2001.

Mott, Christopher. "*Libra* and the Subject of History", in *Critique: Studies in Contemporary Fiction*, 35 (1994).

Naess, Arne. "The Basics of Deep Ecology", in *The Trumpeter*, 1 (2005).

Nielsen, Henrik Skov. "Naturalizing and Unnaturalizing Reading Strategies: Focalization Revisited", in Jan Alber, ed., *A Poetics of Unnatural Narrative*, Columbus: Ohio State University Press, 2013.

O'Rourke, James L. "The Subversive Metaphysics of Macbeth", in *Shakespearean Criticism*, 81 (2004).

Parr, Adrian, ed. *The Deleuze Dictionary*, Edinburgh: Edinburgh University Press, 2005.

Patton, Paul. "Becoming-Animal and Pure Life in Coetzee's Disgrace", in *Ariel: A Review of International English Literature*,

35. 1 - 2 (2006).

—. "Translator's Preface", in *Difference and Repetition*, Columbia: Columbia University Press, 1994.

—. *Deleuzian Concepts: Philosophy, Colonization, Politics*, Stanford: Stanford University Press, 2010.

Peebles, Stacey. "Witnessing Contemporary War", in *American Literary History*, 28. 4 (2016).

Pepetela, *The Return of the Water Spirit*, London: Heinemann, 2008.

Petrey, Sandy. *Speech Acts and Literary Theory*, New York: Routledge, 1990.

Pratt, Mary Louise. *Toward a Speech Act Theory of Literary Discourse*, Bloomington: Indiana University Press, 1977.

Prince, Gerald. *A Dictionary of Narratology*, Lincoln: University of Nebraska Press.

Rabaté, Jean-Michel. *The Future of Theory*, Oxford: Blackwell, 2002.

Rád, Boróka Prohászka. "Transgressing the Limits of Interpretation: Edward Albee's 'The Goat, or Who Is Sylvia? (Notes toward a Definition of Tragedy)' ", in *Hungarian Journal of English and American Studies* 15 (2009).

Rafferty, Terrence. "Self-Watcher", in *New Yorker*, 26 Sept. 1988.

Rajchman, John. *Philosophical Events*, New York: Columbia University Press, 1991.

Revel, Judith. *Le vocabulaire de Foucault*, Paris: Ellipses, 2002.

Reynolds, David S. *Walt Whitman's America: A Cultural Biography*, New York: Alfred A. Knopf, 1996.

Richardson, Brian. *Unnatural Voices: Extreme Narration in Modern and Contemporary Fiction*, Columbus: Ohio State University Press, 2006.

Rimmon-Kenan, Shlomith. *Narrative Fiction: Contemporary Poetics*, London and New York: Routledge, 2002.

Robertson, Roland. *Globalization: Social Theory and Global Culture*, London: Sage, 1996.

Robinson, Michelle. "Impossible Representation: Edward Albee and the End of Liberal Tragedy", in *Modern Drama*, 1 (2011).

Rogobete, Daniela. "Global versus Glocal Dimensions of post-1981 Indian English Novel", in *portal: Libraries and Academy*, 12. 1 (2015).

Romano, Claude. *Event and World*, New York: Fordham University Press, 2009.

Roudometof, Victor. *Glocalization: A Critical Introduction*, New York: Routledge, 2016.

Rowner, Ilai. *The Event: Literature and Theory*, Lincoln and London: University of Nebraska Press, 2015.

Rudrum, David. "From Narrative Representation to Narrative Use: Towards the Limits of Definition", in *Narrative*, 13. 2 (2005).

Rugg, Linda Haverty. "Revenge of the Rats: the Cartesian Body in Kerstin Ekman's *Rovarna I Skuleskogen*", in *Scandinavian Studies*, 4 (1998).

Rushdie, Salman. *Imaginary Homelands*, London: Granta Books, 1991.

Ryan, Marie-Laure. "Semantics, Pragmatics, and Narrativity: A Response to David Rudrum", in *Narrative*, 14. 2 (2006).

Said, Edward. *Beginnings: Intention and Method*, London: Granta Books, 2012.

Seamon, David. "Body-Subject, Time-Space Routines, and Place-Ballet", in A. Buttimer and D. Seamon, eds., *The Human Experience of Space and Place*, London: Croom Helm, 1980.

Searle, John R. *Intentionality: An Essay in Philosophy of Mind*, Cambridge: Cambridge University Press, 1983.

Shang, Biwu. "Unnatural Narratology: Core Issues and Critical Debates", in *Journal of Literary Semantics*, 44. 2 (2015).

Simmel, Georg. "Sociology of the Sense", in David Fisby and Mike Featherstone, eds., *Simmel on Culture*, London: Sage, 1997.

Sinisalo, Johanna. *Troll: A Love Story*, trans. Herbert Lomas, New York: Grove Press, 2003.

Skinner, Quentin. "Motives, Intentions and the Interpretation of Texts", in *New Literary History*, 3. 2 (1972).

——, "A Reply to My Critics," in James Tully, ed., *Meaning and Context: Quentin Skinner and His Critics*, Princeton: Princeton University Press, 1988.

Sofer, Andrew. "Tragedy and the Common Goat: Deperformative Poetics in Edward Albee's *The Goat, or Who Is Sylvia?*", in *Modern Drama*, 4 (2017).

Solnit, Rebecca. *Wanderlust: A History of Walking*, London: Verso Books.

Sontag, Susan. "Regarding the Torture of Others", in *New York Times Magazine*, 23 May 2004, http: //www. nytimes. com/ 2004/05/23/magazine/regarding-the-torture-ofothers. html? mcubz =0 [2019 - 03 - 25].

Strauss, Darin. "Reasons to Re-Joyce", in *The New York Times Book Review*, 9 Dec. 2012, http://www. nytimes. com/2012/12/09/books/review/reasons-to-re-joyce. html? mcubz = 0 [2019 – 03 – 25].

Thrift, Nigel. *Spatial Formations*, London: Sage, 1996.

Traubel, Horace. *Conversations with Walt Whitman in Camden*, Vol. 3, New Work: Rowman and Littlefield, 1961.

Wagner-Pacific, Robin. *What is an Event?*, Chicago and London: Chicago University Press, 2017.

Whitehead, Alfred. *The Concept of Nature*, New York: Prometheus Books, 2004.

Whitman, Walt. "Preface to Leaves of Grass (1855)", in Nina Baym, ed., *The Norton Anthology of American Literature*, New York, London: W. W. Norton & Company, 2008.

—, "Democratic Vistas", in Michael Warner, ed., *The Portable Walt Whitman*, New York: Penguin Books, 2004.

—, "One's-Self I Sing", in Nina Baym, ed., *The Norton Anthology of American Literature*, New York and London: W. W. Norton & Company, 2008.

Williams, James. *Gilles Deleuze's Difference and Repetition: A Critical Introduction and Guide*, Edinburgh: Edinburgh University Press, 2003.

Wilson, Luke. "Macbeth and the Contingency of Future Persons", in *Shakespeare Studies*, 40 (2012).

Woodman, Harold D. "Leo Marx, *The Machine in the Garden: Technology and the Pastoral Ideal in America* (Book Review)", in T*echnology and Culture*, Fall 1965.

Wright，Rochelle. "Approaches to History in the Works of Kerstin Ekman"，in *Scandinavian Studies*，3（1991）.

Young，Eugene B.，et al. *The Deleuze and Guattari Dictionary*，London and New York：Bloomsbury，2013.

Žižek，Slavoj. *Event: A Philosophical Journey Through A Concept*，Brooklyn and London：Melville House，2014.

——，"Afterword. The Minimal Event：From Mystericization to Subjective Destitution"，in Agon Hamza，ed.，*Repeating Žižek*，Durham and London：Duke University Press，2015.

Žižek，Slavoj，and Glyn Daly. *Conversations with Žižek*，Cambridge：Polity Press，2004.

Zourabichvili，François. "Six Notes on the Percept（On the Relation between the Critical and Clinical）"，in Paul Patton，ed.，*Deleuze: A Critical Reader*，New York：Wiley-Blackwell，1991.

中文文献

［1］阿伦特. 人的境况［M］. 王寅丽，译. 上海：上海人民出版社，2009.

［2］阿甘本. 语言的圣礼：誓言考古学［M］. 蓝江，译. 重庆：重庆大学出版社，2016.

［3］奥斯汀. 如何以言行事［M］. 杨玉成，赵京超，译. 北京：商务印书馆，2013.

［4］艾塞莫维茨. 符号与象征的辩证空间——朱丽娅·克里斯蒂瓦美学思想简论［J］. 金惠敏，译. 南阳师范学院学报，2004（4）.

［5］巴迪欧. 爱的多重奏［M］. 邓刚，译. 上海：华东师范大学出

版社，2012.

［6］巴迪欧.哲学宣言［M］.蓝江，译.南京：南京大学出版社，2014.

［7］巴迪欧.第二哲学宣言［M］.蓝江，译.南京：南京大学出版社，2014.

［8］巴迪欧.《存在与事件》节选［M］.蓝江，译//汪民安，郭晓彦，事件哲学.南京：江苏人民出版社，2017.

［9］本雅明.译者的任务［M］//陈永国，译.翻译与后现代性.北京：中国人民大学出版社，2005.

［10］布林克利.美国史：1492—1997［M］.邵旭东，译.海口：海南出版社，2009.

［11］博拉朵莉.恐怖时代的哲学：与哈贝马斯和德里达对话［M］.王志宏，译.北京：华夏出版社，2005.

［12］布伊尔.环境批评的未来——环境危机与文学想象［M］.刘蓓，译.北京：北京大学出版社，2010.

［13］布朗肖.未来之书［M］.赵苓岑，译.南京：南京大学出版社，2015.

［14］布雷德伯里.历史人［M］.程淑娟，译.北京：新星出版社，2012.

［15］布斯.小说修辞学［M］付礼军，译.南宁：广西人民出版社，1987.

［16］比尔德 C，比尔德 M.从蛮荒到帝国：美国文明的兴起［M］.雨轩，编译.北京：光明日报出版社，2014.

［17］陈俊松.让小说永葆生命力［J］.外国文学研究，2010（1）.

［18］陈永国.游牧思想：吉尔·德勒兹、费利克斯·瓜塔里读本［M］.长春：吉林人民出版社，2003.

［19］崔晨.作为哲学事件的巴迪欧"事件哲学"［J］.江苏社会科

学，2017（2）.

[20] 但汉松."塞勒姆猎巫"的史与戏：论阿瑟·米勒的《坩埚》[J]. 外国文学评论，2017（1）.

[21] 笛福. 导言//许志强，译. 瘟疫年纪事. 上海：上海译文出版社，2013.

[22] 德勒兹. 批评与临床 [M]. 刘云虹，曹丹红，译. 南京：南京大学出版社，2012.

[23] 德里达. 巴别塔 [M] // 陈永国，译. 翻译与后现代性. 北京：中国人民大学出版社，2005.

[24] 德里罗. 天秤星座 [M]. 韩忠华，译. 南京：译林出版社，1996.

[25] 达斯杜尔. 事件现象学 [M] // 汪民安，编. 事件哲学. 南京：江苏人民出版社，2017.

[26] 多尔迈. 主体性的黄昏 [M]. 万俊人，译. 上海：上海人民出版社，1992.

[27] 菲茨杰拉德. 返老还童 [M]. 张力慧，汤永宽，译. 上海：上海译文出版社，2016.

[28] 方登. 漫长的中场休息 [M]. 张靓蓓，译. 北京：中信出版社，2013.

[29] 法伊尔阿本德. 反对方法：无政府主义知识论纲要 [M]. 周昌忠，译. 上海：上海译文出版社，1992.

[30] 福柯. 不正常的人 [M]. 钱翰，译. 上海：上海人民出版社，2003.

[31] 福柯. 规训与惩罚：监狱的诞生 [M]. 刘北成，杨远婴，译. 北京：生活·读书·新知三联书店，1999.

[32] 葛传槼. 葛传槼英语惯用法词典 [M]. 上海：上海译文出版社，2012.

［33］郭湛.论主体间性或交互主体性［J］.中国人民大学学报，2001（3）.

［34］顾钧.韩南对中国近代小说的研究［J］.明清小说研究，2010（4）.

［35］高宣扬.论巴迪欧的"事件哲学"［J］.新疆师范大学学报（哲社版），2014（4）.

［36］惠特曼.我自己的歌［M］//赵萝蕤，译.草叶集.重庆：重庆出版社，2008.

［37］何颖.主体的自我意识［J］.江淮论坛，1989（5）.

［38］黑，沃尔特斯.新量子世界［M］.雷奕安，译.长沙：湖南科技出版社，2009.

［39］黑格尔.小逻辑［M］.贺麟，译.北京：商务印书馆，1980.

［40］黑格尔.历史哲学［M］.王造时，译.上海：上海世纪出版集团，2001.

［41］海德格尔.存在的天命：海德格尔技术哲学文选［M］.孙周兴，编译.北京：中国美术学院出版社，2017.

［42］海德格尔.林中路［M］.孙周兴，译.上海：上海译文出版社，2014.

［43］海德格尔.在通往语言的途中［M］.孙周兴，译.北京：商务印书馆，2004.

［44］伽达默尔.美的现实性［M］.张志扬，译.北京：生活·读书·新知三联书店，1991.

［45］京极夏彦.铁鼠之槛：上［M］.王华懋，译.上海：上海人民出版社，2009.

［46］加缪.加缪全集：小说卷［M］.柳鸣九，刘方，丁世中，等译.上海：上海译文出版社，2010.

［47］姜宇辉.述行的魔法，抑或主体的诅咒：阿甘本《语言的圣

礼》的拓展性诠释 [J].安徽大学学报（哲学社会科学版），2017（2）.

[48]金宜久.伊斯兰教的苏非神秘主义 [M].北京：中国社会科学出版社，1995.

[49]卡夫卡.变形记 [M].张荣昌，译.//叶廷芳，编.卡夫卡全集：第1卷.北京：中央编译出版社，2015.

[50]库切.耻 [M].张冲，郭整风，译.南京：译林出版社，2002.

[51]卡勒.文学理论入门 [M].李平，译.南京：译林出版社，2008.

[52]科兰斯基.1968：撞击世界的年代 [M].程洪波，陈晓，译.生活·读书·新知三联书店，2009.

[53]洛伊.微物之神 [M].吴美真，译.北京：人民文学出版社，2012.

[54]洛夫乔伊.存在巨链——对一个观念的历史的研究 [M].张传有，高秉江，译.北京：商务印书馆，2015.

[55]洛夫.实用生态批评：文学、生物学及环境 [M].胡志红，王敬民，徐常勇，译.北京：北京大学出版社，2010.

[56]刘晓晖，朱源.派屈克·韩南的翻译价值思维管窥——以晚清小说《风月梦》的英译为例 [J].中国比较文学，2017（1）.

[57]刘阳.事件性视野中的文学伦理学批评 [J].外国文学研究，2017（6）.

[58]刘岩，王晓璐.事件与文学理论生产 [J].外国文学研究，2017（6）.

[59]刘泽惠.田园、机器与美国理想：美国浪漫主义文学中的城市书写 [D].上海：东北师范大学硕士论文，2018.

[60]蓝江.回归柏拉图：事件、主体和真理——阿兰·巴迪欧哲学简论 [J].南京大学学报（哲社版），2009（3）.

［61］劳伦斯.智慧七柱：上［M］.温飙，黄中军，译.北京：国际文化出版公司，2008.

［62］麦克尤恩.立体几何［M］//潘帕，译.最初的爱情，最后的仪式.南京：南京大学出版社，2010.

［63］麦卡锡.路［M］.杨博，译.重庆：重庆出版社，2012.

［64］马克斯.花园里的机器：美国的技术与田园理想［M］.马海良，雷月梅，译.北京：北京大学出版社，2011.

［65］马大康.话语行为与文学阐释［J］.文学评论，2013（6）.

［66］普罗提诺.九章集：上册［M］.石敏敏，译.北京：中国社会科学出版社，2009.

［67］齐泽克.事件［M］.王师，译.上海：上海文艺出版社，2016.

［68］史密斯.处女地——作为象征和神话的美国西部［M］.薛蕃康，费翔章，译.上海：上海外语教育出版社，1991.

［69］斯图沃德.当代西方宗教哲学［M］.北京：北京大学出版社，2001.

［70］桑塔格.疾病的隐喻［M］.程巍，译.上海：上海译文出版社，2014.

［71］莎士比亚.麦克贝斯［M］.方平，译.上海：上海译文出版社，2014.

［72］莎士比亚.维洛那二绅士［M］.朱生豪，译.上海：上海古籍出版社，2002.

［73］尚必武.非自然的事件，非自然的序列——非自然叙事的另一维度［J］.山东外语教学，2018（6）.

［74］申丹，韩加明，王丽亚.英美小说叙事理论研究［M］.北京：北京大学出版社，2005.

［75］申丹，王丽亚.西方叙事学：经典与后经典［M］.北京：北

京大学出版社，2010.

　[76] 妥建清. 黄金时代的挽歌：柏拉图颓废观念蠡测 [J]. 哲学研究，2014（5）.

　[77] 吴元迈编. 20 世纪外国文学史：第五卷 [M]. 南京：译林出版社，2004.

　[78] 维戈茨基. 艺术心理学 [M]. 周新，译. 上海：上海文艺出版社，1985.

　[79] 汪正龙. 文学意义研究 [M]. 南京：南京大学出版社，2002.

　[80] 汪堂家. 现象学的悬置与还原 [J]. 学术月刊，1993（7）.

　[81] 小白. 封锁 [M]. 北京：中信出版集团，2017.

　[82] 伊格尔顿. 文学事件 [M]. 阴志科，译. 郑州：河南大学出版社，2017.

　[83] 易卜生. 玩偶之家 [M]. 夏理扬，夏志权，译. 北京：民主与建设出版社，2018.

　[84] 易卜生. 易卜生戏剧集：第一卷. 萧乾，成时，潘家洵，等译. 北京：人民文学出版社，2006.

　[85] 阴志科. 从"理论之后"到"文学事件"——新世纪伊格尔顿的文学伦理学立场 [J]. 贵州社会科学，2014（12）.

　[86] 阴志科. 伊格尔顿"文学事件"的三重涵义——兼论书名中的 event [J]. 文艺理论研究，2016（6）.

　[87] 尹晶. 小民族政治的文学实践 [J]. 国外理论动态，2008（1）.

　[88] 尹晶. 西方文论关键词——生成 [J]. 外国文学，2013（3）.

　[89] 尹晶. 事件文学理论探微——"理论之后"反思文学研究的重建 [J]. 文艺理论研究，2017（3）.

　[90] 姚峰. 阿契贝与非洲文学中的语言争论 [J]. 外国文学，2014（1）.

［91］袁筱一.翻译事件是需要构建的［J］.外国语，2014（3）.

［92］庾岭劳人.蜃楼志［M］.北京：华夏出版社，1995.

［93］佚名.埃达［M］.石琴娥，斯文，译.南京：译林出版社，2000.

［94］佚名.萨迦［M］.石琴娥，斯文，译.南京：译林出版社，2003.

［95］周慧.事件与艺术：利奥塔的语位政治学和后现代的崇高美学［J］.文艺理论研究，2016（6）.

［96］张承志.北方的河·西省暗杀考［M］.上海：上海文艺出版社，2015.

［97］张涛.论利奥·马克斯《花园里的机器》及其对美国生态批评的启示［J］.兰州文理学院学报（社会科学版），2017（4）.

［98］张媛.论《历史人》的结构主义叙事艺术［J］.云南大学学报（社会科学版），2016（6）.

［99］张奇才，王婷婷.塔可夫斯基的《牺牲》的释义学解读［J］.电影文学，2017（1）.

［100］张祥龙.技术、道术与家——海德格尔批判现代技术本质的意义及局限［J］.现代哲学，2016（5）.

［101］左岩.《蜃楼志》主题新探［J］.广东外语外贸大学学报，2015（5）.

图书在版编目（CIP）数据

文学的事件/何成洲，但汉松主编. —南京：南
京大学出版社，2020.4
ISBN 978 - 7 - 305 - 22795 - 0

Ⅰ．①文…　Ⅱ．①何…②但…　Ⅲ．①事件一文学评
论一中国一文集　Ⅳ．①I206 - 53

中国版本图书馆 CIP 数据核字（2020）第 001381 号

出版发行　南京大学出版社
社　　址　南京市汉口路 22 号　　　　　邮　编 210093
出 版 人　金鑫荣
书　　名　文学的事件
主　　编　何成洲　但汉松
责任编辑　付　裕

照　　排　南京紫藤制版印务中心
印　　刷　徐州绪权印刷有限公司
开　　本　889×1194　1/32　印张 12.5　字数 281 千
版　　次　2020 年 4 月第 1 版　2020 年 4 月第 1 次印刷
ISBN　978 - 7 - 305 - 22795 - 0
定　　价　50.00 元

网　　址　http：//www. njupco. com
官方微博　http：//weibo. com/njupco
官方微信　njupress
销售咨询　025 - 83594756